김도식 교수의 철학 에세이

무거운 **철학 교수의**
가벼운 **세상 이야기**

김도식 교수의 철학 에세이

무거운 **철학 교수의** 가벼운 **세상 이야기**

철학과 현실사

차례

"괜찮아, 그럴 수도 있지"

머리말

이 책은 그동안 철학문화연구소에서 계간으로 발행하는 『철학과 현실』과, 매주 화요일 독자들에게 이메일로 보내는 『성숙의 불씨』에 썼던 글을 모은 것이다. 『철학과 현실』에 실린 글은 '광장', '논단', '나의 연구실', '철학에세이' 등 서로 다른 카테고리 안에 기고된 일종의 잡글들로 원고지 30매 전후의 분량이고, 『성숙의 불씨』는 독자들에게 가볍게 생각거리를 제공하는 원고지 10매 내외의 짧은 글이다. 간단히 말하면, 전공 논문과 무관한 글들을 모아놓은 것이라고 보면 될 것이다.

『철학과 현실』이나 『성숙의 불씨』에 글을 쓰게 된 것은 순전히 아버지 덕분이다. 아버지가 1980년대 후반에 철학문화연구소를 만드셨고, 아들인 나도 철학자의 길을 걸으면서 자연스럽게 『철학과 현실』의 편집위원으로 참여하게 되었다. 아버지의 후광으로 편집위원이 되었으니, 요즘 기준으로 보면 '적폐'에 해당하는 사항이다. 편집회의에 참여하다 보니 글을 쓸 기회가 주어졌고, 편집위원들이 대개 아버지의 제자이면서 동시에 내게는 스승인 분이라 그들의 권유를 거절할 수 없어서 힘들게 생각을 짜내며 원고를 작성하기 시작했다. 그동안 철학만 공부했지 이를 현실과 연결해본 경험이 없는 소장 분석철학자의 처지에서 현실에 대한 글을 쓰는 것은 쉬운 일이 아니었다.

처음에는 여기에 실린 글들이 『철학과 현실』의 원고로 적합한지에 대한 확신이 없는 상태에서 내 주변의 일들을 중심으로 원고를 썼다. 그래서 글의 소재가 입시, 교육, 정치, 사회, 미디어, 스포츠 등등 중구난방이다. 세상 돌아가는 일들에 대하여 일반인들이 간과하는 것들을 철학자의 혜안으로 분석하는 것이 『철학과 현실』의 목표인데, 전공이 윤리학이나 사회철학이 아니어서 세상을 바라보는 이론적 배경이 튼튼한 것도 아닌 데다가 일반인들보다 특별히 나은 식견을 제공할 능력을 갖추고 있지 못하다 보니, 남들도 다 아는 지극히 당연한 이야기만 늘어놓은 것이 아닌가 하는 우려가 늘 머릿속을 괴롭혔다.

가끔, 아주 가끔, 내 글을 잘 읽었다는 인사를 듣기도 했다. 잘 읽었다는 것이 꼭 내 글이 좋았다는 얘기는 아니었을 텐데 그래도 그런 인사들이 글을 지속해서 쓸 수 있는 용기를 주었다. 글을 계속 쓰게 되면서, 세상 돌아가는 일을 접할 때마다 글의 소재로 연결하려는 습성이 붙기도 했다. 지금도 글거리가 떠오를 때마다 메모장에 적어놓는다. 지금 떠오른 글감이 다음에 글을 써야 할 때 기억난다는 보장이 없기 때문이다. 아버지가 쓰신 수필 「글을 쓴다는 것」에서 글을 억지로 짜내면 안 된다고 말씀하셨는데, 석 달에 한 번씩 돌아오는 『철학과 현실』 원고와 6-8주 만에 차례가 오는 『성숙의 불씨』에 원고를 쓰려면 내 안에 생각이 숙성되어 원고로 나오는 것을 기다릴 여유는 없었다. 글이란 마감일이 되면 나오기 마련이다. 다만 내용이 충실한 글보다는 부실한 글이 많아서 부끄러울 뿐이다. 매일 글을 써야 하는 기자들은 도대체 어떻게 그렇게 할 수 있는지 신기하기만 하다.

이렇게 부끄러운 글들을 책으로 엮게 된 계기는 사실 내가 소중하게 생각하는 내 주변의 사람들 때문이다. 그들에게 이제까지 많은 것들을 받으면서 무언가를 돌려주고 싶은 마음이 굴뚝같은데, 마땅히 줄 것이 없다 보니 그동안 썼던 글을 모아서라도 보답하고 싶은 마음이 들어서였다. 현대 영미 인식론에 관한 전공 서적을 낸 것이 있기는 하지만 그 책은 철학 전공자가 아니면 재미를 느낄 수 있는 내용이 아니어서 (정확히 말하면 철학 전공자들도 재미를 느끼기는 쉽지 않지만) 비교적 편하게 읽을 수 있는 책을 선물하고 싶었다.

책을 내느라 이전에 쓴 글들을 읽어보니 내용이 중복되는 것도 많고 세월이 흘러서 현재 시점에 적용하기에는 적절하지 않은 내용도 꽤 있었다. 하지만 선별하자니 책 한 권의 분량이 안 나올 것 같아서 그동안 『철학과 현실』 및 『성숙의 불씨』에 쓴 글들을 모두 모았다. 잘난 자식만 내 자식으로 치면 안 된다는, 말도 안 되는 핑계를 대면서 말이다. 내 이름으로 쓴 책이 언제 다시 나올지 모른다는 걱정도 조금은 있었던 것 같다.

책과 각 장의 제목을 정하는 일이 생각보다는 어려웠다. 너무 고전적인 느낌이 드는 것도 피하고 싶었고, 그렇다고 너무 가벼운 느낌을 주고 싶지도 않았다. 주변 사람들에게 의견을 구하고 혼자 고민해보기도 했다. 이 책의 독자를 나의 스승들부터 친구와 제자까지 다양한 연령층으로 생각하다 보니 모두를 만족시키기는 어려웠던 것 같다. 나름대로 중용에 해당하는 선택을 했다고 생각하지만, 마음 한구석에는 이도 저도 아닌 게 된 것은 아닌가 하는 우려도 없지 않다. 글의 순서는 소재를 중심으로 나열했지만 읽는 순서는 꼭 목차를 따를 필요는 없을 것이다. 각 글의 내용이 서로 유기적으로 연결되어 있지는 않기 때문이다. 제목을 보고 눈길이 가는 글부터 읽는 것도 좋을 것이다. 교정을 보며 글을 다시 읽어보니, 처음 생각했던 것보다는 무겁게 느껴지는 글이 많았다. 그런 글은 주로 제1부에 있으니, 가볍게 읽고 싶은 독자는 제2부를 먼저 읽는 것을 권하고 싶다.

이 책을 엮으면서 도움을 준 사람들이 여러 명 기억난다. 먼저 그동안 『철학과 현실』과 『성숙의 불씨』에 기고한 원고의 교정을 섬세하게 보아준 철학문화연구소의 백두환 국장님과 이미 실렸던 원고를 모두 모아서 정리하여 보내준 김상익 군, 책 제작 전반에 큰 도움을 준 이성관 선생님, 책 표지의 디자인을 맡아주고 책의 이모저모에 도움을 준 정지인 양, 책의 제목과 차례를 정하는 것을 함께 고민해준 김창선 목사님, 송아영 선생님, 이수진 선생님 등의 교회 친구들과, 안민영 양, 정재우 군, 김진호 군에게 감사의 말을 전하고 싶다. 그리고 책이 잘 팔리지 않는 시대에 보잘것없는 글들을 기꺼이 책으로 만들어주신 철학과현실사의 전춘호 사장님께도 깊은 감사의 말씀을 드린다.

2022년 2월 설 연휴에
연구실에서 김도식

제1부

조금은 무거운 이야기

1. 나는 누구인가

원수를 사랑하라

"원수를 사랑하라!"라는 말을 처음 들었을 때, 내 솔직한 반응은 "그게 가능해?"였다. 원수를 용서하기도 어려운데 사랑까지 하라는 것은 너무 높은 수준의 요구로 여겨졌기 때문이다. 숭고한 성인(聖人)들은 원수도 사랑할 실력이 있을지 모르지만, 나와 같이 평범한 사람에게는 이 말이 매우 비현실적으로 들렸다. 심지어 나 자신도 제대로 사랑하지 못하는 마당에 원수를 사랑하라니! 이는 종교에서 말하는 이상(理想)에 불과할 뿐, 일반인들에게는 도저히 접근할 수 없는 먼 나라의 이야기 같았다. 설령 어떤 계기로 원수를 사랑하는 것으로 보이는 행위를 하더라도 그것은 진정으로 사랑을 하는 것이 아니라 사랑하는 흉내를 내는 것에 가깝지 않을까 생각했다. 그래서 원수를 사랑하라는 가르침이 좋은 말이기는 하지만, 내 삶에 크게 영향을 주는 교훈으로 각인이 되지는 않았다. 가끔 농담 반 진담 반으로 자식을 '원수'라고 부르니까 자식을 사랑하라는 말인가 하는 정도로 이해하고 살아왔다.

학생들과 상담하면서 느낀 점 중 하나는 자존감이나 자신감이 낮은 학생들이 의외로 많다는 사실이다. 내가 만난 학생 중에는 커다란 실패 때문에, 혹은 연속되는 작은 실패들로 인해서 자신에 대한 신뢰가 무너진 학생이 여럿 있었다. 도박할 때 돈을 잃게 되면 빨리 본전을 찾으려고 판돈을 더 올리듯이, 인생에서도 크고 작은 실패를 하게 되면 이를 빨리 만회하려는 심리가 작동한다. 하지만 지난 실패를 한꺼번에 만회하려고 더 큰 목표를 세우면 또다시 실패할 확률이 높아진다. 아무래도 큰 목표는 달성하기 어렵기 때문이다. 이렇게 실패를 거듭하면, 자신감이 하락하여 자기 능력을 불신하게 되고 "내가 하는 일이 그렇지 뭐." 하는 식의 자조(自嘲)가 잦아지게 된다.

이러한 학생 중에는 내가 보기에 능력이 출중하고 과거에 그러한 능력을 발휘한 경험이 있었음에도 계속되는 실패로 자신감을 잃어버린 경우도 많았다. 가장 기억에 남는 사례는 서울에 있는 과학고를 졸업하고 삼수 끝에 문과로 전환하여 법을 전공하게 된 학생이었다. 고등학교에 입학했을 때 이 학생의 기대는 원하는 대학의 이공계 학과에 들어가서 과학자나 엔지니어가 되는 것이었으리라. 하지만 그는 고등학교 입학 후, 뛰어난 친구들 사이에서 기를 펴지 못하고 자신감을 상실한 상태에서 결국은 이과 공부를 포기하고 다른 길을 택하게 된 것이다.

내가 이 학생과 얘기를 나누면서 가장 기억에 남는 부분은 스스로에 대한 평가였다. 자신은 제대로 하는 일이 하나도 없다고 한탄하기에, 그러면 너는 과학고를 어떻게 들어갔냐고 물었더니, 그건 운이 좋았다고 답을 했다. 물론 어려운 경쟁을 뚫고 과학고에 합격하려면 어느 정도의 운이 따라주어야 하는 것은 사실이지만, 실력이 뒷받침되지 않은 상태에서 운만 가지고는 합격의 영광을 얻을 수 없었을 것이다. 하지만 그 학생은 자신의 실력을 충분히 인정하지 않고 있었다. 스스로 생각하기에, 자신이 과학고에 들어간 것은 '운이 좋아서'인 반면, 자신이 과학고에서 잘 적응하지 못한 이유는 '실력이 부족해서'였다. 자신의 성공 원인은 자신의 실력이 아니지만, 자신의 실패는 자기 능력의 부족이라고 여겼던 것이다.

그 학생에게, 만약 어떤 사람이 너를 24시간 쫓아다니며 네가 잘한 일에 대해서는 "운이 좋아서 그렇지 뭐!" 하며 대수롭지 않게 넘어가고 제대로 못한 일에 대해서는 "넌 원래 그런 사람이잖아!"라고 비아냥대면 그 사람을 어떻게 생각하겠느냐는 질문을 던졌다. 그랬더니 "그 사람이 정말 싫을 것 같아요. 정말 원수가 따로 없네요."라고 대답하는 것이었다. "그래! 원수가 따로 없지? 그런데 지금 너에게 그 원수와 같은 역할을 누가 하고 있다고 생각하니?"라고 물으니까, 무언가를 깨달은 듯이 나를 바라보더니 "제가 바로 그 원수네요!"라고 대답했다.

이 학생과의 대화를 통해서, "원수를 사랑하라!"라는 말을 다시금 해석하게 되었다. "원수를 사랑하라!"에서 말하는 '원수'가 나를 지칭할 수 있다는 것을 그때 처음 깨달은 것이다. 사실 나는 나 자신과 분리될 수 없다. 다른 사람에게는 내 본심을 감추고 적당한 선에서 대하는 것이 가능하지만, 나에 대한 내 입장을 내게 숨길 방법은 없다. 따라서 내가 나에게 항상 부정적인 태도를 보인다면 이보다 더한 원수는 없는 셈이다. 이처럼 "원수를 사랑하라!"라는 말에서 '원수'를 나 자신으로 해석한다면, 이 말은 자신을 사랑하라는 말이 된다. 내게 엄청난 피해를 준 사람을 사랑하라는 명령은 일반인들이 공감하기 어려울지라도, 나 자신을 사랑하라는 명령은 누구에게나 적용될 수 있는 보편성을 지니고 있다.

살다 보면 누구나 크고 작은 상처를 받게 된다. 심리적 상처는 일반적으로 마음의 고통을 수반하며, 이러한 상처는 추진하던 일에 실패하거나 타인에게 비방을 받을 때 주로 생기게 된다. 일은 그르칠 수도 있고 타인의 비방을 받을 수도 있지만, 이런 일들이 발생했을 때 자신을 심하게 책망하는 것은 바람직하지 않다. 남들이 나를 비난할 때, 나 스스로 그 비난의 대열에 동참한다면, 결국 비난받는 나 자신이 더 외로울 수밖에 없기 때문이다.

여기서 우리는 냉철한 자아성찰과 자신을 사랑하는 것 사이의 조화를 배울 필요가 있다. 자책하지 말라는 것이 곧 자기반성을 안 해도 된다는 뜻은 아니다. 오히려 원하는 결과를 얻지 못하거나 타인에게 안 좋은 소리를 듣게 되었을 때, 그 원인이 무엇인지를 철저히 분석해야 한다. 그래야 같은 잘못을 반복하지 않을 수 있다. 그러나 자신을 비판적으로 검토한다는 것이 곧 자신에 대한 사랑을 포기하는 것은 아니다. 이는 특정한 스포츠팀을 응원하는 것과 유사하다. 내가 어떤 스포츠팀을 좋아할 때, 감독의 선수 기용이나 작전 등에 대해서 비판을 할 수 있다. 하지만 이러한 비판의 바탕에는 그 팀에 대한 애정이 전제되어 있다. 팀에 대한 애정이 없는 사람은 그 팀에 무관심할 뿐, 비난하지는 않기 때문이다. 이런 면에서 사랑의 반대는 미움이 아니라 무관심이라는 말이 타당해 보인다. 즉, 자아반성을 하더라도 자신을 응원하는 마음을 굳건히 유지하는 것이 바로 자신을 사랑하는 태도이다.

자신을 사랑하지 못하는 사람은 타인에게도 관대하지 못한 성향을 나타낼 가능성이 크다. 나 사신이 마음에 들지 않으면 스스로 마음이 불편할 수밖에 없으며, 이러한 불안을 상쇄하기 위하여 나보다 더 못한 사례를 찾으려 노력한다. 마치 내가 시험을 기대만큼 잘 치르지 못했을 때 나보다 시험을 더 못 본 친구를 찾는 심리와 비슷하다. 나랑 비슷한 실력의 친구가 나보다 낮은 점수를 받았다는 사실은 나에게 안

정감을 제공하기 때문이다. 인터넷에서 발견하는 댓글들이 때론 필요 이상으로 험악한 이유도 비슷한 심리가 아닌가 생각해본다. 이러한 현상을 보면 자신을 사랑해야 할 또 하나의 이유가 있는 셈이다. 따라서 자신을 원수로 생각하지 말고 사랑의 대상으로 여기라는 주장은 여러모로 쓸모 있는 말이다. 자신을 사랑하는 태도는 스스로에게도 도움이 될 뿐 아니라, 타인을 관대하게 바라보는 힘을 제공하기 때문이다.

일반적으로 사랑하는 사람이 생기면 상대방에 대해서 궁금한 점이 생긴다. 내가 좋아하는 이가 어떤 생각을 가진 사람연지, 어떤 환경에서 자랐는지 등등 물어보고 싶은 것이 많아지기 마련이다. 하지만 스스로에 대해서 지속적인 호기심을 가지며 나를 알고자 노력하는 사람은 생각보다 많지 않다. 역으로 말하면, 자신을 끊임없이 사랑하는 사람이 많지 않다는 증거일 수도 있다. 연인이 생기면 그 사람에 대해서 알고 싶은 것이 많아지듯이, 자신을 사랑하면 자신에 대해 궁금한 점이 많아진다. 여기서 자신을 사랑하라는 것이 나르시스처럼 자아도취에 빠지라는 뜻은 물론 아니다. 자신을 응원하며 스스로가 가지고 있는 성향이나 관심들을 알아가는 것이 자신을 사랑하는 하나의 방법이다. 우리는 많은 경우에 무의식적인 선택을 한다. 내게는 매우 자연스러운 신택의 과정을 항상 의식하면서 생활하지는 않기 때문이다. 그래서 내가 어떤 사람인지, 내 장점이나 내 능력이 무엇인지를 스스로 인식하지 못하는 경우가 많다. 앞에서 언급했던 학생도 이러한 대표적 사례에 해당할 것이다.

인생이라는 것을 긴 여정이라고 본다면, 나 자신은 그 길을 가게 되는 자동차에 비유할 수 있을 것이다. 자동차 여행이 순조로워지려면 내가 몰고 가는 차의 성능과 내가 가야 하는 길의 특성을 잘 알 필요가 있다. 우리는 운전을 생각할 때, 아스팔트가 깔린 고속도로를 제일 먼저 떠올리지만, 우리의 인생은 비포장도로를 달려야 할 때도 있고, 험난한 산악 지대나 사막과 같은 곳을 지나가야 할 수도 있다. 만일 비포장도로나 험난한 산악 지형을 시속 100킬로미터 이상으로 달리려고 한다면, 차에 무리가 가서 얼마 가지 못해 고장이 날 것이다. 이처럼 내게 주어진 인생길을 잘 주행하려면 '나'라는 존재가 가진 장단점을 잘 파악해야 한다. '나'라는 차의 능력을 과신해도 곤란하지만, 그 능력을 과소평가해서 도전조차 하지 않고 포기하는 것도 어리석은 일이다. 내 차의 성능을 제대로 알고 있어야 그 능력을 충분히 발휘할 수 있는 길을 선택할 수 있다.

자동차는 물질이라는 부품으로만 구성되어 있지만, '나'를 구성하는 요소로는 신체라는 물질적 부품 못지않게 마음이라는 부품 또한 중요하다. 시인과 촌장이 부른 「가시나무」의 가사처럼 내 속엔 내가 너무도 많다. 그 여러 '나' 중에는 내가 마음에 들어 하지 않는 '나'도 포함되어 있다. 그 '나'는 내가 보아도 불만족스럽기에 그를 사랑하기는 매우 어렵다. 그래서 내 안에 있는 '나'와 원수지간으로 지내지 말고 그런 나를 사랑하라는 말이 필요한 것이다. 마음에 들지 않는 '나'도 나의 일부이고, 나를 마음에 들어 하지 않는 마음 그 자체도 나의 일부이다. 생각보다 사랑해야 하는 대상이 내 안에 많이 있는 셈이다.

예를 들어, 나는 먹고 싶은 마음도 있고 다이어트를 하고 싶은 마음도 있다. 지금 이 시각에도 이 원고를 빨리 완성하고자 하는 마음도 있고, 다 미루어두고 친구들과 놀고 싶은 마음도 있다. 이렇게 상충하는 욕구들 사이에서 균형을 찾는 것이 '나'의 중대한 임무이다. 먹고 싶은 것을 자제하지 못해서 늘어난 몸무게를 확인하며 나를 책망하는 일, 다 미루고 놀러 간 후에 원고 독촉을 받으며 그 선택을 한 나를 원망하는 일 등은 나를 존중하는 처사가 아니다. 이런 의미에서 나를 사랑

한다는 것은 쉬운 일이 아닌 것이다. 자식이 둘만 있어도 똑같이 대하기 어려운데, 그렇게 많은, 게다가 그 안에서 상충하는 나의 마음들을 다 돌보기는 정말 어려운 일이다. 그렇다고 내가 가지고 있는 마음의 일부를 미워하면 그 마음이 상처받고 반란을 일으킬 위험이 있다. 자식을 편애하면 사랑받지 못한 아이가 삐뚤어지듯이, 사랑받지 못한 내 안에 있는 나의 마음도 반란을 일으킨다. 먹고 싶은 마음을 너무 억누르면 거식증이나 폭식증과 같은 부작용이 나타나는 사례와 비슷하다. 이렇게 생각하면 '나'는 참 다루기 어려운 존재이다. 때로는 원수같이 느껴지는 것이 당연하다. 그래서 나의 부족하고 부끄러운 모습을 사랑해줄 힘이 필요하며, 그것이 '나'라는 자동차로 인생이라는 여정을 이끌어가는 동력이다.

'사랑하라'라는 명령은 정언적(定言的)이다. 예쁘면 사랑하고 안 예쁘면 사랑하지 않는 것은 누구나 쉽게 하는 일이지만, 마음에 들지 않는 '나'를 사랑하는 것은 노력이 필요하다. 그런 의미에서 원수 같은 나를 사랑하는 작업은 마음만 먹는다고 되는 것은 아니다. 자신을 돌아보며 내가 왜 나를 그렇게 미워했는지, 무엇이 나 자신을 원수로 만들었는지 알아볼 필요가 있다. 그런 의미에서 지금은 진지하게 나 자신과 대화가 필요한 시간이다. 원수인 나를 사랑하기 위해서 말이다.

『철학과 현실』(2017년 9월)

있는 그대로의 나와 내게 붙어 있는 속성으로의 나

아버지의 탄생 백 주년을 기념하며

대학을 다닐 때, 윤리학을 전공하신 아버지께 "자아(自我)란 무엇입니까?"라는 질문을 드린 적이 있다. 부자(父子)가 철학을 전공하기에, 아들의 입장에서는 최고의 전문 과외 선생님을 집안에 둔 상황이어서, 철학에 대하여 궁금한 것이 있을 때마다 이런저런 질문을 던져 도움을 받곤 했다. 하지만 위의 질문에 대해서는 "그거 어려워!"라고 한마디만 하시고 더 이상 대답을 안 해주셨다. 보통 다른 철학 질문에 대해서는 비교적 상세한 대답을 들어오던 필자는 약간 민망함을 느끼며, 그 이후로도 그 문제를 다시 여쭈어볼 엄두를 내지 못했다. 아버지의 글에 '대아(大我)'와 '소아(小我)'라는 난어들이 등상하기에, 이 실문에 대한 답을 아버지가 모르셔서 피한 것이 아님은 분명하다. 아마도 너무 큰 범위의 질문이기에, 학부 학생에게 어떤 수준의 답을 하는 것이 적절한지를 판단하기 어려워서 답을 미룬 것이 아니었을까 짐작해본다.

그로부터 30여 년이 지난 지금, 내게 여전히 어려운 주제인 '자아',

즉 '나'에 대한 이야기를 나름대로 풀어보려고 한다. 올해가 아버지의 탄생 백 주년이어서, 비록 직접 챙겨드리지는 못하지만, 이렇게라도 아버지의 생신을 축하드리고 싶은 마음도 있었다. 비록 이 내용이 아버지의 기준을 충분히 만족시키지는 못할지라도, "내 아들 그동안 많이 컸네." 하시며 기특하게 바라봐주시지 않을까 기대하면서 말이다.

아리스토텔레스의 형이상학이 등장한 이후, 철학에서 '실체(substance)'와 '속성(property)'의 구분은 지금까지 일반적으로 통용되고 있다. 보통, 실체란 그것이 존재하기 위해서 다른 것에 의존할 필요가 없는 반면, 속성은 그것이 존재하려면 실체에 붙어 있어야 한다. 다시 말해서, 실체는 독립적으로 존재할 수 있지만, 속성은 그것 혼자로는 존재할 수 없다. 형이상학적으로, 실체가 속성에 우선한다는 뜻이다. 예를 들어, 흰옷은 옷이라는 실체에 희다는 속성이 걸쳐져 있는 것이다.1) 희다는 속성, 즉 하양(whiteness)은 이 세상에 독립적으로 존재하지 못하고 어딘가에 붙어야 한다. 그래서 흰 옷, 하얀 종이, 흰 그릇, 하얀 냉장고 등등에서처럼 '흰' 또는 '하얀'이라는 형용사로 표현되는 속성은 옷, 종이, 그릇, 냉장고 등의 실체가 있어야 거기에 기생(寄生)해서 존재할 수 있다.

일상에서 '나는 누구인가?'라는 질문을 받으면 일반적으로 나오는 대답은 속성의 측면, 즉 내게 걸쳐져 있는, 나를 포장하고 있는 '나'이다. 예를 들어, 어떤 모임에서 필자에게 자기소개를 하라고 하면 "건국대학교 철학과의 김도식입니다"라고 말하는 경우가 가장 많다. 내가

---

1) 여기서 말하는 '옷'이란 일반명사로 사용된 것이 아니라, 개별적이고 구체적인 옷을 뜻한다. 이러한 전통은 아리스토텔레스를 따른 것이다. 아리스토텔레스와는 달리 플라톤은 일반명사인 '옷'이 지시하는 대상이 실체이고, 그것이 있는 곳이 이데아라고 말하기도 한다.

건국대 철학과 소속이 아니라고 해서 김도식이 아니게 되는 것은 아니기에 '건국대 철학과 소속'이라는 속성이 김도식의 본질이라고 말하기는 어렵다. 하지만 이처럼 일반적인 상황에서 나를 소개한다면, 나의 속성과 나를 동일시하는 경우가 대부분이다. 김도식의 키, 몸무게, 직업, 나이 등 속성을 제거한다 해도 내가 사라지는 것은 아니다. 이런 속성을 하나씩 제거했을 때 남는 것이 정확히 무엇이냐 묻는다면 대답하기 쉽지 않을 수 있지만, 그래도 무언가는 남아 있을 것 같기 때문이다.

그러면 속성으로의 '나'가 아닌 실체로서의 '나'가 가장 잘 드러나는 시기는 언제일까? 그 대표적인 때가 바로 갓난아이가 아닐까 생각한다. 그 아이에게는 붙어 있는 속성이 몇 없음에도 불구하고 부모에게는 그 존재 자체가 소중하기 때문이다. 있는 그대로의 그 아이가 부모의 기쁨이기에, 그 아이는 굳이 예쁜 짓을 하지 않아도, 남들에게 감탄을 받을 만한 형용사를 달고 있지 않아도, 부모는 실체로서의 아이를 애지중지(愛之重之)하게 된다.

아이의 처지에서도 마찬가지다. 어린아이에게 부모는 우주 전체나 다름없다. 부모가 내세울 만한 것이 있는지, 얼마나 화려한 경력을 가졌는지는 중요하지 않다. 부모라는 존재 자체만으로 아이에게는 충분하다. 아이 옆을 지켜주는 부모가 최고일 수밖에 없다. 그래서 아이가 처음으로 어린이집에 가는 날, 부모와 떨어지기 싫어서 그렇게 서럽게 우는 것이다. 아이에게 잠시나마 부모와의 이별은 세상을 잃는 것과 같기 때문이다.

이처럼 존재 자체를 중요하게 생각하던 부모 자식 사이의 관계는 시간이 지나면서 서로를 속성의 측면에서 바라보기 시작한다. 아이가 학교에 다니게 되면서, 부모는 아이의 존재 자체보다 아이가 갖게 되는 부수적인 요소들에 관심을 둔다. 공부는 잘하는지, 선생님에게 칭찬을 듣는지, 친구들과 사이가 좋은지 등등의 속성이 아이의 존재 자체보다 우선순위가 되어간다. 즉, 실체로서의 아이보다 아이의 곁에 포장된 성질들이 더 중요해진다. 주객이 전도되는 것이다. 아이들의 입장에서도 마찬가지다. 존재만으로 충분했던, 그래서 그렇게 떨어지기 싫어했던 부모가 친구의 부모와 비교의 대상이 되기 시작한다. 옆집 부모는 무얼 해주었다는데 왜 나는 그런 복도 없는지 속상해하고, 친구의 부모는 학벌이 어떻고 재산이 어떻다는데 우리 부모는 그렇지 못한 것에 대해서 아쉬워하기도 한다.

청춘들의 사랑도 비슷한 측면을 가지고 있다. 다 그런 것은 아니겠지만 많은 경우에, 있는 그대로의 상대를 좋아하는 것이 아니라 그들이 가지고 있는 남들이 부러워할 만한 속성 때문에 그 사람을 좋아한다. 집안이 좋다거나, 경제 사정이 넉넉하다거나, 외모가 출중하다거나 하는 이 모든 것들이 그 사람 자체이기보다는 그 사람에게 붙어 있는 성질들임에도 불구하고 이런 측면들로 인하여 상대를 사랑하게 되는 경우가 비일비재하다. 심지어 상대의 경제 상황이 나빠지면 그것을 계기로 헤어지게 되는 사례도 있다.

반면에 아무리 상대의 조건이 좋아도, 상대로부터 있는 그대로의 내가 사랑받는다는 느낌을 받지 못하면 사랑 자체가 흔들리기도 한다. 내가 필요로 하는 것은 상대의 좋은 조건보다 나 자체에 대한 사랑이기 때문이다. 부모와 자식 간의 관계도 있는 그대로의 순수한 사랑이 유지되기 어려운데, 헤어지면 남이 되는 연인관계에서는 있는 그대로의 상대에 대한 사랑이 쉬울 리는 만무하다. 사랑이 어려운 것은 어쩌면 있는 그대로의 나를 사랑해주는 사람을 찾기 어려워서 그런지도 모르겠다.

재미있는 것은 남들이 부러워하는 속성들이나 조건들이 어떤 사람에게 많이 붙어 있다고 해서 그것이 바로 행복으로 연결되지는 않는다는 사실이다. 그 대표적인 사례가 연예인과 같은 유명한 사람들이다. 이러한 유명인들은 자신들에게 보내지는 관심이 자신 자체 때문이 아니라 자신에게 붙어 있는 속성 때문이라는 것을 잘 안다. 그래서 자신에게 인기를 제공하고 있는 속성들이 자신의 원래 모습이 아님에도 이를 지키기 위해서 애를 쓰며 노심초사(勞心焦思)한다. 일거수일투족이 기자들의 기삿거리가 되어 일상생활이 불편할 정도임에도 그런 인기를 잃을까 봐 두려운 것이다. 반면에 내세울 것이 없는 사람들은 자신에게 시선을 끌 내용이 없어서 좌절한다. 사람들이 나 자신을 바라보는 것이 아니라 내게 붙어 있는 속성에 주된 관심이 있음을 알아서 그렇다. 결국 많은 좋은 것들을 걸치고 있는 사람이 그것을 지키기 위해 전전긍긍하는 것이나, 그것을 못 가진 사람들이 그런 것들을 획득하기 위해서 전전긍긍하는 것이나 본질은 같다. 갓난아이 때의 부모처럼, 나를 있는 그대로 바라볼 존재가 이 세상에 하나만 있어도 나의 삶이 달라질 텐데 말이다.

지금부터 약 20년 전, 한 신문의 사회면에서 "씨티은행 지점장 자살"이라는 기사를 본 기억이 있다. 놀랍게도 그 사람은 30대 후반이었다. 전혀 모르는 사람이지만 가만히 그의 삶을 한번 상상해보았다. 그 나이에 그러한 지위에 올랐다면 분명 능력이 있었을 것이다. 자세한 내막을 알지는 못하지만, 그가 맞닥뜨린 난관이 내내 성공가도(成功街道)를 달리던 그에게는 매우 생소한 좌절의 경험이었을 것이다. 어쩌면 난생처음 겪는 큰 고난이었을 수도 있다. 하지만 지점장이라는 지위도, 실패라는 경험도 그 사람에게 붙어 있는 속성에 불과하다. 이제까지의 성공이 그 사람 자체를 엄청나게 바꾸지는 못했듯이, 한 번의 처참한 실패도 그 사람 자체에 매달려 있는 속성일 뿐 그 이상도 그

28

이하도 아니다. 오히려 그러한 기회가, 쉽지는 않았겠지만, 자신을 한 단계 더 높은 수준으로 만들 수 있는 계기가 될 수도 있었는데, 그는 그에게 걸쳐진 겉옷과 같은 '실패' 때문에 자기 삶을 포기했다. 안타깝지만 그 상황에서 그는 자신을 있는 그대로 사랑하고 응원할 힘이 없었던 것이다.

누군가를 응원할 때, 진정한 팬은 잘할 때나 못할 때나 늘 그편에 서 있다. 잘할 때는 열심히 응원하다가 못할 때는 다른 편을 응원하는 사람은 진정한 팬이 아니다. 나 자신에 대한 응원도 마찬가지다. 내가 무언가를 잘해냈을 때만 뿌듯해하고, 바보 같은 선택을 하거나 결과를 제대로 내지 못했을 때 자신에게 비난과 조롱으로 일관하는 사람은 자신을 스스로 사랑하는 사람이 아니다. 더 나은 사람이 되기 위해서 반성적 사고는 필요하지만, 나에 대한 기본적인 태도는 응원과 격려여야 한다. 그게 '내게 붙어 있는 나'를 사랑하는 것과 대비되는 '있는 그대로의 나 자신'을 사랑하는 것이다.

필자가 미국에서 연구년을 보내고 있을 때, 심리상담 박사인 '닥터 필(Dr. Phil)'이 진행하는 토크쇼에 온갖 비행을 일삼던 중3 학생이 나온 것을 본 적이 있었다. 중학생이 할 수 있는 나쁜 일은 모두 경험해본 그 학생의 행적이 소개되고, 그 아이가 스튜디오에 걸이 나오자 필박사는 다음과 같이 이야기를 시작했다.

"네가 이제까지 한 행동들을 우리가 같이 보았어. 네 선택이 좋은 선택은 아니었지만, 그래도 난 네가 어떤 계기로 그런 선택을 했는지 이해할 수 있을 것 같아. 비록 네 행동들을 내가 잘했다고 말하기는 어렵지만, 그래도 나는 철저하게 네 편이야."

그 학생이 했던 손가락질받을 만한 못된 행동들을 보고도, 필 박사는 그 학생을 비행(非行)이라는 속성 차원이 아니라, 그 사람 자체를 바라보고 편을 들어주었던 것이다. 자신을 부정적으로 치장했던 비행들을 제거하고 있는 그대로의 자신을 바라보는 사람을 만나자, 불량기 가득했던 그 학생의 얼굴이 평온하게 변하며 주변에서 흔히 볼 수 있는 중학생의 모습으로 돌아오는 것을, 한 시간도 채 안 되는 TV 프로그램을 통해서 확인할 수 있었다. 이처럼 나를 있는 그대로의 존재 자체로 봐주는 누군가가 있으면 사람 자체가 다른 존재로 바뀌게 된다.

이 사례에서 볼 수 있듯이, 나는 나 자체로 소중한 존재이다. 나는 무엇을 달고 있어야, 나 자신에게 어떤 속성이 붙어 있어야만 존중받을 가치가 있는 그런 존재가 아니다. 이는 칸트가 말하는 정언명령(定言命令)과 유사한 점이 있다. 나에 대한 사랑은 무엇을 얻기 위한 도구가 아니다. 이런 점에서 나를 있는 그대로의 존재 자체로 보아줄 수 있는 누군가가 있으면, 그 인생은 행복하기 마련이다. 하지만 설령 나를 있는 그대로 존중해주는 누군가가 없더라도, 나만은 나를 그런 존재로 바라보아야 한다. 그것이 내가 나에 대해서 생각하는 정언명령이며, 진정한 자기애(自己愛)이다.

안치환이 노래하듯 '사람이 꽃보다 아름다운' 이유는 그 자체가 가지고 있는 내재적 가치 때문일 것이다. 나는 이 글을 읽는 모든 분이 있는 그대로의 자신을 바라봐줄 수 있는 누군가가 있기를 기원한다. 또 여러분 모두가 다른 사람을 있는 그대로 보아주는 힘이 있었으면 좋겠다. 그리고 무엇보다 자신을 있는 그대로 사랑하기를 권한다. 그래서 우리의 세상이 사람들을 겉에 붙이 있는 속성이 아니라 있는 그대로의 존재로 바라보는 그런 따뜻한 사회가 오기를 기대해본다.

『철학과 현실』(2020년 12월)

상처 입은 우리들

내 연구실 소파 주변에는 휴지가 곳곳에 놓여 있다. 원래는 휴지 한 통으로 충분했다. 하지만 작년부터 내 연구실에서 눈물을 흘리는 학생들이 유난히 늘어났고 그들을 위해서 군데군데 휴지를 마련하게 된 것이다. 얼핏 내가 최근에 학생들을 무척 윽박지르는 것으로 생각될 수도 있으나 그런 것은 아니다. 내가 굳이 윽박지르지 않아도 학생들에게는 이미 눈물을 흘릴 일들이 많은 모양이다.

무엇이 그들을 눈물 흘리게 하는가? 그들이 가지고 있는 상처 때문일 것이다. 그들이 처한 환경, 가족과의 갈등, 크고 작은 실패와 좌절, 장래에 대한 불안, 이성 문제 등이 학생들을 괴롭히며 그들의 눈물샘을 자극한다. 그리고 그들의 상처는 사람들과의 관계에서 많이 생긴다. 그것도 부모나 선생처럼 아주 가까운 사람들로부터…. 어느 고등학교에서 학생부를 맡고 있는 선생님에 따르면, 문제 학생은 별로 없다는 것이다. 단지 문제 부모와 문제 선생만 있을 뿐이란다. 그러고 보면,

나는 양쪽에 모두 해당한다. 이제 고등학교에 올라가는 큰딸이 남편감의 첫째 조건을 "아빠 같지 않을 것"이라고 분명히 선언하는 것으로 봐서도 그 선생님의 지적은 맞는 것 같다.

사람들, 특히 부모나 선생한테서 오는 상처는 많은 경우에 그 어른들이 지닌 고정관념에서 야기된다. 칸트에 따르면, 우리에게는 인간 모두가 공유하고 있는 인식의 틀이 있다고 한다. 하지만 인간을 판단할 때는 자신의 고유한 틀이 강하게 작용하는 것 같다. 그 틀 안에 들어오는 학생들을 우리는 '착한 아이' 또는 '모범생'이라고 하며 예뻐하지만, 그렇지 않은 학생들은 '문제아'라는 낙인이 찍히기 마련이다.

특히 부모의 경우에는 자기 자식이 자신의 분신으로 지각되는 경우가 많기에 본인이 이루지 못한 꿈을 자식에게 이루게 하여 대리만족을 느끼려는 경우도 부지기수이다. "다 너를 위해서 하는 말"이라는 핑계로 부모가 가지고 있는 가치관을 자식들에게 강요한다. 자식이 정말로 원하는 것이 무엇인지를 알려고 노력도 하지 않은 채 말이다. 자식의 입장에서도 어려서부터 자신이 원하는 것을 스스로 발견하기 전에 특정 방향으로 부모의 권유를 강하게 받으면 자연스럽게 부모의 원하는 내용과 자신의 원하는 것을 혼동하게 된다. 게다가 자신이 원하는 것을 부모에게 이야기했다가 일언지하(一言之下)에 거절당한 경험이 있는 아이라면 자신의 욕구를 포기하는 과정에서 더더욱 이런 혼란이 심해질 것이다.

내가 아는 한 학생은 4수 만에 문과대학에 입학하였다. 4수를 하게 된 경위를 물었더니 법대를 가고 싶었기에 다른 학과에 합격했음에도 재수와 삼수를 거쳐서 결국은 문과대학으로 오게 되었다는 것이다. 지금이라도 법대로 전과를 시도할 생각이 없느냐고 물었더니, 그 학생은 1년 동안 대학 생활을 해본 결과 문과대학의 전공이 자기 적성에 잘 맞는다며 2학년 진입할 때 사학과를 선택하였다. 그렇다면 법대로 가기 위해서 4수까지 경험한 것이 전적으로 본인이 원한 것은 아닐 것이라는 생각이 들었다. 아니나 다를까, 그의 아버지가 사법 고시에 실패한 법대 출신이었다. 아버지가 법대만을 강요하지는 않았다고 그가 말했고, 재수와 삼수를 하면서 법대 이외의 학과에 지원했던 것으로 보아서 그의 말이 전적으로 거짓은 아닌 것 같다. 하지만 그가 합격 통지서를 받았음에도 대학 생활을 포기하고 다시 수능을 준비한 것은 은연중에 법학에 대한 아버지의 강한 권유가 있었음이 틀림없었다. 이번에도 아버지는 법대로의 전과를 원했지만, 자신이 원하는 전공을 선택하기로 마음먹었다는 그의 말에서 내 가설을 검증할 수 있었다.

이처럼 부모의 욕심 때문에 자식이 상처받는 경우는 비일비재하다. 이 학생이 재수 때 합격했던 대학이 지금 다니고 있는 대학보다 소위 말하는 상위권 학교였음을 알았을 때, 4수라는 과정을 통해서 그가 받은 상처가 어떠할지를 쉽게 짐작할 수 있었다. 지난 3월, 그와 처음으로 4수 만에 입학한 이야기를 나누었을 때, "그래, 지금 마음이 어떠니?"라는 한마디에 쏟아내기 시작한 그의 눈물이 휴지 반 통을 소비한 후에야 그친 것을 보아도 그의 상처를 확인할 수 있었다.

부모로부터 상처받는 또 다른 대표적인 사례는 폭력에 의해서이다. 여기서 말하는 폭력은 물리적인 폭력만을 말하는 것은 아니다. 신체적, 언어적 폭력은 물론이고 관심의 부재 혹은 지나친 관심, 그리고 가치관의 강요도 아이들에게는 폭력에 해당한다. 우리는 일반적으로 자식이 잘하고 있을 때 칭찬하기보다는 제대로 못했을 때 야단을 치는 일이 훨씬 더 많다. 칭찬보다 꾸중에 더 익숙해진 아이들은 자신감을 잃고 자신도 스스로 구박하는 경우를 흔히 볼 수 있다. 결국 격려를 받아야 할 상황에서 부모의 심적인 지원을 받지 못하고 야단만 맞는 아이들은 상처받고 아파하기 마련이다. 이 역시 '폭력'에 의한 상처라 아니할 수 없다.

큰 수술을 받은 환자가 똑바로 걷기 어렵듯이, 상처가 있는 아이들은 일탈적인 행위를 보이는 경우가 있다. 수술 환자에게 아무리 똑바로 걸으라고 해도 소용없다. 똑바로 걷고 싶은 마음이 없어서가 아니라 수술의 상흔 때문에 똑바로 걸을 수가 없는 것이다. 마찬가지로 상처가 심한 아이들에게 '모범생'이 되라고 아무리 지적해도 그 상처가 치유되기 전에는 일탈적 행위를 멈추기가 쉽지 않다. 그들의 심적 상처가 치유되어야만 올바른 행동이 나올 수 있는 것이다. 하지만 부모나 선생의 측면에서 보면 아이의 삐딱한 행위만 눈에 띌 뿐 그의 상처는 쉽게 보이질 않는다. 따라서 아이를 더욱더 야단치게 되며 아이의 상처는 점점 깊어져만 간다.

이러한 상처를 치유하는 첫걸음은 자신의 상처를 밖으로 드러내는 것이다. 하지만 이미 상처의 아픔을 경험한 학생들은 상처가 드러나는 것을 몹시 경계한다. 잘못 건드리면 더 아파지는 것을 너무나 잘 알기 때문이다. 정상적인 손은 누가 무심코 건드려도 아무렇지 않지만 심한 화상을 입은 손은 살짝만 건드려도 극심한 통증을 느끼게 되는 것과 같은 이치이다. 그들은 주변의 사람들에게 이미 상처를 받았기에 타인에 대한 신뢰감도 부족하고, 긍정보다는 부정적인 반응을 더 많이 경험했기에 자신을 드러내는 것에 조심스럽다.

이들에게 필요한 것은 그들의 이야기를 들어주는 것이다. 여기서 가장 중요한 것은 그들의 모습을 있는 그대로 받아주는 것이라고 생각한다. 이미 상처 난 마음과 드러내고 싶지 않은 모습을 상담자가 가지고 있는 고정관념으로 다시 한 번 재단하여 "너는 어찌 그 모양이니?" 하는 식의 반응을 보이거나 일반적인 가치관을 가지고 그들을 평가해버리면 학생들은 더 이상 자신을 보여줄 수 없게 된다. 마음을 열려다가도 곧 상대방을 자신에게 상처를 준 부모나 선생 등과 동일시하게 되면 마음은 자동으로 닫히기 마련이다.

사람들이 자기 모습을 보여주기 꺼리는 이유 중 하나는, 상대방이 그것을 어떻게 받아들일 것인가에 대한 확신이 없기 때문이다. 예를 들어, 부모님이 이혼한 사실을 말하게 되었을 때, 그 얘기를 들은 선생이 '결손가정'이라는 개념을 그 상황에 적용하면 더 이상 그 학생은 할 말이 없어진다. 어차피 고정관념으로 평가를 받을 것이라면 굳이 자신의 결점을 공개할 필요는 없다고 생각을 할 것이 자명하다.

하지만 이들도 마음을 열고 싶은 것이 사실이다. 답답한 현실이나 해결되기 어려운 현안이 눈앞에 있을 때 20대 초중반이라는 나이가 이를 혼자 감당하기에는 너무 벅찬 부분이 많다. 혼자 해결할 수 없을 때 자신을 이해해줄 누군가에게 고민을 털어놓고 공감과 격려를 받고 싶은 것이다.

가족이 아예 한 명도 안 남아 있는 학생도 있고, 가족이 있기는 있지만 없는 것과 다름없는 학생도 있다. 이런 학생들은 등록금과 생활비를 모두 자신이 책임져야 한다. 10만 원도 안 되는 돈으로 교통비와 식비를 해결해야 하는 학생들은 그 자체로도 충분히 고통스럽다. 다른 친구들이 개강 모임에 참석할 때 자신은 아르바이트를 하러 가야 하는 것도 서럽지만, 설령 시간이 있어도 회비의 부담 때문에 슬그머니 빠져나가야 하는 자신의 처지 또한 서럽기 그지없다. 그렇다고 어린 나이에 자신의 상황을 친구들에게 낱낱이 고하고 매일 빌붙는 생활을 하는 것도 자존심이 허락하지 않을 것이다.

경제적인 걱정을 전혀 할 필요가 없는 학생도 고민과 상처를 한 아름 가진 경우가 많다. 아버지가 갑자기 돌아가신 어떤 학생은 그 충격이 아주 컸음에도, 어머니 역시 남편의 갑작스러운 죽음에 너무 슬퍼하셨기에 장녀로서 가족들 앞에서 슬픈 모습을 보일 수 없어서 마음 놓고 울지도 못했다는 것이다. 그 학생은 수업과 관련된 질문을 하러 내 연구실에 들어왔다가 애완견을 키우기 시작했다는 말이 우연히 나와서, "왜 갑자기?"라고 내가 던진 질문에 눈물을 줄줄 흘렸다. 아버지가 돌아가신 뒤의 허전함을 강아지로 대신하였던 것이다. 그 후로도 그 학생은 두 번 정도 내 연구실에 와서 울고 갔는데 그때마다, "이 방은 이상한 것 같아요. 이 방만 들어오면 눈물이 나요."라고 말했다. 말은 그렇게 했지만, 그 학생은 단지 마음 놓고 눈물을 흘릴 수 있는 공간이 필요했을 뿐이다.

그러면 왜 갑자기 작년에 내 연구실에 눈물을 흘리는 경우가 늘어났는가? 내가 그들을 평가하지 않고 그들의 이야기를 들어주었기 때문이라고 생각한다. 내가 가지고 있는 정형화된 틀로 그들을 바라보지 않고 그들의 있는 그대로를 공감해주었기에 그들이 마음 놓고 자신의 힘든 모습을 보여준 것이리라.

그 이전에는 내가 가진 가치관을 가지고 그들을 평가하며 내 생각을 그들에게 전달했다. 내가 가졌던 틀도 꽤 단단하고 비좁았던 것 같다. 그 틀 안에 들어오는 학생들에게는 칭찬과 격려를 아끼지 않았지만, 그 틀에 들어올 수 없는 학생들은 '바람직하지 못한 학생'으로 쉽게 판단하고 관심의 대상에서 배제했다. 그리고 그 틀 속에 내 딸조차도 편안하게 들어와서 안주할 수 없었음이 분명하다.

나에 대해서 좀 더 알아가게 되고, 나 자신과 화해해가면서 내가 수용할 수 있는 틀이 조금씩 넓어지게 되었다. 과거에는 옳지 않다고 생각하던 일들에 대해서 "그럴 수도 있지"라는 여유로운 마음이 들기 시작했던 것 같다. 무엇보다도 내가 다른 사람의 인격을 평가할 위치에 있지 않다는 사실을 자각하고, 과거에는 받아들일 수 없었던 것을 자연스럽게 받아들이게 된 것이다.

나의 틀이 유연해지고 넓어지면서, 학생들은 자신의 고민거리를 눈에 띄게 털어놓기 시작했다. 부모님이 이혼하려고 하는데 어떻게 했으면 좋겠냐는 상담도 있었고, 10여 년 동안 간직했던 자신의 꿈을 포기하면서 힘들어한 학생도 있었다. 취업의 실패로 인한 좌절 때문에 눈물 흘린 사람도 있었고 지금 사귀는 사람과 결혼해도 좋을지를 털어놓은 친구도 있었다. 아버지가 인간으로도 안 보이는데 어떻게 했으면 좋겠냐는 질문도 받았고, 어머니와는 도무지 맞지 않는 것 같다며 독립을 빨리 하고 싶다는 소리도 여러 번 들었다.

사람은 누구나 크고 작은 상처가 있으며 그 상처 때문에 괴로운 모양이다. 그래서 상처받은 우리들은 누군가 자신의 고충을 들어주었으면 좋겠고 내 마음을 이해해주었으면 하면 바람을 가지고 있는 것 같다. 고독한 존재로 살아가기에는 세상이 너무 힘들기에 조심스럽게 자신의 아픔을 보여주고 공감을 얻고자 하는 것이다.

내게 주어진 '선생'이란 소명에 상처받은 이들의 아픔을 나누는 것도 포함되어 있음을 작년에 비로소 깨닫게 되었다. 학자로서 연구에 몰두하는 일이니, 강의자로서 수업을 충실하게 하는 일 역시 소홀히 할 수 없는, 내게 주어진 소명이다. 하지만 새롭게 깨달은 내 임무가 새삼 소중하게 생각되는 이유는 아마도 나 또한 알게 모르게 상처를 입은 사람이고 그 상처를 치유하고 싶은 욕망이 있기 때문인 것 같다.

앞으로도 휴지는 내 연구실 곳곳에 놓여 있을 것이고, 내 연구실은 학생들의 답답한 마음을 털어놓는 공간이 될 것이다.

『철학과 현실』(2007년 3월)

가르치려 하지 말고 보듬어주자

지난 2월 말, 우리 단과대학의 신입생 오리엔테이션에 참석했을 때의 일이다. 교수들과 저녁 식사를 함께하고 다음 프로그램을 기다리고 있는데 한 선생님이 내게 이런 질문을 하였다. "김 선생님은 학생들과 참 잘 어울리시는 것 같은데 그 비법이 무언가요?" 그분은 아마도 다음 프로그램이 학생들과 함께하는 자리여서 그런 질문을 하였나 보다.

사실 학생들과 어울리는 가장 좋은 방법은 그들과 눈높이를 맞추고 그들이 쉽게 교수에게 다가올 수 있도록 장벽을 낮추는 것이다. 일반적으로 학생들 쪽에서 교수에게 찾아오는 것은 엄청난 용기가 있어야 한다. 잘 모르는 사람을 찾아가는 것 자체도 쉽지 않은데 그 대상이 수업을 가르치는 교수라면 더욱더 큰 용기가 필요하다. 이러한 상황에서 학생들에게 용기를 낼 수 있도록 하는 일은 연구실의 문턱을 낮추어주는 일이다. 그러려면 학생들이 선생들과 쉽게 친해질 수 있을 것 같다는 마음을 갖게 하는 것이 중요하다. 하지만 이러한 대답은 말로는 쉽지만, 교수의 입장에서 구체적으로 무엇을 어떻게 해야 하는지는 파악하기가 쉽지 않다. 그래서 나는 하나의 사례를 얘기하면서 질문에 대한 대답을 시작했다.

내 친구가 한 고등학교의 상담 교사로 있을 때 실제로 있었던 일이다. 그와 상담을 많이 했던 어떤 학생이 어느 날 교사인 내 친구에게 와서, 자신은 미성년자라서 담배를 살 수 없으니 자기 대신 담배를 사 주실 수 있느냐는 부탁을 했다고 말하면서, "만일 선생님께서 그런 부탁을 받았다면 어떻게 하시겠어요?" 하고 그 자리에 있는 교수들에게 반문했다. 교수들의 의견이 하나로 모아지지는 않았지만 대체로 부정적인 대답이 우세했다. 사줄 수 있다는 교수도 있었지만 그건 교육상 말도 안 된다는 반응이 대다수였다. 그러한 대답의 비율도 "학생들과 잘 지내는 비법이 무엇입니까?"라고 물어본 맥락 속에 있었기에 이 정도였지, 일상적인 상황이었다면 부정적으로 대답한 교수들이 훨씬 더 많았을 것이다.

그런데 재미있는 것은 그 자리에 있던 거의 모든 교수가 담배를 사줄 것인가 사주지 않을 것인가에만 관심을 쏟고 있었고, 그 부탁을 한 학생과 관계를 어떻게 정립할 것인지에 대해서는 전혀 신경을 쓰지 않는다는 점이었다. 학생이 그런 부탁을 내 친구에게 할 수 있었던 것은 이미 두 사람 사이에 어느 정도의 친밀함이 있었다는 뜻이다. 그 학생이 내 친구를 자기편이라고 생각하고 있으니까 그런 부탁을 하지, 아무 선생이나 붙잡고 담배 심부름을 시키지는 않을 것이 자명하기 때문이다. 한편으로는 학생이 그 선생님에게 어느 정도의 친밀함을 느끼면서도 "선생님이 이러한 부탁도 들어줄까?" 하는 시험의 측면이 있을 수도 있었다.

이 상황에서 가장 중요한 것은 그 일 이후에 학생과의 관계를 잘 유지하는 것이다. 물론 학생의 부탁을 들어주면 그와의 관계는 더 좋아지겠지만 교사의 입장에서 교칙을 어기며 학생에게 담배를 사주는 것은 부담스러운 일이기도 하다. 내 친구는 그 학생에게 이렇게 말했다.

"네가 나에게 이런 부탁을 해줘서 너무 고맙다. 그만큼 네가 나를 신뢰해주는 것 같아서 내가 아주 기분이 좋다. 하지만 나도 선생이기에 학교에서 요구하는 규정을 따라야 하는 의무도 있다. 그러니까 네가 나를 좀 이해해주었으면 좋겠다. 어렵게 마음먹고 한 부탁일 텐데 들어주지 못해서 미안하다."

결국 학생의 부탁을 거절한 셈이었지만 충분히 수긍할 수 있는 설명을 해주었기에 내 친구는 그 학생과 좋은 관계를 유지할 수 있었다고 한다.

내 이야기를 들은 교수들에게서 나온 첫 반응은 "그 선생님처럼 대답하면 '담배를 피우면 안 된다'는 교육은 어떻게 할 것입니까?"라는 질문이었다. 이것이 가르치는 입장에 있는 사람들의 일반적인 특징이다. 선생들은 자신을 '옳은 것을 알려주는 사람'이라고 생각하기 때문이다. 즉, 선생들은 자신의 직업을 지식과 예의범절을 '가르치는' 것이라고 여긴다.

하지만 그 학생은 흡연이 허용되지 않음을 몰라서 계속 담배를 피우고 있는 것은 아닐 것이다. 그리고 내 친구가 흡연에 관하여 부정적인 얘기를 안 했다고 해서 담배가 허용된다고 오해하지도 않을 것이다. 선생은 가르치는 사람이고 학생은 배워야 하는 사람임은 틀림이 없지만, 이러한 입장을 강하게 고수하고 있으면 학생들과 친해지기는 쉽지 않다. 이 입장에서는 한쪽이 다른 쪽에게 일방적으로 정답을 전하는 역할을 해야 하기에 쌍방향 소통은 거의 불가능하다.

" '담배를 피우면 안 된다'는 교육은 어떻게 할 것입니까?"라는 질문을 받으면서 나는 이솝우화를 떠올렸다. 나그네의 외투를 벗기는 데에 성공한 것은 강제로 그것을 벗기려 했던 바람이 아니라 나그네 스스로 가 외투를 벗게 만든 해의 따뜻함이었다. 여기서 '따뜻함'이라는 단어 의 어감이 지금의 상황과 너무나 잘 맞아떨어진다. 외적인 힘에 의해 서 학생을 내가 원하는 상태로 만드는 것에는 한계가 있다. 특히 사제 지간(師弟之間)에는 더욱 그러하다. 하지만 선생과 학생이 따뜻한 인 간관계를 맺을 수 있다면 학생은 선생으로부터 좋은 영향을 받기가 쉬 울 것이다.

과연 그 학생에게 담배를 끊게 하는 데 어떤 것이 더 효율적일까? 담배를 피우면 안 된다는 내용을 원칙적으로 전달하는 선생님일까? 아 니면 그의 이야기를 충분히 공감해주는 선생님일까? 나는 장담컨대 후 자라고 생각한다. 흡연은 교칙 위반이라고 훈시하며 야단치는 선생님 의 이야기를 듣고 금연할 학생이 얼마나 될지 의문이다. 반면에 사제 간에 충분한 인간관계가 형성되어 학생이 선생님의 말씀을 들을 열린 마음을 가지고 있으면 "흡연이 몸에 안 좋으니 끊는 것이 어떨까?"라 는 진심 어린 충고에 귀를 기울일 학생들은 꽤 있을 것 같다. 하지만 이러한 충고는 설령 교칙에 금연 규정이 없어도 할 수 있는 이야기이 며 "옳은 것을 가르쳐야 한다"는 선생의 사명감과는 약간 다른 맥락이 다.

그러면 사제 간의 관계가 돈독해진 상태에서 금연을 권하면 학생들 이 정말 담배를 끊을까? 이 질문에 대해 대답하기 위해서는 흡연하는 학생들의 심리를 읽어줄 필요가 있다. 중고등학생이 담배를 피우는 것 은 "나 지금 아파요"라는 신호를 보내고 있는 것이라고 생각해볼 수 있다. 단순한 호기심으로부터 흡연을 시작한 사람이 많이 있겠지만 학 교에서 하지 말라는 것을 굳이 어기면서 할 때는 무언가 이유가 있을 가능성이 크다. 특히 담배라는 것이 처음부터 아주 맛있는 것은 아님을 고려하면, 학생들은 답답함을 풀거나, 멋있게 보이려고 하거나, 아니면 어떠한 그룹 안에서 동질감을 느끼려고 흡연을 시작하는 것이 대부분이다. 나는 이 모든 증상들이 상처에서 나온다고 생각한다. 주변 환경이 모든 것을 풍족하게 제공하고 있다면 중고등학교 시절에 굳이 담배를 피울 이유가 별로 없어 보이기 때문이다.

이러한 상황을 설명하기 위해서는 비유를 드는 것이 좋을 것 같다. 어떤 사람이 맹장 수술을 했다고 가정해보자. 수술 직후에는 당연히 많은 통증을 느낄 것이고, 그 아픔 때문에 똑바로 걷기가 어려울 것이다. 일반적으로 환자들의 빠른 회복을 위해서 의사들은 많이 걸으라고 요구하지만 아픈 사람의 입장에서는 배가 아파서 똑바로 걷기가 힘들다. 이때 옆에서 환자에서 아무리 "똑바로 걸어야 한다"고 훈계해도 소용이 없다. 이 사람은 똑바로 걷는 것이 좋다는 것을 몰라서 배를 움켜잡고 걷는 것이 아니라 아파서 똑바로 걸을 수가 없는 것이다. 그 환자가 허리를 펴고 제대로 걸으려면 수술의 상처가 다 나아야 한다.

고등학생이 담배에 손을 대는 것도 마찬가지다. 아파서 그런 것이다. 수술의 상처와는 다르게 그 아픔은 겉으로 잘 드러나지도 않는다. 그리고 몸의 아픈 곳도 다양하게 있듯이 마음의 상처도 그 원인은 다양하다. 집이 화목하지 않아서, 경제적으로 여유가 없어서, 친구들에게 놀림을 받아서, 부모님의 기대가 너무 커서 등으로 학생들은 크고 작은 상처를 받는다. 당사자가 가지고 있는 이러한 상처 때문에 학생들은 흡연이라는 일탈적 행위를 선택할 수 있다. 이러한 학생들에게 "학생이 담배를 피우면 어떻게 하나?"라고 말하는 것은 수술한 사람에게 똑바로 걸어야 한다고 강요하는 것과 비슷하다. 하지만 수술한 사람이 상처가 다 아물면 똑바로 걸을 수 있듯이, 학생의 경우도 자신의 상처가 어느 정도 치유되면 담배를 끊을 수 있다.

문제는, 수술을 한 사람이 가진 상처 때문에 제대로 못 걷는 것은 모두가 이해해줄 수 있는 반면, 흡연자인 중고등학생의 상처를 공감해줄 수 있는 사람은 그리 많지 않다는 사실이다. 그 상처가 다른 사람에게 잘 보이지도 않고, 어쩌면 학생 본인도 자신이 아파서 그런 선택을 하고 있다는 사실조차 못 느끼고 있을 수도 있다. 이런 학생들에게 "그동안 힘들었겠다. 그 어려움을 어떻게 버틸 수 있었니?"라고 접근하며 그 학생의 이야기를 들어줄 마음을 가지면 학생은 금방 순한 양이 된다.

미국에 있을 때, '닥터 필(Dr. Phil)'이라는 심리학자가 진행하는 토크쇼를 본 적이 있다. 그 나이에서 할 수 있는 모든 나쁜 짓은 다 해본 중학교 3학년 학생의 이야기였다. 부모에게 대드는 모습을 녹화해서 보여주었는데 정말 다루기 어려운 학생이었다. 화면에 등장하는 그의 모습은 불량스럽기 이를 데 없었다. 닥터 필은 그에게 이렇게 말을 시작했다.

"이제까지의 네 행위들이 좋은 선택은 아니었지만 왜 네가 그런 선택을 했는지 이해할 수 있어. 네가 겪어야 했던 상황을 생각해볼 때 너의 마음이 얼마나 힘들었을지 내가 충분히 알 수 있거든. 이 모든 너의 행위에도 불구하고 나는 전적으로 네 편이야. 네 이야기를 지금 우리에게 들려주지 않을래?"

닥터 필이 자신의 비행을 직접 본 후에도 "나는 전적으로 네 편이야"라고 말하자, 이 말을 들은 그 학생은 자신의 마음을 하나씩 꺼내서 이야기하기 시작했다. 이야기가 끝났을 즈음에는 그 학생의 불량스러웠던 모습은 사라지고 지극히 평범한 중3 학생으로 돌아와 있었다. 자신의 이야기를 하면서 때로는 눈물을 훔치기도 했지만, 자신의 이야기를 있는 그대로 받아줄 수 있는 사람을 발견하자 그는 훨씬 밝은 모습으로 스튜디오를 떠났다. 내게는 참으로 신비로운 경험이었다. 그러한 비행 청소년에게 "나는 전적으로 네 편이야"라고 말할 수 있는 닥터 필에게도 감탄했고, 그 말의 효력이 그렇게 금방 나타나는 것에도 놀라지 않을 수 없었다.

이처럼, 어린 학생들에게는 옳은 것을 가르치는 것보다 "나는 전적으로 네 편이다"라는 메시지를 전달하면서 그 학생을 보듬어주는 것이 훨씬 더 효과적이라고 생각한다. 그들이 받은 상처 때문에 행한 선택들에 대해서 잘잘못을 가리기 전에 그들의 아픈 마음을 읽어줄 수 있다면 학생들은 자연스럽게 치유를 받게 되는 것이 아닐까 생각한다.

선생이 자신을 있는 그대로 받아줄 수 있는 사람, 어떠한 이야기를 해도 자신을 평가하지 않고 이해해주는 사람이 될 수 있다면 학생들은 그 선생을 찾게 될 것이고 일반적인 사제관계에서는 상상할 수 없는 그런 신비로운 경험을 하게 될 것이다. 이런 의미에서 "학생들을 평가하지 않고 있는 그대로를 받아주는 것"이 선생들이 학생들과 친해질 수 있는 비결이 아닐까 생각한다.

『철학과 현실』(2012년 6월)

'아재'에서 벗어난다는 것

'아재 개그'라는 말이 있다. 필자와 같은 50대 전후의 아저씨들이 낄낄거리며 하는 농담을 말한다. 예를 들어, "뭐니 뭐니 해도 머니(money)가 최고다"라는 말이나 '다싫기하부공'(거꾸로 읽으면 '공부하기 싫다'로, 1970년대의 잡지 『소년중앙』에 연재된 고(故) 길창덕 화백의 '꺼벙이'에 나온 공부하기 싫어하는 증상을 일컫는 말)이라는 단어를 사용하는 것이 여기에 해당한다. "어르신들이 가장 좋아하는 폭포 이름은?"이라는 질문에 '나이아가라'(나이는 가라는 뜻)라고 대답하거나, "반성문을 영어로 표현하면?"에 '글로벌'(글로 벌을 선다는 의미)이라고 하면, 우리 또래 사람들은 키득키득하며 재밌어하곤 한다. 그런데 이런 얘기를 수업 시간에 하면, 학생들로부터 '갑분싸'(갑자기 분위기가 싸해지는 것)를 느낀다. 처음에는 이 반의 분위기가 이상한가 하고 생각도 해보았지만, 다른 반에 가서 비슷한 농담을 해도 분위기는 마찬가지다. 한번은 20대인 우리 딸들에게 이런 농담을 했더니 웃어주기는 하는데(내용이 웃기다기보다는 아빠니까 웃어준 것에 가깝다) 끝에 한마디를 더한다. "아빠, 그런 얘기 수업 시간에는 하지 마!"

세대에 따라 달라지는 것이 유머 코드만은 아니다. 세대마다 기본적인 예의라고 생각하는 것도 많이 다르다. 필자가 대학생일 때는 교수님과 같이 걸으면 한 걸음 뒤에서 따라가는 것이 일반적이었고, 이념적인 대립이 있는 경우를 제외하면 교수님의 연락을 회피하는 것은 상상도 하기 어려웠다. 그런데 요즘 학생들은 권리에 대해서는 매우 밝지만, 예의에 대해서는 상대적으로 무딘 편이라고 느껴진다. 적어도 필자의 기준으로 보면 그렇다. 예를 들어, 학기 초에는 수강 신청에 실패했는데 추가 신청을 받아줄 수 있느냐는 학생들의 문자나 이메일을 종종 받는다. 어떤 경우에는 추가 신청을 받아줄 수 없는 상황에서 이런 메시지가 너무 많아 일일이 답을 해주지 못하면 학생들이 학교 본부에 신고를 하는 모양이다. 학과장 회의에서 수강 신청 등 학생들의 민원에 성실하게 답을 해달라는 주문이 교수들에게 내려오는 것을 보면 말이다. 하지만 수강 신청 추가가 어렵다고 답을 했을 경우, "문자(혹은 이메일)를 잘 받았습니다"라는 감사의 표시를 보내는 학생은 거의 없다. 심지어는 학생들이 수업 내용이나 성적에 관한 질문을 이메일로 보내서, 상당히 긴 시간 동안 정성 들여 답을 써서 보낸 경우에도 잘 받았다는 답신이 없는 경우가 꽤 있다. 이메일이나 카톡은 상대방의 수신 확인 여부를 알 수 있으니까 굳이 "잘 받았습니다", "감사합니다"라는 말을 안 해도 된다고 생각하는 모양인가 보다. 이런 경험을 하면, "교수가 단순히 지식을 전해주는 도구 이상은 아니구나"라는 생각이 들며, 포털의 검색창이 된 것 같은 느낌을 갖게 된다.

이뿐만이 아니다. 생일을 축하한다는 문자를 보내거나, 학업 관계로 면담하자는 연락을 했을 때도 답을 아예 안 하는 학생이 가끔 있다. 한

두 명이면 무심코 지나치거나 나름의 사연이 있을 것으로 생각하겠지만, 그런 사례들이 축적되면 요즘 학생들은 우리 세대와 확실히 다르다고 생각하지 않을 수 없다. 물론 대다수가 그런 식으로 행동하는 것은 아니다. 하지만 이런 일들이 심심치 않게 일어나는 것을 보면, 교수가 생일 축하 문자를 보내거나 학생들에게 시간을 내서 면담을 하자고 해도 거부당할 마음의 준비를 해야 하는 시대가 된 것이다. 심지어는 아직 입학식도 하기 전의 신입생이 내게 이메일을 보내 추천서를 써달라고 하면서, 아직 자신을 본 적이 없으니 참고하라며 스스로 추천서 초고를 써서 보낸 적도 있었다. 자기 생각으로는 모르는 사람에게 추천서를 써달라고 부탁했으니 쓸 내용을 제공한다는 배려였겠지만, 그 학생은 추천서를 부탁하면 무조건 교수가 써주어야 하는 것으로 생각하는 것 같아서 어안이 벙벙했던 기억이 있다. 먼저 추천서를 써줄 수 있냐고 물어본 후, 긍정적인 대답이 돌아왔을 때 추천서에 필요한 자신의 정보를 주는 방식으로 일을 처리해야 하는데, 이 학생은 절차의 중요성을 몰라서 그랬던 것 같다. 하지만 그 일은, 내 관점에서 보면, 학생이 부탁과 권한을 혼동하여 나를 불쾌하게 했던 경험이었다.

또 한번은 모르는 고등학생이 자신은 철학에 관심이 많은 학생이라고 소개하며, 철학적 내용의 질문에 답을 해달라는 이메일을 보낸 적이 있었다. 질문의 내용이 나쁘지 않아서 바로 답변해줄까 하다가 호기심이 생겨서 "어떻게 나에게 물어보게 되었습니까?" 하고 답신을 보냈더니, 더 이상 연락이 없었다. 그 질문에 대한 내 답이 정말 궁금했으면 바로 답장이 왔을 것 같은데 회신이 안 온 것을 보면, 아마도 홈페이지에서 이메일 주소를 구할 수 있는 교수들 다수에게 동일한 질문을 던져서 그중 하나라도 답을 얻으면 된다고 생각한 것은 아닌지 추정해본다. 하여튼 내가 간단하게나마 답신을 했는데 교신이 끊긴 것을 보면서, 내가 그 답을 자세히 해주었더라도 과연 그 학생에게 고맙다는 답신을 받을 수 있었을까 하는 생각까지 하게 되었다. 이런 사례들은 모두 필자에게 '이게 뭐지?'라는 의문이 들게 한다. 내가 생각하는 기본적 예의가 더 이상 기본도 아닌가 하는 자문(自問)을 하면서 말이다.

대학 동기에게 이런 이야기를 했더니, 대뜸 "네가 아직 아재라서 그래!"라는 답이 돌아왔다. 개그에 이어서 가치관까지 '아재'라니! 여기에서 '아재'는 권위 의식을 가지고 사고방식의 융통성이 없이 기득권과 고정관념을 쉽게 수용하는 기성세대를 말하는 듯했다. 다시 말해서, 친구가 내게 '아재'라고 말한 것은 내가 학생들과의 관계를 평등하게 여기지 않고, 교수가 더 위에 있음을 당연하게 여기기에 학생들에게 필요 이상의 기대를 하고 있다는 뜻이다. 그 말을 듣고 조금은 충격을 받았다. 위와 같은 아재의 특성은 '갑질'을 하는 교수의 이미지에 더 가까웠기 때문이다. 나 스스로는 나름 학생들을 잘 이해하고 있으며 학생들에게 잘 다가가는 교수라고 자부하고 있었는데, 나도 어쩔 수 없는 아재였다는 사실은 많은 생각을 하게 했다. 내가 정말 아재라서 그런 것일까? 그러면 위와 같은 일들은 요즘 젊은 세대들이 친구들끼리 스스럼없이 하는 행동들인가? 상대방에 대하여 마음과 시간을 쓰면서 '고맙다'라는 답변을 기대하는 것은 아재들에게나 적용되는 것인가? 마음이 매우 혼란스러웠다.

필자가 유학하던 시설에 만났던 미국 교수들은 '아재'라고 할 수 있는 권위 의식을 가지고 있지는 않았던 것이 확실하다. 물론 문화적 차이도 있었겠지만, 교수와 학생들이 서로 이름을 부를 수 있었으며, 그들은 교수라는 이유로 특별한 대접을 받으려 하지는 않았다. 필자가 수업 조교로 일할 때도 조교의 업무로 주어진 일 외에는 추가로 무언가를 시키는 일이 없었으며, 아주 가끔 조교 업무의 범위를 벗어나는 일을 시킬 때도 정중하게 부탁하곤 했다. 예를 들어, 필자가 미국인 친구와 함께 '철학의 이해' 과목의 조교를 할 때, 담당 교수가 시험 감독을 직접 할 수 없는 상황이 생겨서 우리 둘을 불러놓고 둘 중 한 명이 시험 감독을 해달라고 부탁한 적이 있었다. 우리나라에서도 원칙적으로는 담당 교수가 시험 감독을 하게 되어 있지만, 실제로는 조교들이 많이 하고 있기에 그런 일을 '부탁'한다는 것이 조금 낯설게 느껴졌다. 그런데 미국인 친구가 "저는 다른 일이 있어서 못하겠습니다"라고 당당히 말해서 놀랐다. 그 상황에서 "제가 하겠습니다"라고 대답했더니, 평소에 상당히 엄했던 교수님이 인자한 웃음을 지으며 매우 고마워했던 기억이 있다. 우리나라에서는 그와 비슷한 상황에서 조교가 못하겠다는 말을 쉽사리 할 수 없는 분위기일 터인데, 어쩌면 필자도 한국에서 교수 생활을 하면서 그런 분위기에 자연스럽게 물들었는지도 모르겠다. 특히 힘을 가진 쪽의 '갑질'이 사회적 문제가 되는 시기이기에, 스스로가 교수라는 지위에 대한 기득권을 너무나 당연시하고 있었던 것은 아닌가 하는 반성도 해보게 되었다.

그런데 대학 동창의 "네가 아직 아재라서 그래!"라는 말에서 재미있는 점을 발견했다. "네가 이미 아재라서 그래!"라고 말하지 않고 "아직 아재라서 그래!"라고 한 것은 아재를 벗어날 수 있다는 것을 전제로 하기 때문이다. 그리고 느낌으로 봐서 그 친구는 필자와 동갑임에도 이미 아재를 벗어난 듯한 분위기를 풍겼다. 아재를 벗어난다는 것은 어떻게 하면 되는 것일까? 앞의 사례에서 보듯이, 내가 느낀 서운한 감정들은 모두 내가 가진 기대치를 만족시키지 못해서 발생한 것들이었다. 그러면 기대치를 낮추면 학생들이 쉽게 이를 만족시킬 것이니까 아재를 벗어나게 되는가?

이러한 생각은 두 가지 질문을 수반한다. 하나는 이러한 상황에서 옳고 그름의 문제가 없는가이다. 교수 쪽에서 기대치를 낮춘다는 것은 교수가 지나친 기대를 하고 있음을 뜻하는데, 과연 그런 것인지는 따져보아야 한다. 만일 학생 쪽이 잘못한 것이라면, 교수의 입장에서 기대치를 낮출 문제가 아니라 학생들에게 올바른 예의를 가르쳐야 하는 상황일 수도 있기 때문이다. 다른 하나의 질문은 기대치를 낮추면서도 학생들에 대한 관심을 이전과 같은 수준으로 유지할 수 있는가이다. 아무래도 기대가 크면 실망이 크니까 실망을 줄이기 위해서 기대치를 낮추는 것인데, 이런 경우에는 학생들에 대한 기대가 줄어드는 것에 비례하여 그들에 대한 애정이 줄어들 수도 있기 때문이다. 학생들과의 관계에서 적절한 경계선을 그어놓으면 서로 그 선을 넘지 않는 범위 내에서 상처받을 일도 없겠지만, 그만큼 그 관계가 가까워질 기회도 적어지기 마련이다.

첫째 질문인 이런 상황이 옳고 그름의 문제인가에 대해서 필자는 그렇다고 생각하지만, 이런 생각 자체가 세대 간의 차이를 반영하는 것일 수 있다. 젊은 세대들은 앞에서 말했던 사례들에 대해서 "뭘 그런 것 가지고 그래!" 하는 식의 반응이 나올 수 있기 때문이다. 그렇다면 이야말로 필자가 아재임을 증명하는 근거가 된다. 이 부분에 대해서 필자가 섭섭한 감정을 품는 것은 분명하지만, 이것만으로는 무엇이 옳다는 것을 보여주는 것은 아닐 수 있다. 어쩌면 거대한 변화의 흐름이 있는데, 그것을 필자가 제대로 따라가지 못하는 것일지도 모른다.

둘째 질문은 좀 더 심사숙고(深思熟考)할 필요가 있다. 사람들은 일반적으로 상처를 느끼면 그러한 상황을 피하려고 한다. 아픈 것을 감수해서라도 어떤 일을 하려는 것은 그 일의 결과가 고통을 능가하는 경우이다. 하지만 고통을 감수하는 것이 내 쪽이고 좋은 결과가 학생

쪽이라면, 과연 내가 그것을 지속해서 선택할 수 있을까? 하긴 '좋은 결과가 학생 쪽'이라는 말 자체도 '아재다운' 생각일 수 있다. 과연 내 쪽에서는 에너지의 소모만 있는데, 내가 그 일을 하려고 하는 것일까? 그것은 아니다. 내 쪽에서도 나름 보람을 느끼기에 이런 선택을 하는 것이다. 반대로, 교수가 학생과 친하게 지내려고 하는 것을 학생 쪽에서 늘 달갑게 느끼지는 않을 수도 있다. 교수도 교수 나름이고 학생도 학생 나름이겠지만 말이다. 집사람은 학생들과의 모임에서 주책맞게 너무 오래 같이 있지 말고 적당한 시간에 계산만 하고 나오라고 조언한다. 어쩌면 그것이 현명한 선택일 수도 있다.

여기까지 생각이 미치면, 옳고 그름의 첫째 문제도 다른 식의 접근이 가능하다. 옳고 그름을 따져야 하는 상황에서는 누가 맞고 누가 틀린지를 가려야 할 필요가 있지만, 모든 인간관계에서 시시비비(是是非非)를 가려야 하는 것은 아니다. 누군가가 좋아져서 연애를 할 때, 그 사람의 장점과 함께 단점도 기꺼이 받아들이는 것이 사랑의 힘이다. 상대방이 잘하면 그만큼 더 잘해주고 상대방이 잘못을 범하는 경우 그만큼 애정의 크기를 줄인다면, 그것은 진정한 사랑이 아니기 때문이다. 그렇다면 이 상황에서 내게 필요한 것은 내가 학생들에게, 그들의 반응과 상관없이, 애정을 얼마나 쏟을 준비가 되어 있는가를 스스로 결정하는 것이다. 이론적으로는 간단하지만, 실천적으로는 쉽지 않은 일이다. 교수도 인간인지라 섭섭함이 계속되면, 속상한 감정이 발생하는 상황에서 학생들에 대한 사랑을 지속적으로 유지하지 못할 수 있다. 상처가 계속되면 자연스럽게 학생들에게 기대치를 줄이고 일정한 선을 긋는 방식으로 결론이 날 수도 있기 때문이다. 이러한 결과가 최선인가라고 스스로 물어본다면, 그렇다고 대답할 자신은 없다. 하지만 반응이 없는 대상에게 꾸준히 애정을 갖는 것 역시 어렵기는 매한가지다.

예나 지금이나 "요즘 젊은 사람들은 버릇이 없다"라는 얘기는 늘 있었다. 우리의 스승들에게도 버릇없다고 여겨지는 제자들이 있었을 것이다. 우리 세대 역시 스승들의 기준에서는 '버릇없는 신세대'이기 때문이다. 그렇다면 지금의 고민은 우리 세대가 처음 겪는 문제는 아니다. 결국 교수의 신분에서 아재를 벗어난다는 것은 자신과 학생들을 평등한 관계로 인식하면서 그들에게 지속적인 관심을 두는 것이다. 즉 교수니까 대접받아야 한다는 기대치를 버리면서도 그들에 대한 애정을 유지하는 것이 필요하다. 물론 이것이 쉬운 일은 아니겠지만, 그래도 도전해볼 가치는 있는 일이라고 생각한다. 그것이 바로 아재에서 벗어나는 길이니까 말이다.

『철학과 현실』(2018년 12월)

자식을 낳아 기른다는 것

우리는 참 좋은 세상에 살고 있다. 냉장고, 세탁기, 전기밥솥 등이 상용화된 지는 꽤 오래되었고, 집에 아무도 없는 상태에서 전원을 켜고 끄는 원격 조정도 가능하다. 이제는 청소기를 사람이 일일이 들고 다니지 않아도 스스로 돌아다니며 청소하는 모델이 출시되었고, AI 스피커가 비서의 역할을 대신하기도 한다. 1980년대 TV 드라마인 「전격 Z작전」에서 주인공이 "가자, 키트!"라고 명령하면 운전자 없이 스스로 운행하던 무인 자동차의 실용화가 바로 눈앞에 있다. 개인용 컴퓨터가 보급되기 시작한 것이 불과 30여 년 전의 일이고, 그러한 컴퓨터를 손바닥 안에 들고 다니기 시작한 것도 10년 정도밖에 안 되었으며, 눈부신 기술혁명은 우리의 상상을 초월하는 수준으로 빠르게 진행되고 있다.

게다가 현재 인간이 하는 일들은 점차 인공지능이나 로봇에 의해서 대체될 예정이다. 자율주행차가 흔해지면 운전기사라는 직종은 사라질 것이고, 드론이 택배기사의 일을 대신 할 것이다. 의사나 약사의 역할도 '왓슨'과 같은 인공지능이 수행할 날이 머지않았다. 주식을 사고파는 것과 같은 투자를 과거에는 펀드 매니저 중심으로 했다면 요즘은 인공지능의 알고리즘에 의한 프로그램 매매가 더 효율적이다. 판사와 같은 법관도 빅 데이터를 장착한 로봇에게 그 자리를 물려준다고 한다. 기술의 발달은 지금까지 우리의 삶을 짧은 시간에 급격하게 바꾸어놓았고, 앞으로도 더욱 빠른 변화를 세상에 가지고 올 것이다.

조만간 마트에는 청소기나 AI 스피커 외에도 인공지능을 장착한 여러 종류의 로봇이 판매대 위에 놓이게 될 것이다. 각각의 로봇은 고유한 기능을 자랑하며 필요한 사람들의 구매를 기다리게 된다. 대화를 나누는 로봇, 가정교사의 역할을 하는 로봇, 요리해주는 로봇 등등 지금껏 인간이 했던 일들을 기계가 대신 할 시대가 바로 코앞에 있다.

만일 가까운 미래에 "이 로봇은 대화도 가능하고 지적인 학습도 할 수 있으며 주변 사람에게 때때로 기쁨을 제공하기도 하지만, 심심치 않게 엉뚱한 쪽으로 튀는 성향을 가지고 있고 사람들의 말에 반항하기도 하는 등 주어진 명령대로 일을 수행하지 않는 자율성을 가지고 있으며 유지비도 꽤 들어가는 편이다."라는 설명이 있는 로봇이 진열대에 올라온다면 과연 몇 명이나 그것을 사려고 할까? 일단 소비자는 구매하고자 하는 물건의 기능이 분명하고 가격 대비 성능이 뛰어나야 지갑을 열기 마련이다. 하지만 이 로봇의 경우는 주된 기능이 뚜렷하지 않아서 집안일에 큰 도움이 되지도 않고, 일반적인 로봇과는 달리 매뉴얼대로 작동하지 않을 수 있으며, 때로는 집 안의 물건을 어지럽히거나 가족들의 불화까지 조성할 수 있는데다가 유지비까지 많이 들기에, 거의 대부분 사람들이 그런 물건을 사려 하지 않을 것이다. 특히 주인의 의도대로 움직이지 않을 수 있다는 조건은 매우 심각한 단점이며, 일반적인 기업에서는 이러한 로봇을 만들지 않을 것이 분명하다.

그런데 무척 신기한 일은 대부분 가정에 그 로봇과 비슷한 존재가 있다는 사실이다. 바로 자녀들이다. 자녀들은 부모의 마음대로 통제가 잘 되지도 않을 뿐 아니라 심지어는 "저 아이는 누구를 닮아서 저런 가?"라고 한탄하며 부부 사이에 불화의 원인이 되는 경우도 부지기수(不知其數)이다. 아이들은 사춘기 때 반항심으로 가득 차 있고, 시키는 일을 고분고분 잘하는 것도 아니며 양육부터 교육까지 들어가는 비용이 어마어마하다. 이러한 대상이 제품이라면 구매자들이 분명 선호하는 물건은 아닐 것이 분명한데, 결혼한 부부는 자녀를 두는 것이 일반적이다. 왜 그럴까? 물론 팔기 위해서 제조되는 물건과 생명을 지닌 인격체를 같은 선상에 두고 비교를 하는 것 자체가 어불성설(語不成說)이기는 하지만, 두 선택을 함께 놓고 비교해보면 무언가 생각거리를 던지는 것은 사실이다.

먼저 부모들은 자식을 낳아 기른다는 것이 어떤 대가를 치러야 하는지 정확히 모르면서 잉태하는 경우가 거의 대부분이다. 이런 의미에서 로봇을 구매하는 행위와 자녀를 낳아 기른다는 행위는 출발이 다르다. 구매 행위는 뚜렷한 목적이 있다. 즉 무엇을 위해서 그 제품을 사는지가 분명해야 비용을 지급할 용의가 생기는 것이다. 반면에 자식을 왜 낳아야 하는지, 부모가 된다는 것이 어떤 의미인지 등에 대해서 깊은 숙고를 한 후에 부모가 되는 경우는 그리 많지 않다. 기성세대들은 결혼하면 자식을 당연히 낳아야 한다고 여기는 경우가 대부분이다. 특히 어른들은 자식이 없는 부부에게 왜 아이를 갖지 않느냐고 간섭하는 경우가 많을 정도로, 부부가 되면 특별한 이유가 없는 한 자식을 두는 것이 자연스럽다고 여긴다. 요즘은 부부 사이에 아이를 갖지 않기로 합의한 경우가 이전보다 많이 늘어나고 있으며, 이는 육아와 양육에 대한 경제적 부담이 주원인이라고 생각한다. 예전에 비해서 자식을 낳는 것의 비용과 이를 통해 얻는 것에 대한 손익 계산을 하는 부부가 많아졌다는 뜻이다. 그렇다고 하더라도, 부부가 자식을 갖는 비율은 앞에서 얘기한 로봇을 구입하는 비율에 비해서는 월등하게 높을 것이다. 요즘 젊은 부부들이 자식을 낳는 숫자가 줄어든 것은 사실이지만 이는 과거에 비해 상대적인 수치의 감소이며, 여전히 출산과 앞에서 말한 로봇의 구매 비율의 차이가 어디서 발생하는지를 설명할 필요가 있다.

그러면 로봇과 자식은 어떤 차이가 있기에 이처럼 다른 결과를 가지고 오는 것일까? 로봇과 자식의 가장 큰 차이점은 너무나 당연하게도 하나는 기계이고 다른 하나는 생명체라는 것이다. 우리가 가게에서 물건을 살 때 그것은 전적으로 우리의 필요에 따른 소모품이다. 쓰다가 고장이 나거나 더 이상 필요가 없으면 쉽게 버릴 수 있다. 반면에 생명체인 사람은 그럴 수 없다. 당연히 사고팔 수 있는 대상도 아니며 새 생명을 이 세상으로 인도한 부모가 자식에 대한 책임을 져야 한다. 따라서 로봇의 구매에서는 발생하지 않는 책임감이 자식을 낳을 때는 발동한다. 하지만 책임감의 발동은 이러한 선택의 차이를 설명하기에 충분하지는 않아 보인다. 도리어 책임감은 자녀의 선택을 주저하게 만드는 요소에 가깝다. 예를 들어, 임신중절을 선택하는 비율은 결혼한 부부가 임신했을 때보다 결혼하지 않은 연인이 임신했을 때 훨씬 높으며, 결혼한 사이라도 아직 아이를 키울 준비가 안 되었다고 생각하는 부부는 임신중절을 통해 다음을 기약하는 경우도 적지 않다. 그렇다면 아이를 낳는 부모들은 임신을 계획하거나 아니면 적어도 임신을 확인하는 순간부터 책임감을 느끼는 것이다. 한마디로 정리하면, 책임감을 가질 필요가 없는 로봇은 구매를 꺼리면서 책임감을 필요로 하는 자식은 낳아 기를 생각을 하는 것이다. 이런 의미에서 책임감은 자녀를 '선택'하는 이유는 아니다. 반대로 책임감은 자녀를 계획하면서 갖게 되는 부모의 마음가짐이라고 보는 것이 옳다.

맘껏 버릴 수 있는 로봇은 선택하지 않으면서 책임을 져야 하는 자식을 낳는 부모의 행위는 비합리적인 선택인가? 자식은 종족 보존이라는 자연의 섭리를 따르는 본능적 행위의 결과에 불과한가? 물론 과거의 우리 조상은 대(代)를 이어야 한다고 생각했던 것이 사실이다. 하지만 인류가 우리 민족만 있는 것은 아니며, 전 세계의 여러 종족들이 꼭 대를 이어야 한다는 의무감으로 자손을 낳은 것은 아닐 것이다. 그렇다면 일견 비합리적으로 보이는 인간의 선택에서 분명 얻는 것이 있기에 인류가 대대손손(代代孫孫) 아이를 낳아 기르는 것이라고 여겨진다.

그러면 부모가 자식을 낳고 길러서 얻는 것이 무엇일까? 무엇보다도 성숙한 사람이 되는 것이다. 사람은 기본적으로 이기적이고 자기중심적이어서 타인을 배려하는 마음이 부족하다. 내 멋대로 살고 싶어 하며 남을 위해서 자신의 희생을 감수하는 경우가 드물다. 하지만 자식을 낳으면 기꺼이 자신의 이익을 뒤로하고 자식에게 우선순위를 두기 마련이다. 이것이 바로 사랑의 실천을 연습하는 자연스러운 계기가 된다. 물론 자식이 생겼다고 갑자기 모든 것을 양보하고 희생하는 성숙한 인격의 소유자가 되는 것은 아니다. 자식이 태어나면 이들에 대한 사랑의 마음이 사언스럽게 생성되는 것은 사실이지만 그 마음을 시종일관 지속하기는 쉽지 않다. 때론 자식을 위한다는 마음으로 이런저런 충고를 하고 좋은 길을 제시하기도 하지만 그것이 종종 부모의 욕심을 투영하기도 하며, 설령 합리적인 조언을 하더라도 자식이 그걸 다 받아들이는 것은 아니다. 부모가 보기에는 지극히 상식적인 제안을 자식이 반항심으로 거부하는 경우도 많다. 로봇 같았으면 진작 버리고 싶은 마음이 들었을 것 같은데 이 모든 것을 인내하고 이겨내는 것이 부모가 되어서 새롭게 배우는 내용이다. 결국 자식을 낳아 기른다는 것은 아이뿐 아니라 부모도 자라나게 한다는 면에서 교학상장(敎學相長)의 의미를 지닌다. 부모의 역할은 내 멋대로 안 되는 아이를 잘 키워서 독립적인 인격체로 세상에 내보내는 것이다. 이 여정은 기쁨과 고난이 함께하며, 생명 탄생의 신비를 체험하면서 궁극적으로는 사랑하는 존재를 내 손에 움켜쥐고 있는 것이 아니라 내려놓게 하는 연습을 하는 것이다. 당연히 이 길을 걷는 것이 쉽지만은 않지만 원래 인간이라는 존재는 어려운 길을 스스로 택하지 않는 습성이 있기에 자식이라는 계기를 통해서 부모를 성숙한 어른으로 만들어가는 것이 조물주의 신비인가 보다.

어쩌면 그리 머지않은 미래에 자식과 비슷한 로봇을 판매하는 날이 올 수도 있다. 하지만 영화 「AI」에서와 같이 자식을 대신하는 로봇을 구할 수 있는 날이 온다고 하더라도, 로봇을 집에 들이는 것은 자식을 키우는 것과는 전혀 다른 양상이 될 것이라고 생각한다. 왜냐하면 우리가 기계를 위해서 희생을 감수할 것 같지는 않기 때문이다. 오히려 말을 안 듣는 기계는 자식과 달리 인내심을 발휘하지 못하고 금방 포기할 가능성이 크다. 이런 면에서 설령 그러한 로봇이 등장한다고 하더라도 인간의 성숙에는 별 도움이 안 될 것이며, 반대로 내 입맛에 안 맞으면 쉽게 버릴 수 있다는 자식에 대한 책임을 약화시키는 나쁜 습성을 키울 수도 있다. 이러한 점에서 자식을 낳아서 기른다는 것은 쉽지 않은 일이지만 새로운 생명을 통해서 부모와 자식이 서로를 통해 자라나는 계기를 제공하는 것은 분명하다. 그렇다면 자식을 낳고 기르는 것은 본성에 따른 비합리적인 선택이라기보다는 자연이 인간에게 주는 가장 큰 축복 중 하나가 아닌가 생각해본다.

『철학과 현실』(2018년 9월)

암벽 등반과 같은 인생

　얼마 전, 암벽 등반가인 김자인이 우리나라에서 제일 높은 555미터의 신축 건물을 맨손으로 2시간 반 만에 올라갔다는 소식을 접했다. 일반인은 걸어서 올라가도 헉헉거릴 높이를 등반하듯이 올라간 것은 대단한 일이 아닐 수 없다. 물론 안전장치를 했다고는 하지만, 잠시라도 방심하면 수직으로 떨어지는 것을 상상하며 아찔한 마음이 들었다. 나는 죽었다 깨어나도 도전할 용기를 못 낼 일 같았다.

　지난주에 단골 병원에 갔다가 의사 선생님으로부터 건강을 지키는 것은 암벽을 오르는 일과 같다는 얘기를 들었다. 나이가 들수록, 건강은 엄청난 노력을 기울여야 아주 조금씩 회복되지만, 건강이 나빠지는 것은 절벽에서 떨어지는 것처럼 순식간에 진행된다는 것이다. 건강이 좋아지는 것은 어려운 반면 건강을 해치는 것은 잠깐 사이에 벌어지니, 항상 긴장을 늦추지 말고 건강을 챙겨야 한다는 것이다.

　그렇게 생각해보면, 오르기는 어렵지만 떨어지기 쉬운 것은 암벽 등반이나 건강만은 아니다. 우리의 인생도 암벽을 오르는 일과 상당히 비슷하다. 정상을 차지하는 일은 엄청난 시간과 노력이 필요하며 많은 사람이 그 과정을 버티지 못하고 도태되고 만다. 게다가 인생에서의 경쟁을 암벽 등반과 비교하면, 여러 등반가들이 동시에 정상을 향해 도전하는 것과 유사하다. 암벽 등반은 철저하게 자신과의 싸움이지만 인생에서의 경쟁은 나 자신과의 싸움이자 동시에 타인과의 싸움이기도 하다. 이러한 우여곡절을 거치며 소수의 사람만이 승리하여 정상을 차지할 수 있다.

이렇게 고생해서 정상을 차지해도 나락으로 떨어지는 것은 한순간이다. 작년까지 청와대를 차지하던 사람들도 그런 사례가 될 수 있고, 음주운전으로 집행유예를 받아서 미국 비자의 발급이 거부된 메이저리그의 강정호 선수도 비슷한 경우라 볼 수 있다. 높은 곳까지 그렇게 많은 시간을 공들여 올라갔음에도, 잠깐 사이에 나락으로 떨어지는 것을 보며 인생을 다시 돌아보게 된다.

히말라야는 오르기도 어렵지만 내려오는 것이 더 어렵다고 한다. 인생도 그러하다. 올라가는 것 못지않게 내려오는 것도 잘 준비해야 한다. 정상에서 평생 머무를 수 있는 것이 아니라면 바닥으로 굴러떨어지지 않도록 유의할 필요가 있다. 올라가는 것만큼 내려오는 것도 조심스러워야 하는 것이다.

한편으로는 남들이 다 올라가려 한다고 멋모르고 덩달아 정상을 향하기 전에, 그곳에 왜 오르려 하는지 자신에게 물어볼 필요가 있다. 단순히 남보다 더 높은 곳에 있기 위해서 올라가려 하는 것인지, 아니면 높은 곳에 오르는 다른 목적이 있는 것인지 잘 살펴볼 필요가 있다. 그리고 높은 곳에 도달하는 목표가 나 자신을 위한 것인지 타인을 위한 것인지도 스스로 확인해보아야 한다. 나 자신의 영달을 위한 고지 점

령일수록 낭떠러지로 떨어질 위험이 많은 법이다. 그만큼 무리해서 올라갔을 가능성이 크기 때문이다.

경우에 따라서는 꼭 정상에 올라가야 하는지를 물어볼 필요도 있다. 인생은 여행과 같은 것이어서 목적지에 도달하는 것 못지않게 그 과정 역시 중요하다. 어디로 가느냐보다 어떻게 가느냐가 인생을 설계하는 데에 더 신경 써야 할 질문이 되기도 하기 때문이다. 어쩌면 인생에서 배워야 할 것 중 하나가 자족(自足)하는 것일지도 모른다. 떨어질 것을 겁내서 올라가는 도전을 포기하는 것은 바람직하지 않지만, 악착같이 남들을 밟으면서 올라가야 하는지 역시 자문(自問)해보아야 한다.

40-50년 전만 해도 우리나라는 먹을 것이 부족했다. 학교에 도시락을 못 싸 오는 친구들이 상당수 있던 시절이었다. 하지만 이제 우리는 절대적인 빈곤에서 벗어난 사회에서 살고 있다. 나누어 가지면 모든 국민이 충분히 먹을 수 있을 만큼의 경제력을 확보하였다. 이제는 기를 쓰고 정상을 향해 올라가기보다 내 주변을 살피며 함께 살아가는 사회를 만들어야 하는 세상이 된 것 같다. 그래야 조금씩 정상을 향해 가면서 바닥으로 떨어지는 확률을 줄일 수 있는 인생을 살게 될 것이다. 갑자기 "추락하는 것은 날개가 있다"라는 소설의 제목이 떠오른다. 높은 곳에 애써 올라갔다가 바닥으로 추락하는 인생은 참 허무할 것이다. 누구나 인생을 살며 어디로 올라가려 하는지, 왜 올라가려 하는지 살펴볼 필요가 있다. 그래야 추락함이 없는 삶을 살 수 있기 때문이다.

『성숙의 불씨』(2017년 5월)

피고 지는 꽃을 보며

개나리를 시작으로, 목련, 벚꽃 그리고 철쭉과 영산홍이 피는 것을 볼 수 있다는 것은 봄이 지니는 축복이다. 메마른 가지에서 싹이 나고 꽃이 피는 것을 보며 죽은 줄 알았던 세상에서 새로운 생명의 기운을 느끼게 된다. 4월에 만개한 벚꽃은 행인들의 발길을 멈추게 할 뿐 아니라 사람들로 하여금 발걸음을 그리로 향하게 한다. 이즈음, 여의도에 어마어마한 인파가 모이는 이유도 바로 벚꽃 때문이다. 필자가 자주 가는 건국대 캠퍼스와 석촌호수에 활짝 핀 꽃들은 구경꾼에게 자연스레 휴대전화의 사진기 기능을 활용하게 만든다. "이래도 나를 안 볼래?" 하고 만껏 자랑하면서 말이다. 개화(開花)는 식물에게 질정의 순간이다. 식물의 아름다움은 꽃이 피었을 때를 능가하기 어렵다. 하지만 화무십일홍(花無十日紅)이라는 말처럼, 꽃은 잠시 피었다가 시들어버린다. 절정은 지속되기 어렵다는 섭리를 우리에게 알려주면서 말이다.

꽃이 지는 모습을 보면 일시적인 아름다움의 덧없음을 절실하게 느끼게 된다. 화려하게 피었던 꽃의 말로(末路)는 대체로 비참하다. 활짝 핀 꽃이 안 예쁘기도 어렵지만, 떨어지는 꽃잎이 예쁘기는 더 어렵다. 사람들은 예쁜 꽃에 감탄을 감추지 못하며 환호하지만 져버리는 꽃에는 눈길조차 주지 않는다. 그만큼 피고 지는 꽃의 모습이 대조적이기 때문이다. 재미있는 사실은 꽃잎이 크면 클수록 꽃의 지는 모습이 추하게 느껴진다는 점이다. 벚꽃은 꽃이 아예 줄기에서 떨어지기에 추하다는 느낌을 받을 시간조차 없지만, 목련이나 장미의 색 바랜 꽃잎은 예뻤던 전성기와 비교가 되어 인생무상(人生無常)을 떠오르게 한다.

인생이 바로 그러하다. 누구에게나 전성기의 모습은 화려하기 짝이 없으나, 전성기가 지나고 힘이 빠지는 모습은 추한 경우가 많다. 높은 곳에 올라간 사람일수록 남의 부러움을 사는 경우가 많지만, 그 부러움을 끝까지 유지하는 사람은 흔치 않다는 뜻이다. 그만큼 성숙한 사람이 많지 않다는 방증이기도 하다. 피고 지는 꽃의 대조를 보면, 한창때의 화려함도 중요하지만, 말년의 인생이 추하지 않도록 가꾸는 것도 중요함을 새삼 깨닫는다. 어렸을 때 집에서 키우던 어떤 선인장의 꽃망울이 열리는 그 모양 그대로 지는 것을 본 경험이 있다. 그 이름 모를 선인장은 꽃망울이 피려고 하는지 지려고 하는지 분간하기 어려울 징도로, 꽃이 피는 그 억순으로 지는 것이었다. 꽃 자체의 회려함은 다른 꽃보다 못했을지 모르지만, 꽃이 피고 지는 과정 전체를 보았을 때 가장 아름다웠던 꽃으로 기억 속에 남아 있다.

인간은 그 선인장보다 노년이 더 멋있을 수 있는 존재이다. 청춘이 지나고 인생의 절정이 지나도 여전히 그 사람이 가지고 있는 경륜과 덕 때문에 청춘의 아름다움과는 다른 멋을 유지할 수 있는 존재이기 때문이다. 나이가 들어서도 존경받을 수 있는 어른이 바로 인생의 유종의 미를 거두는 진정으로 성숙한 인간이다. 이런 측면에서 허무하게 지는 꽃과는 달리 마지막이 아름다운 삶이야말로 진정으로 멋있는 인생이 아닌가 생각한다. 우리 주변에 그런 멋있는 사람이 많았으면 좋겠다. 그러면 꽃으로 덮인 공원보다 이 세상이 더 아름답게 느껴질 테니 말이다.

『성숙의 불씨』(2019년 4월)

아버지 영전에 드리는 편지

아버지!

제가 중학교 때, "생신날 어떤 선물을 드릴까요?"라고 여쭈었을 때 "아버지에 대한 글을 하나 써서 줄래?"라고 대답하셨지요? 비록 생신은 아니지만, 그때 아버지께서 원하셨던 선물을 이제야 드리게 됨을 용서하세요.

아버지는 너무나 건강하셔서 이렇게 빨리 가실 줄은 꿈에도 생각하지 못했습니다. 작년 여름에 학술원 회장을 그만두실 때만 하더라도 적어도 5년은 더 사실 것으로 생각했었지요. 인명은 재천이라고 하더니, 정말 그렇군요. 돌이켜보면 아버지와 마지막으로 했던 것들이 하나씩 떠오릅니다. 2007년 어머니께서 무릎 수술로 입원하셨을 때, 제가 어머니 침대에서 아버지와 함께 자면서 아침을 준비해 드린 것이 아버지와 마지막으로 같은 방에서 잔 것이었고, 작년 8월 만해상을 받으러 백담사에 가셨을 때 제가 따라갔던 것이 아버지와 마지막으로 한 여행이었습니다. 지난 5월 23일 입원하시기 전에 동네 병원으로 모시고 간 것이 제가 차로 모신 마지막이었고요.

사실 5월 23일에 입원하실 때만 해도, 저희는 사태가 심각하게 되리라고 전혀 생각하지 않았습니다. 다만 거동이 불편하셔서 걷는 것이 회복될 때까지 입원하셔서 요양을 하시라는 뜻이었는데 무엇이 그리 급하셔서 입원한 지 5일 만에 세상을 뜨셨는지요? 결과적으로는 자식들 고생 안 시키시려고 그러신 것 같아서 너무 송구스럽습니다.

23일에 간단한 검사를 받으러 동네 병원에 갔다가, 의사 선생님께서 "워낙 고령이시고 거동도 불편하시니 입원을 하시는 것이 좋겠습니다"라고 권유하셔서 갑자기 입원을 결정한 것이었습니다. 구급차를 타고 응급실로 가기는 했지만, 구급차를 부른 것도 아버지께서 승용차에 오르내리는 것을 힘들어하셔서 그런 것이었고, 응급실로 간 것도 그날이 토요일이라 일반 진료가 없었기 때문에 입원을 위한 불가피한 선택이었습니다. 응급실에서 호흡보조기를 착용할 때만 해도 기침 때문에 폐활량이 부족하다고만 여겼으며, 도리어 응급 환자가 아니니 집으로 갔다가 월요일에 외래로 오라는 말이 나올까 봐 걱정하고 있었을 정도였습니다. 그 정도로 저희는 아버지의 건강이 위협을 받고 있다고 생각하지 않았습니다. 병실을 배정받고 오히려 저희는 아버지께서 집보다 조금은 편하게 계실 수 있으리라는 기대에 안도했었지요. 기침을 조금 하셨지만 곧 완치되리라 믿어 의심치 않았고, 다만 어떻게 하면 아버지의 걸음걸이가 예전처럼 돌아올 수 있을까에 대해서만 걱정하고 있었습니다. 마지막이라는 생각을 안 했기에 친척이나 제자들에게도 입원 사실을 적극적으로 알리지 않았으며, 24일에 제 두 딸을 데리고 병실을 찾았을 때도 일상적인 병문안 정도로만 생각했었습니다. 특히 고3인 큰 아이에게 "힘내라"라고 말씀하실 때, 대학생이 된 손녀의 모습을 못 보실 것이라고는 꿈도 꾸지 않았습니다.

상황이 심각하다는 것은 26일 밤에 온 전화에서 느꼈습니다. "앞으로 2-3일이 고비"라는 의사 선생님의 말씀에 깜짝 놀란 누나가 전화를 했고, 자정이 다 된 시간에 병실로 달려오면서 "어쩌면 이 고비를 못 넘기실 수도 있겠다"라는 생각을 처음으로 했습니다. 그날 밤을 무사히 넘기셔서 27일 아침 수업을 위해서 새벽에 집으로 돌아왔다가 아침 9시경에 병원에서 전화를 받고 다시 병실을 찾을 때는 운전하는 내내 울면서 왔습니다. 이제는 마지막이라는 생각이 들었던 모양입니다. 그날 아침에 한동안 연락이 없었던 제자가 뜬금없이 보내준 문자가 "여호와는 나의 목자시니 내게 부족함이 없으리로다."였던 것도 그날의 앞일을 암시하고 있었나 봅니다.

이렇게 빨리 가실 줄 알았으면 입원하신 중에 물이라도 마음껏 드시게 할 걸 하는 후회가 듭니다. 폐렴 기가 있었기에 물을 잘못 마시게 되면 악화할 수 있어서 아버지의 입술과 혀가 가품 든 논처럼 갈라지는 상황에서도 물기 있는 수건으로 닦아드리기만 했었지요. 물을 달라는 아버지의 요청을 들어드리지 못하고 "의사 선생님이 안 된다고 하셨어요"라고 대답하면 이내 속상한 표정으로 체념하셨던 아버지의 얼굴이 떠올라 지금도 죄송스러워서 견딜 수가 없습니다. 요즘도 물을 마실 때마다, 힘들어하시던 아버지의 얼굴을 생각하면 눈물이 납니다.

돌아가시기 3일 전에 어머니께서 문병을 마치시고 댁으로 돌아가려고 하실 때, 아버지께서 "나도 같이 가"라고 말씀하셨던 것도 가슴 아픈 기억으로 남아 있습니다. 아버지는 평생 입원을 서너 번밖에 안 하셨을 정도로 건강하셨기에 병원이라는 곳이 여러모로 불편하셨겠지요. 15년을 사신 분당 집이 아버지께는 너무나 익숙한 곳이었을 것이고요. 삶과 죽음의 경계선을 오가는 과정에서 낯선 병실의 풍경은 아버지께서 느끼시던 두려움과 외로움을 더욱 크게 했겠네요. 그 때문에 어머니께서 그날 병실을 나오시면서 마음이 무거워서 견디기 어려웠다고 여러 번 말씀하셨습니다.

어쩌면, 저희와는 달리, 아버지께서는 삶의 마지막 자락을 이미 느끼고 계셨는지도 모르겠습니다. 얼마 전 제가 박 치과에 갔을 때, 아버지께서 마지막으로 그 치과에 방문했던 이야기를 들었습니다. 4월 말경에 치과에서 치료받고 나오시면서, 아버지께서 "우리가 알게 된 것이 몇 년이나 되었지요?"라고 의사 선생님께 물으셨더군요. 그 치과는 사당동에 살 때부터 다니다가, 우리가 분당으로 이사 왔을 때 그 치과도 우연히 분당으로 이전해서 인연이 매우 깊었던 곳이었지요. 약 25년 이상을 잘 알고 지내던 분께 던진 그 질문 하나에서 의사 선생님은 이것이 마지막임을 직감하셨다고 제게 말씀해주셨습니다.

아버지라고 왜 그런 느낌이 없으셨겠어요? 누구도 대신할 수 없는, 그리고 누구나 한 번은 실존적으로 대면해야 하는 죽음 앞에서 아버지도 두려움과 외로움을 느끼셨겠지요. 가보지 않은 길을 홀로 가야 한다는 것, 그리고 그 길을 되돌아올 수 없다는 것만큼 고독을 느끼게 하는 일은 없을 것입니다. 그렇게 외로웠을 한 달 동안 저는 아무런 도움이 되지 못한 것 같아서 지금도 가슴이 아파집니다.

덕분에 아버지께서는 하나님을 받아들이셨습니다. 4월 말에 치료를 위해서 5일 정도 입원하셨다가 퇴원하시던 날, 집에서 점심을 드시면서 기독교를 받아들이겠다고 하셨을 때 온 가족이 손뼉을 치면서 기뻐했습니다. 이런 날이 오기는 올까 하면서 반신반의했던 저희에게 아버지의 그 말씀은, 아버지의 기력이 떨어지기 시작한 이후에 들었던 유일한 희소식이었습니다. 아버지의 영접은 저희에게 주신 가장 큰 선물이었고 가슴 아프게 아버지를 보내드려야 했던 짧은 과정에서도 마음

한구석에 평안을 느끼게 하는 큰 위로였습니다.

마지막으로 입원하시던 23일 아침에 어머니 다니시는 교회의 목사님을 모시고 세례를 받으신 것도 지금 생각해보면 절묘했습니다. 아직 시간이 많이 남았다고 생각했지만 이왕 이야기가 나온 김에 추진하자고 했던 것이었는데, 그때가 아니었으면 기회가 없을 뻔했다는 생각이 듭니다. 아버지 돌아가시던 날 아침에도 병실로 목사님을 모시고 예배를 드렸지요. 온 가족이 예배를 드리면서 눈물을 감추느라 애쓰던 그 자리에서 오히려 아버지께서는 편안해하셨습니다. 그때 이미 아버지는 가야 하는 길이 비록 돌아올 수는 없지만 혼자 가야 하는 길은 아님을 느끼신 것 같았습니다. 그 예배를 드리던 오전이 아버지께서 의식을 잃지 않았던 마지막 시간이었음을 생각하면 비록 짧은 시간이었지만 참으로 알뜰하게 믿고 가셨다는 생각이 듭니다.

아버지의 빈소에는 참으로 많은 분이 오셨습니다. 일가친척, 철학계를 비롯한 학계의 지인들, 아버지 제자들, 학술원 회원, 그리고 수필가들이 다녀가셨습니다. "한국철학회의 학술회의보다 철학자들이 더 많이 왔네"라는 황 선생님의 말씀만 보더라도 아버지의 마지막 가시는 길이 쓸쓸하지는 않았습니다. 빈소에 도착한 화환만 해도 엄청나게 많아서 나 진열하기가 어려울 징도였습니다. 이렇게 말씀드리면 대단히 송구스럽지만, 장례 절차를 치르는 사흘 동안 정말 끊임없이 찾아오는 조문객을 맞이하며 아버지께서 제가 평소에 생각했던 것보다 훨씬 더 유명한 분이라는 것을 깨달았습니다.

제가 어렸을 때 아버지께서는 "도식이가 나보다는 훌륭한 사람이 되어야지"라고 여러 번 말씀하셨습니다. 저는 그것을 당연하게 생각했지요. 이렇게 말씀드려도 되는 건지는 모르겠지만, 어렸을 때 제가 느꼈던 아버지는 그냥 평범한 사람이었습니다. 아마도 제가 사립 초등학교에 다니면서 주변에 부잣집을 많이 볼 수 있었기 때문에 그런 생각을 했는지도 모르겠습니다. 제가 대학에서 전공을 철학으로 선택한 후에야 아버지의 위상이 대단함을 알기 시작했습니다. 철학계에서 아버지 이름 석 자를 말하면 모르는 사람이 없을 정도이니까요. 제가 불혹의 나이를 지난 지금도 '건국대 철학과 교수'보다는 아버지의 아들로 소개되는 경우가 심심치 않게 있을 정도로 아버지의 명성은 대단했습니다. 게다가 이번에 아버지 전집을 준비하면서 평생 쓰신 저서들을 정리하다가 보니 학자로서의 아버지는 감히 따라가는 것이 어려울 정도로 많은 업적을 내신 것을 확인했습니다. 그리고 빈소를 찾아오신 각계각층의 분들을 뵙고 아버지의 명망이 철학계에 한정된 것은 아니었음을 새삼 깨닫게 되었습니다. 하긴 학술원의 회원이 되는 것만으로도 학자로서는 최고의 영광인데 학술원의 회장을 역임하셨으니 무슨 말이 더 필요하겠습니까?

어렸을 때는 제가 당연히 아버지보다 나은 사람이 될 수 있다고 생각했지만, 이제는 "내가 과연 아버지보다 일부분이라도 나은 점이 무엇일까?"를 고민해야 하는 상황입니다. 그래도 제가 아버지보다 비교적 자신 있게 낫다고 말할 수 있는 것은 테니스가 아닌가 싶습니다. 초등학교 2학년 때부터 아버지를 따라다니며 옛날 문리대와 의대 코트에서 배우기 시작했지요. 테니스라는 운동은 처음에 시간 투자를 많이 해야 재미를 느낄 수 있기에 많은 사람이 포기를 하는데 저는 어린 나이에 무슨 동기로 테니스를 계속하게 되었을까에 대한 질문을 스스로 던진 적이 있습니다. 물론 제가 운동을 좋아하는 편이고 테니스 자체에도 흥미를 느꼈던 것이 사실이지만 무엇보다도 아버지를 따라 테니스를 다녔던 큰 이유 중 하나는 거스름돈 10원이었습니다. 보통 테니스를 마치면 택시를 타고 집에 오는 경우가 많았는데 테니스장에서 집까지는 기본요금 90원 거리여서 100원짜리 지폐를 내면 거스름돈 10원을 받았습니다. 아버지께서는 그 10원을 항상 저에게 주셨습니다. 그 당시 10원이면 적은 돈이 아니어서 삼립빵을 하나 사 먹을 수 있었습니다. 그 거스름돈을 받는 재미가 테니스를 배우는 것만큼 컸던 기억이 납니다. 그래서 요즘도 1970년대에 발행된 10원짜리를 수중에 넣게 되면 기념으로 보관하곤 합니다. 지금의 10원이란 하잘것없는 금액이지만 그때 받았던 10원의 거스름돈을 생각하면서 아버지와의 추억을 떠올릴 수 있기 때문이지요.

테니스와 관련된 추억은 여러 가지가 있습니다. 1980년대 중반에 MBC에서 개최한 가족 테니스 대회에 출전했던 것이 그중 하나입니다. 여의도 어딘가에 있었던 테니스장에서 열렸는데 저희는 부자(父子) 조로 신청했습니다. 선수 출신의 상대를 1회전에 만나서 단 한 경기만을 하고 탈락하기는 했지만 나름 선전했고 그때 기념품으로 받은 티셔츠를 함께 입고 테니스를 즐겼던 기억이 있습니다.

그 이후로도 아버지와 테니스를 함께 했던 날들은 많이 있었습니다. 제가 박사학위를 마치고 돌아온 후에 철학 전공을 하시는 분들이 모여서 1년에 두 번씩 서울 교대에서 테니스를 칠 기회가 있었습니다. 때로는 아버지와 한 조가 되어서, 때로는 아버지를 상대로 시합을 벌였지만, 승패와 관계없이 아버지와 함께 운동을 할 수 있다는 것만으로도 매우 즐거웠습니다. 아버지께서도 테니스를 노년까지 즐기셔서 불과 작년에도 일주일에 한두 번 정도는 테니스를 하셨는데 이렇게 갑자기 세상을 떠나셔서 아버지의 라켓을 볼 때마다 가슴이 저려옵니다.

아버지와의 공통적인 추억을 떠올리자면 아무래도 '철학'이 빠질 수는 없을 것 같습니다. 대학 입학 전까지 아버지께서는 제게 철학이 무엇인지를 설명해주신 적이 없었습니다. 물론 제게 "철학을 해보는 것이 어떠냐?"라고 권하신 적도 없었고요. 철학이 무엇이냐고 몇 번 여쭈어본 적은 있었지만, 대학에 들어가면 가르쳐주겠다고만 대답하셨지요. 나중에 들은 이야기지만, 제가 고3 때 철학이 무엇인지도 모르고 철학과를 지망하겠다고 결정했을 때, 아버지께서는 기뻐하셨다고 들었습니다. 아버지의 발자취를 자식이 따라간다는 것은 지금 생각해도 좋은 것 같습니다. 누나들이 전공으로 철학을 선택하지는 않았기에 제가 마지막 보루였는데, 다행히 저도 철학에 흥미를 갖게 되어 이렇게 아버지의 길을 따라가고 있습니다.

같은 전공의 아버지를 같은 학교에 둔다는 것은 일장일단이 있습니다. 모르는 것을 쉽게 배울 수 있는 기회가 남들보다 훨씬 많이 있었던 점은 제게 큰 축복이었습니다. 제가 대학 1학년 때 플라톤의 이데아를 잘 이해할 수 없어서 아버지께 질문을 드렸더니 삼각형을 가지고 아주 쉽게 설명을 해주셨습니다. 그 설명은 제 기억에 너무나 또렷이 남아 있어서 지금 제가 '철학의 이해' 수업에서 플라톤을 설명할 때 삼각형의 이야기로부터 시작합니다. 또 남들은 선배들을 쫓아다니면서 알아가야 했던 1학년 1학기의 수강 신청도 저는 아버지의 도움으로 쉽게 과목을 선택할 수 있었습니다. 이젠 저도 교수가 되어 신입생들의 수강 신청을 지도할 때 설명할 것이 하나둘이 아님을 몸소 체험하고 있는데, 오히려 제가 신입생 때는 아버지 덕분에 그것이 어려운 일인지도 모르고 넘어간 기억이 있습니다.

반면에 단점이라고 하면 제가 느끼게 되는 부담감입니다. 특히 아버지처럼 워낙 지명도가 높으신 경우에는 제 일거수일투족이 저 하나의 문제가 아니라 아버지와도 연결될 수 있다는 점이 저에게는 부담으로 다가왔습니다. 게다가 아버지의 철학적 업적이 워낙 출중하셔서 후학인 제가 도저히 따라가기 어렵다는 점도 제게는 항상 마음의 짐으로 남아 있었던 것 같습니다.

또 하나의 단점이라면, 대학생 때 친구들은 교재를 사면서 거스름돈을 착복하는 경우가 많았는데 저는 책값을 달라고 하면 아버지는 돈 대신에 책장에서 책을 뽑아 주셨기에 떼어먹을 돈이 생기지 않았던 점입니다. 가장 아쉬웠던 기억은 칸트의 『순수이성비판』을 사야 하는 3학년 때였습니다. 원서를 강독하는 수업의 교재로 독어판 8천 원짜리를 사야 했는데, 친구들은 다 만 원을 받아 2천 원의 수입을 올리고 있을 때 저는 서재에 있던 아버지의 책을 받아야만 했습니다. 좀 억울한 생각이 들어서 번역본도 필요하다고 했더니 노먼 켐프 스미스(Norman Kemp Smith)의 영어 번역본과 최재희 선생님의 우리말 번역본을 함께 주셔서 아무 소리 못하고 받아온 적이 있었습니다. 그때는 아버지가 철학자라는 것이 좀 원망스럽더군요.

제가 철학과에 진학하게 되면서 생긴 에피소드도 많이 있습니다. 아버지 과목인 윤리학이 2학년 전공필수 과목이었는데 동기들은 아들인 제가 수강생으로 있다는 것이 불만이었습니다. 이유는 아버지께서 수업 시간에 윤리의 상대성을 설명하시면서 귀한 손님이 오면 자기 부인을 들여보내는 에스키모 종족의 풍습을 이야기하실 때 저 때문에 선배들의 수업 때보다 서술 방식이 적나라하지 못했다는 것이었습니다. 더분에 "너만 아니었으면 좀 더 재미있는 내용을 들을 수 있었을 것"이라는 친구들의 질타를 들었던 기억이 있습니다. 또 하나 생각나는 것은, 제 노트 필기가 그리 신통치 않은 편이어서 평소에는 제 노트를 복사하겠다는 친구들이 없었는데, 유독 윤리학 노트만큼은 그 안에 무언가 범상치 않은 내용이 있을 것 같다고 느껴졌는지 복사하겠다는 친구들이 많이 있었습니다.

제가 수강한 아버지 수업과 관련해서 또 하나 기억에 남는 것은 아버지의 채점이었습니다. 자식의 답안지를 채점해야 하는 상황에서 공정성을 유지하기 위하여 입시 답안지 채점하듯이 이름 부분을 완전히 가리고 채점하셨습니다. "제 글씨체를 모르세요?"라고 질문을 드렸더니, "채점해야 하는 전체 분량 중 약 반 정도는 네 글씨체가 아닌 것을 알겠는데, 나머지 반 중에서 어떤 것이 네 답안지인지는 모르겠다"라고 대답하셨습니다. 2학년 때 들었던 윤리학은 아들에게 A+를 주시기가 좀 그렇다고 하시면서 제 점수부터 A를 주셨습니다. 다른 일반적인 수업이었으면 A+를 받을 수도 있는 답안지였나 봅니다. 3학년 때 수강한 현대윤리학은 제 답안지가 최고점인 것을 확인하시고는 "아들이라고 불공평하게 할 수는 없지"라고 하시면서 A+를 주셨습니다. 그때부터 저는 이미 '공정'이 무엇인지를 아버지로부터 배웠던 것 같습니다.

제가 아버지로부터 배운 현대윤리학은 정년을 앞두신 아버지의 마지막 학부 강의였습니다. 종강을 하시던 날, 기자도 몇 명 강의실 안에 있었고 수업 내용도 이전까지의 내용과 연결되기보다는 윤리학 전반에 대한 아버지의 의견을 표현하셨던 것으로 기억하고 있습니다. 수업을 마치고 박수 소리와 함께 과 대표인 학생이 아버지께 꽃다발을 드렸습니다. 아버지께는 말씀을 안 드렸지만, 그 꽃은 제가 준비한 것이었습니다. 아버지로서가 아닌 은사로서의 아버지에게 자식이 아닌 제자 도식이가 드렸던 감사의 표시였습니다. 그때 당시에는 너무 생색내는 것 같아서 말씀을 못 드렸고 그 이후에도 쑥스러워서 말씀을 못 드렸는데, 결국은 끝내 말씀을 못 드리게 되었네요.

아버지의 전공이 철학이기에 일상에서 아버지를 설득하려면 저는 논리적이어야 했습니다. 아버지께서 받아들이는 전제를 사용하여 제가 원하는 결론을 도출해야 했지요. 제 철학적 소양은 어쩌면 이런 분위기에서 시작되었을지도 모르겠습니다. 아버지께서 동의하시는 대표적인 전제는 "건강이 중요하다."와 "시간을 아끼기 위해서는 돈을 써도 좋지만, 시간과 돈을 함께 쓰는 것은 어리석은 일이다." 등이었습니다. 제가 아버지를 설득해서 산 것 중 기억이 나는 것은 대학생 때 했던 렌즈와 유학생 때의 자동차입니다.

저는 중학교 때부터 안경을 착용했는데 아버지께서는 학생이 금테 안경 쓰는 것을 싫어하셨습니다. 저는 뿔테가 싫었지만 아버지를 설득할 명분이 없어서 내내 뿔테를 쓰다가 대학생 때 렌즈를 끼는 것이 안경보다 시력이 덜 나빠진다는 근거로 렌즈를 샀던 기억이 납니다. 저는 렌즈를 사달라고 하면서도 큰 기대를 안 하고 있었는데 시력에 좋다고 말씀을 드리니 바로 사주셨습니다.

유학생 시절에 자동차를 살 때도 저는 논증적이어야 했습니다. 처음에 아버지는 약 3천 달러 정도의 차를 구해보라고 하셨고 저는 마침 동네에서 누가 싸게 내놓은 6천 달러짜리의 차를 사고 싶었습니다. 3천 달러짜리를 유학 마칠 때까지 타면 되팔 때 천 달러 정도를 받을 수 있는 반면 6천 달러짜리는 약 3천 달러를 받을 수 있기에 6천 달러짜리를 사더라도 궁극적으로 더 들어가는 비용은 천 달러 정도이고, 6천 달러짜리는 3천 달러짜리보다 고장이 덜 날 것이기에 수리비를 절약한다는 측면에서 금전적으로도 큰 손해가 아니며, 고장 때문에 시간과 마음고생을 하는 것까지 고려하면 이익이라는 식으로 설득했었지요. 덕분에 저는 6천 달러짜리 좋은 중고차를 살 수 있었습니다. 저는, 아버지께서 강조하시던, 철학의 현실 적용을 이미 집에서부터 충분히 배워온 셈입니다. 덕분에 저는 학문적인 분야뿐 아니라 일상적으로도 논리적이고 합리적인 사고를 할 수 있는 토양을 마련할 수 있었지요.

아버지에 대한 추억은 다 풀어놓기 어려울 정도로 많이 떠오릅니다. 초등학교 때 만리포와 경포대에 놀러 갔던 기억, 스카라 극장에서 이

소룡 영화를 함께 보고 반포에 있는 '준'에서 함박스테이크를 먹었던 일, 어렸을 때 무슨 장난감을 사달라고 했다가 허락받지 못하고 속상해했던 일, 초등학교 3학년 때 팔을 다쳐서 11바늘을 꿰맨 후 아버지께 혼나지 않을까 두려워하고 있는데 막상 아버지는 제 걱정을 해주신 일, 제 첫사랑에게서 꽃봉투의 편지가 배달되었을 때 아버지께 들킬까 봐 걱정하고 있었는데 의외로 아버지는 어떻게 아셨는지 데이트 비용이 필요하지는 않느냐고 물어봐주신 일 등, 이런 일에 대한 회상을 다 하려면 밤을 새워도 모자랄 것입니다.

사실 아버지께서 이렇게 갑작스럽게 떠나시지 않았다면, 어렸을 때부터 지금까지 아버지와 있었던 일들을 돌아보며 이런 이야기들을 아버지와 나누고 싶었습니다. 그때 아버지께서 어떤 마음으로 이런저런 결정을 하셨는지, 그 당시 제 마음은 어떠했는지 등을 얘기하고 싶었습니다. 하지만 아버지께서 너무 급하게 가셔서 결국 제가 드리고 싶었던 말들을 다 못하고 보내드렸습니다. 보내는 마음에 아쉬움과 회한이 없지는 않지만 그래도 천상에서 다시 만날 것이기에 그때 하고 싶은 이야기를 마저 하기로 하고 편안한 마음으로 아버지를 보내드리려고 합니다.

아버지!

낳아주시고, 길러주시고, 많은 추억을 함께하게 해주셔서 정말로 감사합니다. 앞으로도 아버지 명예에 흠이 가지 않는 자식이 되도록 노력하겠습니다. 그럼 천국에서 다시 뵐 그날까지 편히 쉬시기를 기도드립니다.

『철학과 현실』(2009년 9월)

아버지, 『철학과 현실』 그리고 나

『철학과 현실』 창간 30주년을 기념하여

지난 연말, 요즘 기준으로는 이른 나이에 할아버지가 되었다. 딸아이가 우리 집에서 지내고 있어서 육아의 과정을 가까이서 경험하게 된다. 우리 딸들을 키울 때도 비슷한 과정을 거쳤지만, 아이를 낳아 키운다는 것은 참으로 손이 많이 가는 작업이다. 잠도 희생해야 하고, 우는 아이를 달래느라 전전긍긍해야 하며, 아이를 위해서 지출도 감수해야 한다.

아이를 낳아 키우는 것과 비교하는 것이 어떨지 모르겠지만, 『철학과 현실』을 탄생시켜 30년 동안 120호의 결실을 낸다는 것 역시 쉬운 일은 아니었다. 누군가는 잠 못 이루며 애를 썼고, 누군가는 이 잡지를 키우고 유지하기 위해서 노심초사했으며, 누군가는 이 잡지를 발간하기 위해서 비용 부담도 해야 했다. 30년 전에 이 일을 시작한 분들이 바로 아버지와 그 제자들이었다. 지난 30년 동안 우여곡절이 없지는 않았지만, 그래도 굴곡 없이 명맥을 유지해온 것만으로도 큰 보람이라고 생각한다. 아울러 『철학과 현실』의 창간은 아버지의 정년 후 삶을 훨씬 활기차게 만든 부분도 있었기에 아버지의 노년을 위해서도 탁월한 선택이었다.

『철학과 현실』이 창간된 1988년은 내가 미국으로 유학을 떠날 때여서 아직 철학 자체에 관한 공부가 필요한 시기였지 어떻게 철학을 현실에 접목할지를 고민하던 시기는 아니었다. 따라서 『철학과 현실』이 처음 발간되었을 때, 이 일이 나와 직접적으로 관련이 있다고 느끼지는 않았다. 유학생 시절, 논리 철학 수업에서 쓴 크립키(S. Kripke)의 '고정점(fixed point)'에 대한 기말 논문을 아버지에게 보여드렸을 때, 아버지의 첫 반응은 "이 논문이 우리 사회에 어떤 의미가 있지?"라는 질문이었다. 그 질문을 통해서, 철학이 학술적 의미 외에 '우리 사회'에도 무언가를 이바지해야 한다는 것을 처음 배웠으며, 그때부터 철학과 현실의 관계에 대해서 조금씩 관심을 두기 시작했다. 철학이 사변에 그치지 않고 세상과 접목되어야 함을 깨닫게 된 것이다.

그럼에도 불구하고, 나는 『철학과 현실』에 관한 한 '낙하산'임을 부정하기는 어렵다. 아버지와의 관계가 아니었다면, 나는 『철학과 현실』과 관계를 깊게 맺지 않았을 가능성이 크기 때문이다. 내 전공은 분석철학 중 인식론과 언어철학이고, 나의 주 관심 분야가 현실적인 문제를 다루는 사회철학이나 윤리학이 아니기에 세상이 돌아가는 이야기를 철학과 연결해서 생각하는 습관이 쉽게 들지는 않았다. 하지만 학위를 마치고 교수가 된 후, 아버지에게는 제자이지만 내게는 스승인 편집위원들의 권유로 『철학과 현실』에 원고를 쓰기 시작하였고, 결국은 편집위원의 자리에까지 이르게 되었다.

『철학과 현실』에 글을 쓰다 보면 일상에 대한 접근 방식이 달라지곤 한다. 원고에 대한 부담이 없을 때는 뉴스를 사실과 정보의 전달 차원에서 접하지만, 원고를 쓰게 되면서 철학적인 사유나 방법론을 세상사에 어떻게 접목할 것인가를 늘 고민하게 된다. 뉴스를 뉴스로 보지 못하고 글의 소재로 보는 셈이다. 이런 종류의 시도가 과연 철학과 현실의 연결이라고 할 수 있을까에 대한 의문도 없지는 않으나, 『철학과 현실』의 발간 의도 자체가 어려운 철학 이론을 나열하는 것은 아니라고 여기기에, 세상사에 대하여 남들이 쉽게 보지 못하는 관점을 찾으려고 노력하는 것 자체가 철학적 탐구를 현실에 적용하는 것이 아닌가 생각해본다.

이러한 노력은 강의실에서 학생들과의 만남에도 도움이 된다. 수업 시간에 세상과는 괴리가 있는 내용을 가르치다 보면, 학생들로부터 이런 공부를 해서 무슨 도움이 되느냐는 질문을 심심치 않게 받는다. 이럴 때, 내용으로서의 철학이 아닌 방법론으로서의 철학을 제시해주면서 학생들의 궁금증을 일부나마 해소해줄 수 있었던 것 같다. 『철학과 현실』로 얻게 된 철학과 현실의 연결이 이제는 역으로 철학을 가르치는 강의실에서도 적용되는 셈이다.

이처럼 『철학과 현실』이 내 삶을 조금씩 바꾸어가고 있지만, 여전히 나는 '낙하산'의 굴레에서 벗어나지는 못하고 있다. '낙하산'이라는 소리를 듣지 않으려면 누가 보더라도 『철학과 현실』에 기여하는 바가 지대해야 하는데, 스스로 돌아보아도 기대에 많이 못 미치는 것이 사실이다. 하지만 어쩌랴! 내가 할 수 있는 범위 내에서 최선을 다하는 수밖에. 그래도 먼 훗날에 아버지의 유업을 잘 이어가는 데 조금이나마 도움이 되었다는 평가를 듣고 싶은 마음이 없지는 않다.

남의 아이는 공짜로 크는 것 같아도 누군가의 숨은 노력이 필요하듯이, 『철학과 현실』도 지속해서 발전하려면 보이지 않게 수고하는 손길들이 있어야 한다. 이제까지 『철학과 현실』을 가꾸어온 분들의 정신을 계승하여 우리 사회에 필요한 철학의 시선을 일반인들에게 전달하는 것에 일조하는 것이 내게 남아 있는 조그마한 소명이 아닌가 생각해본다.

『철학과 현실』(2019년 3월)

2. 교육과 입시에 대한 시선

대학 입시: 20세 골품제

　정권 말기에 접어들면서 대학 입시에 대한 논란이 다시 가열되고 있다. 한동안 3불 정책을 폐지해야 하는지의 문제로 정부와 대학 사이에 논쟁이 있더니, 최근에는 내신의 반영 비율을 가지고 교육부와 대학 간에 알력이 있었다. 정부에서는 사교육의 비중이 너무 높아지는 것을 걱정한다. 사교육의 범람이 공교육을 위협하고 가난한 학생들에게 불이익을 줄 수 있기 때문이다. 이런 의미에서 본고사의 부활이나 내신 성적의 반영 비율 감소는 정책적 차원에서 막아야 한다는 것이다. 반면 대학의 처지에서 볼 때, 올해부터 수능 성적이 점수가 아닌 등급으로 나오는데 막상 내신은 학교 간의 편차 때문에 객관적인 기준이 되기에 미흡하며, 그렇다고 면접이나 논술만으로 합격 여부를 결정하기에는 부담이 크다. 따라서 대학은 수능 점수를 대신할 만한 대안을 찾아야 한다는 고민이 있다.

　이제까지의 대입 전형에서 그래도 가장 객관적이라고 볼 수 있는 수능을 등급화한 배경은 너무 수능에 의존하는 현재의 대학 입시를 바꿔 보고자 한 것이다. 수능 점수를 한 줄로 세운 후에 그 순위대로 원하는 대학에 입학하게 하면 아무래도 수능에 대한 사교육이 늘어나게 될 것이고, 앞에서 말한 것처럼 경제력이 뒷받침되지 않는 집의 학생은 손해를 볼 가능성이 크기 때문이다. 따라서 수능의 중요성이 약해지면 상대적으로 내신이 강화될 것이고 그러면 사교육보다 공교육에 더 집중할 것이기에 학교의 수업만 성실히 들어도 원하는 대학에 들어갈 가능성이 높아지리라는 것이 교육부의 논리이다.

나는 단언하건대, 우리나라에서 어떠한 대학 입시 전형을 선택한다고 해도 사교육이 없어지지 않으리라고 생각한다. 왜냐하면 우리나라의 대학 입시가 '20세 골품제'의 역할을 하며, 입학하는 대학에 따라 그 사람의 신분이 결정되기 때문이다. 다시 말해서 우리나라에서 대학 졸업장이란 단순한 학위증명서가 아니라 한 사람의 신분을 나타내는 신분증명서인 셈이다.

고급 승용차를 타고 특급 호텔에 들어가면 환대를 받지만 소형차의 소유자는 같은 대접을 못 받는 것이 사실이다. 이처럼 경제적인 능력에 따라 사회의 대접이 달라진다. 마찬가지로 어느 대학 출신인가에 따라 여러 측면에서 처우가 달라진다. 사소하게는 미팅이나 소개팅에서부터 결혼 및 취업에 이르기까지 어느 대학 출신인가가 영향을 준다. 게다가 취업 이후에도 학연이란 인맥이 성공에 도움을 주는 경우가 종종 있다. 그뿐만 아니라 학벌이 높으면 경제적인 상류층에 속하게 될 가능성도 커진다. 이처럼 20세 골품제인 대학 입시가 대략 그 사람의 향후 인생 20여 년 동안 영향을 주기 때문에 사람들은 기를 쓰고 교육, 특히 사교육에 투자하는 것이다.

많은 사람들이 사교육 범람의 원인을 공교육의 몰락 때문이라고 생각한다. 따라서 공교육이 살면 사교육의 위세가 약해질 것이라는 희망을 품곤 한다. 이것은 오해이다. 대학 입시가 골품제의 역할을 하는 한, 그리고 가고 싶은 대학의 정원에 비해서 그 대학에 응시하려는 학생 수가 많은 한, 사교육은 꿋꿋이 살아남을 것이다. 실제로 강남에 있는 유명 학원에서는 특목고생들만 수강할 수 있는 강좌가 열리고 있다. 물론 특목고의 수업이 꼭 최선의 공교육이라고 말할 수 있는 것은 아닐지 모르지만, 그래도 특목고생들마저 학원에 의존하고 있다는 것은 공교육과 사교육의 비교 및 경쟁의 문제가 아니라 성골이나 진골에 해당하는 대학에 들어가려는 열망이 그만큼 크다는 것을 반영한다고 볼 수 있다.

혹자는 내신의 반영 비율을 더 높여야 한다고 주장할 것이다. 그래야 학원 수업 대신 학교 수업에 더 충실하게 될 것이기 때문이다. 하지만 만일 내신이 대학 입시의 당락을 결정하는 가장 중요한 요인이 되는 순간, 내신을 위한 학원 프로그램이 훨씬 더 많이 생길 것이다. 이미 내신을 위한 학원이 없지 않거니와, 심지어는 예체능 과목에서도 점수를 손해 보지 않으려는 학생들이 예체능계 학원을 향할 것이다. 올해 입시에서 논술의 비중이 높아지고 그 범위도 자연계까지 확장되면서 논술과 관련된 학원이 늘어난 것도 같은 맥락이다.

그러면 이 문제를 어떻게 해결할 것인가? 교육 내에서 문제를 풀어 가는 최선의 방법은 교사 추천서의 반영 비율을 높이는 것이다. 한 반의 학생 수가 30여 명이라는 현재의 조건이 교사들에게 부담스러운 것은 사실이지만, 1년 동안 그들을 맡아서 잘 관찰하면 각 학생의 장단점과 특성을 상당히 파악할 수 있을 것이다. 따라서 공부는 잘하지만 사회성이 부족한 학생과 공부는 좀 부족하더라도 성품이 매우 탁월한 학생 중에서 후자에게 더 좋은 추천서를 써줄 수도 있을 것이다. 현재의 입시 제도는 전자의 학생이 더 유리할 가능성이 크다는 것을 고려하면 추천서의 비중을 높이는 것은 분명히 긍정적인 요소가 있다.

추천서의 영향력이 커지면 공교육의 중요성, 특히 학업뿐 아니라 인성적인 교육도 강조되기 쉬울 것이며, 상대적으로 사교육 시장이 개입하기가 어려워지리라고 생각한다. 인성 교육이라는 것은 단기간 연습한다고 또는 이론적으로 배우기만 한다고 되는 것이 아니기 때문이다. 그러면 현 정권에서 우려하는 것처럼 경제적인 계층 차이에 의한 이해관계도 줄어들 수 있을 것이다.

그렇다면 이 제도를 시행하는 데 가장 큰 걸림돌이 무엇일까? 우리나라 사람들이 일반적으로 가지는 정서일 것이다. 담임선생님의 입장에서 가능하면 자기 학생들이 모두 잘되기를 바랄 것이기에 있는 그대로의 학생을 냉정하게 평가하기보다는 조금 더 긍정적인 방면으로 추천서를 써주기 쉽기 때문이다. 추천서가 중요한 전형 요소로 들어갈 경우, 과연 있는 그대로 이 학생의 장점은 이렇고 단점은 저렇다는 식의 추천서를 써줄 수 있는 교사가 얼마나 있을까? 실제로 모 대학의 수시 모집에는 '학교장 추천', '담임교사 추천'이라는 전형이 있는데, 추천서의 내용이 모두 다 칭찬 일색이어서 "○○○ 학생을 귀 대학에 추천합니다."라는 문구만 쓰도록 추천서의 내용을 축소했다고 친한 교수한테서 들은 적도 있다.

게다가 담임교사가 공정한 추천서를 써주었을 경우, 해당 학부모들이 반발할 가능성도 없지 않다. "당신이 우리 아이를 알면 얼마나 알아?" 내지는 "내 아이의 장래 망치면 당신이 책임질 거야?" 하는 식의 폭언을 서슴지 않는 부모도 없지는 않을 것이다. 물론 외국처럼 추천서를 완전히 봉해서 공적으로 전달하면 이런 일을 줄일 수 있는 것은 사실이나, 그 제도가 정립되기 전까지는 크고 작은 에피소드들이 발생할 것은 분명하다.

물론 과대 포장된 추천서의 남발을 제도적으로 막는 것이 불가능하지는 않다. 각 고등학교와 교사별로 고유번호를 지정하여 그들로부터 추천서를 받은 학생들의 학업 성취도 등을 대학에서 자료로 가지고 있으면 믿을 만한 추천자와 그렇지 않은 추천자를 구분할 수 있다. 그렇게 되면 교사들도 추천서를 함부로 쓰지는 못할 것이다. 하지만 이러한 자료가 축적되려면 상당한 기간이 필요한데 그동안 생길 수 있는 혼란을 감당할 수 있을지 의문이다.

설령 추천서의 강화를 통한 입시 전형이 확립되면 사교육의 문제는 어느 정도 해결할 수 있다고 하더라도, 이 역시 20세 골품제를 바꾸기에는 역부족일 것이다. 어떤 전형으로 입학을 했든 간에 일단 입학하고 나면, 진골, 성골, 육두품 등은 여전히 형성될 것이기 때문이다. 그렇다면 우리나라 대학 입시와 관련된 고질적 문제점을 해결하는 가장 좋은 방법은 대학 입시가 더 이상 골품제의 시작이 아니게끔 하는 것이다. 또한 골품제의 시작을 막을 수 없다면 신분을 역전시킬 수 있는 기회가 계속해서 주어지면 된다.

외국 기업에서는 어느 대학을 졸업했는가보다 지금 무엇을 할 능력이 있는가를 더 중요시하여 사원을 뽑는다고 한다. 내가 직접 관찰할 수 있었던 어떤 경우에서는 프린스턴 대학 출신의 박사와 매사추세츠 주립대학의 박사가 경합해서 후자가 선정된 적이 있었다. 더더욱 재미있었던 것은 최종 후보 2명의 학부가 이름도 못 들어본 작은 칼리지(college)였던 반면, 초반에 탈락한 다른 후보자 중에서는 아이비리그 학부 출신도 없지 않았다. 이처럼 대학의 서열에 의해서 크게 영향을 받지 않고 대학 입학 이후의 개인적 성장과 발전에 따라 재평가를 받을 수 있는 기회가 주어진다면, 우리 청년들도 고등학교 시절을 지금처럼 혹사당하고 대학에 와서 기진맥진하는 악순환에서 벗어날 수 있을 것이다. 오히려 중고등학교 때 읽고 싶은 책도 보고 자신이 어떤 적성을 가지고 있는가에 대한 성찰도 해가면서 좀 더 내실 있는 교육을 받을 수 있지 않을까 생각해본다. 하지만 우리의 현실은 어느 대학 출신이라는 타이틀이 너무나도 강한 영향을 미치기에 사람들이 기를 쓰고 그 타이틀을 차지하려고 안간힘을 쓰는 것이다.

최근 사회를 시끄럽게 했던 학력 위조 사건들도 비슷한 맥락에서 볼 수 있다. 학위의 유무와 무관하게 이미 자신의 분야에서 실력을 충분히 인정받은 사람들이 학력을 허위로 이야기한 것은 그만큼 학력에 대한 사회적 부담이 컸거나 그들의 능력을 발휘하는 데에 학력이 가지는 진입 장벽이 높았다는 뜻이다. 물론 그들이 허위로 학력을 말한 것까지 옹호할 생각은 없지만 그만큼 우리 사회가 학력(學力)이 아닌 학력(學歷)에 대한 의존도가 높다는 것을 보여주며 이것이 바로 우리나라의 20세 골품제가 가지고 있는 한 단면이 아닌가 생각한다.

이러한 20세 골품제가 남아 있는 한 대학 입시는 치열한 전쟁터일 수밖에 없으며 가능한 모든 수단을 동원해서 진골이나 성골이 되려고 기를 쓸 것이다. 이는 과거에도 그러했고 지금도 그러하다. 어떤 대입 제도를 사용해도 20세 골품제가 계속되는 한, 소 팔고 논 팔고 마이너스 통장을 개설해서라도 좋은 대학에 입학하려는 시도는 계속될 것이다.

하지만 대학 간판의 영향이 현재보다 축소된다면 상대적으로 대학 입시에 모든 것을 걸 필요가 없어진다. 골품제의 유효기간이 지금지림 20여 년이 아니라면 굳이 중고등학생 시절에 자신의 관심 밖인 과목들까지 과외를 해야 하는 모순은 점차 줄어들 것이다. 내가 원하는 대학의 입학에 실패하더라도 여전히 내가 원하는 직업을 얻을 가능성이 충분히 열려 있다면 굳이 재수 삼수를 해가면서 원하는 대학에 가려고 발버둥을 치지는 않을 것이다.

　이런 면에서 대학 입시의 문제가 교육부만의 능력으로 해결되기 어려움은 자명한 것 같다. 대학의 간판이 더 이상 골품제의 역할을 하지 않게 되는 날 우리는 대학 입시의 문제에서 완전히 벗어날 수 있을 것이다. 대학을 진학한 이후에도, 아니면 설령 대학에 진학하지 못하더라도 자신의 꿈을 이룰 수 있는 사회적 장치가 마련되어 있다면 우리 청소년들이 왜 그래야 하는지도 모르면서 밤늦게까지 학원에 다니는 일은 사라지게 될 것이다. 반면에 대학 입시가 골품제의 시작인 한, 어떠한 기발한 대학 입시 전형을 고안해내도 우리의 자녀들은 사교육의 홍수와 입시 지옥에서 벗어날 수 없을 것이다.

『철학과 현실』(2007년 9월)

창의력 향상을 위한 교육이 필요하다

지난 연말에 상하이(上海)를 잠시 다녀올 기회가 있었다. 이미 중국을 몇 번 방문했었지만, 상하이는 이번이 처음이었다. 푸둥 지역의 마천루(摩天樓)를 보며 놀라움과 더불어 걱정스러운 마음이 들기 시작했다. 상하이의 신시가지는 중국의 다른 지역과는 다르게 서울보다 한 발 앞선 느낌을 주었기 때문이다. 뉴욕과 견줄 만한 푸둥의 고층 빌딩들을 보며 샤오미가 삼성 갤럭시를 위협한다는 사실이 실감 나기 시작했다. 중국의 기술이 우리를 거의 다 따라왔다는 것이 허언(虛言)은 아닌 듯했다. 아니 어쩌면 중국이 우리를 제치고 앞으로 나아가는 것일 수도 있다는 생각까지 들었다. 그렇다면 천연자원 없이 오로지 인적 자원에만 의존하는 우리나라가 과연 중국의 추격을 떠들릴 수 있을까? 이제는 중국이 단순히 저렴한 노동력만으로 경쟁력을 가지고 있는 것은 아니다. 중국의 엄청난 자본과 세계 도처에 자리 잡은 인재들을 생각해보면, 냉정한 입장에서, 위의 질문에 긍정적인 대답을 하기는 어렵기에 답답한 마음이 들었다.

지금까지 우리나라는 선진국의 기술을 빨리 따라잡아서 경제 발전을 이루었다. 건설이나 조선으로부터 시작해서 반도체나 전자 그리고 자동차에 이르기까지 후발 주자의 이점을 최대한 살리면서 1등을 향한 박차를 가했던 것이 우리나라 산업의 특징이었다. 1980년대 후반, TV를 비롯한 가전제품은 소니를 비롯한 일본 제품이 전 세계를 장악했다. 국내에서 만든 가전제품은 저가 상품으로 팔릴 뿐이었다. 반도체 역시 처음에는 삼성이 일본이나 미국 제품의 뒤를 따라가는 상황이었다. 자동차도 마찬가지였다. 그 당시 현대에서 수출한 '엑셀'은 일본 자동차의 경쟁 상대가 되지 못했다. 심지어는 외국에서 애국심으로 현대 차를 샀던 우리나라 이민자들도 얼마 지나지 않아서 토요타나 혼다를 사지 않은 것을 후회할 정도였다. 그만큼 두 나라의 자동차에는 품질 차이가 있었던 것이다. 하지만 시간이 지나면서 가전과 반도체는 우리나라 제품이 세계 1위를 차지했고, 한국 자동차도 세계적인 브랜드로 자리매김을 하였다. 스마트폰도 비슷하다. 아이폰이 처음 등장했을 당시에 삼성에서 처음 만든 갤럭시는 품질이 많이 떨어졌다. 하지만 짧은 시간 안에 갤럭시는 아이폰과 어깨를 나란히 할 정도의 브랜드가 되어 버렸디.

문제는 우리나라가 다른 선진국의 기술을 빨리 따라잡을 수 있었듯이, 중국도 엄청난 속도로 기술 발전을 이루고 있다는 사실이다. 중국은 풍부한 자본과 값싼 노동력으로 우리를 빠른 속도로 따라잡고 있다. 2등이 1등을 쫓아가는 것은 상대적으로 쉽지만, 늘 새로운 것을 만들어야 하는 1등의 입장에서 2등과의 격차를 벌리기는 매우 어렵다. 1등은 창의력을 발휘하여 없는 기술을 만들어야 하지만, 2등은 1등이 만들어놓은 것을 참조하여 따라가기만 하면 되기 때문이다. 게다가 우리나라의 교육은 남이 만들어놓은 것을 습득하는 쪽에 강점이 있는 반면, 남들이 생각하지 않는 독창적인 생각을 하게 하는 측면은 매우 약하기에, 1등의 입장에서 새로운 아이디어를 지속해서 만들어내는 것은 더더욱 쉽지 않은 상황이다. 인재를 길러내어 다른 나라와 경쟁을 해야 하는 우리나라의 상황에서, 창의력 향상을 위한 교육이 진행되고 있지 않다는 것은 참으로 기가 막힌 일이다. 이제는 남을 따라가는 것으로 우리나라가 경쟁력을 가지는 시대는 지났기 때문이다.

나는 유학생 시절, 영어가 안 들려서 수업 시간의 내용을 제대로 이해하지 못할 때도, 성적은 그런대로 받을 수 있었다. 시험은 예상 문제를 뽑아서 영어로 답안을 작성한 후 그걸 외워서 준비했고, 소논문의 경우는 주어진 문제에 대하여 자료를 여기저기서 인용하여 정리한 후 마지막에 내 생각을 조금 첨가하여 제출했다. 선생이 요구하는 것을 파악하고 이에 대한 답안을 작성하는 것은 대한민국 학생들이 전 세계에서 가장 잘한다. 초등학교부터 대학 때까지 무려 16년 동안 그런 연습만 했기 때문이다.

하지만 내 경우, 박사논문의 주제를 잡을 때 매우 고생을 했다. 박사논문을 작성하려면 남이 던져주는 문제에 대답하는 것이 아니라 내가 스스로 질문을 던지고 그에 대한 대답을 찾아야 하는데, 이제까지 그런 작업을 해본 적이 한 번도 없었기 때문이다. 그러고 보니 내가 학창 시절 개인적인 궁금증을 수업 시간에 질문했을 때, 선생님의 격려와 함께 속 시원한 대답을 들은 적도 없지는 않았지만, 반대로 그런 질문은 남들의 시간을 빼앗는 것이니 교무실로 와서 개인적으로 물어보라는 선생님도 상당수 계셨다. 나 개인의 궁금증보다는 전체 학급의 진도가 훨씬 더 중요했고, 엉뚱한 질문은 학급 전체에 피해를 주는 일이라는 의식이 언제부터인가 내게 생기기 시작했다. 객관식 시험이 전부였던 시절에는 출제자가 지정한 정답을 찾는 것이 유일한 목표였으며 혹시 다른 것도 답이 될 수 있지 않겠냐는 반론을 질문으로 던지는 것은 멍청한 일이었다. 내가 그 문제에 대해서 어떤 생각을 하는가는 전혀 중요하지 않았으며, 남이 그 문제에 대해서 어떻게 정리하고 있는가가 중요했다. 내 생각이 무엇인가에 대한 질문을 16년 동안 거의 안 해본 사람에게 갑자기 네가 궁금한 것을 질문으로 던져서 박사논문을 작성하라고 하니 막막할 수밖에 없었다. 최근, 서울대에서 점수를 잘 받은 답안지는 교수가 수업 시간에 한 이야기를 빠짐없이 적은 것이라는 언론 기사를 보며, 내가 대학생 시절에 받은 교육이나 지금의 교육이 크게 달라지지는 않았다는 생각이 들었다.

큰딸이 중학교 때에 있었던 일이다. 역사 시간에 선생님이 학생들에게 발표를 준비시키면서, 친구들의 시선을 사로잡을 창의적 내용으로 발표 자료를 만드는 학생에게 수행평가에서 가산점을 주겠다고 약속하셨다. 이 말에 동기 부여가 된 어떤 남학생이 비키니 입은 여성의 사진을 PPT 배경 화면으로 구성하여 발표하였다. 이 정도면 친구들의 시선을 사로잡을 것이라고 확신한 것이다. 그 학생은 발표 직후에 역사 선생님에게 엄청 혼이 났다. 어린 학생이 벌써부터 그런 쪽으로 발달하면 나중에 무엇이 되겠느냐는 선생님의 호통과 함께 그 학생의 자신감과 도전 정신은 완전히 소멸되었다.

물론 그 학생의 선택이 엉뚱한 면도 있었고, 선생님이 느끼기에 교육적으로 바람직하지 않은 부분도 있었을 것이다. 하지만 비록 오해가 있었을지라도 '친구들의 시선을 사로잡을 창의적 내용'이라는 조건을 그 학생이 벗어나지 않았던 것은 사실이다. 그렇다면 설령 선생님의 의도가 그것이 아니었음을 학생들에게 전달할 필요는 있었다 하더라도, 동급생들 앞에서 그렇게 야단을 칠 일은 아니었다. 왜냐하면 선생님도 의도한 내용을 정확하게 표현하지 못했다는 점에서 부분적인 책임이 있을 뿐 아니라, 그 학생의 엉뚱함이 다음번에는 빛을 발할 수 있기 때문이다. 하지만 그 사례를 통해서, 그 학급의 모든 학생은 "창의력을 잘못 발휘하면 야단을 맞는다"라는 교훈을 경험하게 되었다. 그러지 않아도 독창성이나 창의력이 발휘되기 어려운 교육 체계 내에서 이와 같은 사례는 학생들의 창의성 발휘를 더욱 위축시킨다. 학생들은 독창성이 어디까지 허용되는지 감을 잡기 어렵기에 안전한 선택을 하려는 성향이 생기고, 이는 자신의 사유를 한층 더 제한하는 결과를 가지고 오는 것이다.

이러한 성향은 내 수업 시간에도 잘 드러난다. 나는 내 수업을 수강하는 모든 학생에게 '자기소개서'를 제출하라고 요구한다. 형식과 내용에 아무런 제한이 없으며 자기소개서 제출의 유일한 목적은 내가 학생들의 얼굴과 이름을 기억하는 데 도움이 되게 하는 것이므로 마음껏 창의력을 발휘해서 자신의 독특함이 드러나도록 작성하라고 설명한다. 형식과 내용에 제한이 없으며 창의력을 발휘해서 독특하게 작성하라고 지시한 자기소개서를 90퍼센트 이상의 학생들은 A4 용지에 제출한다. 학생들의 입장에서, 과제 제출은 A4 용지로 해야 한다는 생각을 버릴 수가 없기 때문이다. 나머지 10퍼센트 중 거의 대부분도 편지지나 다른 종류의 종이에 자신에 관한 이야기를 써서 낸다. 형식과 내용에 제한이 없다는 말을 강조해도, 큰딸의 친구처럼, 초등학교부터 고등학교까지 틀을 벗어나면 안 되는 것으로 교육받은 학생들은 안전한 것을 택한다. 공연히 튀게 보이려다가 손해를 본 경험들이 있기 때문이다.

창의적 사고의 출발은 엉뚱함이다. 남들과 같은 방식으로는 새로운 것이 나올 수 없기 때문이다. 물론 엉뚱한 생각들이 매번 창의적 결과물로 귀착되는 것은 아니다. 수많은 엉뚱함은 그냥 엉뚱함으로 끝나는 경우가 대부분이다. 하지만 그 엉뚱한 생각 중 일부가 기발한 아이디어로 승화되어 창의적 사유가 되는 것이다. 따라서 창의력이 발휘되려면 마음껏 엉뚱한 생각을 하도록 장려되어야 한다. 우리 철학과 졸업생 중 한 명이 소프트웨어를 만드는 회사에 들어가서 좋은 프로그램을 만든 적이 있다. 그러한 결과를 가지고 올 수 있는 원인은 그 프로그램을 엉뚱한 방식으로 시작했기 때문이다. 공대생들은 모두 고정된 방식으로 프로그램을 만들기 시작하는데 이 친구는 다른 방식으로 프로그램을 만들면 어떻게 되나 궁금해서 일을 시작했다가 기대 이상의 결과를 얻게 된 것이다. 기특해하는 사장님이 "자네는 어떻게 그런 기발한 생각을 했나?" 하고 질문을 했을 때, 그는 "철학을 하다 보니 엉뚱한 생각을 하는 습관이 들어서요"라고 대답했다고 한다.

하지만 거의 대부분의 우리나라 학생들은 이런 엉뚱한 생각을 하는 습관이 결여되어 있다. 우리나라의 교육은 학생들의 엉뚱함을 장려하는 시스템이 아니기 때문이다. 우리나라 학교의 정책은 복장이나 두발 등을 일정한 틀 안에서 유지하려는 성향을 강하게 가지며, 시험도 정답이 있음을 전제로 하는 객관식으로 치러지는 경우가 대부분이기에, 엉뚱한 생각은 곧 본인의 성적에 손해가 됨을 의미한다. 그나마 논술이 창의력을 연습시키는 역할을 했으나 논술 역시 사교육을 유발한다는 이유로 축소되는 과정에 있다. 우리나라의 교육정책은 창의력의 증진보다 사교육 방지가 더 우선인 셈이다. 이러한 교육 환경에서 자란 우리나라 사람들이 세계적인 인재들과 창의성을 경쟁하고 있다는 사실은 우리의 미래를 암울하게 한다. 지금까지는 성실성으로 남들을 따라하며 세계적인 수준의 경쟁력을 갖추었지만, 앞으로는 다른 나라가 우리의 것을 모방하려는 상황에서 우리가 경쟁에서 승리하려면 창의력을 바탕으로 혁신적 기술을 개발해야 하는 입장이다. 그러나 우리나라의 교육 시스템으로는 창의성을 키우기 어려운 처지이다.

선진국은 선진국 나름대로 신기술 개발을 통해 선도적인 위치를 선점하려고 노력하고, 중국은 우리의 기술을 거의 다 따라잡은 이 시점에서, 우리가 구시대적인 교육 체제로 경쟁에서 승리하기는 쉽지 않다. 저녁 10시경에 대치동 학원가의 엄청난 차량 정체를 경험하며 우리나라의 미래가 올바른 방향으로 가고 있는지에 회의감을 갖게 된다. 실수하지 않는 것만으로는 세계적인 인재들과 경쟁하기 어려운데 우리나라의 교육은 여전히 출제자의 의도를 정확히 파악하여 실수하지 않고 정답을 찾는 데에만 혈안이 되어 있기 때문이다. 한시라도 빨리 우리 교육제도의 전환점을 마련해야 한다. 초등학교부터 고등학교까지 수업 시간에 정답을 찾는 연습에만 매달리지 말고, 엉뚱한 질문을 던져보고 그러한 엉뚱함 속에서 유용하게 건질 수 있는 것이 무엇인지를 교사와 학생이 함께 고민해야 한다. 지금은 정보를 휴대전화로 검색하면 되는 시대이다. 따라서 정보를 전달하는 것에 그치는 교육에서 벗어나 학생들의 창의적 사유를 키우는 교육으로 하루빨리 전환해야 한다. 이러한 전환이 이루어지지 않는다면, 현재 우리나라의 기업들이 누리고 있는 세계 1등의 자리를 곧 중국에 양보하고 말 것이다.

우리의 교육제도가 근본적으로 변하지 않는 한, 한강의 기적은 일장춘몽(一場春夢)으로 끝날 위험에 처해 있다. 이러한 위기 속에도, 교육부는 사교육을 방지하는 입시 제도를 만드는 것에만 혈안이 되어 있으니 참으로 답답한 노릇이다. 하루빨리 창의력 향상을 위한 교육 체계를 만들어야만 우리나라의 미래에 희망이 보일 것이다.

『철학과 현실』(2016년 3월)

대학에서의 영어 강의가 과연 바람직한가

요즘 대학에서는 영어 강의를 더 많이 하도록 권장하고 있다. 대표적으로 카이스트는 모든 수업을 영어로 하게 되어 있다. 어떤 대학에서는 교수들에게 한 과목 이상 영어로 강의하도록 장려하고 영어로 강의하면 큰 인센티브를 주고 있다. 또 다른 대학에서는 신임 교수를 선발할 때 영어 강의 능력에 큰 비중을 두기도 한다. 지금 우리는 영문과 수업처럼 영어와 관련된 과목만을 이야기하는 것이 아니다. 대학에서 개설되고 있는 전공과목과 교양과목 모두에 적용되는 이야기이다.

필자도 미국 유학 시절에 의사소통으로 고생을 한 기억이 생생하기에 영어의 중요성에는 전적으로 공감하는 입장이다. 유학생으로 6년, 연구년으로 1년을 미국에서 보냈기에 지금도 외국인 친구들과 수다를 떠는 경우가 종종 있으면서도, 아직 영어가 우리말처럼 자연스럽지는 않으며 미묘한 어감의 차이를 표현하거나 농담을 하는 것에는 자신이 없는 편이다. 늦게 배운 영어의 한계를 개인적으로 느끼면서, 2004년 미국으로 연구년을 갔을 때 아이들을 가능한 한 영어를 써야 하는 환경으로 내몰았고 1년이라는 짧은 기간 동안 아이들이 영어에 대한 장벽을 많이 허문 것에 대해서 다행이라고 여기고 있었다.

세계화 시대에 영어의 중요성은 더욱 강조될 것이고, 여건이 된다면 학생들에게 영어뿐 아니라 제2외국어도 갈고 닦으라고 권하고 있다. 이제까지 영어를 잘하는 것이 장점으로 인정이 되었다고 한다면, 앞으로는 영어를 잘하는 것이 많은 분야에서 기본적인 조건 정도에 지나지 않게 될 가능성도 많다. 아울러 영어를 못하면 갖기 어려운 직업의 숫자가 앞으로는 훨씬 늘어나게 될 것이다. 그렇기에 대부분 학생이 영어 공부에 많은 시간과 노력을 투자하고 있다. 이런 분위기 때문인지, 요즘 대학생들을 보면 내 학창 시절에 비해 영어를 훨씬 잘하는 것 같아서 나름 뿌듯하게 생각한다.

이렇게 영어에 우호적인 나 자신도 대학에서 강의를 영어로 진행하는 것에는 상당히 부정적인 시각을 가지고 있다. 영어로 수업을 하게 되면 전달 내용의 수준이 아무래도 떨어질 수밖에 없고 강의의 내용을 희생하면서까지 수업을 영어로 해야 하는지에 대해서는 회의적인 생각이 들기도 한다. 개인적인 경우를 살펴볼 때, 나의 영어 능력이 후하게 봐주어도 우리말 구사 능력의 70퍼센트가 채 안 될 것이고, 현재 대학생들의 영어 이해 능력이 평균적으로 우리말에 비해서 30퍼센트 정도라고 본다면, 영어 강의를 시작하는 순간 약 4/5의 효율성을 포기하는 셈이 되는 것이다. 이는 간단히 말해서 우리말 수업을 통해서 5단원 정도의 진도를 나갈 수 있다면 영어로는 같은 기간 동안 1단원 정도를 다룰 수 있다는 뜻이 된다.

시간강사 시절에 서울에 소재한 '상위권' 대학에서 영어로 '철학의 이해'라는 과목을 가르친 경험이 있다. 영어로 수업하면 강사료를 두 배로 준다는 선배의 제안에 솔깃해서 세상 물정 모르고 수락을 했던 것이다. 첫 시간에 강의실을 들어가 보니 15명의 학생이 앉아 있었다. 그 대학에서는 교양과목의 폐강 기준이 원어 강의의 경우 15명이었기에 과연 이 과목이 계속해서 유지가 될 수 있을지 의문이었다. 강사료가 두 배인 강의가 폐강되면 경제적으로도 타격이 있으리라는 생각도 잠깐 했던 것 같다.

첫 시간이라 출석부가 아직 마련이 안 된 상태여서, 앉아 있는 학생들이 모두 수강 신청을 한 것인지, 혹 청강생은 없는지 궁금해졌다. 만일 폐강이 될 상황이라면 굳이 수업을 길게 할 필요가 없다는 얄팍한 고려도 했던 기억이 있다.

영어 수업에서는 우리말을 쓰면 안 된다고 생각했기에 처음부터 영어로 수업을 시작했다. 내 소개를 간단히 하고 나서 학생들에게 물었다. "지금 여기 있는 학생 중에 혹시 이 과목을 청강하려는 사람이 있나요? 그런 사람이 있으면 손들어보세요."

아무도 손을 안 들었다. 속으로 다행이라고 생각하면서도 한편으로 다시 한 번 확인할 필요가 있을 것 같아서 재차 물어보았다. "그러면 여기에 있는 학생들은 모두 수강 신청을 한 학생들인가요?"

아무도 반응이 없었다. 순간, 상황이 정리되지를 않았다. 수강 신청을 한 사람은 손들어보라고 해도 손드는 사람이 없고, 청강하는 사람 손들라고 해도 손드는 학생이 없었다. 혹시 '청강하다'라는 단어를 구어체인 'sit on'으로 사용해서 그런가 하고 'audit'로 바꾸어서 물어봐도 역시 마찬가지였다. 결국 못 참고 우리말로 같은 질문을 했다. 그때서야 학생들이 반응을 시작했다.

그 수업은 20명의 수강 인원으로 폐강되지 않고 진행되었다. 하지만 두 배의 강사료를 받았음에도 학기 중간 중간에, 차라리 이 수업은 폐강되는 것이 나을 뻔했다는 생각을 한 적이 있다. 기억에 남은 에피소드 중 하나는 '형이상학'을 설명하는 수업이었다. 우리말로 자세히 설명해도 이해가 쉽지 않은 내용을 영어로 설명하면서, 내가 지금 뭘 하고 있나 하는 생각을 했다. 일단 'metaphysics'라는 단어가 학생들에게 생소할뿐더러 그걸 영어로 전달하는 것의 한계를 뼈저리게 느낀 것이었다.

"형이상학이란 어원적으로 물리학 또는 자연학 이면에 있는 학문으로 그 말은 아리스토텔레스가 처음 사용했고 어찌 보면 탈레스가 '만물의 근원은 물이다'라는 주장을 하면서부터 철학의 관심사가 형이상학에서 출발했다고 해도 과언이 아닙니다." 이렇게 시작했던 그 수업은, 한 시간 내내 학생들의 멍한 표정을 보면서 진행해야 했기에, 그한 시간이 군대에서 기합 받을 때의 한 시간보다 더 길게 느껴졌다. 당연히 학생들도 흥미를 잃었고, 나도 더 이상 흥이 나지 않았다. 학기 전체로 볼 때, 약 2-3명의 학생만 그런대로 내 수업을 따라왔고 나머지 학생들은 도대체 왜 영어 강의를 신청했는지 이해하기 어려울 정도였다. 지금 돌이켜 보아도 그 과목이 내가 가르쳤던 과목 중에서 가장 실패작이라고 생각한다.

약 10여 년 전의 일이기에 지금은 상황이 좀 더 호전되었을 수는 있다. 하지만 어느 대학에서의 원어 수업은 파워포인트를 영어로 만들어서 수업 시간에 읽고 "Any question?" "Next"만 말하는 과목도 있었다는 웃지 못할 사례를 접하면서 도대체 무엇을 위한 영어 수업인가에 히는 자괴감에 빠긴 적도 있었다.

혹자는 영어 강의를 시작한 처음에만 효율성의 저하가 일어날 것이라고 반문할지 모른다. 첫술에 어찌 배부르겠냐는 논리로 처음에는 영어 강의의 효율성이 떨어지더라도 가르치는 사람이나 배우는 사람이 영어 강의에 익숙해지면 차차 나아질 수 있을 것이라는 주장을 할 수 있다. 전적으로 틀린 이야기는 아니라고 생각하지만, 그것도 어느 정도의 한계가 있다. 학생들이 영어에 익숙해져서 평균적으로 70퍼센트 정도 이해를 할 수 있는 수준으로 발전했다고 가정해도 영어로 내 수업을 진행하는 순간 일단 50퍼센트는 손해를 보고 들어가는 것이다. 도대체 수업 내용의 반 이상을 포기하면서까지 무엇을 위해서 영어 수업을 하는지 이해하기 어렵다.

내가 재직하고 있는 학교에서도 영어로 수업하면 인센티브를 주고 있다. 그리고 영어 수업을 해보면 어떻겠냐는 제안을 본부에 있는 분들로부터 여러 번 받았다. 하지만 수업을 영어로 할 경우 학생들이 반도 이해를 못한다면 그건 내 인센티브를 위해서 학생들을 희생시키는 것에 불과하다고 생각하고 있다. 특히 인문학의 영역은 삶에 관련된 문제를 다루고 사고력과 창의력을 키우는 학문이기에 도구에 불과한 언어 때문에 수업에서의 전달 내용이 희생된다면 이는 소탐대실도 이만저만이 아니다.

카이스트의 총장은 "부친께서 하버드대에서 한국학을 처음 시작하였다. 제자들은 다들 유명한 한국학 교수가 됐다. 국어학이라면 한국말로 가르쳐야겠지만, 역사는 영어로 배워도 괜찮다고 본다."라고 일간지 인터뷰에서 밝힌 적이 있다. 하지만 그의 부친께서 영어로 한국학을 가르친 가장 기본적인 이유는 그 대학에서 통용되는 언어가 영어였기 때문이다. 나는 그에게 되묻고 싶다. 만일 세계에 대한 중국의 영향력이 지금보다 훨씬 더 커진다고 하면 하버드 대학에서 영문학이나 미국사를 미국인들에게 중국어로 가르치게 될까? 이 질문을 생각해보면, 우리나라 대학에서 인문학조차 영어로 강의하기를 권장하는 작금의 상황이 얼마나 우스꽝스러운지를 금방 이해할 수 있으리라고 본다. 이는 엄청난 영어 사대주의이며 영어의 필요성에 적극적으로 지지하는 필자도 "어이없고 기가 막힌다"는 말 말고는 달리 표현할 방법이 없다.

그러면 왜 상황이 이 지경까지 되었을까? 첫째, 국제화의 필요성이 강조되면서 우리가 필요로 하는 것이 정확하게 무엇인지를 파악하지 못한 결과라고 생각한다. 우리에게 요구되는 것은 외국어 구사 능력이다. 세계화 시대에 외국어라는 도구가 없으면 도태되기 쉽다. 하지만 외국어를 배우는 방법이 꼭 대학의 강의를 통해서만은 아니며 대학의 강의가 외국어를 배우는 수단으로 전락하면 곤란하다. 대학의 설립 목적은 지식을 전달하는 것이지 외국어를 가르치는 것은 아니기 때문이다.

물론 대학도 세계화의 필요성이 있고, 외국인들이 우리나라에 있는 대학에 다닐 수 있는 환경을 만들어주는 방안을 모색해야 할 것이다. 하지만 우리나라 대학에 다니는 외국인들을 위해서 대다수 과목을 영어로 강의하는 것이 최선인지는 고민해보아야 할 문제이다. 우리나라 대학에 재학 중인 외국인은 영어권 사람들만 있는 것이 아니라 중국이나 동남아시아처럼 영어와는 거리가 먼 나라 사람들도 있고 그들의 목적도 영어가 아니라 우리말을 배우는 것일 수도 있다. 만일 영어 강의가 우리나라 전 대학으로 확산된다면 우리말을 배우기 위해서 한국에 있는 대학에 유학을 하러 가도 소용이 없다는 소문이 외국인들에게 돌까 봐 겁이 날 정도이다.

둘째, 대학에서 영어 강의에 민감한 또 하나의 이유는 대교협과 한 일간지의 대학 평가에 '영어 강의'라는 항목이 있기 때문이다. 평가의 기준이 '원어 강의'도 아니고 '영어 강의'이기에 중문과에서도 중국어로 수업하면 점수로 인정을 못 받고 영어로 수업하면 인정받는 아이러니도 발생한다. 대학마다 경쟁이 치열하고 특히 언론에 발표되는 순위를 도외시할 수 없기에 대학의 정책을 결정하는 입장에서는 점수를 조금이라도 올리는 방법은 모두 동원할 수밖에 없고, 그런 과정에서 이런 부작용이 발생하는 것이다. 제발 평가의 지표를 결정하는 사람들은 다각적인 검토를 해서 일선의 대학들이 홍역을 앓지 않도록 배려해주었으면 한다.

영어를 포함한 외국어의 구사 능력은 매우 중요하다. 그렇다고 해서 마차를 말 앞에 두는 우를 범해서는 안 된다. 우리는 적어도 목적이 무엇이고 목적을 위한 수단이 무엇인지를 분별할 수는 있어야 한다. 영어에 능통하기 위해서 대학에서 가르치는 내용을 손해 보면서까지 영어 강의를 강행하는 것은 곤란하다. 대학은 학문을 배우는 곳이지 영어 학원은 아니기 때문이다. 지금처럼 목적과 수단을 혼동하다 보면 세계화를 위해서 대학의 영어 강의뿐 아니라 아예 우리의 공식 언어에 영어도 포함하자는 주장도 나올 법하다. 세종대왕이 곡을 할 노릇이다.

『철학과 현실』(2008년 3월)

편입과 영어 시험

해마다 입시 철이면 대학 입시에 가려서 일반인의 시선을 끌지는 못하는 또 하나의 '입시'가 있다. 그것은 바로 편입이다. 편입 시험은 대학 입시에서 자신이 원하는 대학이나 전공에 입성하지 못한 학생들에게 부여되는 또 하나의 기회이며 대학에는 이런저런 사정으로 학교를 그만두게 된 학생들의 정원을 보충하는 호기(好機)이다.

한때는 4년제 대학을 졸업하지 않고도 편입에 응시할 수 있는 일반 편입학을 2학년 편입으로 허용하고, 학사가 있어야만 가능한 학사 편입학을 3학년 편입으로 운영해서, 편입 시장이 매우 커진 적도 있었다. 하지만 대학에 합격한 후 아예 처음부터 편입을 준비하는 학생들의 비율이 너무 높아지고, 상대적으로 이 제도에 악영향을 받는 대학들이 늘어나면서 일반 편입학도 3학년으로 늦춘 것이 바로 몇 년 전이다.

2009년 초에 실시된 편입으로 새로운 대학에 소속하게 되는 학생은 만 명이 넘으며, 그중 서울에 있는 대학으로 학적을 바꾼 학생만도 7-8

천 명 정도가 된다. 큰 종합대학의 한 학년 정원이 대략 3천 명 내외라고 본다면 어마어마한 수의 학생이 학교를 옮긴 셈이다. 서울에 있는 주요 대학의 편입 시험 경쟁률이 수십 대 일이었으니 한 학생이 여러 대학에 편입 원서를 넣는다고 가정해도, 얼추 편입에 매달리고 있는 젊은이들의 숫자는 족히 10만 명이 넘을 것이다. 올해 서울 시내에 있는 각 대학의 편입 모집 정원은 대략 150명에서 400명 정도였으므로 대학별 전체 정원의 약 10퍼센트 내외를 편입생으로 충당한 셈이다. 이는 어찌 보면 제2의 대학 입시라고 해도 과언이 아니다.

하지만 대입에 비해서 편입의 전형은 느슨하기 짝이 없다. 대입은 수능 점수와 내신 그리고 논술 또는 면접으로 합격 여부가 대부분 결정되며 수능 시험에는 언어, 수리, 외국어 및 탐구 과목들이 포함된다. 반면에 편입에서는 주로 자체 영어 시험과 전적 대학 성적 그리고 면접이 전형 요소에 들어가 있다. 신입학의 '내신'과 편입의 '전적 대학 성적'이 비슷한 요소이고 '논술'과 '면접'이 상응한다고 생각하면, 대입에서의 수능에 해당하는 역할을 편입에서는 영어 시험이 담당하고 있는 셈이다. 물론 일부 대학에서는 영어와 더불어 국어와 수학 시험을 치르는 학교도 있기는 하지만 전반적으로 영어 시험의 영향력은 막대할 수밖에 없다.

편입생들은 그 학과에 신입생으로 들어가는 것이 아니라 3학년 과정으로 '편입'하는 것이다. 그 말은 학과 공부에 필요한 1, 2학년 때의 기초를 이미 배우고 온다고 전제한 것이다. 1학년은 주로 교양과목이라고 하더라도 2학년의 전공 기초과목들은 전적 대학에서 이수하고 오는 것이 필수적이다. 하지만 편입의 전형 요소에는 이를 반영할 여지가 생각보다 많지 않다. 혹자는 '전적 대학 성적'과 '면접'에서 선별하면 되지 않느냐고 반문할 수 있다. 물론 일리가 있는 말이기는 하지만, 세상은 그렇게 간단하게 돌아가지만은 않는다.

먼저 면접이라는 것이 말은 쉽지만 실행하기는 굉장히 어려운 제도이다. 학과 전공에 대한 심층 면접을 하려면 적어도 1인당 10-15분 정도는 할당이 되어야 한다. 아침 9시부터 오후 6시까지 한 시간에 6명을 면접해도 하루에 할 수 있는 최대 면접 인원은 면접팀당 50명 정도이다. 필자가 재직하고 있는 건국대의 경우, 올해 영문과에 지원한 학생은 일반 편입과 학사 편입을 합쳐서 581명이다. 모든 지원자를 면접하려면 12개의 면접팀이 필요한 셈이다. 한 팀이 3명의 교수로 구성된다면 36명의 교수가, 2명씩 한다고 해도 24명의 교수가 있어야 하지만 그렇게 많은 교수를 확보할 방법은 없다. 이틀로 나누면 가까스로 가능하게 할 수 있을지 모르지만, 이 경우 문제를 여러 세트 마련해야 한다는 어려움뿐 아니라 관리상 많은 애로사항이 생긴다. 게다가 10분도 한 학생의 적성을 확인하기 위한 최소한의 시간이지 충분한 시간은 아니므로 제대로 면접을 시행하려면 15분 정도는 한 학생에게 할애해주어야 한다. 이러면 이틀 가지고도 어림없다.

이와 같은 문제점을 해결하기 위해서 다단계 전형을 시행한다. 일반적인 경우, 영어 시험으로 1차 전형에서 모집 정원의 5배수 정도를 선발하고 면접을 통해서 최종 합격자를 뽑는 것이다. 1단계에서 영어 시험으로 거르는 것은 면접을 가능하게 하는 장점이 있지만 영어가 약한 학생은 아무리 전공에 대한 준비가 잘되어 있어도 합격할 수 없다는 단점 또한 가지고 있다. 결국 편입에서 영어가 약하면 합격은 불가능하다는 뜻이나.

물론 영어 실력이 일반적인 학문에 두루 필요한 것은 사실이다. 하지만 일반적으로 학문에 가장 필요한 영어는 해당 분야의 전문 서적을 정확히 읽을 수 있는 능력인 반면, 편입에서의 영어 시험은 단어, 숙어,

문장 완성 등 사전만 있으면 어느 정도 해결할 수 있는 문제들도 상당 수 출제된다. 부끄러운 이야기지만 필자가 종종 편입 영어 시험 감독 자로 들어가서 문제를 대략 풀어보면 '과연 내가 지금 이 실력으로 건 국대에 편입학할 수 있을까?' 하는 생각이 들기도 한다. 주변의 동료 교수들에게 이와 같은 이야기를 하면 "나도 합격 못할 것 같아"라고 대답하는 사람들이 꽤 있다. 다들 자신의 전공 수업에서 영어 교재를 쓰고 있는 사람들인데도 그러하다는 것이다.

이러한 영어 시험은 각 학과에 덜 적합한 학생들을 합격시키는 결과 를 종종 가져온다. 건국대 철학과의 경우, 편입학 고사에서 가능한 한 면접으로 당락을 좌우하려고 한다. 지원자 1명에게 15분 정도의 시간 을 들여서 철학과 관련된 이런저런 질문을 해보면, 정말로 철학을 공 부하고 싶어서 지원한 학생인지, 아니면 전공보다는 학교를 업그레이 드하고 싶어서 지원한 학생인지를 구분할 수 있다. 하지만 면접에서 점수 차이를 내더라도 우리가 의도하지 않은 학생들이 합격하는 경우 가 발생한다. 그들은 영어 시험을 아주 잘 본 학생인 것이다. 영어 점 수가 아주 우수한 학생은 철학에 정말로 관심 있는 학생을 낙방시키는 결과를 가져올뿐더러, 정작 합격한 당사자는 학문적 관심과 무관하게 지원하였기에 졸업을 못하는 경우도 심심치 않게 발생한다.

반면에 면접에서 좋은 점수를 받아서 합격한 학생 중에는 기존의 학 생들보다 우수한 활약을 보이는 경우도 많다. 우리 과의 경우, 2008년 2학기에는 한 편입생이 4.5 만점을 받아서 학과 수석을 차지했으며, 또 다른 편입생은 편입한 첫해에 과 내의 '사회철학반' 학회장을 맡아서 지난 11월 철학과 학술제에서 좋은 발표를 했다. 지난 2007년에는 철 학과 학생회장을 편입생이 수행하기도 하였다. 이처럼 편입생도 공들 여서 선발하면 아주 훌륭한 자원이 될 수 있지만 적어도 이들이 1단계의 영어 시험은 통과해주어야만 한다는 전제 아래에서 가능한 일이다.

'사회철학반' 학회장을 맡았던 학생이 편입 시험을 치렀을 때의 일이다. 그 학생은 학사 편입으로 지원하였고 면접에서 단연 돋보이는 철학적 소양을 보여주었다. 합격자 발표가 난 후, 학과장이 그 학생에게 전화를 걸어서 축하한다는 말을 전하고 혹시 다른 학교의 합격자 발표를 기다리는 것이 있느냐고 물었다. 왜냐하면 우리에게 눈에 띄는 학생은 다른 학교의 면접에서도 눈에 띌 것으로 생각했기 때문이다. 하지만 이 학생은 다른 학교의 1단계 영어 시험에서 모두 낙방했다고 대답했다. 편입 영어 시험에 강하지 않았던 그는 결국 우리 학과의 보배가 될 수 있었던 것이다.

이처럼 편입의 1단계를 영어로 가리는 것은 그리 합리적이지 않은 경우가 많다. 다만 편의상 영어 시험이 객관성을 보장할 수 있고 또 1단계로 학생 수를 줄여야만 면접이 가능하기 때문에 거의 대부분의 대학이 영어를 1단계의 도구로 활용하는 것이다. 하지만 객관적이라고 모든 것이 다 해결되는 것은 아니다. 아주 극단적인 비유이지만 몸무게로 1단계를 선발하는 것도 객관적이기는 하다. 다만 몸무게와 해당 전공과의 연관성이 전혀 없을 뿐이다. 마찬가지로 현재의 편입 영어 시험 역시 해당 전공과 연관성이 그리 많지 않음을 개인적 경험을 통해서 확인할 수 있었다.

최근 일부 대학에서는 영어 시험을 1단계로 사용하지 않고 전공별 필기고사를 실시하거나 자기소개서 또는 학업계획서 등의 서류 전형으로 1단계를 내세우기 시작했다. 이는 바람직한 현상이라고 생각한다. 이제까지 모든 전공에서 영어 시험을 위주로 1단계 합격자를 선발하던 흐름에서 벗어나 각 전공 공부와 연관된 요소로 1단계 선발을 하게 된 것이기 때문이다. 편입에서 3학년 전공자를 선발하는 것이므로 이는 어찌 보면 당연한 것이었음에도 행정편의주의 때문에 지금까지 시행을 미루어왔다고 보는 것이 옳을 것이다.

그러면 전공별 필기고사 또는 자기소개서 및 학업계획서를 위주로 한 편입 선발에는 어떤 문제점이 있을까? 필기고사의 경우에는 모든 전공이 개별적인 시험을 보아야 하기에 엄청나게 많은 시험문제가 출제되어야 하며 대학의 입장에서 볼 때 문제 출제 및 관리에 어려움이 있을 것이다. 하지만 전공에 대한 배경지식을 정확하게 측정할 수 있다는 면에서 다른 어떤 제도보다도 강점이 있다.

서류 전형의 경우에는 '객관성'을 우려하는 사람이 있을 수 있다. 막말로 자기소개서나 학업계획서는 다 비슷비슷해서 변별력이 부족하다는 것이다. 하지만 막상 많은 자기소개서 및 학업계획서를 읽어보면 관련 학문에 관하여 누가 어느 정도의 지식과 열의를 가지고 있는가를 측정하기가 그리 어렵지는 않다. 눈에 띄는 지원서를 보면, 자신이 지망하는 학과에 대해서 어떻게 공부를 해왔고, 어떤 포부를 가지고 있는가를 구체적으로 확인할 수 있었다. 반면에 급조된 느낌을 받는 자기소개서는 화려한 문장으로 구성되어 있더라도 지망 학문의 핵심에 들어가지 못한 채 막연한 서술로 일관되어 있음을 볼 수 있다. 아는 것이 많지 않다면 두루뭉술하게 쓸 수밖에 없기 때문이다.

오히려 더 큰 우려를 받는 부분은 공정성이다. 자기소개서나 학업계획서를 대필하는 것이 가능하기 때문이다. 하지만 이 부분은 면접 전형이 따로 있는 한, 걱정하지 않아도 된다. 어차피 남이 써준 자기소개서나 학업계획서는 면접에서 탄로가 나기 마련이다. 서류 전형으로만 학생을 선발한다면 문제가 있겠지만 2차 전형에서 면접이라는 또 다른 거름 장치가 있기에 크게 걱정하지 않아도 좋을 것 같다.

가장 큰 잠재적 위험은 혹시라도 있을지 모르는 부정이다. 학교 관계자가 개입하면 공정하지 않은 결과가 나올 수 있다는 우려가 있기 때문이다. 하지만 이것 역시 상당 부분 제도적으로 막아낼 수 있다. 논술을 채점하듯이, 서류 전형에서도 지원자의 신원이 밝혀질 수 있는 내용이 등장하면 0점 처리를 하는 방식으로 규칙을 정하면 되는 것이다. 지원자의 전적 대학이나 평점, 해당 전공과목을 이수한 학점 등 개인 프로필에 대한 채점은 해당 학과 교수가 아닌 제삼자, 예를 들어, 입학사정관 등이 맡아서 기계적으로 평가하고, 자기소개서 및 학업계획서만 해당 교수가 채점하면 부정의 소지를 상당히 막을 수 있다.

이번 편입 시험에서 서류 전형으로 1단계를 거친 후 면접을 시행해 본 결과, 예년과는 다르게 우수한 학생들이 많이 있어서 누구를 선발해야 할지에 대한 행복한 고민을 해야만 했다. 확실히 영어로 1차 전형을 시행했을 때보다는 전공에 대한 준비가 잘되어 있는 학생들이 면접까지 오게 된 것이다. 예년의 면접에서는 정말로 준비가 잘된 학생 한두 명을 찾기가 어려울 때도 있었는데 이번에는 놓치기 아까운 좋은 학생들이 여럿 있어서 최초 합격자의 일부가 혹 다른 학교에 등록한다고 하더라도 크게 아쉽지 않을 것 같다. 면접할 때 물어보니, 면접 대상자 중 일부는 영어 준비가 안 되어 있어서 편입을 엄두도 내지 못하다가 서류 전형으로 바뀌어서 지원했다고 말하기도 했다. 결국 과거에는 전공에 대한 준비가 잘되어 있던 학생 중 상당수가 1차 관문인 영어 시험을 통과하지 못해서 면접의 기회조차 못 얻게 되었음을 직접 확인한 셈이다.

이게는 편입 시험이 영어 의존도를 과감하게 낮출 시기가 된 것 같다. 행정적인 편의 때문에, 혹은 다른 이런저런 이유로 영어 시험을, 그것도 전공의 능력과 연관성이 크지 않은 영어 시험을 1차 전형의 핵심으로 두던 것에서 벗어나 편입 고사가 좀 더 전공 지식의 측면에서 준비된 학생들에게 유리한 방식으로 진행되어야 할 것이다. 최근에 이러한 변화를 꾀한 대학들의 방향이 올바르다고 여겨지며, 앞으로 이런 추세를 따라올 대학들이 더욱 늘어나기를 기대하는 바이다.

『철학과 현실』(2009년 3월)

입학사정관제, 약인가 독인가

 카이스트에서 잠재력을 고려하여 시험을 보지 않고 면접으로만 150명을 선발하겠다는 선언이 있고 난 뒤, 각 대학에서는 앞을 다투어 입학사정관제를 도입 및 확대 적용하겠다는 발표를 하고 있다. 포스텍에서는 아예 신입생 300명 전원을 입학사정관제를 통해서 뽑겠다고 말하고, 연세대, 고려대, 서강대, 성균관대, 한양대 등도 정원의 20퍼센트 내외를 이 제도로 선발하겠다는 결정을 내린 상태이다. 이처럼 갑작스럽게 늘어난 입학사정관제의 적용에 일선 고등학교들은 당황하고 있고 각종 언론에서는 입학사정관제에 대한 우려를 지적하며 호들갑을 떨고 있다. 도대체 입학사정관제가 무엇이기에 이렇게 앞다투어 도입하려는 것일까? 그리고 이 제도가 그렇게 좋은 것이었다면 이제까지는 왜 잠잠하다가 이 시점에서 갑자기 붐을 일으키는 것일까?

 입학사정관제가 도입된 것은 교육부의 지원이 있었기 때문이다. 입학 업무를 전담하며 다양한 입학 전형을 연구하라는 취지에서 입학사정관을 선발하는 대학에 정부가 예산을 지원하였고 이것이 토양이 되어 2009학년도에 입학사정관제를 통한 신입생 선발이 전국 16개 대학에서 시행되었다. 올해 정부의 예산이 약 236억 원으로 증액되면서 이제까지 입학사정관제에 참여하지 않던 대학에서도 이를 추진하게 되었으며, 그 결과 2010년 신입생 선발에는 49개 대학이 참여하게 된 것이다.

우리나라에서 실시하고 있는 입학사정관제는 미국에서 실시하고 있는 것과 차원이 다르다. 미국 대학에서는 상근 입학사정관이 수십 명 있을 뿐 아니라 각 지역에 있는 동문을 활용하여 고등학교에 대한 정보를 얻고 지원자들에 대한 인터뷰를 부탁하기도 한다. 반면, 우리나라의 대학은 입학사정관을 많이 확보한 곳이 10여 명 정도이며 동문을 활용하는 방안은 아직 마련되지 않고 있다. 그리고 우리나라의 입학사정관제는 교수들도 서류 검토와 면접에 참여하게 될 것이라는 점에서 미국의 제도와는 다르다고 할 수 있다. 이런 면에서 우리의 입학사정관제는 미국의 제도보다는 오히려 과거의 수시 특별전형에 가까울 수 있으며 이는 수능 점수를 반영할 수 없었던 수시 1학기 전형이 올해부터 없어진다는 사실과도 무관하지 않을 것이다.

입학사정관제가 과거의 특별전형과 유사하냐면 무엇이 그렇게 문제일까? 이 제도가 특별전형과 가장 다른 점은 학생을 선발하는 기준이 과거의 논술이나 학업에 관련된 면접이 아니라 학생들의 잠재력이나 특기, 적성을 평가하여 선발한다는 것이다. 이제까지 주로 국영수 위주의 학업 능력을 측정하여 신입생을 뽑았다면 입학사정관제는 서류 전형과 심층 면접을 통해서 학업 성적이 조금 떨어지더라도 잠재력에서 뚜렷한 장점을 가진 학생을 뽑겠다는 뜻이다.

취지 자체를 문제 삼을 사람은 없으나 방법론에 대해서는 많은 사람이 걱정을 하고 있다. 도대체 무엇을 기준으로 선발을 할 것인지가 막연하기 때문이다. 안병만 교육과학기술부 장관도 신입생 선발에 대한 명확한 기준을 마련하라는 지침을 내렸지만, 막상 입학 담당자의 88.7퍼센트는 입학사정관제가 공정성의 시비를 가져올 수 있다고 생각하고 있다. 게다가 이러한 입학사정관제는 새로운 사교육 시장의 광풍을 불게 해서 학부모들의 부담이 더욱 늘어날 것이라고 걱정하기도 한다.

모두 근거가 있는 우려이며, 입학사정관제가 잘 정착하려면 이러한 문제를 잘 해결하는 것이 필요하다. 하지만 이러한 지적이 마치 입학사정관제에만 해당하고 현재 대학들이 채택하고 있는 다른 전형들에는 유사한 문제가 없는 것처럼 이해하면 곤란하다. 즉 입학사정관제 하나만을 놓고 그 제도가 어떤 문제를 가지고 있느냐를 따지기보다는 다른 입학 제도와 비교해서 어떤 장단점이 있는가를 비교해야 하기 때문이다.

입학사정관제에 대해서 일반인들이 가지고 있는 가장 큰 걱정은 과연 그 전형이 공정한가이다. 그러면 여기서 '공정'은 무엇을 의미할까? 첫째, '공정'이 객관성의 보장을 뜻한다면, 즉 주관적인 요소의 개입을 전혀 없게 하는 것을 '공정'이라고 말한다면, 입학사정관제는 출발부터 공정할 수 없는 제도이다. 입학사정관제를 도입한 취지가 수능 점수나 내신 등급과 같은 객관적 지표로는 제대로 평가할 수 없는 학생들의 능력을 토대로 잠재력이 뛰어난 인재를 뽑고자 하는 것이기 때문이다.

우리나라 입시 제도의 큰 문제 중 하나가 '한 줄 세우기'이다. 현 제도아에서 내학에 입학하려면 모든 과목을 골고루 길해야 힌다. 이느 과목이 특출하게 우수해도 다른 과목이 상대적으로 약하면 합격할 수 없는 것이 우리의 정시 제도이다. 예를 들어보도록 하자. A 학생은 언어, 수리, 외국어, 사탐이 골고루 2등급인 반면, B 학생은 수리는 1등급이지만 언어와 외국어는 3등급이고 사탐도 경제는 1등급이지만 윤리와 국사는 4등급이라고 가정하자. 대부분 대학의 정시에서, 총점을 기준으로 했을 때 A 학생이 B 학생보다 점수가 높을 것이다. 수시를 기준으로 보아도, A 학생은 수능 최저 등급을 거의 다 통과할 수 있지만 B 학생은 많은 경우에 수능 최저 등급에서 걸리게 될 것이다. 하지만 두 학생 모두 경제학을 지망하는 학생이라면 경제학과 교수의 입장에서는 B 학생을 선호할 수도 있을 것이다. 하지만 현재의 입시 제도에서는 B 학생을 선발할 방법이 마땅하게 없었다. 모든 학생들을 '하나의 기준'으로 선발해야 했기 때문이다.

이러한 문제를 보완할 수 있는 것이 서류 전형과 심층 면접을 통한 입학사정관제의 도입이다. B 학생이 정말 경제학을 학습하는 데에 필요한 준비가 아주 잘되어 있다면 다른 과목이 좀 약하더라도 대학에서 탐을 낼 수 있는 여지가 있도록 문을 열어두자는 것이다. 이런 방식의 전형에서는 자연스럽게 평가자의 주관이 개입될 수밖에 없고 따라서 객관적인 기준을 요구하는 것은 이 전형의 취지에 맞지 않는다.

둘째로, '공정'의 의미를 공평함, 즉 운이나 우연적인 요소에 좌우되지 않음을 의미한다면 현재의 수능이나 내신도 운이나 우연적인 요소를 많이 포함하고 있다. 수능의 경우, 거의 대부분 학생들은 선다형 문제에서 몇 개씩은 찍기 마련이다. 비슷한 실력의 두 학생이 그날의 운에 따라서 점수 차이가 5점 정도는 쉽게 날 수 있다. 시험 당일에 몸이 안 좋아서 큰 실수를 한 학생까지 치면 자신의 평소 실력보다 수십 점이 떨어질 수도 있다. 이 정도의 점수 차이면 합격 가능한 대학의 레벨이 엄청나게 달라진다.

내신도 마찬가지다. 내신이야 한 번 시험으로 결정되는 것이 아니니까 위와 같은 운이나 실수가 크게 작용하지는 않지만, 내신은 기본적으로 학교 내에서의 상대평가이므로 같이 공부하는 학생의 수준이 높으면 상대적으로 손해를 볼 수밖에 없는 구조이다. 이런 측면에서 내신 역시 누구나 공감할 만큼 공정한 것은 아니다.

그렇다면 설령 입학사정관제가 이런 둘째 의미에서 공정하지 못하다 하더라도 현 입시 제도보다 더 큰 문제를 가지고 있다고 보기는 어렵다. 현재의 입시 제도도 이러한 의미에서는 썩 공정하지는 못하기 때문이다.

아마도 일반인들이 가장 크게 염려하는 '공정'의 의미는 부정이나 농간이 개입될 여지가 크다는 점일 것이다. 예를 들어, 교직원 자녀가 지원했을 때 사실 실력이 부족하지만 뽑아주는 경우라든지, 혹은 특목고에 특혜에 가까운 가산점을 주어서 일반 학생들에게 불이익이 돌아가는 경우 등을 생각해볼 수 있다. 하지만 이러한 부분은 제도적으로 보완을 할 수 있다. 서류에 지원자에 대한 인적 사항이나 출신고에 대한 정보를 채점자가 알아볼 수 없도록 만들면 되는 것이다. 그렇게 되면 적어도 서류 전형에서 있을 수 있는 부정은 미연에 방지할 수 있다.

입학사정관제의 도입이 이야기되면서 사교육 시장의 팽창을 걱정하는 목소리도 많이 들린다. 현 입시 제도를 위한 사교육비도 학부모들이 감당하기 어려울 정도로 버거운데 입학사정관제를 시행하면 그것을 위한 학원 또한 다녀야 하는 것이 아닌가 하는 우려인 것이다. 그런데 나는 위와 같은 우려를 하는 사람들에게 이런 질문을 던지고 싶다. "입학사정관제를 도입했을 때 도대체 학원에서 해줄 수 있는 것이 무엇일까?" 서류 전형에 필요한 서류의 작성을 도와줄 수 있다고 생각하는 사람들이 있을 것이다. 하지만 대학에서 보고자 하는 서류는 서류 작성을 누가 수려하게 했느냐가 아니라 서류의 '내용'이다. 즉, 그 학생이 어떤 특기와 적성을 가지고 있으며 고등학교 때까지 그것을 얼마나 발휘했는가를 보고자 하는 것이다. 학생들의 특기와 적성을 어떻게 학원에서 대신 만들어줄 수 있을까?

예를 들어, 09학번으로 건국대에 입학사정관제로 입학한 어떤 학생은 수년간 생태 및 환경에 대한 관심을 일기의 형식으로 적어 내어 합격하게 되었다. 그러면 사교육의 확장을 걱정하는 사람들은 학원에서 그러한 일기를 만들어 파는 것을 우려한다는 뜻인가? 서류 전형만으로 학생을 선발하면 혹 그런 위험이 있을지 모르지만, 1차 서류 전형을 통과한 학생들을 대상으로 심층 면접을 하는 현 제도에서, 남이 만들어준 자료인지, 자신이 직접 체험하여 만들어낸 자료인지를 구별하지 못할 것을 우려하는 것인가?

혹자는 학원에서 수상 실적이나 자격증 획득을 위한 과정을 만들 것이라고 걱정하기도 한다. 하지만 수상 실적이나 자격증은 필수적인 요소가 아니다. 입학사정관제에서 요구하는 것은 학생이 특정 분야에 관심이 있음을 확인할 수 있는 자료이지 반드시 수상 실적이 필요한 것은 아니기 때문이다. 위에서 언급한 학생도 수년간 작성한 생태 일기가 채점자의 마음을 움직인 것이지, 그 학생이 수상 실적이나 자격증을 가지고 있어서 선발된 것은 아니었다.

오히려 입학사정관제야말로 사교육 시장이 발을 붙이기 쉽지 않은 영역이다. 학생들 각자의 개성이나 관심사가 다 다르므로 다양한 관심을 스스로 추구해가는 과정에서 눈에 띄는 성취나 업적을 낸 학생들에게 그들의 수능이나 내신이 조금 떨어지더라도 기회를 주겠다는 제도이기 때문이다. 서남표 카이스트 총장이 "매년 입학사정관제의 기준을 달리하겠다"라고 말한 의도는, 올해는 A라는 기준으로, 내년에는 B라는 기준으로 학생들을 뽑겠다는 뜻이라기보다는 객관적인 기준을 두지 않고 지원자의 면면을 종합적으로 평가하여 가장 우수한 학생을 선발하겠다는 의미일 것이다.

이러한 서 총장의 언급에 대해서 일선 교사들은 "그러면 학교에서는 어떻게 입시 안내를 하라는 것인가?"라는 볼멘소리를 한다. 이런 불평에는 아무래도 정보력이 강한 학원이 유리하지 않겠는가 하는 우려도 포함되어 있을 것이다. 하지만 이런 질문은 입학사정관제의 의도를 정확하게 이해하지 못했기 때문에 생긴 것으로 여겨진다. 입학사정관제가 일선 교사들에게 요구하는 것은 '입시 지도'가 아니다. 오히려 각 학생이 가지고 있는 특기와 잠재력을 충분히 발휘할 수 있도록 학교에서 지도하라는 것이다. 입학사정관제에 빠르게 대처하려면 질문을 바꾸어야 한다. "어떻게 하면 우리 학생들이 좋은 대학에 갈 수 있겠는가?"라는 질문을 던지고 나서 학생들을 지도하면 기존의 수능이나 논술 등에서는 효과를 보았을지 모르지만, 입학사정관제에서는 오히려 역효과가 날 수 있다. 일정 방향으로 학생들을 몰아갔을 경우, 비슷비슷한 학생들이 많아질 것이고 그렇다면 아주 뛰어난 재주를 가진 소수를 제외하고는 모두 별 볼 일 없는 학생이 되고 말 것이기 때문이다. 오히려 입시를 위한 지도 이전에 "각 학생의 장점을 어떻게 살릴 것인가?"라는 질문을 먼저 던져서 그 학생의 잠재력을 끌어내려고 노력할 때 각 학생이 원하는 대학을 가게 될 가능성이 더 높아진다는 것이다. 이것이 바로 입학사정관제의 취지이며 고등교육의 정상화를 이루는 길이라고 생각한다.

2009학년도 건국대의 입학사정관제도를 통한 학생 선발에서 기억에 남는 한 사례를 소개하고자 한다. 이 학생은 역사에 유난히 관심이 많은 학생이었는데, 다른 과목은 상대적으로 성적이 우수하지는 않았지만, 역사 과목에서는 타의 추종을 불허할 만큼 조예가 깊었다. 이 학생은 면접에서 교육제도에 대한 토론을 할 때도 고려시대의 교육제도 및 조선시대의 교육제도를 연결시키면서 자신의 주장을 뒷받침했고, 오늘날의 사회 현상을 논의할 때도 신라시대를 끌어들이면서 비교할 정도였다. 이러한 역사적 배경지식이 과연 입시를 위한 준비만 가지고 가능하겠는지 스스로 질문을 던져보면 입학사정관제에서 원하는 학생이 어떤 학생인지를 쉽게 판단할 수 있을 것이다.

이 학생에 대하여, 그가 다니는 고등학교에서는 "사탐만 공부해서 대학을 갔다"라는 식으로 소문이 났다고 한다. 수능이나 내신으로는 건국대에 합격하기 어려운 성적이었기 때문이다. 하지만 이러한 평가는 적절하지 않다. 먼저 이 학생은 사탐을 '공부'해서 합격을 한 것이 아니다. 혹시라도 이 사례를 듣게 된 후배가 역사만 열심히 '공부'해서 입학사정관제로 지원하게 된다면 떨어지게 될 가능성이 훨씬 높을 것이다. 대학에서 원하는 학생은 대학을 가기 위한 공부로 어떤 분야를 파고든 학생보다는 그 분야가 정말 재미있어서, 좀 더 노골적으로 표현하면 그 분야가 미치도록 좋아서 빠져든 학생이다. 즉 대학에서 찾는 학생은 입학을 위한 수단으로 지식이나 정보를 많이 아는 학생이 아니라는 뜻이다.

여전히 많은 사람들이 "그래도 객관적 기준이 있어야 할 것 아닌가?" 하는 우려를 나타낸다. 하지만 모든 사람이 동의할 기준을 만들기는 불가능할 것이다. 예를 들어, 국문과에서 시 부분에 수상 실적이 있는 학생과 시조로 상을 탄 학생, 판타지 소설을 출판한 학생 그리고 단편소설로 입상한 학생 중 한 명을 고르라면 과연 어떤 객관적인 잣대를 마련할 수 있을까? 게다가 함께 지원한 학생 중에 방송인이 되고 싶어 하는 학생과 외국어 능력이 아주 뛰어난 학생까지 포함되어 있다면 교육과학기술부 장관이 요구하는 '명확한 기준'을 어떻게 제공할 수 있을까?

그러나 생각보다 문제가 심각하지는 않다. 내가 면접관으로 참여했던 전형은 1박 2일 동안 학생들과 함께 생활하는 일정이었는데, 학생들에게 "만일 학생이 면접관이면 누구를 선발하겠습니까?"라는 질문을 던졌을 때 "다들 훌륭해요"라고 즉답을 피한 학생을 제외한 모든 학생이 우리가 합격시킨 학생들을 정확히 지목했다. 이는 학생들조차도 누가 뛰어난지를 면접관과 동일한 잣대로 판별할 수 있었다는 의미이다. 즉 뚜렷한 기준을 마련하기는 어려울지라도 주관적인 관점에 따라서 평가가 크게 달라지지는 않음을 확인한 셈이다. 그렇다면 객관적 기준에 대한 우려도 생각보다는 크지 않다는 뜻이기도 하다.

오히려 입학사정관제를 시행하는 데에 가장 큰 현실적 난관은 서류 검토 및 면접에 필요한 시간 확보일 것이다. 1천 명 내외를 서류 전형으로 선발하고 만일 경쟁률이 30 대 1 정도라면, 검토해야 할 서류가 3만 장이다. 게다가 서류 전형에서 5배수를 선발하여 심층 면접을 실시한다면 면접 대상 학생이 무려 5천 명이 된다. 행정적으로 준비하기에 간단한 일은 아니며 우리가 실시했던 1박 2일 면접은 현실적으로 불가능할지도 모른다. 그렇다면 전형을 한꺼번에 처리하는 것은 불가능하고 여러 일정으로 쪼개서 실시하는 수밖에 없을 텐데 이렇게 되면 말 그대로 '수시' 입학이 될 것이다. 이를 위한 전문 인력 확보가 입학사정관제의 성공을 위한 가장 큰 관건이 될 것이다.

이처럼 입학사정관제는 풀어나가야 할 어려움이 없지는 않지만, 현재 '한 줄 세우기' 식의 입시 제도를 보완할 수 있는 긍정적인 측면을 가지고 있으며 아울러 학생들이 하기 싫은 공부를 억지로 하는 것에서 벗어나 자신이 정말로 원하는 분야에 매진할 수 있는 계기를 마련해줄 수 있을 것이다. 그렇다면 밤늦게까지 무거운 가방을 들고 학원을 오가야 하는 불쌍한 고등학생들을 구원할 수 있는 제도가 될 것이며, 아울러 학교에서도 교과 학습 위주의 교육에서 벗어나 학생들의 특기와 적성을 키우는 데에 더 많은 시간을 투자하게 될 것이다. 이러한 면에서 입학사정관제는 우리 교육제도에 독(毒)보다는 약(藥)의 역할을 하게 되리라 기대한다.

『철학과 현실』(2009년 6월)

갈팡질팡하는 대학 입시 제도

1. 대학 입시의 현주소

새로운 정권이 들어선 후, 대학 입시 제도는 다시 한 번 소용돌이에 휩싸이고 있다. 학부모들은 '학생부 종합전형', 즉 생활기록부를 중심으로 학교생활의 평가를 통하여 당락을 결정하는 제도가 가장 불공정하다고 생각하여 정시의 비중을 높이라고 요구하고 있다. 하지만 현 정부는 학생부 종합전형의 기본적인 틀을 유지하려는 인상이다. 게다가 이미 수능에서의 영어 시험을 절대평가로 바꾸었고 다른 과목도 차차 절대평가로 바꾸려는 의지를 보이고 있다. 그러면서도 정시의 정원을 넓히는 쪽으로 각 대학에 눈치를 주어서 일부 대학이 정시에서 선발하는 인원을 늘리기도 하였다. 무언가 앞뒤가 안 맞는 모습이다. 수능의 변별력이 떨어지는 상황에서 정시의 숫자를 늘리는 것은 대학으로서 답답한 노릇이기 때문이다.

학생들의 입장에서도 답답하기는 마찬가지다. 요즘처럼 수시의 비중이 높은 상태에서는 수시를 포기할 수 없다. 2010년대 초반만 하더라도 수시의 비중이 30퍼센트 내외여서, 학생들은 수시 모집에서 기꺼이 갈 마음이 있는 학교에만 지원하고 주로 정시에 매진했다. 하지만 수시와 정시의 비율이 과거와 정반대가 된 지금은 수시를 포기하고 정시에 모든 것을 걸기가 부담스러워졌다. 그러다 보니 재학생들은 내신도 챙겨야 하고, 생활기록부에 기재할 수 있는 활동도 해야 하며, 학생부 종합전형에 지원하지 않는 학생들은 논술도 준비해야 하고, 최저 등급을 맞추기 위해서는 수능도 소홀히 할 수 없는 상황이다. 학력고사나 수능 하나로 결판을 내는 것보다 해야 할 일이 더 많아진 셈이다. 이런 점에서 현재의 입시 제도는 분명 학생들에게 부담스러운 방식임이 틀림없다. 그래서 수능 하나로 모든 것이 결정되던 과거의 입시 제도가 더 나았다는 소리가 나오는 것이다.

학생부 종합전형으로의 변화는 공교육을 정상화하고 사교육을 줄이려는 의도였다. 수능 위주의 평가는 학생들로 하여금 학원에서 공부하고 학교에서 잠을 자는 풍경을 만들어냈다. 그래서 내신 성적이 우수하고 학교생활을 충실히 하는 학생이 유리하도록 만든 제도가 학생부 종합전형이다. 이전에는 교과 내신 성적만으로도 학생을 선발하는 '학생부 전형'이 있었다. 이 전형은 모든 고등학교의 수준이 동등하다는 전제가 성립해야 확장될 수 있다. 하지만 학교 간의 격차가 있는 것은 사실이고 학교 간의 격차를 입시에 반영하는 고교등급제는 교육부에서 철저하게 막고 있기에, 각 대학에서는 학생부 전형의 확대를 꺼렸다. 그래서 등장한 것이 학생부 종합전형이다. 학업 성적도 중요하게 보지만, 그 이외의 학교 활동도 종합적으로 보고 평가하겠다는 뜻이었다. 과거에 '입학사정관제도'라는 이름으로 시행되던 방식이 학생부 전형까지 포괄하여 학생부 종합전형으로 확대 시행된 셈이다.

학생부 종합전형의 취지는 좋았지만 이에 따른 부작용도 만만치 않았다. 먼저 고등학교에 따라 학생부를 매우 성의껏 기재해주는 곳도 있고 그렇지 않은 곳도 있다. 어떤 학교는 선생님들이 고생해서 학생들의 능력을 자세히 써주기도 하지만 다른 학교에서는 학교에서 했던 활동을 중심으로 대부분의 학생들에게 비슷비슷하게 서술하곤 한다. 같은 학교 내에서도 선생님 사이의 편차가 없지 않다. 비슷한 학생이라도 담당 선생님이 누구냐에 따라 생활기록부에 들어갈 어휘들이 달라질 여지는 충분히 있다. 담임선생님은 반 학생들의 체험 활동을 일일이 기억하여 써주기가 쉽지 않으며 과목 선생님들도 자신이 맡은 학생들에 대한 세부적인 내용을 써주는 것이 고역일 수밖에 없다. 생활기록부의 초고를 학생들에게 써오게 시키는 학교도 있다고 하니, 이러한 현장의 상황은 학생부 종합전형의 취지와는 거리가 있는 것이 사실이다. 게다가 학교 내에서도 밀어주는 학생과 그렇지 않은 학생들을 구분하여 교내의 상(賞)을 몰아주는 부작용도 생기고 있다. 그래서 학생들 사이에서는 생활기록부가 몇 장인지를 가지고 누가 더 나은지를 갑론을박(甲論乙駁)하는 우스운 일도 벌어진다. 생활기록부의 차이가 학생들의 능력을 반영하는 것이라면 좋겠지만, 학교에 따라서 또는 선생님에 따라서 이런 편차가 발생하게 되는 것은 문제가 아닐 수 없다.

여기에 학원까지 한몫을 한다. 학생이 가고 싶은 전공을 정하면 학원에서는 그 학생에게 필요한 로드맵을 제시한다. 동아리는 무엇을 들고, 소논문은 무엇을 쓰고, 학교에서의 활동은 무엇을 중심으로 하며, 책은 어떤 것을 읽으라고 알려주는 것이다. 물론 이런 학생에게 학교에서 자신의 생활기록부에 넣을 초고를 만들어오라고 하면, 이 역시 학원에서 서비스를 제공할 것이다. 평가하는 사람의 입장에서 볼 때 생활기록부 전체가 그 전공과 관련된 활동으로 가득 차 있으면 잘 준비된 학생으로 볼 것이기에 높은 점수를 주기 마련이다. 하지만 이러한 학원의 도움으로 합격을 하는 것은 학생부 종합전형에서 원하는 방향은 아니다. 이 전형의 취지는 학교생활을 충실히 하라는 것이지 학원의 지시를 충실히 따르라는 것은 아니기 때문이다.

2. 입시 제도의 변화를 통해서 사교육을 없앨 수는 없다.

현재의 입시 제도가 여러 문제점을 지니고 있음은 분명하다. 하지만 우리나라가 사용했던 어떠한 입시 제도도 문제점이 없지는 않았다. 그렇다면 입시 제도의 변화를 통해서 무엇을 얻을 것인가를 고민해보아야 한다. 이제까지 교육부에서 목표로 했던 것 중 하나가 사교육을 줄이는 것인데 안타깝게도 그것은 입시 제도의 변화를 통해서 달성하기가 거의 불가능한 목표로 보인다. 재학생들에게 사교육이 원천적으로 금지되었던 5공화국 시절을 제외하면, 학원이나 과외는 늘 번창해왔다. 입시 제도가 자주 변하고 복잡해질수록 학부모들은 학원에 의존하기 때문이다. 수능이 중요하면 수능을 위한 학원이 번성할 것이고, 논술 전형의 비율이 올라가면 논술 학원이 흥할 것이며, 내신이나 학생부가 중요해지면 이를 위한 학원이 생길 것이다. 농담 삼아 대학을 추첨으로 배정한다면 아마 추첨을 잘하도록 연습시키는 학원이 생길지도 모른다고 자조적으로 말하기도 한다.

그렇다면 왜 입시 제도만으로 사교육을 없앨 수 없는가? 우리나라는 어느 대학을 다니는지가 신라시대의 골품제와 같은 역할을 하기 때문이다. 지금의 학부모 세대는 교육이 사회적 신분을 바꿀 수 있는 가장 좋은 방법임을 직간접으로 체득한 사람이기에 자녀들의 교육에 모든 것을 투자한다. 학력이 높은 부모는 학력이 높아서, 학력이 낮은 부모는 자신이 못 배운 것이 한이 되어, 자식에게 좋은 대학의 간판을 달게 하고 싶어 한다. 어느 대학을 다니는지가 대학 생활의 만족은 물론 결혼과 취업 그리고 취업 후의 직장 생활까지도 적지 않은 영향을 미치기 때문이다. 우리나라는 대학 입학 이후에 자신이 발전했음을 보여줄 수 있는 기회가 거의 없다. 한마디로 대학 진학 이후에 '역전의 기회'가 거의 없다는 것이다. 선진국의 경우에는 학벌보다 현재 어떤 능력을 지니고 있고 무엇을 할 수 있는지를 더 중요하게 생각하기에, 시골에 있는 작은 대학을 나오거나 심지어 대학을 나오지 않아도 충분한 기회를 보장받을 수 있는 반면, 우리나라에서는 그러한 역전의 기회를 찾기가 쉽지 않다. 이러한 맥락에서 대학 간판보다 그 사람의 능력이 취업의 성패를 좌우하는 시대가 올 때까지 사교육에 대한 수요는 없어지지 않을 것이다.

훗날 우리 사회의 구조가 바뀌어서 대졸자의 프리미엄이 현저하게 떨어지면 사교육의 힘이 약해질 것이다. 예를 들어, 고도의 전문성을 요구하지 않는 자리의 경우 4년 경력의 고졸자와 신입 대졸자의 임금이 비슷하고, 15년 경력의 고졸자와 10여 년 경력의 대졸자가 승진에서 동등한 기회를 보장받으면 지금과 같은 사교육 열풍은 줄어들 것이다. 하지만 이러한 현상은 입시 제도를 바꾸어서 얻어질 수 있는 것은 아님이 분명하다.

3. 입시 제도는 학생들에게 무엇을 가르치고자 하는가를 반영해야 한다.

입시 제도의 변화를 통해서 사교육을 잡을 수 없다면, 무엇을 얻기 위해서 입시 제도를 변화시키려 하는가를 물어야 한다. 먼저 모든 학부모의 요구를 충족시키는 것은 원천적으로 불가능하다. 어떠한 제도든지 누구에게는 유리하고 누구에게는 불리할 것이기 때문이다. 게다가 입시 제도가 대학의 요구를 만족시키는 방식으로 진행될 것 같지는 않다. 교육부에서 논술을 제외한 대학별 고사(일명 본고사)를 허용하지 않기 때문이다. 사실 이 부분은 설명이 필요하다. 대학이 각자 나름대로 시험을 통해서 신입생을 선발하면 각 대학에서 제일 나은 방법을 고민할 것이 분명하다. 설령 어떤 대학이 바보 같은 방식으로 학생을 선발한다고 하더라도 궁극적으로 그 학교가 손해를 볼 것이기에 이를 교육부에서 걱정해줄 필요는 없다. 하지만 이러한 본고사의 시행은 교육부에서 가장 걱정하는 사교육의 영향력을 높일 것이기에 허용되지 않는다. 대학의 학생 선발권보다는 교육부의 사교육 방지가 훨씬 더 우선되는 상황인 것이다.

그렇다면 입시 제도의 변화를 통해서 얻을 수 있는 실질적인 이득이 무엇인가? 고등학교의 교육 방향을 바꿀 수 있다. 대표적으로 논술 고사가 이러한 취지로 도입되었다. 선다형 시험이 지니는 한계를 극복하고 학생들의 사고력과 표현력을 증진하기 위한 처방이었다. 논술 고사의 확대로 일선 고등학교에서는 토론식 수업도 개설되었으며, 서로 다른 과목 선생님들이 같은 주제를 놓고 다양한 각도에서 접근하는 팀티칭(team teaching)도 이루어졌다. 예를 들어, 정의(正義)를 가지고 이야기하면 국어 선생님은 이와 관련된 문학작품을 소개하고, 역사 선생님은 동서양의 역사를 통해서 어떠한 제도가 있었는지를 설명하며, 사회 선생님은 사회 규범이나 법을 통하여 접근하고, 경제 선생님은 재화의 분배 측면에서, 윤리 선생님은 도덕적 측면에서 논의를 하는 것이다. 이러한 수업은 자연스럽게 토론식으로 진행될 가능성이 많아서 일거양득(一擧兩得)의 효과를 이룰 수 있었다. 이렇게 좋은 제도가 왜 교육부의 호응을 받지 못하는 것일까? 일단 정규 과목으로 편입시키기가 쉽지 않다. 한 반의 수업을 위해서 여러 명의 교사가 한꺼번에 들어오기도 어렵고, 현재 고등학교의 교과서가 이러한 수업을 하기 쉽게 구성되어 있지 않다. 따라서 방과 후 수업의 형태로 진행될 수밖에 없었으며 대부분의 학교들은 이러한 팀을 구성하기가 쉽지 않았다. 그러다 보니 학생들은 자연스럽게 학원에 의존하게 되고 결국 논술은 사교육 증가의 원흉이 되어버린 것이다.

요즘 수험생들은 586세대들이 입시를 준비할 때보다 훨씬 더 공부를 많이 한다. 그렇게 공부를 많이 했으면 대학에 들어온 신입생들의 실력이 우리 때보다 월등하게 높아야 하는데 막상 강의를 해보면 꼭 그런 것 같지는 않다. 그러면 학생들은 그 많은 시간 동안 도대체 무슨 공부를 하는 것일까? 얼마나 쓸데없는 공부에 시간을 보내면, 고생은 고생대로 하고 돈은 돈대로 쓰면서 실력에는 큰 도움이 안 되는 일만 하고 있는 것일까?

현재 고등학교 교육은 사회 변화에 맞추어 미래의 시민에게 필요한 능력을 제공해야만 한다. 과거에는 박학다식(博學多識)한 것이 중요했을지 모르지만, 지금은 거의 모든 지식을 쉽게 검색할 수 있다. 그런 의미에서 지금의 수능처럼, 자기 생각을 물어보는 것이 아니라, 출제자의 의도를 파악하는 것이 핵심인 시험은 미래 사회에서 얼마나 쓸모가 있을지 의문이다. 그렇다면 지금의 젊은이들에게 필요한 것은 창의성, 논리적 사고 능력 그리고 감수성이다. 이것들이 현재 인간이 컴퓨터에 비해서 더 잘할 수 있는 부분이기 때문이다. 재미있는 것은 창의성과 논리적 사고 능력이 이해력 및 표현력과 더불어 논술의 핵심적인 채점 요소라는 것이다. 하지만 교육부는 사교육을 조장한다는 이유로 논술을 축소하는 방향으로 방침을 세워서 이러한 능력의 교육 기회를 스스로 차버리고 있다. 어차피 사교육을 잡지도 못할 것이면서 말이다.

이제는 고등학교 교육이 정보 전달보다 사고력 증진에 초점을 맞추어야 한다. 그리고 입시 제도 역시 이러한 교육의 방향을 반영해야 한다. 그런 의미에서 학생부 종합전형을 강조하고 수능의 비중을 줄이는 현 교육부의 입시 방향은 나쁘지 않아 보인다. 수능이 객관적이어서 많은 사람이 선호하는 것은 사실이지만, 객관적이기 때문에 믿을 수 있다는 것은 결국 주관적인 평가를 못 믿겠다는 뜻에 불과하다. 수능이 과연 학생들의 능력을 제대로 평가하는지도 따져보아야 할 일이다. 그날 찍은 문제 중 몇 개를 더 맞느냐가 그 학생의 대학을 결정한다는 것이 과연 공정한 일인가 물어야 한다는 뜻이다. 그 결과가 비록 객관적이라도 말이다.

이런 의미에서 현재의 입시 제도가 흔들리는 이유는 자기소개서와 생활기록부를 평가하는 대학의 입학사정관에 대한 불신과 생활기록부를 기재하는 일선 교사들에 대한 불신 때문이다. 대학에 대한 불신은 지원자의 입장에서 자신이 왜 불합격했는지 알기 어려울 뿐 아니라 자신보다 못하다고 생각하는 친구가 합격하는 사례가 발생하기에 생기는 것이고, 고등학교에 대한 불신은 자기 자식에 대한 평가를 후하게 하지 않는 교사에 대한 불만과 실적 위주의 정책을 펴는 학교에 대한 불만일 것이다. 이러한 불만을 사소하게 보아서는 안 될 일이지만 그렇다고 해서 시대의 흐름에도 맞지 않는 수능으로만 평가하는 것이 능사인지는 잘 모르겠다.

4. 맺음말을 대신하여

입시 제도는 이해관계자가 너무 많기에 모든 사람을 만족시키기는 어렵다. 따라서 당사자와 국가의 미래를 위해서 무엇이 최선인가에 초점을 맞추어 제도가 정비되어야 한다. 학생부 종합전형은 앞에서 살펴본 문제가 있었고, 정시도 운이 많이 좌우한다는 단점 외에, 수능으로 선발하는 것은 대학에 들어가기 위해서 모든 과목을 잘해야 하는 부담을 준다. 수능을 예전의 예비고사와 비슷하게 자격시험으로 전환하여 등급으로만 평가하고 수시를 대폭 축소한 후 정시에 학생부 종합전형과 같이 생활기록부와 자기소개서를 제출하게 하는 방법도 교육부에서 고려하는 듯하다. 이상적인 제도이며 수능만으로 평가하는 문제점을 보완할 수 있는 장점이 있는 반면, 학생부 종합전형이 지니는 문제점을 그대로 이어받게 되는 단점이 있을 뿐 아니라 학생들에게는 무엇 하나도 포기할 수 없는 부담스러운 전형이 될 수도 있다.

교육부에서는 입시 정책조차도 국가교육회의 공론화위원회를 통하여 여론을 반영하겠다는 입장이다. 사공이 너무 많아 배가 산으로 가지 않을까 하는 걱정이 앞서기도 하지만 위원회에서 다양한 문제점을 충분히 다룰 수 있다면 장점도 없지 않을 것이다. 하지만 다시 한 번 강조하고 싶은 것은 우리나라처럼 대학 입시에 많은 관심을 두는 나라에서 누구에게나 흡족한, 문제가 없는 제도를 만드는 것은 불가능할 것이다. 게다가 교육에 관한 방침은 꾸준해야 하는데 너무 자주 바뀌다 보니 학생과 학부모들도 혼란스럽고 그것이 오히려 사교육을 조장하기도 한다. 대학에서도 제도가 정착할 만하면 새로운 제도를 준비해야 하는 어려움을 겪게 된다. 교육이 정권에 의해서 좌지우지되는 것은 바람직하지 않다. 그러한 의미에서 이번에 확정되는 입시 제도는 제발 오랜 기간 지속되었으면 하는 바람이다.

『철학과 현실』(2018년 6월)

대학과 취업률

요즘 대학은 취업률을 올리기 위해서 안달이다. 대학을 평가하는 지표에 취업률이 포함되면서 대학 본부에서는 조금이라도 높은 점수를 받으려고 취업률 제고에 안간힘을 쓰고 있다. 얼마 전에 영어 강의가 국제화 지표의 평가 항목 중 하나가 되면서 되도 않는 영어 수업이 대학가를 휩쓸었던 것과 비슷한 맥락이다. 특히 필자가 속해 있는, 취업에 약자인 문과대는 대학 본부에서 취업 특강을 열어주면서 한 명이라도 취업을 더 시키려고 온갖 애를 쓰고 있는 것이다.

취업률을 측정하는 기준도 문제가 없지는 않다. 졸업 후 일정 기간 내에 취업한 학생들만 취업에 성공한 것으로 간주하기에, 공무원 시험이나 임용 고시 또는 언론계를 준비하는 학생이 많은 문과대의 경우에는 수년간 고생한 끝에 그들이 취업에 성공해도, 대학 평가를 위한 취업자의 통계에는 포함되지 않는 웃지 못할 상황이 생긴다. 혹자는 다른 학교도 마찬가지이니 동일한 조건이 아니냐고 반문하곤 하지만, 한 대학 내에서 취업률을 학과 구조조정의 근거로 삼으려는 대학 본부의 횡포를 경험한다면 '다른 학교도 마찬가지'라는 한가한 소리를 하기는 어려울 것이다.

하지만 위와 같은 논의는 취업률을 가지고 대학을 평가하는 것이 적절하다는 대전제에 동의했을 때나 의미가 있는 방법론적인 얘기이다. 졸업을 앞둔 제자들이 원하는 직장에 가기를 바라는 마음이야 모든 선생에게 공통적이겠지만, 대학이 취업을 준비하는 기관인가에 대해서는 회의적인 생각이 드는 것이 사실이기 때문이다. 취업이 가뜩이나 어려운 마당에 "대학이 취업을 위한 기관인가?"라는 질문에 부정적인 대답을 하면 세상 물정을 잘 모른다고 핀잔을 듣기 일쑤이지만, 이 질문은 취업률을 대학 평가의 중요한 지표로 삼고 있는 현실을 고려할 때 꼭한 번 짚고 넘어가야 할 문제이다. 그런 의미에서 이 글 주장의 핵심은, 대학생들에게 취업이 중요함을 인정하더라도, 취업률을 대학의 평가에 포함하는 것은 옳지 않다는 것이다.

대학 평가에서 취업률이라는 항목이 적절한 기준이 되려면, 대학이라는 기관이 일자리를 창출할 수 있어야 한다. 하지만 현실을 살펴보면, 대학 본부가 취업률을 높이기 위해서 일시적으로 행정 조교의 자리를 만들어 졸업생들을 그 자리에 앉히는 일도 있으며, 지인들이 경영하는 회사에 취업이 된 것처럼 서류를 꾸미고 학교에서 그 회사에 4대 보험료를 지불하는 편법까지 쓰기도 한다. 졸업생의 취업 여부가 4대 보험의 혜택을 받고 있느냐에 의해 결정되기 때문이다. 이처럼 대학이 취업률을 높이기 위해 무리수를 두는 것을 보면, 일자리 창출은 대학에서 쉽게 할 수 있는 일이 아닌 것은 분명하다. 설령 대학이 기업에서 하듯이 세력을 확장하기 위해서 기구를 넓히려고 해도, 입학생 정원이 교육부의 허가 사항이고 인구 감소 추세에 따라서 정원을 감축하라는 무언의 압력이 들어오는 현시점에서 한정된 등록금 수입으로 고용을 창출하는 것은 대학이 택할 수 있는 선택지가 아니다.

고용 창출이 대학의 몫이 아니라면, 어차피 제한된 일자리에 각 대학의 졸업생들이 경쟁을 해야 하는 형국이다. 파이를 키우는 데에 노력을 기울이는 상황이 아니라, 한정된 파이를 누가 더 많이 가지고 가느냐의 싸움인 것이다. 그럼에도 취업률을 대학 평가에 반영하는 것은 곧 대학이 기업의 눈치를 보며 교육 내용을 기업의 입맛에 맞게 구성하여 기업이 원하는 인재를 길러내기를 요구하는 것이다. 가뜩이나 각 기업도 경쟁이 너무 심해서 이윤을 내기 어려운 상황이기에 그들의 입장에서 보면 입사해서 바로 써먹을 수 있는 인재를 원하는 것은 당연하다. 하지만 왜 대학이 기업의 요구에 맞추어주어야 하는가? 신입 사원의 교육을 위해서 기업이 지출해야 하는 비용을 왜 대학이 책임져야 하는가? 아무리 생각해도 이러한 질문에 대하여 설득력 있는 답변을 찾기가 쉽지 않다. 왜냐하면 대학의 설립 목적이 기업을 도와주기 위한 것은 아니기 때문이다.

대학이란 곳은 대부분 학생들에게 일생 중에 마지막으로 공부에 몰두하며 자신의 능력을 키울 수 있는 자리이다. 대학은, 평균 수명이 80세가 넘는 이 시대에서 취업과 같은 인생의 단기적인 목표와 더불어 내 평생을 어떤 방식으로 살 것인가에 대한 장기적인 전략의 수립에 전념할 수 있는 마지막 기회인 것이다. 자신의 적성과 장단점이 무엇인가를 발견하고 교우관계도 확장하며, 때로는 좌충우돌하면서 시행착오도 두려워하지 않을 수 있는 곳이 바로 대학이다. 서구에서와 같이 이러한 시기는 중고등학교 때부터 시작되는 것이 바람직하겠지만, 우리나라의 대학 입시가 갖는 비정상적인 비중은 학생들로 하여금 이와 같은 인생 설계에 대한 고민을 대학 입학 이후로 미루게 한다. 대학 입

학의 기쁨도 잠시 뒤로하고 새내기 때부터 취업을 위해서 학점을 관리
하고 스펙을 쌓으려는 학생들을 보면 안쓰러운 마음이 가득하다. 필자
가 대학을 다니던 1980년대만 하더라도 우리나라가 고도성장을 이루
던 시대라서 비록 연봉의 차이는 있을지언정 취업이 어려운 시기는 아
니었다. 하지만 성장 동력이 확연히 둔화한 이 시대에는 직장을 얻기
가 쉽지 않아서, 학생들은 외국어 성적, 국내외 연수, 자격증 취득, 자
원봉사 등의 스펙을 갖추기 위해서 온갖 고생을 하지만 막상 좋은 결
과를 얻는 이는 소수이다. 이처럼 지원자보다 일자리가 적은 상황에서
는 기업이 주도권을 쥐기 마련이다. 따라서 학생들은 인생의 장기적인
계획을 세울 겨를도 없이 취업에 매달리게 되는 것이다.

　물론 졸업 후의 취직이 평생직장으로 보장을 받는다면, 많은 학생들
은 단기적인 목표와 장기적인 목표를 일치시킬 수도 있을 것이다. 하
지만 졸업 후 원하는 직장에 들어간다고 하더라도 40대 중반 무렵에는
새로운 선택을 강요받는 것이 냉정한 현실임을 잊지 않아야 한다. 다
시 말해서, 원하는 직장에 취업이 된다고 하더라도, 인생의 큰 그림에
서 보면 직장 생활의 두 배 이상을 퇴사 이후에 살아가야 한다. 이런
상황에서 단기적인 목표인 취업에 모든 것을 걸었다가 막상 중년이 되
어 막막한 마음으로 회사를 떠나야 하는 사람의 입장이 되면, 졸업 직
후의 취업이 가져다주는 기쁨만으로는 평생을 버티기 어렵다는 것을
새삼 깨달을 것이다. 하지만 이 시기가 되면 자신을 위해서 다시 투자
할 기회도 부족하고 그럴 만한 경제적 여유도 없는 경우가 대부분이다.
예외적으로 안정된 직장을 버리고 새로운 도전을 선택한 한비야 씨나
김정운 교수도 있기는 하지만, 이들은 스스로 그러한 선택을 했을 뿐
아니라 자신을 위한 투자를 할 여력이 있는 사람들이었다. 반면에 중
년에 회사에서 퇴직하게 된 대부분의 사람은 퇴직금으로 여생을 살 수

있는 경제적 여유가 없기에 이제까지 하던 일과는 전혀 다른 일(일반적으로 자영업)을 시작하게 된다. 하지만 그런 영역은 진입 장벽이 낮다 보니 너도나도 달려들어 치열한 경쟁 속에서 도태하게 되는 경우도 부지기수이다. 이처럼 회사에서 졸업생의 인생을 끝까지 책임져주지 않는 상황에서, 대학이 앞장서서 기업의 요구를 우선하여 고려할 이유는 별로 없어 보인다.

학생들의 입장에서 단기적인 목표인 취업에 전념하는 것이 위험한 또 하나의 이유는 빠르게 진행되는 학문의 발전 때문이다. 첨단 산업일수록 하루가 다르게 발전하여 지금 대학에서 배우고 있는 것이 최첨단이라 할지라도 10년만 지나면 구닥다리가 되어버리는 경우가 허다하다. 그러면 회사에서는 적은 연봉으로 새로운 지식을 갓 배우고 온 신입 사원을 쓸 수 있는 기회를 마다하고 굳이 월급을 더 주어가면서 고참 과장이나 부장을 데리고 있을 이유가 없다.

혹자는 입사 후에도 자기 개발을 게을리하지 말아야 한다고 역설할지도 모른다. 하지만 야근으로 이어지는 회사 생활에서 새로운 공부를 시작하는 것은 일반적인 회사원들에게 불가능에 가까운 일이다. 그리고 설령 모든 직원이 회사 생활을 하면서 자기 개발에 힘써서 충분한 능력을 갖추었다고 하더라도, 최소의 투자로 최대의 이윤을 창출하는 것을 목표로 하는 회사의 구조상 모든 사람을 진급시키면서 평생직장을 보장하는 일은 상상하기 쉽지 않다. 고도성장의 시기에는 유능한 사람들을 모셔오기에 바빴지만, 지금과 같은 저성장 시대에는 개인의 능력이 충분해도 사회 구조상 도태되기 쉬운 상황이다.

이런 의미에서 현재의 어려운 상황에 대한 책임을 대학에 전가하거나, 누군가는 취업에 성공했음을 근거로 하여 취업이 안 된 학생들에게 노력이 부족했다는 식으로 자책하게 만드는 것은 바람직한 태도가 아니다. 어차피 일자리가 한정된 마당에 취업의 좁은 문을 뚫기 위해서 소모적인 경쟁을 한들, 누군가는 실패할 수밖에 없는 구조이기 때문이다. 이런 마당에, 대학은 기업의 입맛에 맞는 교육을 시키는 것보다 오히려 일반적인 취업 이외의 다른 길을 제시하는 것이 본연의 역할을 하는 것일 수도 있다.

게다가 대학에서 키우는 인재 중에는 대기만성형의 학생들도 상당수 있다. 큰 꿈을 가지고 있어서 일반적인 기업에 들어가기보다는 자신이 스스로 새로운 길을 개척하려는 모험심을 가지고 있는 젊은이들을 가르칠 경우, 기업의 입맛에 맞는 교육 체계는 대학이 제공해야 하는 적절한 교육이 아니게 될 것이다. 이러한 학생들을 대상으로 눈앞의 취업을 염두에 두는 교육을 하는 것은 소탐대실(小貪大失)이며, 오히려 취업이 어려운 이 시점에는 블루오션을 찾는 학생들이 더 생길 수 있도록 방향을 잡아주는 것이 대학의 사명이 아닌가 생각한다. 하지만 취업률을 강조하는 작금의 현실은 연구 업적의 기준이 양적으로 지나치게 상승하여 역작을 쓸 여유도 없이 당장 논문 편수를 채우느라 급급한 교수들의 상황과 일맥상통하게 느껴져서 입맛이 쓰다.

마지막으로 필자가 가르치는 인문학의 경우에는 각자의 개성에 맞는 가치관을 가르치는 것이 중요하다. 현실에 순응하는 자세와 자신이 옳다고 생각하는 것을 끝까지 관철하려는 태도가 가지는 각각의 장단점을 논의해보고 자신에게 맞는 가치관을 스스로 찾게 하는 것이 우리의 역할이다. 또한 시비선악(是非善惡)의 기준을 논하며 대의를 위해서는 개인의 손실도 감수할 수 있다는 공리주의적 입장도 고찰해보아야 한다. 하지만 우리의 기업문화는 상명하복(上命下服)의 측면이 여전히 강하며, 내가 속한 회사의 손해를 감수하면서 국가나 사회를 위해서 양보를 권하는 직장 상사는 없을 것이다. 그렇다면 기업의 입맛에 맞는 교육을 하기 위해서 인문학자들은 설령 비리를 저지르는 일이라 하더라도 상사의 명령에는 절대 복종하고, 상생의 길이 있음에도 자신이 속한 회사의 이익을 위해서는 어떠한 일도 양보하지 않아야 한다고 대학생들에게 가르쳐야 한다는 것일까? 그것은 회사에서나 요구할 수 있는 일이지 대학에서 가르칠 사안은 아닌 것이 분명하다.

지금까지의 논의를 종합해볼 때, 대학이 학생들의 취업 준비만을 위한 훈련소가 아님은 자명하다. 물론 대학을 졸업하고 사회에 진출하는 것이 많은 대학생들의 꿈이기에 학생들의 단기적인 목표인 취업을 위해서 대학이 어느 정도의 노력을 기울여야 한다는 사실까지 부정할 생각은 없다. 하지만 대학의 평가 기준에 취업률을 포함하면, 교육부로부터 좋은 평가를 받아 지원금을 많이 받아야 하고 언론들로부터도 좋은 평가를 받아 학교의 대외적인 이미지를 상승시켜야 하는 학교 운영자로서는 이를 무시하기 어려워진다. 그러면 대학 본부는 교수들을 닦달하게 되며, 교수들은 연구와 교육뿐만 아니라 취업을 위해서 뛰어다녀야 하는 웃지 못할 상황이 벌어지게 되는 것이다. 하지만 아무리 학생들과 교수들이 노력한다고 해도, 우리나라 전체의 일자리가 늘어나지 않는 한, 누군가는 취업에 실패할 수밖에 없다. 우리 사회가 처해 있는 구조적인 상황 때문에 모든 사람이 최선의 노력을 다한다고 해도 취업을 원하는 모든 대학 졸업생들에게 일자리를 보장해줄 수 없기 때문이다. 따라서 대학의 평가 요소로 취업률을 포함하는 것은 당장 재고되어야 한다. 그래야 대학은 대학 본연의 설립 목적에 부합하는 일들을 할 수 있을 것이고, 학생들도 자신에 걸맞은 인생의 계획을 세울 수 있을 것이다.

『철학과 현실』(2015년 6월)

논술에서의 오해를 이해로: 채점 기준을 중심으로

앞으로의 입시에도 논술의 비중은 계속 높아질 것 같다. 정시를 제외하고는 수능을 점수로 반영하지 못하는 상황에서 학생부의 변별력은 여전히 미미하기에, 결국 대학에서 의존할 수 있는 요소는 논술 아니면 면접이다. 특히 논술은 10년 가까이 진행되어오면서 어느 정도 노하우가 쌓인 상태여서 대학들이 이제는 정시뿐 아니라 수시에서도 논술을 치르는 경향이 늘어나고 있다.

논술의 중요성이 강조될수록 일선 고등학교 교사의 입장에서는 어떤 글이 좋은 글인가에 대한 관심이 점점 더 늘어날 것이다. 하지만 이들은 논술을 지도한 경험이 많을지는 모르나 막상 직접 논술 고사를 채점한 경험은 거의 없다는 한계를 가지고 있다. 구조적으로 그들은 논술의 채점 기준에 대한 정보에 상대적으로 약할 수밖에 없는 것이다.

이들에게 도움을 주고자 이 글에서는 논술의 채점에 관해 이야기하겠다. 필자는 이 자리에서 대학들이 일반적으로 가지고 있는 채점 기준을 제시하고, 개인적인 채점 경험을 통하여 느낀, 좋은 글과 그렇지 않은 글을 함께 구분해보기로 하겠다. 이와 더불어 학생들이 논술에 대하여 가지고 있는 오해를 지적하면서 논술에 대한 올바른 이해에 도움이 되는 내용을 전하고자 한다.

논술의 채점에 대한 논의에 들어가기 전에 논술 일반에 대한 이야기를 잠깐 하겠다. 논술이란 글쓰기 능력과 글 읽기 능력을 평가하는 서술형 시험을 말한다. 흔히 논술은 글쓰기 능력만을 평가한다는 오해를 하기 쉬우나 요즘 실시되는 논술의 형태는 글 읽기 능력에 대한 평가도 중요한 요소를 차지한다. 그리고 여기서 말하는 글쓰기란 시, 소설, 수필 등을 포함하는 것이 아니며, 논리적인 글쓰기에 한정된다고 볼수 있다.

논술의 시행 초기에는 지금처럼 지문을 제시하는 형태가 아니라 지문 없이 논제를 주고 학생들의 견해를 논리적으로 전개하게 하는 형태의 시험이 치러졌다. 하지만 아주 우수한 답안을 써서 당당하게 합격한 학생 중의 일부에서 예측 가능한 논제에 대한 모범 답안을 미리 작성한 후 이를 암기하여 시험에 이용한 사례가 발견되었다. 사실 논술을 도입하게 된 큰 이유 중 하나가 암기 위주의 입시를 보완하기 위한 것이었는데 논술노 일부 학생들에게는 또 하나의 암기 과목이 되어버린 셈이다.

이를 시정하기 위해서 도입된 것이 지문의 제시이다. 지문 제시형 논제는 학생들에게 대개 두 가지를 요구하게 된다. 하나는 지문에서 어떤 내용을 찾는 것이고, 다른 하나는 그 내용을 근거로 자신의 생각을 논리적으로 개진하는 것이다. 지문의 내용을 파악하는 것이 우선이기에 이제는 단순 암기를 통한 논술의 준비가 어려워진 것이다. 게다가 논술을 통해서 글 읽기 능력을 평가하는 일 역시 긍정적인 요소가 많기에 지문 제시를 통한 논술 출제는 바람직한 방향으로의 발전이라고 여겨진다.

그러면 지금부터 논술의 평가 항목에 대해서 논의해보도록 하겠다. 대학마다 사용하는 기준이 조금씩은 다를 수 있겠지만 논술의 평가 항목을 대략 아래와 같이 제시할 수 있다.

가. 이해력
(1) 문제에 대한 정확한 이해
(2) 제시된 자료의 분석 능력

나. 논리적 사고 능력
(1) 주장과 논거의 논리적 연관
(2) 논리 전개의 정합성

다. 창의력
(1) 참신한 논거의 제시
(2) 주장 및 관점의 독창성

라. 표현력
(1) 단락의 적절한 구성
(2) 적절한 단어의 사용
(3) 어법에 맞는 글쓰기

일반적으로 논술의 채점 기준은 사고력과 표현력으로 나뉜다. 그리고 사고력에는 이해력, 논리력, 창의력이 포함된다. 표현력은 고등학교의 작문 교과 과정에서 다루는 문단 나누기, 띄어쓰기, 맞춤법, 원고지 사용법 등을 말하는 것으로 학생들도 이미 잘 알고 있는 것들이다. 따라서 이 글에서는 사고력에 관한 이야기를 집중적으로 해보겠다.

이해력, 논리력, 창의력 중에서 학생들이 가장 편하게 생각하는 것은 이해력이고, 가장 부담스럽게 생각하는 것은 논리적 사고 능력이며, 가장 오해하고 있는 부분이 창의력이다. 먼저 창의력에 대해서 살펴보도록 하자. 학생들은 창의력이라 하면 '남과 다른 것', '튀는 것'으로 생각한다. 완전히 틀린 생각은 아니지만, 논술의 채점을 기준으로 하면 상당히 위험한 태도이다. 남과 다른 튀는 답안이 항상 좋은 답안은 아니기 때문이다.

실제로 있었던 예를 들어보자. 어느 대학에서 "소로부터 배워야 할 덕목을 제시하고 그 덕목이 현대사회를 살아가는 데 어떤 의미에서 중요한지를 논술하라"는 논제가 출제되었다. 대부분의 학생들이 소에게 성실성, 근면성 등을 배워야 한다고 했는데, 어떤 학생은 답안에 "우리는 소로부터 다양성을 배워야 한다"고 주장하였다. 근거는 소가 등심, 안심, 제비추리, 아롱사태, 혀, 꼬리, 족 등 다양한 부위를 고기로 제공하듯이 우리 사회도 다양성을 지녀야 발전할 수 있다는 것이었다.

이러한 답안은 수많은 답안 중 단 하나밖에 없었을 것이며 그런 의미에서 독창적이라고 오해하는 사람도 있을지 모른다. 이 학생의 답안이 튀는 대답인 것은 사실이지만 창의성을 제대로 발휘했다고 보기는 어렵다. 왜냐하면 그의 답안은 질문에서 요구하는 조건을 만족시키지 못하고 있기 때문이다. 문제에서는 소의 '덕목'을 제시하라고 했는데 답안에서 제시된 것은 소의 '특성'이었다. 소가 다양한 부위를 가지고 있는 것은 소의 덕성은 아니었기에 이 답안은 질문에 대한 이해가 제대로 뒷받침되지 않은 글이라고 판단되는 것이다.

유사한 예는 얼마든지 있다. 어떤 대학에서 『어린 왕자』를 지문으로 사용하며 현대사회가 가지고 있는 익명성을 극복하는 방안을 제시하라는 식의 문제가 출제된 적이 있었다. 한 학생이 "익명성을 극복하기 위해서는 이름표를 달고 다녀야 한다"는 식의 답안을 제출했다고 한다. 이런 엉뚱한 대답을 한 학생이 또 있지는 않다는 점에서 독특한 대답임에는 틀림없지만, 이 답안 역시 좋은 점수를 받기는 어려운 답이다. 왜냐하면 현대사회가 가지는 익명성의 문제는 단순히 이름표를 달고 다닌다고 해결되는 것이 아니기 때문이다. 즉 이 답안을 쓴 학생은 '익명성'에 대한 이해를 제대로 하지 못한 채 글을 썼다는 평가를 받을 수밖에 없다.

이 예들을 통해서 우리는 아주 중요한 교훈을 얻을 수 있다. 독특한 답, 다른 사람이 쓰지 않은 방식의 답을 한다고 다 창의력이나 독창성을 인정받는 것은 아니다. 이해력이 바탕이 된 상태에서 남과 다른 방식의 대답이 제공되어야 창의력을 인정받을 수 있는 것이다. 이해력이 뒷받침되지 않은 상태에서 튀는 답안을 썼을 경우 창의적인 답이라기보다 엉뚱한 답이 될 가능성이 많다는 사실을 잊지 않아야 한다. 그러면 어떤 글이 창의력을 잘 발휘한 글이라고 할 수 있는가? 이 질문은 이해력과 논리력을 설명한 후 다시 설명하기로 하겠다.

사고력에 해당하는 채점 기준 중에서 가장 기본적인 부분은 바로 이해력이다. 이해력은 두 가지 측면에서 이야기할 수 있다. 하나는 문제에 대한 이해이고, 다른 하나는 지문에 대한 이해이다. 이 중 문제에 대한 이해가 지문에 대한 이해보다 상대적으로 더 중요하다. 주어진 질문을 잘못 이해할 경우에는 아주 엉뚱한 답안이 나올 가능성이 크기 때문이다. 이런 의미에서 보통 두세 줄 정도의 문장으로 구성되는 문제이지만 이를 꼼꼼하게 읽고 문제에서 요구하는 방향으로 답안을 구성해야 한다. 일반적으로 문제에서는 지문에서 주어진 어떤 내용을 찾고 이를 토대로 자신의 견해를 개진하도록 요구한다. 만일 요구한 내용을 지문에서 잘못 찾으면 논의의 전개가 핵심에서 벗어나서 큰 감점을 당하기 쉽다.

흔히들 논술은 정답이 없는 시험이라고 하는데, 이 말은 맞는 면도 있고 틀리는 면도 있다. 지문에서 무엇인가를 찾으라고 하는 부분에는 정답에 해당하는 것이 있다고 볼 수 있다. 즉, 이 부분에서는 창의력이 발휘될 수 있는 영역이 아니라는 점이다. 반면에 자신의 견해를 전개하는 부분에는 정답을 제시하기 어렵다. 어떤 입장을 취하더라도 자신의 주장을 충분히 뒷받침하는 근거 제시를 할 수 있다면 만점을 받을 수 있기 때문이다. 이런 점에서 논술은 '논리적인 글쓰기'라는 말이 새삼 확인되는 셈이다. 왜냐하면 채점자는 학생의 입장이나 관점 자체를 평가하는 것이 아니라 그들이 주장을 얼마나 논리적으로 정당화할 수 있느냐에 의해서 점수를 주기 때문이다.

그러면 자연스럽게 이야기가 논리적 사고 능력으로 넘어가게 된다. 학생들은 '논리'라는 말에 상당히 큰 부담을 느끼는데, 사실 너무 부담을 가질 필요는 없다. 대학에서 논술을 치르는 학생들에게 기대하는 것은 '논리학'에서 말하는 복잡한 지식이 아니기 때문이다. 대학에서도 논리학이 고교 교과과정에 포함되어 있지 않음을 잘 알고 있다. 그런 의미에서 논술에서 요구하는 논리적 사고 능력이란 적절한 논거를 통하여 자신의 논증을 잘 뒷받침하는 것이라고 이해해도 크게 틀리지는 않을 것이다.

학생들의 답안을 읽어보면 구구절절 옳은 말씀들만으로 구성되었는데 점수는 형편없게 나오는 경우가 있다. 이런 경우는 대개 두 가지이다. 하나는 문제에서 요구한 것과 무관한 (일반적으로 자신이 미리 준비한) 내용을 적는 경우이고, 다른 하나는 아무런 근거를 제시하지 않은 채 그럴듯한 주장들을 나열하는 경우이다. 특히 후자의 경우에는 학생이 생각하기에 꽤 잘 쓴 글이라고 오해할 여지가 있으나, 채점하는 사람의 기준에서 보면 단순한 미사여구의 나열과 비슷한 느낌을 받아서 감점을 많이 받게 된다.

그러면 어떻게 글을 쓰는 것이 논리적인 글이 되는가? 일반적으로 학생들의 글을 보면 '일방적'이라는 느낌을 많이 받는다. 논술에서 출제되는 논제는 한쪽이 일방적으로 옳다고 보기 어려운 내용을 물어보기 마련이다. 즉 어느 입장을 선택해도 충분한 근거를 통하여 나름대로 주장을 뒷받침할 수 있는 주제가 출제된다는 뜻이다. 하지만 학생들의 글에서는 양쪽의 입장을 균형 있게 다루는 답안을 찾기가 쉽지 않다.

예를 들어, 낙태의 윤리성에 대한 논제가 나왔을 때 어떤 학생이 낙태를 찬성하면서 낙태를 옹호하는 근거들만 제시했다고 가정해보자. 그렇다면 채점하는 사람의 입장에서는 학생이 낙태를 반대하는 견해에 대해서 모르는 것인지, 아니면 알기는 알지만 이를 답안에 포함할 경우에 수습할 자신이 없어서 일부러 생략한 것인지 판단하기가 어렵다. 어느 쪽의 경우라도 우수한 평가를 받기는 쉽지 않을 것이다.

반면에 어떤 학생이 낙태를 옹호하면서, 낙태를 반대하는 견해를 제시한 후 나름대로 그 견해에 대한 대답 내지는 반박을 한다면, 그 학생이 지니는 사고의 깊이를 충분히 높이 평가받을 수 있을 것이다. 그렇다면 논리적 사고 능력을 효과적으로 만족시키는 방법 중 하나는 (1) 자신의 주장을 밝히고 (2) 주장에 대한 근거를 제시하며 (3) 자신의 입장에 대해서 제기될 수 있는 가능한 반박을 다루고 (4) 그 반박에 나름의 대답을 하는 것이라고 볼 수 있다. 이런 형식을 따르면, 일단 학생이 균형 잡힌 입장의 소유자임을 자연스럽게 보여줄 수 있고 아울러 논리적 공방을 통해서 그 학생이 지니는 논리적 사고 능력, 즉 사고의 깊이를 드러내게 되는 것이다.

그러면 앞에서 언급했던 창의력과 논리적 사고 능력이 어떻게 연결될 수 있는가를 살펴보기로 하겠다. 학생들은 일반적으로 창의력의 발휘를 주장의 독창성과 동일시하려는 경향이 있다. 즉 튀는 주장이 창의력의 조건을 만족시키는 유일한 방법이라고 오해를 한다는 것이다.

하지만 문제에 따라서는 주장에서 독창성을 나타내기가 어려울 수도 있다. 예를 들어, 어떤 행위의 옳고 그름에 대한 판단을 요구하는 문제였다면 학생의 주장은 '이 행위가 옳다' 아니면 '이 행위가 그르다' 둘 중 하나가 될 가능성이 많다. 논제 자체가 주장의 독창성을 발휘하기는 구조적으로 어렵다는 뜻이다. 이런 문제가 주어지면 창의성은 논거 제시를 통해서 평가될 수 있다. 즉, 자신의 주장을 일반적인 근거로 뒷받침하느냐 아니면 참신한 근거를 통하여 뒷받침하느냐에 따라 창의력 항목이 다르게 평가되는 것이다.

참신한 근거를 통한 창의력을 강조하는 것은 주장의 독창성을 발휘하기 어려운 문제에만 해당하는 것이 아니다. 일반적으로 주장의 독창성을 살리기보다는 논거의 참신성을 살리는 것이 더 효과적이다. 수장의 독창성은 엉뚱한 주장으로 귀결될 가능성이 많기에 그만큼 위험 부담을 지니지만 논거의 독창성은 상대적으로 그럴 위험이 적기 때문이다. 이런 이유로 창의력이라는 평가 항목을 설명할 때 '참신한 논거의 제시'를 '주장 및 관점의 독창성'보다 앞에 놓은 것이다.

이제까지 채점의 평가 항목을 기준으로 논술에 대한 논의를 전개해 보았다. 논술의 평가는 이해력, 논리적 사고 능력, 창의력을 포함하는 사고력과 글쓰기 일반의 기초가 되는 표현력으로 크게 나누어질 수 있다. 사고력 중에서 가장 기본이 되는 것은 이해력이다. 이는 다시 문제에 대한 이해와 지문에 대한 이해로 구분되며 전자가 더 중요함을 강조했다.

일반적으로 학생들은 창의력에 대하여 오해를 하고 있다. 창의력의 발휘는 주장에서보다 논거 제시에서 하는 것이 더 안전하며 이해력이 뒷받침되지 않은 독창적 답안은 좋은 답안이 되기보다 엉뚱한 답안이 될 가능성이 많음을 잊지 않아야 한다. 그리고 창의적인 논거 제시는 결국 논리적 사고 능력을 잘 발휘한 답안과도 같은 맥락에 있음을 기억한다면 논술에서 좋은 점수를 받는 것에 성공할 확률이 높아질 것이다.

『철학과 현실』(2005년 12월)

남의 행복이 나의 행복이 되려면

사이좋은 자녀를 키우는 것은 많은 부모의 관심사이다. 아이들이 각자 경쟁력을 가지는 것도 중요하지만, 적어도 자기들끼리는 서로 필요할 때 도와가며 친하게 지냈으면 하는 것이 부모의 바람이다. 부모의 입장에서 한 아이를 편애하지 않는 것이 중요한 것은 당연하지만, 아무리 공평하게 아이들을 대해도 아이들 사이에는 경쟁심이나 시기심이 발생할 수 있다. 이러한 상황을 방지하고 다른 형제의 행복이 내 행복이 되도록 교육하는 방법이 있어서 이를 소개하고자 한다.

필자가 잘 아는 집은 형제가 둘인데, 두 형제의 사이가 아주 각별히 좋다. 그 집안의 교육 방식은 두 아이 중 한 명이 칭찬받을 일을 하면 두 명 모두에게 상을 준다는 것이다. 예를 들어, 형에게 좋은 일이 생기면 아우가 그 소식을 부모님께 전하게 하고, 부모님은 자그마한 선물 두 개를 아우에게 주어서 아우가 그중 하나를 형에게 전하게 하는 형식이었다. 그 부모님은 형제들에게 이런 습관을 어려서부터 갖게끔 만들어서, 형제들은 항상 형이나 동생에게 칭찬받을 만한 일이 없나 하는 관심을 갖게 되었고 내 형제의 기쁨은 곧 나의 기쁨이라는 생각이 들도록 교육을 받은 것이다. 아울러 둘 중 한 아이가 졸업할 때도 두 아이에게 모두 선물을 주어서 두 형제가 공동체 의식을 갖게 하고, 혹시 한 아이만 데리고 친척 집에 갔다가 용돈을 받은 경우에도 형제끼리 나누어 쓰도록 가르쳤다는 것이다. 이러한 교육은 형제의 행복이 곧 나의 행복이라는 생각과 더불어, 늘 형제의 일에 관심을 두고 서로 대화를 나누게 하는 효과를 가지고 왔다. 어려서부터 이런 습관을 들인 형제는 커서도 서로에 대한 안테나를 세우면서 기쁜 일과 슬픈 일을 함께할 수 있게 되었다는 것이다. 결국 이 형제는 서로가 또 다른 '나'라는 것을 배운 셈이다.

사촌이 땅을 사면 배가 아프다는 말이 있듯이, 나의 행복은 내가 가지고 있는 것에 의해서만 결정되지는 않으며 타인과의 우열을 비교하면서 영향을 받는다. 이러한 경쟁 사회에서 행복을 유지하는 방법은 타인의 기쁨을 나의 기쁨으로 여길 수 있는 능력을 갖추는 것이다. 위의 사례는 형제간의 우애를 좋게 하는 훌륭한 본보기가 될 뿐 아니라, '나'의 범위를 넓힘으로 인해서 타인의 행복이 나의 행복이 되는 비법을 보여준다.

요즘 세상을 보면 각박하다 못해 삭막한 느낌까지 든다. 인터넷의 댓글들을 보면, 남을 못 잡아먹어서 안달인 사례도 많고, 다른 사람이 잘되는 것을 시기와 질투로 바라보는 시선도 부지기수이다. 우리 사회가 따뜻한 곳이 되려면, 다른 사람의 좋은 일에 축하해주고 슬픈 일에 위로를 건넬 수 있는 사람이 많아져야 한다. 그러려면 우리는 내 주변에 있는 사람들을 '나'의 범주에 포함할 수 있어야 한다. 결국 자아를 확장하는 것이 성숙한 시민이 되는 방법이며 따뜻한 사회를 만드는 비결이다. 요즘은 위에서 언급한 형제간의 사랑이 더 넓은 범위의 사람들에게 적용될 수 있는 묘책을 짜내야 할 시기이다. 그래야 어수선한 세상에서 좀 더 행복하게 살 수 있는 사람이 늘어날 것이기 때문이다.

『성숙의 불씨』(2019년 8월)

다수결

무언가를 결정해야 하는 상황에서, 구성원들의 의견이 일치하지 않을 때 흔히 쓰는 방법이 다수결(多數決)이다. 다수결은 "보통 사람들의 공통적인 생각으로 결정하는 것이 가장 무난하다"라는 전제로부터 다수의 의견이 존중되는 방식으로 활용되는 것이다. 대통령이나 국회의원을 선출할 때도 다수결을 사용하고 헌법을 개정할 때도 이 방법을 쓴다. 다수결은 민주주의 사회에서 자주 볼 수 있는 매우 익숙한 방법이며, 어려운 결정을 해야 할 때 요긴하게 쓰인다.

하지만 다수결이 언제나 가장 나은 방법은 아니다. 예를 들어, '오늘 회식 비용을 철수 혼자 낼 것인지 여부'를 다수결로 정하는 것은 바람직하지 않다. 이 결정은 다수의 횡포가 한 사람의 피해로 귀결될 수 있기 때문이다. 또한 '수업에서 과제를 낼 것인지 여부'도 학생들의 의견을 물어보고 다수결로 결정하지는 않는다. 그 결정이 당사자들의 이해관계와 밀접하게 관련되어 있으며 대부분의 학생들은 과제를 피하고자

할 것이기 때문이다. 이런 측면에서 과제를 낼 것인지 아닌지는 그 과목에 대해서 가장 잘 아는 담당 선생에게 결정을 맡기는 것이 최선이다. 이처럼 우리 주변에는 다수결로 정할 문제가 아닌 경우도 흔히 찾아볼 수 있다.

얼마 전 교육부에서는 2022학년도 대입 개편안의 마련을 위해서 '공론화위원회'를 구성하고 투표를 통하여 이들의 의견을 반영하자는 안(案)을 내놓았다. 다수결을 통해서 대입 정책을 결정하자는 것이었다. 다양한 견해를 들어본다는 면에서 의견 수렴의 과정이 필요했을지는 모르나, 교육 전문가가 아닌 사람들에게 단기간의 교육을 거쳐서 수험생들의 운명을 결정짓도록 한 것은 교육부의 직무유기(職務遺棄)이다. 이런 중요한 사항을 일반인들에게 물어서 결정한다면, 교육부의 존재 이유가 무엇인지 반문하고 싶다. 어려운 결정을 내려야 할 때 결정권자가 책임을 회피하는 방법으로 위원회를 구성하여 결정을 이들에게 미루는 경우가 종종 있는데, 이번 공론화위원회가 바로 여기에 해당한다. 게다가 위원회를 시작하기도 전에, 네 가지 시나리오를 정해서 그 중 하나에 투표하도록 되어 있었기에, 네 가지 방안이 모두 마음에 들지 않는 참여자는 마땅히 자신의 견해를 펼치기가 어려운 구조였다. 선다형 시험의 편의성에 익숙해진 교육부 사람들의 안일함을 읽을 수 있는 대목이다.

결국 공론화위원회를 통해서 나온 결론은 1안(수능 전형 45퍼센트 이상 + 수능 최저는 대학 자율)과 2안(수능 및 학생부 전형은 대학 자율 + 수능 전 과목 절대평가로 전환)이 비슷하게 나와서 이를 절충하느라 다수결의 결과를 관철하지 못하고 결국은 수능 전형 30퍼센트 이상만을 권하는 어정쩡한 결론이 나게 되었다. 애당초 다수결로 논의할 문제가 아닌 내용을 다수결로 결정하려고 하다가 압도적인 1등이 나오지 않으니까 이도 저도 아닌 어설픈 최종안이 나오게 된 셈이다. 교육 정책을 책임지고 있는 사람들이 나라의 앞날을 위해서 최선의 결정을 내릴 자신도 없다면 도대체 그 자리에 왜 있는지 모르겠다.

교육은 백년대계(百年大計)라고 말한다. 자원도 없는 우리나라가 세계 강대국과 경쟁을 하려면 교육을 통해 인재를 길러내는 수밖에 없다. 하지만 우리나라의 교육정책은 백 년은커녕 정권이 바뀌면 또 바뀔 가능성이 크다. 표를 의식하거나 당리당략(黨利黨略)에 영향을 받지 않고 나라를 발전시킨다는 마음으로 미래를 바라보며 교육정책을 결정할 수 있는 책임 있는 인물이 등장하기를 간절히 소망해본다.

『성숙의 불씨』(2018년 8월)

3. 정치와 사회 그리고 우리나라

사실과 대비되는 것을 통한 언론 읽기

철학의 중요한 탐구 목적 중 하나는 우리에게 보이는 것 이면에 있는 보다 더 근원적인 것을 찾는 것이다. 최초의 철학자 탈레스가 "만물의 근원이 무엇인가?"라는 질문에 '물'이라는 대답을 한 것이 철학의 출발점이 된 이유 중 하나는 우리가 일상에서 경험하는 것들이 있는 그대로와 다르다는 전제를 하고 있기 때문이다. 따라서 우리의 경험이 사실과 다를 수 있다는 생각을 가지고 이 세상을 바라보는 것이 철학적 사유를 활용하여 오늘을 살아가는 지혜일 것이다.

우리는 많은 경우에 세상 돌아가는 일들을 언론을 통해서 접한다. 즉 언론을 통한 간접 경험이 사실로 접근하는 주요 통로이다. 그러면 언론은 있는 그대로의 사실을 보도할까? 대부분 사람들이 그렇다고 생각한다. 완전히 틀린 생각은 아니다. 언론의 보도 내용 중 거짓이 그리 많지는 않기 때문이다. 하지만 언론이 사실만을 보도한다고 생각하면 그것 또한 오산이다. 각 언론은 나름의 방향성을 가지고 있으며 이러한 방향성의 차이가 보도나 기사의 차이를 가지고 온다. 만일 각 언론이 사실만을 일관성 있게 보도한다면 방송국 뉴스나 일간지의 기사가 모두 대동소이(大同小異)해야 할 것이다. 하지만 우리가 접하는 뉴스나 기사가 언론사에 따라 매우 다르다는 것을 우리는 잘 알고 있다.

그렇다면 우리는 언론의 내용을 어떻게 해독(解讀)해야 할까? 만일 언론이 사실만을 전달하는 것이 아니라면, 우리는 보도나 기사로부터 있는 그대로의 사실을 '발견'해야 한다. 다시 말해, 언론에서 알려주는 내용을 순진하게 있는 그대로 받아들이면 곤란할 수도 있다는 뜻이다. 물론 신문의 경우, 사실을 보도하는 지면과 편집자나 기고자들의 의견을 개진하는 칼럼이 구분되어 있다. 방송 뉴스에서도 사건의 전달에 그치지 않고 전문가들의 입장을 청해 듣는 경우가 있다. 하지만 사실을 보도하는 것처럼 보이는 뉴스나 기사에서도 그 이면에 숨어 있는 내용들을 파악하는 것이 필요하다. 그리고 이러한 파악을 제대로 하기 위해서는 사실과 대비되는 것을 잘 이해하는 것이 관건이다. 그럼 사실은 무엇이고, 사실과 대비되는 것은 무엇일까?

'사실'이란 형이상학적 개념으로 '실제로 그러한 것', 즉 참인 명제에 해당하는 것을 말한다. 이러한 측면에서, 사실의 반대는 거짓이 된다. 얼마 전, 한 학생이 하버드와 스탠포드를 동시에 다닐 수 있는 입학 허가를 받았다는 기사가 나서 물의를 일으킨 적이 있다. 사실이 아닌 보도였고, 해당 학생 측의 말만 믿고 보도했던 각 언론사는 이를 해명하느라 진땀을 빼기도 했다. 이 경우는 기자가 의도적으로 거짓을 보도한 것이 아니라 사실 여부를 확인하기 않고 특종을 빨리 내려디기 사고가 터진 사례라고 볼 수 있다. 이처럼 사실이 금방 밝혀지는 경우도 있지만, 그렇지 않은 때도 있다. 영화로도 제작된 '실미도 사건'의 경우는 당시 언론에서 북한 공작원이 침투한 것으로 거짓 보도가 되었다가 세월이 흘러서 사실이 드러난 사례이다.

　사실의 반대는 거짓이지만, 사실과 대비될 수 있는 대표적인 것에는 가치판단이 있다. 시비선악(是非善惡)을 다루는 가치의 문제는 일반적인 사실이 의미하는 '실제로 그러함'과 성격이 다르다는 것이 일반적인 이해이다. 가치는 어떤 물건이나 생각이 좋은지 나쁜지를 따지기도 하고, 우리의 행위가 옳은지 그른지를 분간하는 기준이 되기도 한다. 또한 내가 해야 할 일의 우선순위를 가릴 때 어느 것을 더 중요하게 여겨야 하는지를 판단하는 원칙을 제공하기도 한다. 가치판단이 사실을 표현하는지는 메타윤리학의 핵심적인 논제이기 때문에 여기서 자세하게 다루기는 어렵지만, 적어도 평가적인 요소가 있다는 점에서 사실이 가치와 다르다는 것은 대부분의 윤리학자들도 동의한다. 이러한 가치의 기준은 언론에서 보도나 기사의 중요성을 평가할 때 적용된다. 이처럼 언론사가 자신들의 고유한 가치관을 가지고 있다고 전제하면, '사실의 보도'라는 언론의 일차적 사명은 언론사의 가치관이라는 렌즈를 통해서 흔들릴 가능성이 있다. 물론 모든 뉴스가 객관성을 띠지 못한다는 뜻은 아니다. 대통령이 어디를 방문했고 누구를 만났는지 등등에 대한 보도는 객관적인 사실이다. 하지만 그 방문 성과가 어떤지, 그 사람을 만나서 국익에 얼마나 기여를 했는지 등에 대한 평가는 언론의 가치 기준에 따라 달라질 수 있다는 뜻이다.

　언론사가 지니는 가치관의 차이는 입장의 차이로 나타나기도 하고, 보도의 순서나 지면의 할당 차이로 나타나기도 한다. 때로는 한 언론사의 톱뉴스가 다른 언론사에서는 아예 언급조차 안 되는 일도 있다. 이처럼 사실과 대비되는 것에는 가치뿐 아니라 의견이나 견해, 사실의 은폐, 그리고 언론 보도에서의 순서나 지면 할당 등도 포함된다. 이 모든 것들은 우리로 하여금 사실이 무엇인지를 파악하는 데 어려움을 제공하며, 이러한 사실과 대비되는 장막의 숲을 뚫고 사실을 찾아내야 하는 것은 우리의 몫이다.

의견이나 견해의 차이는 사실에 대한 이해의 차이에서 나오기도 하고 가치관의 차이에서 나오기도 한다. 예를 들어, 요즘 언론에 자주 오르내리는 국정원에 대한 보도의 경우, 보수 언론과 진보 언론의 기사가 다른 이유는, 국정원이 선거에 개입했다는 주장이 사실인지 아닌지에 대한 입장이 다르기 때문이다. 이러한 언론들의 견해 차이는 기본적으로 사실에 관한 판단이 다름으로 인해서 발생한다. 하지만 설령 국정원의 행위에 대한 사실 파악이 일치한다고 하더라도 입장의 차이는 여전히 존재할 수 있다. 예를 들어, 국정원 직원이 북한 공작원과 접촉할 개연성이 있는 시민의 통화 내역을 감청하는 경우, 국정원에서 그런 행위를 했다는 사실에 대해서는 동의하더라도 그런 행위가 허용될 수 있는가에 대해서는 의견이 다를 수 있다. 한편에서는 그러한 개연성만으로도 감청을 허용해야 한다는 태도를 취할 수 있는 반면, 다른 한편에서는 단순한 개연성만으로 감청을 하는 것은 권력의 남용이며 '실질적인 근거'가 있을 때만 그런 행위가 정당화된다는 입장을 가질 수도 있다. 이처럼 의견의 차이는 사실에 대한 이해의 차이뿐만 아니라 가치관의 차이에서도 발생한다.

한편, 사실을 있는 그대로 이야기하지 않고 은폐하는 것은, 거짓은 아니지만, 이 역시 사실과 대비되는 중요한 것이다. 예를 들어, 철이가 아침에 학교에 갔다가 점심을 먹은 후 마지막 수업을 빼먹고 PC방에서 놀다가 집에 왔다고 가정하자. 이 경우, 엄마가 오늘 하루 무엇을 하고 보냈냐고 물었을 때, 철이가 "응, 학교 갔다가 점심 먹고 수업하다가 집에 왔어"라고 대답했다면 명시적으로 거짓말을 한 부분은 없다. 그렇다고 사실을 말했다고 하기도 어렵다. 마지막 수업을 빼먹고 PC방에 갔다는 핵심적인 일이 은폐되었기 때문이다. 이러한 일은 언론 보도에서도 발생한다. 즉, 언론이 사실을 알면서도 보도하지 않는 경우이다. 대표적인 사례가 '엠바고(embargo)', 즉 보도할 만한 가치가 있는 내용이지만 일정 시점까지 보도를 금하는 것이다. 그 외에도 언론사의 입장에서 보기에 국민들에게 알리지 않는 것이 국가에 이익이 된다고 판단하는 경우에도 보도를 안 하는 경우가 있다. 하지만 사실의 은폐가 국가에 궁극적으로 이익이 될 것인지의 여부는 판단하기 쉽지 않으며, 자칫 국가의 이익이 아닌 언론사의 이해관계로 인해 사실의 은폐가 이루어질 위험도 없지는 않다. 이처럼 어떤 사실을 보도할 것인가의 여부는 언론이 가지고 있는 가치관에 의해서 결정될 가능성이 크다.

언론의 보도 순서나 지면의 할당 역시 가치관의 차이로 인해 생긴다. 그 이유는, 여러 언론사에서 그 내용이 사실인지 아닌지에 대한 입장의 차이가 없음에도 불구하고 그 사안의 중요성에 대한 견해차가 있기 때문이다. 예를 들어, 얼마 전에 개봉한 영화 「연평해전」의 경우, 한 일간지에서는 그 사실을 1면에 보도한 반면, 다른 일간지에서는 이를 문화면에서 다루었다. 이러한 일은 비일비재(非一非再)하며, 심지어는 동일한 언론이 유사한 행사에 대해서도 상이한 태도를 보이기도 한다. 예를 들어, 10여 년 선에 학세 원로들이 성명서를 발표한 일이 두어 번 있었는데, 한 번은 어떤 일간지의 1면을 장식했고, 다른 한 번은 같은 일간지에서 아예 보도조차 안 한 적도 있었다. 물론 뉴스의 중요성은 상대적이라서 더 큰 뉴스가 등장하면 밀릴 수도 있는 것이 당연하지만, 비슷한 내용의 사건에 대해서 한 번은 1면에 보도한 반면, 다른 한 번은 보도조차 하지 않은 사실의 간극을 생각해보면 언론사의 판단이 그리 객관적이지만은 않다는 느낌을 갖게 한다.

이처럼 사실과 대비되는 것에는 거짓뿐만 아니라, 가치, 의견, 은폐,

그리고 지면 할당 등이 있음을 보았다. 이러한 요소들이 종합적으로 나타난 것이 '천안함 사건'이다. 언론들이 상반되는 내용을 전하는데, 그 내용만으로는 독자의 입장에서 어느 쪽이 진실인지 판단하기 쉽지 않다. 한 언론에서는 그것이 북한의 소행이라고 주장했고, 다른 언론에서는 북한과 무관하게 발생한 일이라고 주장했다. 두 주장은 서로 모순적이기에 둘 다 사실일 수는 없다. 차라리 한쪽의 언론에만 노출된 독자는 쉽게 그 언론에서 주장하는 내용을 받아들일 수 있을지도 모른다. 하지만 각각의 언론은 나름의 근거나 논리를 일방적으로 전달하기에, 객관적인 사실에 접근하기 어려운 일반 독자들은 혼란스러울 수밖에 없다. 왜 이러한 일이 발생하는 것일까? 서로 모순된 주장을 하고 있다면, 둘 중 하나는 의도적으로 거짓을 보도하거나 사실에 대한 확신이 없는 상태에서 한쪽의 입장을 일방적으로 보도하는 것인데, 어찌하여 이러한 일이 벌어지는 것일까?

이 질문에 대한 대답 역시 각 언론사가 가지는 가치관에 의해서 정해진다. 즉, 사실 자체를 보도하는 것에 최우선 순위를 두는 것이 아니라, 자신들이 옹호하는 입장에 이익이 되는 보도를 더 중요하게 생각하는 경우도 있기 때문이다. 이런 측면에서, 사실의 보도를 언론의 사명이라고 가정한다면, 적어도 일부의 언론은 그 사명을 제대로 완수하지 못하는 셈이 된다. 정도의 차이는 있지만, 이러한 사실의 왜곡으로부터 완전히 자유로운 언론은 만나기 어려울지도 모른다는 슬픈 생각이 들기도 한다. 그렇기에 보수 진영에서 보기에는 진보 언론이 사사건건 시비를 걸며 사실을 왜곡한다는 인상을 받을 가능성이 많고, 진보 진영에서는 보수 언론이 자신들의 기득권을 유지하기 위해서 사실을 왜곡한다고 느낄 수 있다.

그렇다면 독자의 입장에서 어떻게 사실을 판별할 수 있을까? 이를 위해서는 사실과 대비되는 것을 사실과 엄밀하게 구분하고 이를 토대로 사실을 찾아내야 한다. 무엇보다도 사실과 의견을 구분하는 것이 중요하다. 예를 들어, "P이다"와 "나는 P라고 생각한다"는 다른 종류의 주장이다. "P이다"는 실제로 P가 참이면 사실이 되지만, "나는 P라고 생각한다"는 실제로 P가 참이 아니라도 내가 P라고 생각하기만 하면 사실이 된다. 다시 말해, "나는 P라고 생각한다"가 사실이라도 P가 사실이 아닐 가능성은 남아 있는 것이다. 이런 면에서 "나는 P라고 생각한다"는 P가 사실인지에 대한 나의 의견이다.

그러면 이러한 의견으로부터 사실로 어떻게 도달할 수 있을까? 일단, 한 언론에서 보도되는 내용을 너무 쉽게 사실로 인정하지 말고 다른 언론들이 그 사건에 대하여 어떻게 보도하는지를 살펴보는 것이 중요하다. 여러 언론을 접하면 공통으로 등장하는 부분이 있는데, 그것은 사실이라고 인정해도 좋을 것이다. 과거에는 언론의 자유가 부족해서 '실미도 사건'처럼 사실이 아님에도 사실인 것처럼 모든 국내 언론에서 보도하는 것이 가능했다. 하지만 이제는 우리나라에서 그런 일이 일어날 확률은 그리 높지 않다고 생각한다. 만일 한 사건에 관한 서술이 보수 언론과 진보 언론에서 다르다면, 그 상이한 보도의 내용은 각 언론에서 가지고 있는 의견이라고 생각하고, 각각의 의견이 사실이라고 주장되는 내용에 좋은 근거가 있는지를 검토해야 한다. 원래 바람직한 언론이라면, 하나의 주장에 대한 찬반의 근거를 모두 제시하여 그 언론만 통하더라도 필요한 자료들을 어느 정도 접할 수 있게 만들어주는 것이 원칙이다. 하지만 우리가 언론에게 그러한 친절을 기대하기 어렵다면, 수고스럽더라도 여러 언론을 접해서 다양한 정보를 확보해야 한다. 언론이 어떤 보도를 대서특필(大書特筆)한다고 하더라도, 그 내용에 부화뇌동(附和雷同)하지 않고 현명하게 따져보는 것이 중요하다. 결국 언론으로부터 사실을 찾아가는 과정에서도 '비판적 사고'와 같은 철학적 사유가 필요한 것이다. 언론이 제 역할을 해준다면 국민의 입장에서 조금 편하게 사실을 접할 수 있겠지만, 그렇지 못한 사회를 사는 우리는 사실과 대비되는 것을 이성적으로 판별하며 살아야 한다. 그것이 현재 우리나라에서 살고 있는 국민들의 숙명이 아닌가 생각해본다.

『철학과 현실』(2015년 9월)

'적폐청산 대 정치보복'을 철학적으로 이해하기

문재인 정부 출범 이후 가장 많은 공을 들인 부분 중 하나가 지난 두 정권에서 발생한 일들에 대한 적폐청산이다. 박근혜 전 대통령의 탄핵으로 말미암아 출범하게 된 현 정부는 박 전 대통령의 구속과 관련된 국정농단뿐 아니라 그 이전 정권인 MB 정부로도 조사의 범위를 확장하고 있으며, 구여권(舊與圈)에서는 이를 정치보복이라고 반발하고 있다.

분명 같은 일에 대한 서술인데 한쪽에서는 '적폐청산'이라는 단어를, 다른 한쪽에서는 '정치보복'이라는 표현을 쓰며 다른 판단을 하고 있는 셈이다. 왜 같은 사건이 이처럼 다른 방식으로 서술되고 있을까? 그리고 일반 시민들은 이러한 현상을 어떻게 이해해야 할까? 이 글에서는 '적폐청산'과 '정치보복'의 간극을 파악하기 위한 철학적 도구를 제시하여 현재의 사태를 이해하는 데에 도움을 제공하고자 한다. 논의를 단순하게 하기 위해서 MB 정권의 여러 이슈 중 국정원 댓글 사건을 중심으로 이야기를 전개하도록 하겠다.

철학은 크게 형이상학, 인식론, 윤리학의 세 분야로 나누는 것이 일반적이며, 국정원 댓글 사건은 이 세 가지 요소를 골고루 갖추고 있다. 형이상학이란 간단히 말해서 이 세상이 어떻게 구성되어 있는가를 탐구하는 것으로 국정원 사건과 연결하면 객관적인 사실이 무엇인가에 대한 영역이다. 전지전능한 신이 있다면 사건이 어떤 식으로 진행되었고 사건 발생의 원인이 무엇인지를 완벽하게 알 수 있을 것이다. 하지만 인식의 한계를 가진 인간은 사실이 무엇인지를 파악하기 어려울 수 있다. 비근한 예로, 지금 이 순간의 서울 인구는 객관적으로 결정되어 있지만 그것을 정확히 알고 있는 사람은 없을 것이다. 이처럼 실제로 존재하는 사실 그 자체가 무엇인가와 그 사실을 아는 것은 다른 차원의 문제이다.

사실 자체에 대한 논의가 형이상학이라면, 인식론이란 객관적인 사실을 어떻게 알 수 있는가, 또는 이 세계에 대한 파악을 어떻게 하고 있는가를 다루는 학문이다. 국정원 사건을 우리가 어떤 방식으로, 즉 어떤 표현을 통해서 받아들일 것인가도 인식의 영역에 속한다.

마지막으로 윤리학은 가치의 학 또는 당위의 학으로 일컬어지며, 어떤 사실에 대해서 평가적 개념을 적용하는 것이라고 볼 수 있다. 즉, 어떤 사람이 남의 물건을 허락 없이 훔쳤다고 말하면 이는 그 사람의 행위에 대한 서술인 반면, 그 행위가 옳지 않다고 말하는 것은 그 사람의 행위를 평가한 것이다. 예를 들어, 국정원 댓글 사건에서 밝혀진 사실에 대해서 그것이 옳은가 그른가를 판단하는 것은 가치판단이 된다.

하나의 사실에 대해서 서술하는 방식이 하나밖에 없는 것은 아니다. 그리고 서술 방식의 차이가 꼭 내용의 차이를 가지고 오지는 않는다. "눈은 희다"와 "눈은 백옥 같다"라는 두 문장은 전달되는 느낌의 차이가 있을지라도, 내용상으로는 대동소이하다. 반면에 비트겐슈타인의 오리-토끼 그림처럼 같은 대상을 보고 서로 다른 개념을 적용하여 다른 그림으로 인식하는 예도 있다. 같은 그림을 보고 누구는 토끼라고 생각하고 누구는 오리라고 판단하기에, 주어진 대상에 어떤 개념을 적용하느냐에 따라 인식하는 내용이 완전히 달라지는 것이다. 게다가 어떤 경우에는 서술의 차이가 단순한 판단의 차이뿐 아니라 상이한 평가적 함의까지 갖게 될 때도 있다. 예를 들어, 말하기를 좋아하는 사람에게 "그는 수다스럽다"라는 말과 "그는 말재주가 있다"라는 표현은 단순한 서술의 차이 이상을 가진다. 전자는 부정적인 느낌을 주는 반면 후자는 긍정적인 의미를 함축하기 때문이다. 이런 예는 서술의 차이가 평가적인 차이까지 동반하는 경우라고 할 수 있다.

[그림] 비트겐슈타인의 오리-토끼

'적폐청산'이나 '정치보복' 역시 단어의 차이가 윤리적으로 상반된 평가를 암시하는 사례에 속한다. 우선 '적폐청산'이나 '정치보복'이라는 단어는 그 자체로 사건에 대한 객관적인 서술이라기보다는 그 사건을 바라보는 색안경에 해당한다. 그 색안경은 단순히 서술의 차이만을 가져오는 것이 아니라 가치판단의 요소까지 포함한다. '적폐청산'이라는 개념은 그것을 꼭 해야 한다는 당위적인 요소를 포함하지만 '정치보복'은 해서는 안 되는 행위이기 때문이다. 다시 말해서 적폐청산이라는 안경을 끼고 국정원 댓글 사건을 바라보는 사람은 이미 부정적인 관점을 지니고 있는 반면, 정치보복이라는 프레임을 갖고 동일한 사건을 보는 사람은 이를 문제 삼는 현 정부가 잘못하고 있음을 암시하고 있다. 이러한 의미에서 '적폐청산'이나 '정치보복'이라는 표현을 쓰는 사람들은 이미 평가와 관련된 상반된 색안경을 끼고 국정원 댓글 사건을 바라보고 있는 것이다. 따라서 이번 사태에 대한 공정한 관찰자가 되려면 이러한 색안경을 벗고 객관적인 사실이 무엇인지를 먼저 따져보아야 한다. 즉, 사실이 무엇인지를 정확히 파악하고 그 사실에 대해서 어떠한 가치판단을 내려야 하는가를 결정해야 하는 것이다. 그런 의미에서 미리부터 평가적 색안경을 쓰고 이 사태를 바라보는 것은 사건의 본질을 이해하는 데 방해 요소가 될 수 있다.

그러면 국정원 댓글 사건과 같이, 같은 사건에 대해서 다른 견해를 갖게 되는 현상은 왜 발생하는가? 크게 두 가지 요소 때문에 발생한다. 하나는 사실관계에 대하여 견해가 다르기 때문이고, 다른 하나는 가치판단이 다르기 때문이다. 예를 들이, 최근 논란이 되고 있는 원전 사실에 대한 대립은 대표적으로 사실에 대한 생각이 달라서 발생하는 사건이다. 원전을 찬성하는 입장이나 반대하는 입장 모두 원전 사고가 나서는 안 된다는 당위적 주장에는 동의할 것이다. 다만 우리가 보유하고 있는 원전이나 앞으로 계획하고 있는 원전의 위험성이 어느 정도인가에 대한 사실관계의 견해 차이가 그들의 의견 대립을 가지고 온다. 원전 폐지를 주장하는 측은 원전이 잘못될 위험이나 핵폐기물의 처리 문제가 국민의 생명과 재산을 담보로 하기에는 지나치게 크다는 것이고, 원전을 유지하자는 사람들은 지진과 같은 재난이 오더라도 안전이 보장되며 핵폐기물의 문제는 무리 없이 해결될 수 있다는 입장을 갖고 있다.

반면에 안락사의 문제는 찬성하는 사람이나 반대하는 사람이나, 당사자가 고통 속에 있고 회복될 가능성이 없이 곧 사망할 것이며 인간의 생명은 모두 귀하다는 사실을 동일하게 인정한다. 이런 면에서 사실에 대한 견해차는 거의 없다. 하지만 그런 환자가 스스로 목숨을 포기하게 하는 것이 윤리적으로 허용될 수 있는가에 대해서 다른 판단을 하는 것이다. 즉 고통 속이라도 목숨을 연명하는 것이 낫다는 입장과, 그렇게 고통스럽게 사는 것보다는 차라리 죽는 것이 낫다는 입장이 가지는 가치의 차이에서 의견의 대립이 나타나는 것이다.

그러면 국정원 댓글 사건에 대하여 '적폐청산'과 '정치보복'이라는 다른 윤리적 색안경을 끼고 보는 사람들의 견해 차이는 어디서 오는 것일까? 먼저 사실관계에 대한 입장의 차이가 있을 수 있다. 검찰은 조사를 통해 국정원에서 선거에 영향을 주기 위해서 댓글을 조작한 사실이 있다고 밝혔으며, 이러한 주장에 현 정권이나 구여권(舊與圈) 모두 이견이 없는 것으로 보인다. 하지만 댓글 조작을 누가 시켰느냐에 대한 생각이 다를 수 있다. 그렇다면 앞으로 밝혀져야 할 사실관계는 그러한 일이 누구의 지시로 발생했는가이다. 검찰 수사에서 이 부분이 밝혀지면 그 책임자를 처벌하면 되기 때문이다. 이는 형이상학의 문제와 인식의 문제가 결합하여 있다. '사실을 밝힌다'는 말 자체가 사실이 무엇인지를 '알아내고' '증명한다'는 인식적 개념을 포함하고 있기 때문이다. 이는 검찰이 계속 노력을 기울여야 할 부분이다.

그러면 이 사건에 대한 가치판단의 차이도 있을까? 국가기관인 국정원이 선거에 영향을 주기 위해서 댓글로 개입한 것은 민주주의의 핵심인 선거의 기반을 흔드는 행위이므로 이것을 허용해도 된다고 주장하기는 쉽지 않을 듯하다. 그렇다면 논쟁거리가 될 수 있는 것은 이러한 사건을 밝히는 것이 국정원의 활동을 위축시켜 국가 안보의 위해를 끼칠 위험이 있다는 주장이다. 이러한 가치의 충돌은 결국 어느 쪽의 가치가 더 큰가의 문제로 귀결된다. 주지하다시피 2012년 대선은 박빙의 승부였다. 만일 국정원의 개입 때문에 지난 선거의 결과가 뒤집힌 것이라면 이는 민의를 거스르며 국가의 통치자를 부당하게 바꾼 사건이 된다. 물론 이는 단순한 가능성으로 이를 증명하기는 쉽지 않을 것이다. 하지만 국정원에 대한 수사가 국가 안보의 위기를 초래할 위험이 있다는 것 역시 아직 현실화된 것은 아니라는 의미에서 단순한 가능성에 불과하다. 따라서 이러한 가능성 중 어느 쪽이 더 중대한 문제이며 그런 상황이 발생할 확률이 어느 정도 되는지는 따져보아야 한다. 하지만 부정하기 어려운 분명한 사실이 있다. 국정원의 댓글 사건은 공무원들이 정치적인 중립을 지켜야 한다는 기본 원칙을 위반한 것일 뿐아니라 국가기관이 가지고 있는 힘을 부당하게 사용한 일이라는 점이다. 이는 분명 누군가가 책임을 져야 할 사건이다. 단순한 가능성의 경중을 논하는 것과 실제로 발생한 사건의 책임을 묻는 것은 명백히 다르나. 그렇다면 가치판단의 측면에서 국정원 댓글 사건은 누군가가 책임을 져야 할 잘못된 일이라는 면에서도 이견이 많지는 않을 듯하다.

결국 핵심은 국정원에게 댓글을 지시한 사람이 누군가를 밝혀내는 것이다. 그리고 그 사람에게 책임을 지게 하면 된다. 만일 지시를 내린 사람이 이명박 전 대통령이라면, 이것이 정치보복에 해당할까? 그렇지 않다고 주장할 수 있는 근거가 있다. 이 문제는 이미 박근혜 정부 시절에 채동욱 검찰총장이 국정원에 대한 수사를 지시했다가 개인적인 신상의 이유로 총장직을 물러나게 된 사건이기도 하다. 이는 국정원 사건에 대한 조사가 단순한 정치보복이 아님을 보여주는 단면이다. 왜냐하면 당시 채동욱 검찰총장은 현 정부와는 아무런 관련이 없는 사람이었음에도 불구하고 국정원의 개입을 문제 삼으려 했기 때문이다. 물론 이것 역시 박근혜 정부에서 정치보복을 했다고 주장할 여지가 없지는 않으나 그 당시 박 전 대통령은 국정원 댓글 사건의 직접 수혜자 중 하나이기에 이 전 대통령에게 정치보복을 해야 할 이유는 없다고 여겨진다.

이와 관련하여 이명박 전 대통령은 문제가 된 국정원의 댓글이 전체 댓글의 0.9퍼센트이고 이 중 절반만 법원이 받아들였으므로 실제로 문제로 인정된 것은 전체 댓글의 0.45퍼센트라고 주장한다. 그의 항변에 따르면, "잘못된 것이 있다면 환부만 도려내면 될 것인데 지금 정부의 태도는 손발을 자르겠다고 도끼를 들고 달려드는 격"이라고 말하고 있다. 먼저 국정원의 전체 댓글 중 0.45퍼센트만이 문제가 되었다는 주장은 얼핏 보면 큰 비중이 아닌 사소한 일을 가지고 현 정부가 난리법석을 피는 것으로 느껴질 수 있다. 하지만 불법 행위나 윤리적으로 책임을 져야 할 행위는 그 행위자의 전체 행위 중 몇 퍼센트가 문제인가와는 무관하다. 어떤 살인범이 자신의 살해 행위에 대하여, "제가 이제까지 행한 행위 전체에서 사람을 죽인 행위는 0.45퍼센트에 지나지 않습니다"라고 항변하거나, 부정행위로 적발된 수험생이 "제가 답을 쓴 모든 문제 중에 부정행위를 통해서 답한 것은 고작 0.45퍼센트에 불과합니다"라고 말했다고 해서, 그들의 행위가 용서될 것 같지는 않기 때문이다.

또한 이 전 대통령은 자신의 집권 당시 노무현 정부에 대한 정보를 가지고 있다고 하며 현 대통령이 참여했던 노무현 정부 때에도 비리가 있었음을 암시하는 말을 하고 있다. 하지만 이는 별개의 문제이다. 현 정부에서 노무현 대통령 시절에 있었던 일에 대해서 조사를 하느냐 안 하느냐는 형평성의 문제를 일으킬 수는 있지만 그렇다고 해서 자신의 행위에 대한 책임이 없어지는 것은 아니기 때문이다. 내가 신호 위반을 했을 때, 경찰에게 앞에 있는 차도 신호 위반을 했는데 왜 안 잡느냐고 항의하는 것은 형평성 문제가 있을지는 몰라도 내 신호 위반에 대한 책임이 없어지는 것은 아닌 것과 같은 이치이다.

지금까지 다양한 각도에서 '적폐청산'과 '정치보복'이라고 표현된 사건에 대하여 살펴보았다. 결국 사건의 본질을 제대로 파악하기 위해서는 적폐청산이나 정치보복이라는 색안경을 쓰고 사태를 볼 것이 아니라 객관적인 사실이 무엇인지를 파악하는 것이 중요하다. 앞에서 예를 들었던 국정원 댓글 사건의 경우, 국정원이 선거에 영향을 주는 행위는 법적으로나 도덕적으로 책임을 물어야 한다는 가치판단에는 대부분 동의할 것이다. 그렇다면 궁극적으로 누구의 지시 때문에 이런 일이 발생하게 되었는지에 대한 사실관계를 확인하는 것이 검찰이 밝혀야 할 일이다. 이러한 검찰의 작업 역시 현 정부의 '적폐청산'이라는 색안경을 벗고 객관적으로 접근해야 함은 물론이다. 그래야 온 국민이 조사의 결과를 의구심 없이 받아들이게 될 것이다.

『철학과 현실』(2017년 12월)

전두환과 MB

필자는 전두환 정권 때 대학을 다녔다. 그때는 엄한 시절이었다. 교내에 진을 치고 있던 '짭새'들은, 전단을 뿌리며 "학우여!"를 외치는 우리의 친구들을 그 자리에서 즉각 연행해갔다. 그럼에도 금요일에는 어김없이 시위가 있었고, 또 우리 동료 중 누군가가 끌려갔다. 나중에 얘기를 들어보면, 구속되어서 실형을 받기도 하고 때로는 강제 입대를 당하기도 했다.

필자는 시위에 그리 적극적으로 참여한 사람은 아니지만, 전두환 정권에 대한 증오는 매우 컸다. 박정희 전 대통령이 사망했던 1979년에 국민들은 19년간의 군부 독재를 마치고 민주화가 이루어지기를 기대했다. 하지만 전두환은 그해 12월 12일에 군사 반란을 일으키고 다음 해 5월 17일에 쿠데타를 통하여 국민들의 희망을 수포로 돌아가게 했다. 게다가 5월 광주민주화운동이 일어났을 때, 그는 공수부대를 투입하여 수많은 선량한 국민의 목숨을 앗아가버렸다. 이러한 이유로 그가 사형 선고를 받았다가 무기징역으로 감형되었을 때 개인적으로 몹시 못마땅하게 생각했던 기억이 있다. 아마도 그 시대를 겪었던 많은 사람들은 유사한 감정을 가졌으리라 생각한다.

전두환은 간선제를 통해서 대통령에 선출되었다. 그 당시의 기억을 되살려보면, 내가 살던 사당동에서 대통령 선거인단으로 6명의 후보가 등록되었는데, 그중 5명이 전두환이 속해 있는 민정당이었고 한 명만 무소속이었다. 그 당시에는 야당이라는 것도 없었나 싶을 정도로 민정당 일색이었고, 6명 중 5명이 선출되는 상황이었으니 투표는 하나 마나 한 요식 행위에 불과했다.

이런 과정을 통해서 제5공화국의 대통령이 된 사람이 바로 전두환이었기에, 국민들은 그에게 정통성을 부여할 수 없었으며 그가 하는 많은 일에 반기를 들었다. 그 당시 국민들의 최고 목표는 민주화였으며 이후에 어떤 정권이 들어서도 전두환 정권보다 못할 것이라고는 꿈에도 생각하지 않았다. 1987년 박종철 고문치사 사건과 1988년 최루탄에 맞아 사망한 이한열 사건을 계기로 직선제 민주화가 이루어진 이후, 노태우, 김영삼, 김대중, 노무현 대통령에 대한 평가는 크고 작은 부정적인 측면들이 남아 있지만, 그래도 전두환 정권과 비교가 될 정도로 욕을 먹지는 않았다.

하지만 MB 정권에 대한 평가는 전두환 정권과 유사하게 돌아가는 면이 없지 않다. 왜 그럴까? MB는 전두환처럼 쿠데타를 통해서 정권을 잡은 것이 아니라 국민의 선택을 받은 대통령인데, 필자가 대학생 때 전두환의 팥은 공으로 메주를 쑨다고 해도 못 믿었던 것처럼 지금의 MB는 왜 이렇게 국민들의 신뢰를 받지 못하고 비난과 타도의 대상이 되었을까? 분명 전두환 정권은 정당성을 갖지 못했기에 그를 우리나라의 리더라고 인정할 수 없었지만, MB는 직선제를 통해서 선출된 대통령임에도 불구하고 집권 초기부터 이렇게 강한 반발심을 불러일으켰을까?

한마디로 말하면 두 대통령 모두 정의롭지 못함이라는 공통점을 가지고 있다. 전두환이 정권을 잡는 과정에서 우리 사회의 정의가 침해되었다면, MB에게 적용되는 정의의 부재는 크게 두 가지로 볼 수 있다. 첫째는 개인이나 측근의 이익이 국가나 국민의 이익에 우선했다는 의혹을 받고 있다는 점이다. 둘째는 국민이 느끼는 체감 경제가 몹시 나쁘다는 것이다. 잘사는 사람들은 여전히 아주 잘살고 있지만, 일반 가정의 가장들은 조기 퇴직으로 그리고 청년들은 취업의 어려움으로 상대적인 빈곤감을 느끼고 있다. 따라서 힘없는 서민들은 우리 사회가 공정하다고 느끼지 못하는 것이다.

둘째 이유를 좀 더 생각해보자. 국민의 체감 경제가 나쁘다는 것 자체가 MB의 탓만은 아닐 것이다. 2012년 벽두부터 그리스와 이탈리아를 중심으로 한 남유럽의 상황은 세계 경제를 불안하게 만들고 있다. 2008년에는 서브프라임 모기지로 인한 리먼 브러더스의 파산 때문에 우리 경제가 휘청한 적이 있었다. 이처럼 세계 경제가 하나의 흐름으로 흘러가는 마당에 세계 경제가 안 좋으면 우리나라 경제도 좋기가 어려운 것은 사실이다. 이 모든 것을 우리나라의 대통령이 책임질 수는 없다.

하지만 서민들이 느끼는 정서는 다르다. 엄청난 자본의 뒷받침을 받는 대형 마트의 출현은 재래시장에서 장사하는 서민들의 가슴을 멍들게 했고 얼마 전까지만 해도 단골로 드나들던 동네 슈퍼를 사라지게 만들었다. 대형 마트들이 서민들의 생계 수단까지 침범한 셈이다. 아무리 자본주의 사회에서 자본을 많이 가진 사람이 유리하다는 것을 인정한다고 하더라도, 이러한 현상은 대기업의 배를 채우기 위해서 서민들의 희생을 강요하는 꼴이 된다. 이러한 사례는 대형 마트에 그치지 않는다. 1980년대에 있었던 이름 모를 동네 빵집은 이제 사라지고 대기업이 만든 유명 체인점만 성업 중이다. 시내 곳곳에 있던 다방이나 찻집은 대기업이 투자한 커피 전문점으로 대체되었다. 책방도 마찬가지다. 중고등학교 근처에 있던 동네 서점들은 고전을 면치 못하는 반면, 대형 서점과 인터넷 서점이 책 판매를 거의 독점하고 있다.

물론 대기업의 투자 자체가 불법은 아니다. 그런 면에서 대기업 측은 자신들의 잘못이 무엇이냐고 볼멘소리를 할 수도 있다. 대기업의 입장에서는 정당한 투자를 한 것이고 시장의 경쟁력에서 우위를 차지했을 뿐이다. 하긴 이런 글을 쓰고 있는 필자도 동네 슈퍼나 빵집을 언제 갔는지 기억해보면 꽤 오래전으로 거슬러 올라가야 한다. 찻집이나 책방의 방문도 마찬가지다. 이제는 유명 커피 전문점에서 노트북을 켜고 인터넷 서점에 책을 주문하는 것이 너무나 자연스럽게 되었다.

하지만 이러한 대기업과 서민들의 경쟁은, 설령 그 자체로 불법이 개입되어 있지는 않더라도, 공정하다는 느낌을 받지는 않는다. 마치 엄청난 예산을 지원받는 프로 축구팀이 조기 축구회와 싸우는 것과 비슷하다. 두 팀 모두 11명이 뛰고 심판이 엄정하다고 하더라도, 경기 시작 전부터 승자와 패자가 결정되어 있다는 점에서 '공정한' 경기는 아니다.

조기 축구회가 프로 팀에게 졌다고 해서 그들의 신분이 달라지지는 않는다. 하지만 대기업과의 경쟁에서 패배한 서민들은 하층민으로 전락해야 한다. 이는 무언가 잘못된 것이 틀림없다. 이것이 바로 대기업의 침략에 삶의 터전을 잃어버린 동네 가게, 빵집, 찻집 그리고 서점 주인들의 울분이다.

힘 있는 자, 돈 있는 자에 대하여 서민들이 느끼는 정의의 부재는 엄청나다. 일반적으로 실력의 차이가 많이 나는 두 주체가 비등한 경기를 하려면 강한 쪽에 핸디캡을 주어야 한다. 바둑에서 약자가 4점을 먼저 놓고 두는 것이나, 장기에서 강자가 차와 포를 하나씩 뗀 상태에서 시작하는 것과 유사하다. 하지만 이러한 핸디캡이 없는 자본주의는 실패한 서민들을 양산할 뿐이다. 프로 축구팀이라면 다른 프로 팀과 경쟁을 해야 한다. 마찬가지로 대기업들도 경쟁해야 할 대상은 따로 있는 것이다. 프로 축구팀이 조기 축구회를 이기고 승리에 도취하는 것이 적절하지 않게 느껴지듯이, 대기업이 재래시장의 상인이나 구멍가게의 주인들이 벌어가던 이익을 빼앗아간다면 그것 역시 정당하게 보이지는 않는다.

안타깝게도 MB는 대기업 사장 출신이어서 그런지 서민들의 애환을 잘 모르는 모양이다. 스스로는 젊었을 때 고생을 많이 했다고 하면서도, 그는 정권 초기부터 대기업을 우대하는 정책을 많이 펼쳤다. 거시적인 측면에서 나라 경제를 살리려면 우리나라 경제 규모가 전체적으로 커져야 하고, 이를 위해서는 대기업에 대한 뒷받침이 필수적이었다고 항변할지도 모른다.

하지만 선거 공약으로 들고 나왔던 대운하 사업이 반론에 부딪혀 강한 저항을 받았을 때 이를 접지 않고 4대강 사업으로 몰린 것은 MB 집권 초기부터 서민들의 등을 돌리게 한 결정적인 계기가 되었다. 4대강 사업이 집권 초기에 꼭 해야 하는 사업인지도 의문이지만, 설령 그것이 꼭 필요했다고 하더라도 서민들에게는 큰 혜택이 돌아오기 어려운 그런 사업이었기에 국민의 정서를 화나게 만든 것이다. 서민들의 삶은 점점 더 힘들어지고, 대학을 나온 청년들은 '88만 원 세대'라는 말을 들으면서 취업을 걱정할 때, 이들의 고민을 함께 걱정해주지 않는 국가의 리더가 국민의 성원을 기대하는 것은 무리이다. MB는 스스로 서민들을 위한다고 주장할 수도 있다. 하지만 국민들의 판단 기준은 대통령의 말이 아니라 실제로 한 그의 행동과 선택이다.

이러한 상황에서 대통령과 그 주변의 비리들은 민심을 더욱 차갑게 만들었다. 대표적으로 얼마 전에 있었던 내곡동 대통령 사저와 관련한 사건은 대통령이 서민들의 생계를 걱정하기에 앞서 퇴임 후 자신의 안위만을 돌본다는 생각을 갖게 한다. 그 과정 역시 본인의 명의가 아닌 자식의 명의로 매입을 시도했다는 것은 엄연히 차명을 사용한 거래이기에 불법이다. 이런 뉴스를 보는 국민들은, 대통령이 서민들의 눈물은 안중에 없고, 불법을 저질러서라도 자신의 이익을 먼저 챙긴다고 생각하게 되는 것이 당연하다.

게다가 최근에 발생한 서울 시장 선거 때의 선거관리위원회 홈페이지 사건은 국회의원 보좌관 두 명이 선거 전날 술을 마시면서 감행을 결심했다는 검찰의 발표를 액면 그대로 믿기가 어려운 것이 사실이다. 현재로는 이 사건이 MB와 연결되어 있다고 단언할 수는 없지만 이미 그에 대한 신뢰를 잃은 서민들은 모든 것을 의혹의 눈으로 보고 있다.

그뿐 아니다. 세계에서 가장 호평을 받고 있는 인천공항을 선진국의 기술 도입이 필요하다는 이유로 민영화를 추진하면서, 막상 그것을 인수하려는 세력 중에 MB의 주변 사람이 있었다는 것 역시 국민들이 볼 때는 열불이 날 일이다. 남의 밭에 가서는 신발 끈도 매지 말라고 하는데, 지금 대통령 주변에서는 고약한 냄새가 나는 일들이 한둘이 아니다.

내기입 위주의 핑잭, 힘 있고 질사는 사람들을 위하는 핑잭을 우신한 MB에게 실망한 서민들은 '대한민국 국민 99퍼센트를 위한 편파 방송'을 주장하는 '나꼼수'에 열광하며 자신들의 상대적 빈곤감과 박탈감에 대한 위로를 얻고 있다. 잘사는 사람이 더 살기 좋아지고 어려운 사람이 더 살기 어려워지는 세상은 바람직한 세상이 아니다. 이처럼 대한민국 국민의 대부분은 현재 우리나라가 공정하지 못하다고 느끼고 있는 것이다. 설령 불법적인 요소가 전혀 없어도 서민의 마음을 달래기 어려운데, 여기저기서 흘러나오는 대통령 측근의 비리는 더욱더 민심을 수습하기 어렵게 만들고 있다. 이러한 상황이 총체적으로 결합하여 MB가 전두환과 비교되는 지경까지 이르게 된 것이다.

1987년 직선제 개헌이 이루어지기 이전에도 대학생들의 시위는 끊임없이 있었다. 그리고 대부분의 시위는 일반 시민에게 큰 반향을 일으키지 못한 채 시위자들의 희생만으로 끝났다. 하지만 박종철, 이한열 사건이 터졌을 때는 대학생들만 길거리로 나간 것이 아니라 넥타이 부대도 시내에서 함께 "군부 독재 타도"를 외쳤으며, 시위를 진압하려는 전경들에게 할아버지들이 야단을 치는 상황도 벌어졌다. 이처럼 시위의 시작은 항상 대학생들이었지만 그것이 6·29와 같은 역사적인 사건으로 남은 것은 대학생들이 아닌 일반 국민들이 거리에 동참했기 때문이다.

MB는 집권하기 전부터 보수 세력의 지지를 받은 사람이었다. 그가 속한 한나라당도 보수적인 정당이고 그의 성향 역시 보수적이다. 반면에 보수층과 내립하는 진보적 세력이 우리나라에 존재했던 것도 사실이다. '진보'의 스펙트럼을 어디까지로 볼 것인가의 문제는 잠시 덮어두더라도, MB 정권의 출범 때부터 그를 반대하던 집단이 있었던 것이다. 하지만 현재 MB에 불만을 가진 세력은 애초부터 MB의 집권을 못마땅하게 생각했던 사람만은 아니다. 많은 대중들이 이제는 못 참겠다는 아우성을 지르고 있다.

결국 우리나라 정치의 향방은 중간 세력에 달려 있다고 볼 수 있을 것이다. 이유야 어떠하든 지난 대선에서 MB가 대통령으로 당선된 것은 많은 부동층이 그를 선택했기 때문이다. 이러한 측면에서 2012년은 정치적으로 매우 중요한 해이다. 올해에는 총선과 대선이 함께 있기 때문이다. 이번 총선과 대선이 어떤 방식으로 흘러가는지를 살펴보면 현재 우리나라 국민의 마음이 어디에 있는지를 쉽게 확인할 수 있을 것이다. 그리고 올해의 총선과 대선의 결과에 따라 우리나라의 운명이 어디로 향하게 되는지도 정해지게 된다. 1987년에 전두환을 상대로 직선제 민주화를 이루고도 노태우에게 정권을 넘겨준 아픈 역사가 있다. 조만간 실시될 총선과 대선에서는 어떠한 결과가 나올지 궁금하다.

『철학과 현실』(2012년 3월)

김영란법의 시행에 즈음하여

2012년 김영란 법관에 의해서 추진되었던 '김영란법'이 우여곡절 끝에 2016년 9월 28일부터 시행된다. 김영란법은 부정청탁 및 금품수수의 금지에 관한 법률로, 이 법에 따르면 공직자가 일정 금액 이상의 선물이나 향응을 받을 경우 대가성이 입증되지 않더라도 형사처벌의 대상이 될 수 있다. 이러한 법률을 제정하게 된 계기는 '스폰서 검사'나 '벤츠 여검사'의 사건처럼 뇌물이라고 여겨지는 금품을 받아도 법정에서 대가성을 증명하지 못하면 무죄로 판결이 나는 경우가 있었기 때문이다. 이 법의 적용 대상은 공직자를 포함하여 언론사, 사립학교 등에 재직하고 있는 사람 또는 그 배우자이다. 상식적으로는 너무나 합리적으로 보이는 이 법안이 통과되기 위해서 우여곡절이 필요했던 이유는 이해당사자들의 강력한 저항 때문이 아닌가 생각한다.

김영란법에 대하여, 언론은 놀랄 만큼 일관성 있게 부정적인 측면만을 보도하였다. 이 법이 시행되면 내수가 위축되고 농수산 관련 종사자와 외식업계는 다 망할 것처럼 떠들어댔다. 언론의 보도를 보면, 우리나라의 경제는 지금까지 뇌물과 접대로 굴러간 듯한 느낌이 들 정도이다. 재미있는 사실은 접대가 가장 빈번히 일어나는 골프장이나 유흥업소 또는 고급 호텔의 타격이 가장 심할 것임에도 불구하고, 이들 대상은 국민 정서상 공감대 형성이 어렵다고 판단했는지 그리 많이 언급되지 않고 서민들을 대변할 수 있는 농수산 업계와 음식점만 부각한 점이었다. 심지어는 김영란법이 합헌 판결을 받은 날, 어떤 언론에서는 이 법 때문에 선물을 주고받는 '미풍양속'도 사라지게 되었다는 기사를 내기도 했다. 아니, 언제부터 뇌물을 주고받는 것이 우리나라의 미풍양속이 되었다는 말인가?

또한 김영란법을 따르면, 마치 가족이나 지인에게 정이 담긴 생일 선물도 못하게 되는 것처럼 현실을 호도하려는 언론의 속셈은 도대체 무엇인가? 만일 김영란법의 부작용이 그렇게 심각한 것이라면, 역으로 우리 경제를 살리기 위해서 뇌물과 같은 부정을 더 장려라도 해야 한다는 뜻인지 반문하고 싶다. 그리고 언론사 임직원이 김영란법의 대상에서 제외되었을 때도 이와 같은 편향적인 보도를 지속해서 냈을지 의문이다. 아니면 김영란법에 저촉이 되는 사람들 중에 언론이 비호하고 싶은 세력이 있는지도 모르겠다. 이유야 어찌 되었든 간에, 김영란법에 대한 언론의 보도만을 보면, 마치 몹쓸 법이 제정되어 국민의 생존권이 위협을 받는 것처럼 보인다. 그만큼 이제까지 뇌물로 먹고사는 사람들이 많아서 그 기득권을 놓치고 싶지 않다는 방증이 아닌가 하는 생각이 들 정도이다.

필자도 사립학교 교원으로 이 법의 적용을 받는 사람이라서 일정 부분 불편함을 감수해야 한다. 앞으로는 졸업생이나 대학원생에게 이따금 받게 되는 선물도 마다해야 하는 경우가 생길 것이고, 학부 졸업 예

180

정자들의 사은회나 대학원 학위논문 심사를 마치고 감사의 표시로 대접받는 저녁 식사도 일정 금액이 넘지 않도록 신경을 써야 한다. 하지만 김영란법이 지니는 대의를 생각하면 기꺼이 감내할 수 있는 것들이다. 이제까지 학생들로부터 받은 선물 중 가장 기억에 남는 것은 함께 찍은 사진을 액자에 넣어서 준 것이나 학생들이 직접 써서 만들어준 롤링페이퍼이고, 가장 기억에 남는 저녁 자리는 학부 학생들이 마련한 삼겹살에 소주를 곁들인 사은회였다. 학생들이 선생에게 감사의 마음을 가지고 있다는 것이 고마운 일이지, 그들이 제공하는 선물이나 식사의 가격에 비례하여 감동이 커지는 것은 아니다. 학생의 입장에서도 김영란법은 불필요한 고민을 덜어주는 결과를 가지고 올 것이다. 마음이 아닌 금액으로 성의를 표시해야 한다는 부담을 없애줄 것이기 때문이다. 정성을 표시할 마음이 있다면 이를 표현할 방법을 고심해야 할 수는 있겠지만, 돈이 없어서 선물을 못하는 것은 이제 더 이상 걱정하지 않아도 된다. 비싸지는 않더라도 정성이 깃든 선물이나 대접이 바로 미풍양속이다. 반면에 주는 사람이 금액으로 성의 표시를 해야 한다면, 이는 많은 경우에 반대급부를 기대하는 것으로 볼 수 있기에 선물이라기보다는 투자에 가깝다. 이처럼 부정한 관행을 없애려는 것이 비로 김영란법의 취지이다.

어떤 규정이든 긍정적인 측면과 부정적인 측면이 있으며, 김영란법의 시행으로 인하여 선의의 피해자가 나올 수 있음을 부인할 생각은 없다. 하지만 이러한 선의의 피해 때문에 부당한 뇌물이 오가는 것을 계속 방치할 수는 없다. 김영란법 제정의 정당성은 뇌물성 선물이나 접대가 만연하고 있다는 사실에서부터 출발한다. 주는 사람이나 받는 사람이나 오가는 선물의 크기에 따라 마음의 표시인지 뇌물인지를 뻔히 알고 있다. 특히 주는 사람의 입장에서는 뇌물을 제공하지 않을 경우 불이익을 당할 것이 두려워서 마지못해 선물 보따리나 돈 봉투를 제공하는 사람들도 있을 것이다. 김영란법은 이러한 잘못된 관행을 끊기 위한 첫걸음이다. 공정한 사회는 공식적인 절차와 정당한 경쟁을 통해서 일들이 진행되어야 한다. 뇌물이란 그러한 공정성을 훼손하면서 부당한 선택을 이끌게 하는, 사회의 독버섯과 같은 존재이다. 그런데 어찌하여 언론에서는 이렇게 심각한 사회의 부조리를 언급함이 없이 김영란법이 지니는 부작용만을 부각하는지 그 저의가 의심스럽다. 심지어는 헌법재판소의 판결에서 5 대 4로 아슬아슬하게 합헌 판정을 받은 '배우자 금품수수에 관한 조항'보다 7 대 2로 압도적인 표 차이로 합헌 판정을 받은 '언론인과 사립 교원이 김영란법의 대상'이라는 조항을 더욱 대서특필하면서, 반대표를 던진 두 판관을 집중 조명하는 언론의 모습을 보며 "김영란법의 실행이 그들에게는 저렇게까지 절박한 상황인가?"라는 생각을 하게 할 정도였다.

물론 농수산업이나 요식업에 종사하는 사람 중에는 김영란법으로 인해 피해를 보는 일도 없지 않을 것이다. 그들에게는 이 법의 실행이 마른하늘에 날벼락으로 느껴질 수도 있다. 어떠한 법의 제정이라도 이를 통하여 손해를 보는 사람이 생길 수 있기 마련이다. 하지만 김영란법의 시행이 가져다줄 사회의 공익이 더 크다면 손해를 보는 대상들에 대한 고려는 다른 방식으로 하는 것이 마땅하다. 이 법을 시행하기도 전부터 3만 원 이상의 식사 대접과 5만 원 이상의 선물에 대해서 그 한도를 각각 5만 원과 10만 원으로 올려야 한다고 주장하는 것은 너무 이른 시점의 요구이다. 지금까지의 관행을 끊는 것이 김영란법의 취지 중 하나인데, 그 관행을 포기할 수 없다는 것은 김영란법을 지지하는 국민에게는 기득권을 버리기 싫다는 입장으로 보일 수밖에 없다. 뇌물의 부정적인 측면에 대한 부각이 없이 농수산업계의 고충만을 보도하는 것은 비리를 옹호하기 위해서 농수산업에 종사하는 사람들을 방패막이로 세우는 것에 불과하며, 이는 국민을 우롱하는 처사이다.

　김영란법의 시행은 김영삼 정부 때의 금융실명제 도입을 기억나게 한다. 그때도 실명제를 시행했을 때 발생할 수 있는 온갖 부정적인 이야기들이 등장했지만, 이 제도가 정착된 지금의 시점에서 보면 금융실명제가 검은돈의 흐름을 상당 부분 차단했으며 국가의 세금 수입 등에 크게 이바지한 것이 사실이다. 금융실명제가 실시되지 않았다면, 지하경제가 더욱 활성화되고 탈세도 훨씬 용이했을 것이다. 김영란법 역시 시행 초기에 혼란스러운 부분이 없지는 않겠지만, 어느 정도의 시간이 지나면 우리 사회를 건강하게 만드는 데에 엄청난 기여를 할 것이 분명하다.

　일각에서 주장하는 식사와 선물 금액의 상향 조정 요구는 국민의 정서를 제대로 읽지 못한 처사라고 볼 수 있다. 서민의 입장에서 3만 원 이상의 식사 대접을 하거나 5만 원 이상의 선물을 줄 만한 대상이 얼마나 있을지 생각해볼 필요가 있다. 3만 원 이상의 식사는 서민들이 일상에서 먹는 음식이 아니며 잔치 때나 먹을 수 있는 음식의 금액이다. 선물도 누구에게 잘 보이려고 주는 것이 아니라면 고가를 준비할 이유가 없다. 3만 원 미만으로 먹을 수 있는 음식이 얼마나 많은데, 그것이 너무 낮다고 주장하는 사람들은 얼마나 자주 고급 음식점을 가는지 궁금하다. 그리고 비싼 음식점을 가면 안 된다는 뜻도 아니다. 그런 자리가 필요하다면, 김영란법의 대상이 되는 사람들이 대접받지 말고 오히려 밥을 사거나 각자 자신의 음식 값을 내는 것도 방법이다. 필자도 학생들과 밥을 먹을 때는, 사은회와 같은 특별한 자리가 아니라면 밥값을 낸다. 학생들의 주머니 사정을 잘 알기 때문이다. 이처럼 주머니 사정이 넉넉하지 않은 사람에게 비싼 대접이나 선물을 받는다는 것은 순수한 의도라고 보기 어렵다는 것이 김영란법을 만들게 된 핵심적 이유이다.

어느 세미나 자리에서 외국계 기업의 한국지사 사장이 윤리경영에 대해 발표하는 것을 들을 기회가 있었다. 그 회사는 사장실 냉장고에 있는 음료수도 회사의 자금으로 구매한 것은 손님을 접대할 때만 사용할 수 있고 사장이 일상적으로 마시는 것은 개인적으로 사서 마시도록 요구한다는 것이었다. 법인카드는 공돈이라고 생각하는 일반적인 풍토와 비교하면 그 회사는 매우 엄격한 윤리적 기준을 적용하고 있어서 신선하게 느껴졌다. 이러한 회사에서는 당연히 업무와 관련된 사람으로부터 접대나 선물을 받는 것을 철저하게 금지할 것이며, 모든 거래는 공정한 절차를 거쳐서 처리될 것 같은 믿음을 준다. 이러한 분위기를 만들자는 것이 김영란법을 만든 취지이며, 이 법안이 정착되면 검은돈에 의해서 부당한 거래가 이루어지는 것을 상당 부분 막을 수 있을 것이다.

물론 이러한 사회의 분위기를 법제화가 아닌 시민들의 윤리 의식으로 이룰 수 있으면 더 바랄 것이 없겠지만, 아직 우리 사회의 수준이 이에 도달하지는 못한 상태이기에 법을 통하여 우리 사회를 한 단계 발전시키자는 뜻으로 김영란법을 이해하면 좋을 것이다. 그런 면에서 이 법의 제정은 우리 사회의 윤리 의식을 연습시키는 도구라고 여길 수 있다. 어린아이에게 도덕과 예절을 가르칠 때, 처음에는 아이들이 그 의미를 잘 이해하지 못하더라도 반복되는 실행을 통해서 자신의 것으로 민들 듯이, 공직자, 언른인 및 사립 교인도 청렴성을 연습하기 위한 도구로 김영란법을 받아들이면 될 것이다. 그리고 이러한 분위기가 정착된다면, 현재 김영란법의 대상이 되는 공직자, 언론인, 사립 교원뿐 아니라 그 밖의 모든 대상에게도 정성 어린 선물과 뇌물을 구분할 수 있는 계기가 될 것이며, 이러한 연습은 우리를 한층 더 건전한 사회로 이끌어갈 것이다.

이번 김영란법의 제정에서 아쉬운 점이 있다면 청탁받기 쉬운 국회의원과 변호사, 그리고 시민단체의 임원 등이 대상에 포함되지 않은 것이다. 이들 역시 이권과 관련하여 공직자는 물론이고 사립 교원보다 청탁받을 여지가 많은 사람들이다. 차후에 김영란법을 손질할 기회가 있을 때, 적용 범위를 넓혀서 이들도 대상 안에 포함하는 것이 마땅할 것이다. 아울러 우리나라의 법은 뇌물을 받은 사람에 대한 처벌 규정은 있어도 뇌물을 준 사람에 대한 처벌은 거의 없다고 한다. 뇌물을 받는 것도 나쁜 일이지만 흑심을 품고 뇌물을 주는 것도 마찬가지로 나쁜 일이다. 따라서 뇌물을 주는 사람에게도 법적 처벌을 할 수 있는 근거를 마련해서 뇌물을 주는 것에 대한 경종을 울릴 필요가 있다.

김영란법의 시행은 아직 우리 사회가 아무런 법적 제약이 없이도 공정한 사회를 이룰 수 있는 수준에 있지는 못함을 알려주는 슬픈 이야기이다. 하지만 인간이 본래 착하지만은 않다는 것을 인정한다면, 차선책으로 이러한 법제화를 통하여 좀 더 나은 미래로 나아가는 계기를 마련하는 것도 나쁘지는 않다고 생각한다. 그런 의미에서 김영란법이 시행 초기에 어느 정도의 부작용이 있나고 하더라노, 대승석 차원에서 밀고 나갈 필요가 있다고 여겨진다. 먼 훗날 우리 사회가 지금보다 훨씬 더 깨끗한 사회가 되었을 때 2016년 9월 28일이 의미 있게 기억될 수 있는 날이 되기를 기대하며, 우리 사회의 구성원들이 보다 건전한 사회를 이루기 위하여 노력해야 할 것이다.

『철학과 현실』(2016년 9월)

대접받는 위치에 있는 사람들의 의무

오래전에 "검사, 의사, 교수, 목사 이렇게 네 명이 기생집에 간다면 누가 계산을 할까?"라는 질문에 정답은 '기생'이라는 우스갯소리를 들은 기억이 있다. 이 얘기를 해준 분도 여기서 언급된 네 직종 중 하나를 가진 사람이었으니 이들 직종에 종사하는 사람들을 단순히 폄하하려고 말한 것은 아니었을 것이다. 이 이야기의 핵심은 네 직종 모두, 상대하는 사람들과 동등한 위치에 있지 않다는 점이다. 검사는 피의자를, 의사는 환자 또는 제약회사 사람을, 교수는 학생을, 목사는 성도를 주로 만난다. 아무래도 피의자, 환자, 제약회사 관계자, 학생 그리고 성도들은 검사, 의사, 교수, 목사에게 잘 보이고자 하는 마음을 갖기 쉽다. 억으로 말하면, 이 네 직종에 있는 사람들은 그위 '갑질'을 할 수 있고 따라서 '을'의 위치에 있는 사람들로부터 대접을 받는 것에 익숙하다. 그래서 자신들이 먹은 술값조차 아무도 계산하지 않으려 한다는 농담이 나온 것 같다.

대접받기 좋은 직종은 위의 네 가지만은 아니다. 권한을 가지고 있는 모든 직종의 사람들에게는 잘 보이고자 하는 사람들이 생기기 마련이다. 힘을 가진 공직자들도 대접받기 쉽고, 대기업도 납품업체로부터 선물을 받기 십상이다. 특히 경쟁이 치열하고 혜택이 많을수록 청탁이 들어올 가능성이 많다. 이러한 청탁은 인맥을 통해서 금품과 함께 제공되는 것이 대부분이다. 청탁은 대접받는 당사자에게 일시적으로 이익이라 느껴지겠지만, 사회 전체의 시스템이 망가진다는 측면에서는 큰 손해이다. 결국은 힘 있는 사람들 또는 그들과 인맥이 있는 사람들에게만 유리한 사회가 만들어질 개연성이 높기 때문이다. 그러한 사회는 공정한 사회가 될 수 없다.

따라서 대접받을 위치에 있는 사람들은 자신이 가지고 있는 힘을 공평하게 써야 할 의무가 있다. 하지만 인간은 그리 선한 존재가 아니어서 그런지, 힘을 가진 사람들이 이러한 의무를 제대로 지키지 못한 경우가 많았다. 그래서 제정된 법안이 2016년 9월 28일부터 시행되는 '김영란법'이다. 부정한 청탁을 받는 사람은 대가성이 입증되지 않더라도 처벌받을 수 있게 된 것이다.

이러한 김영란법에 저촉이 되는 사람은 공직자, 사립학교 교원 그리고 언론인들이다. 하지만 대접받을 수 있는 사람들은 이들에 제한되지 않는다. 예를 들어, 명절 때 예매를 못해서 항공사에서 일하는 친구에게 표를 부탁하는 것은 이 법의 적용 범위에서 벗어나지만, 코레일에 있는 친구에게 기차표를 구해달라고 하는 것은 이 법을 위반하는 것이 된다. 항공사는 민간 기업인 반면, 코레일은 국영 기업체이기 때문이다. 결국 청탁의 개연성은 공직자, 교원이나 언론인에게만 한정되는 것이 아니므로, 힘을 가지고 있는 사람들은 모두 공정한 방식으로 업무를 처리해야 하는 의무감을 가져야 한다. 따라서 공정한 사회를 건설하기 위해서는 김영란법의 적용 범위가 더 넓어져야 한다.

물론 이런 문제들을 전부 법으로 해결해야 하는가에 대한 물음이 던져질 수 있다. 만일 법이 없어도 이러한 문제가 발생하지 않는다면, 그것이 최선일 것이다. 하지만 우리 사회의 수준이 아직 자발적으로 이러한 의무를 지킬 능력이 없다면, 그러한 성숙한 사회를 만드는 방편으로 법을 사용하는 것도 나쁘지 않은 선택이라고 생각한다. 그러한 법이 없이 부정부패가 만연한 사회보다는 그러한 법 덕분에 만들어진 공정한 사회가 훨씬 더 바람직한 사회이기 때문이다.

『성숙의 불씨』(2016년 9월)

병신년(丙申年)을 보내며

　매년 달력의 마지막 장을 바라보며 '다사다난(多事多難)했던 한 해'라는 표현을 쓴다. 하지만 2016년은 그 어느 해보다도 다사다난했던 한 해였다. 국가를 책임져야 할 대통령이 사리사욕(私利私慾)으로 가득 찬 최순실의 농락(籠絡)에 휘둘리는 어처구니없는 일이 벌어졌기 때문이다. 게다가 대통령의 주변에 있는 사람들도 대통령을 보좌하여 나라를 잘 이끌어나가는 것이 아니라 공정하지 못한 일 처리로 국민의 분노를 불러일으켰다. 국민의 평균적인 윤리 의식에도 한참 못 미치는 사람들이 국가를 다스린 꼴이다. 결국 대통령은 헌정사상 두 번째 탄핵 심사의 대상이 되었으며, 청와대에서 호의호식(好衣好食)하던 보좌진들은 청문회에서도 후안무치(厚顔無恥)함을 생중계로 전 국민에게 보여주었다. 이들에게 법의 판단이 아직 내려지지는 않았지만, 지난 두 달 가까이 촛불로 보여준 민심은 군부독재(軍部獨裁) 시절 박종철과 이한열의 사망을 규탄하며 1987년 직선제 개헌을 이끌었던 반독재투

쟁보다 더욱 강렬한 느낌이었다. 대통령과 국정농단에 참여한 모든 사람들은 자신의 행위에 상응하는 판결이 있으리라 기대한다. 마녀사냥식의 분위기가 억울한 희생양을 만들지 않도록 조심해야 하겠지만, 국민으로부터 부여받은 권한을 부당하게 사용한 사람들은 일벌백계(一罰百戒)의 차원에서 준엄한 처벌을 받아야 할 것이다.

하지만 이번에 우리나라에서 벌어진 국정농단을 이들만의 탓으로 돌리기에는 무언가 찜찜한 느낌이 든다. 수년 전, 철학연구회에서는 그 당시 영향력 있는 정치가들을 초청하여 그들의 정치철학을 피력할 수 있는 토론회를 주최하자는 제안이 있었다. 유력 후보자들을 섭외하기로 하였으며 지금의 대통령도 대상자 중 한 명이었다. 다양한 루트를 통해서 접촉을 시도했지만, 그 당시 박근혜 의원을 개인적으로 아는 사람들은 "소통에는 한계가 있는 성격이기에 토론에 절대로 참석하려 하지 않을 것"이라는 공통적인 답변을 내놓았다. 이처럼 조금만 가까이 있어도 그녀가 가진 단점을 쉽게 파악할 수 있을 텐데, 새누리당의 의원들은 그녀가 진정 나라를 이끌어갈 능력이 있다고 판단해서 대통령 후보로 내세운 것인지 의문을 품지 않을 수 없다. 또한 지금은 대통령을 끌어내리느라 여념이 없는 언론 중 일부는 2012년 대선에서 박근혜 후보를 당선시키기 위해서 총력을 기울였던 사실을 부인할 수 없을 것이며, 그들 역시 현 상황에 대한 비난의 화살에서 벗어나기 어렵다. 아울러 나름의 합리적인 근거 없이, 단지 부모를 모두 총탄에 여읜 불쌍한 영애(令愛)라고 안쓰러워하며 감정적인 한 표를 찍은 국민들도 현 시국을 도래하게 한 작은 원인 제공을 했다고 볼 수 있다. 대통령이라는 자리는 나라를 이끌 만한 능력이 있는 사람이 앉아야 할 자리이지 당리당략(黨利黨略)이나 집단이기주의에 따라, 또는 불쌍한 사람에게 적선하듯이 주어서는 안 되는 자리이기 때문이다. 플라톤이 말한 것처럼 지도자를 잘못 선출했을 때, 가장 큰 형벌은 그 사람의 통치 아래에서 살아야 한다는 점이다. 우리 국민들은 지금 플라톤이 말한 형벌을 뼈저리게 경험하고 있다.

한 가지 다행스러운 점은 우리를 우울하게 했던 병신년(丙申年)이 이제 역사의 뒤안길로 사라지고 있다는 것이다. 다가오는 새해는 올해보다 더 나은 한 해가 될 것이라는 희망이 우리의 마음을 채우고 있다. 하지만 새해 언젠가에 열리게 될 대선에서 나라를 위하여 헌신할 사람이 아니라 무능하거나 자신의 욕심을 채울 사람 또는 소탐대실(小貪大失)할 사람을 대통령으로 세운다면 지금 우리가 부둥켜안고 있는 희망이 다시 절망으로 바뀔 것이다. 또다시 촛불을 들고 광화문으로 달려 나가는 일을 반복하지 않으려면 새해에 있게 될 대선에서 최선의 일꾼이 선출될 수 있도록 각자가 정신을 바짝 차리고 투표에 참여해야 할 것이다. 새해에는 내가 대한민국 국민이라는 사실이 부끄럽지 않은 한 해가 되기를 소망해본다.

『성숙의 불씨』(2016년 12월)

윤리적인 대통령을 뽑자

　지난 몇 달 동안 나라가 돌아가는 꼴을 보면, 대한민국 국민이라는 사실이 부끄럽게 느껴질 때가 많다. 우리나라를 이끄는 지도자들의 민낯을 보며 자괴감을 느끼는 국민이 한둘은 아닐 것이다. 국가의 원수와 그 수하에서 일하던 사람들이 나라를 이 모양으로 만들어놓고도 죄송하다고 국민에게 진심으로 사과하는 모습조차 보이지 않고 있는 것이 작금의 현실이기 때문이다. 대통령을 비롯하여 고위 공직자들에게 온갖 권한을 부여하는 것은, 그러한 권한으로 사소한 일에 신경 쓰지 말고 나라와 백성을 위해서만 애써달라는 뜻이다. 하지만 현재 우리의 국정 지도자들은 그러한 권한을 자신의 힘과 이익의 확충에 악용했을 뿐 아니라, 심지어는 그런 권한을 부여받은 적이 없는 일개 민신인도 대통령과 친하다는 이유로 이러한 권한을 제멋대로 휘둘러왔다. 이들이 국민의 평균적인 윤리 수준만도 못하면서 그런 자리에 올라간 것인지, 아니면 평범한 사람들도 그런 자리를 차지하면 욕심이 생겨서 비윤리적으로 변하는 것인지, 알다가도 모를 일이다. 어쨌든 이제까지 조국에 한없는 자부심을 느끼던 국민이 이번 일로 한순간에 나락에 떨어지는 경험을 하게 된 것은 부정하기 어려운 사실이다.

우리나라는 세계에서 유사한 예를 찾기 어려울 정도로 빠른 기간 안에 경제발전과 정치발전을 동시에 이루어냈다. 필자의 어린 시절인 50년 전의 대한민국은 거의 대부분 집에 TV와 냉장고는 물론이고, 휴대폰은커녕 집 전화도 없었던 가난한 나라였다. 또한 불과 30년 전만 하더라도 자가용을 굴릴 수 있는 집이 몇 없었고, 시내버스에 에어컨도 설치되어 있지 않았다. 그 당시 우리나라는 정치적으로도 쿠데타를 통해서 집권한 독재자가 다스리는 나라였다. 이한열이 반독재 시위 도중에 최루탄에 맞아 사망하기도 하고, 박종철이 물고문으로 죽음에 이르기도 하는 등 지금의 평화로운 촛불집회와는 사뭇 다른 양상의 시대였다. 1987년 직선제 개헌과 1988년 서울 올림픽을 계기로 우리나라는 정치적, 경제적으로 괄목할 만한 성장을 지속하였고, 이제는 다른 나라에서 부러워하는 '외형적' 발전을 이루었다.

하지만 짧은 기간 동안 너무 빨리 성장을 해서 그런지, 공정하지 않은 일들이 별문제 없이 넘어가는 못된 관행이 생겼다. 임명직 고위 공직자들에게 높은 수준의 청렴성을 요구하기는 하지만 많은 경우 이들에 대한 임명은 당리당략(黨利黨略)에 의해서 좌지우지된다. 과거에 아무리 비윤리적인 행동을 했더라도 청문회를 버틸 수 있는 뻔뻔함만 있으면 공직을 차지할 수 있었다. 또한 대기업에서 온갖 종류의 탈세나 횡령이 벌어져도 국가에 대한 기여도를 운운하며 눈감아주기 일쑤였다. "유전무죄 무전유죄"라는 말이 진리처럼 들리기도 하고, 실제로도 2,400원을 횡령한 버스 기사의 해고가 정당하다는 판결이 나온 바로 그날, 433억 원의 뇌물 공여와 90억 원의 횡령 혐의를 받고 있는 이재용 부회장의 영장은 기각되기도 하였다. 이러한 판결을 보며, 국민들은 법률과 도덕이 별개라는 느낌이 들 수밖에 없다. 정치에서나 경제에서나 윤리적인 사람들이 지도자의 자리에 오르는 것을 국민들이 기대하는 것은 당연한데, 이제껏 우리는 그런 좋은 선례를 그리 많이 갖지 못한 불행한 민족이었던 것이다.

그러한 정점이 박근혜 전 대통령이다. 그는 대통령이라는 직책이 어떤 위치인지를 정확히 인식하지 못했을 뿐 아니라, 옳고 그름에 대한 기준이 작동하지 않는 사람인 듯하다. 심하게 말하면, 그에게 청와대라는 곳은 '내가 어릴 때 살던 곳', 즉 '내가 살던 고향' 정도의 의미를 가질 뿐, 한 나라를 통치하는 대통령이 사는 곳이라는 무게감은 없었던 것 같다. 그러니까 어릴 때 친했던 친구는 내 집 드나들 듯 청와대를 마음껏 들락날락할 수 있었으며, 그 친구가 추천하는 사람도 자유로운 출입이 가능했던 모양이다. 압수 수색을 집행하려고 온 특검의 검사는 문전박대하면서 말이다.

자신이 탄핵의 대상이 된 사안에 대해서도 '완전히 엮인 것'이라는 표현을 쓰면서 인터뷰하는 모습은 과연 그에게 윤리 의식이 있는지를 의심케 한다. 대통령은 세월호 참사가 일어난 당일이 평일 오전이었음에도 사건 발생 첫 보고를 받고도 7시간이 지나서야 중앙대책본부에 모습을 나타냈다고 한다. 만일 그 시간에 북한이 침공했더라면 어떻게 되었을까를 상상해보면 식은땀이 난다. 어린 학생들의 생명이 오락가락하는 상황에서도 머리를 단정히 해야만 외출을 할 수 있다는 마음가짐은 아무리 좋게 보아도 국민의 인위를 최우선으로 생각하는 국가 지도자의 모습은 아니다. 옛 어진 임금들은 천재지변에 해당하는 가뭄이나 홍수에도 자신이 부덕하여 백성이 고통을 받는다고 자책했는데, 박전 대통령의 행동에서는 그런 모습을 찾아볼 수가 없다. 공복(公僕)은 국민을 위해서 일하는 사람이기에 때로는 자신을 희생해서라도 나라와 백성을 지키는 결단을 내릴 수 있어야 하는데, 이런 것을 그에게 기대하는 것은 우리가 도덕성을 결여한 지도자에게 너무나 많은 것을 요구하는 것이 아닌가 하는 생각이 들 정도이다.

물론 이 모든 것이 박 전 대통령 혼자의 책임은 아닐 수 있다. 주변에서 보좌하는 사람들이 그릇된 조언을 하며 대통령을 잘 받들지 못한 것일지도 모른다. 하지만 윤리 의식이 분명한 보좌진을 쓰는 것도 지도자의 덕목에 포함된다고 나는 생각한다. 도덕성이 높은 지도자 밑에 비윤리적인 부하가 중용될 수는 없기 때문이다. 이런 면에서 박 전 대통령의 보좌진들 또한 줄줄이 구속된 현재 상황을 보면, 유유상종(類類相從)이라는 말처럼 지도자가 윤리 의식이 없기에 주변에도 비슷한 사람들이 모인 것은 아닌가 하는 생각까지 하게 된다.

솔직히 박근혜 전 대통령이 우리나라 역사상 가장 비윤리적인 대통령인지는 잘 모르겠다. 하지만 언론이 그에게 등을 돌려서이든, 아니면 정유라 사건 때문에 운이 없어서이든, 역대 대통령 중 그의 무능과 비윤리성이 가장 적나라하게 들통 난 것은 분명하다. 지도자를 잘못 뽑았을 때, 그의 통치 아래에서 살아야 하는 것이 가장 큰 형벌이라는 플라톤의 말을 우리는 지금 몸소 경험하고 있으며, 이러한 아픈 경험을 바탕으로 올해 새롭게 대통령을 뽑을 때는 동일한 과오를 범하지 않도록 최선을 다해야 한다.

그러한 의미에서 필자는 올해에 있을 대선에서 대통령이 갖추어야 할 가장 중요한 조건이 도덕성이라고 생각한다. 다시 말해서 윤리적인 대통령을 뽑자는 것이다.

사실 이는 너무나 당연한 내용이어서 굳이 이렇게 강조할 필요까지 있나 하는 생각이 들기도 한다. 하지만 지난 대선들에서 우리는 '경제

성장'이나 '증세 없는 복지' 등의 슬로건이나 '보수 대 진보'의 틀에 매달려서 가장 기본적이고 너무나 당연한 지도자의 조건을 가볍게 생각했던 것이 사실이다. 이회창 후보가 아들의 병역 면제 때문에 대선에서 손해를 보았던 사실을 우리는 기억한다. 이를 대통령 후보 자신의 도덕성과 관련된 일로 보아야 할지는 애매한 부분이 있지만, 그 이후로 대선 후보는 자신과 자녀의 병역 문제가 떳떳하지 않으면 곤욕을 치르게 되는 바람직한 기준이 세워졌다. 하지만 이러한 도덕성에 대한 검증은 그 이후의 대통령 선거에서는 지속되지 못했다. BBK 사건으로 의혹을 받았던 이명박 후보도 별 무리 없이 대통령에 당선이 되어서 결국은 국토의 70퍼센트가 산으로 이루어진 나라에 운하를 판다고 청사진을 제시했다가 이것이 좌절되자 4대강 사업을 추진하여 물의를 일으켰다. 도덕성이라는 것을 하루아침에 바꿀 수는 없기에, 후보 시절 이전에 비윤리적인 사람은 대통령이 되어서도 윤리적인 것과는 거리가 먼 선택을 할 가능성이 농후함을 위의 사건으로 확인할 수 있다.

다가오는 대선도 언론에서는 분명 '보수 대 진보'의 틀을 가지고 편가르기 방식으로 접근할 것이다. 이미 대권 출마를 밝힌 후보 중 보수 진영에서는 '안보'를, 진보 진영에서는 '복지'를 외치고 있다. 또한 일부 사람들은 대통령 탄핵 사건이 '종북 세력'의 기획이라고 역설하며, 보수 세력의 대동단결을 주장하고 있다. 이 주장이 사실이면, 우리나라의 대다수 언론이 종북 세력에 의해서 조종되고 있으며, 탄핵에 찬성한 대다수 국회의원들은 종북 세력의 기획에 동조하고 있는 셈이다. 이지럼 보수 진영은 자신들이 불리한 상황이 될 때마다 '종북'이라는 단어를 꺼낸다. 이런 글을 쓰고 있는 필자에게도 누군가가 종북 세력이라고 할까 봐 두렵다. 보수 대 진보와 같은 낡은 이데올로기의 틀은 현재 우리나라 정치에서 가장 중요한 이슈가 아니다. 특히 보수 진영의 언론과 정치인들은 분단이라는 현실을 너무 오랫동안 자신들의 이익을 위해 악용하고 있는 것처럼 보인다.

새로운 대통령에게 가장 필요한 조건은 도덕성이다. 비윤리적인 보수나 비윤리적인 진보는 어느 쪽도 우리의 지도자가 되어서는 안 된다. 다시 말해서 보수든 진보든 윤리적인 지도자가 대통령으로 선출되어야 한다는 것이다. 이는 너무나 당연한 이야기지만, 우리가 지난번에 선출한 대통령은 적어도 이와 같은 윤리성을 갖추지 못하고 있음을 볼 때, 당연하다고 해서 자동으로 실현이 되는 것은 아님이 분명하다. 지난해 말, 그 추운 날씨에 수많은 시민들이 촛불을 들고 광화문으로 모인 장면을 보았다면, 그 사람들에게 미안해서라도 박 전 대통령이 지금과 같은 태도를 보이지는 못할 것이다. 이런 의미에서 다음 대통령은 무엇보다도 윤리 의식이 뚜렷하고 국민을 두려워할 줄 아는 사람이어야 한다.

지난 대선에서도 후보자들은 '증세 없는 복지'를 너도나도 내세웠다. 수입이 한정된 상태에서도 지출을 늘리겠다는 것은 빚을 지겠다는 뜻이고, 이는 다음 세대에게 부담을 지우는 일이다. 한 가정을 책임지는 가장도 대책 없이 빚지는 것은 어리석다고 하는데, 하물며 한 나라를 이끌어가는 지도자가 인기를 얻기 위해서 후손들에게 빚을 지게 하는 것은 윤리적인 판단이 아니다. 따라서 복지를 앞세우려면 당연히 증세가 필수적이다. 그렇다면 복지의 확충을 위해서 세원(稅源)을 어떻게 마련할지에 대한 구체적인 청사진이 함께 제시되어야 한다. 하지만 소득세를 올린다고 하면 일반 국민들이 싫어할 것이고, 법인세를 올린다고 하면 기업들이 싫어할 것이 분명하기에, 표를 잃을 얘기는 하지 않는 것이다. 이러한 정치인들의 행태는 솔직하지 못한 처사이며, 이 역시 비윤리적이다. 이처럼 표를 구걸하기 위해 국민을 속이고 자신의 양심을 팔아먹는 사람 역시 대통령으로는 자질이 부족한 사람이며, 이러한 후보를 잘 선별하는 것이 국민의 몫이다.

대통령 후보들의 윤리성은 과거의 행적을 보고 판단할 수 있다. 이제까지 남들을 위한 삶을 살았는지, 자신의 영위만을 추구하고 살았는지 잘 따져보아야 한다. 학생부 종합전형으로 신입생을 선발하는 과정에서도 지원자의 고등학교 생활기록부를 꼼꼼하게 확인하여 합격자를 선정하듯이, 대통령을 뽑을 때는 더더욱 그들의 지난 행동들을 잘 살펴보아야 한다. 특히 그들의 입을 통해서 나온 말들은 표를 위한 사탕발림일 가능성이 많기에, 그들의 삶과 중요한 시점에서 그들이 결정한 판단을 검토하며 이제까지 나라를 위해서 어떤 일을 해왔는지에 주목해야 한다. 양지만을 찾아다니며 살아온 사람인지, 음지에 있는 어려운 사람들을 위해서 헌신해온 사람인지, 또다시 국민 위에 군림할 사람인지 아니면 국민을 섬기며 성심을 다해 봉사할 사람인지를 올해 있을 선거에서는 정확하게 판단해야 한다.

이번 대통령 선거에서는 우리 모두가 두 눈을 부릅뜨고 대통령 선거에 출마하는 후보자들이 그동안 얼마나 윤리적인 삶을 살았는지 먼저 살펴보아야 한다. 그다음에 그들의 능력이나 이념을 검증해도 늦지 않기 때문이다. 올해 선출된 대통령의 임기가 만료되었을 때 진심으로 박수 치며 수고했다고 말을 건넬 수 있는 그런 대통령을 우리의 손으로 뽑았으면 한다.

『철학과 현실』(2017년 3월)

개그 코드와 대선 후보 검증

개그 프로를 보면 사람을 웃기는 데에 여러 방법이 있음을 발견한다. 시사적인 내용을 풍자하는 방법도 있고, 다의적(多義的) 표현을 사용하여 웃음을 야기하기도 하며, 엉뚱한 행위나 말을 통하여 사람들에게 재미를 느끼게도 한다. 원래 웃음이란 예상치 못한 재미있는 상황이 생겼을 때 발생하는 것이니 말이다. 또한 누군가를 바보로 만드는 것도 우리를 웃게 한다. 그 방법은 두 가시가 있는데, 하나는 자기 자신을 바보로 만드는 것이고 다른 하나는 바로 옆에 있는 사람을 바보로 만드는 것이다.

코미디언이 자신을 바보로 만드는 것은 관객으로 하여금 편하게 웃음을 자아내게 한다. 이것이 바로 코미디언의 역할이며 일종의 살신성인(殺身成仁)이라고 해석할 수도 있다. 반면에 옆에 있는 사람을 바보로 만드는 것은 보는 사람이 어딘지 모르게 불편하다. 코미디를 본다는 것은 마음 편하게 웃고자 하는 것인데 남을 희생시켜서 웃음거리를 준다는 것은 자신이 살기 위해서 타인을 희생양 삼는 듯한 느낌을 받기 때문이다. 이럴 때는 웃음이 나오다가도 마음이 씁쓸해짐을 경험한다. 사회가 남 탓을 많이 해서 그런 개그가 나오는 것인지, 그런 개그 때문에 남 탓을 하는 사람이 늘어나는 것인지 아리송하기도 하다. 아이들이 저런 것을 보고 배워서는 안 된다는 생각이 들면, 이젠 쓴웃음이 지어진다.

코미디에서도 남을 바보로 만드는 것이 불편한데, 하물며 비슷한 광경이 대선 후보들의 공방에서도 벌어져서 국민들을 더욱 불편하게 만든다. 국가를 이끌어나갈 지도자라면 덕(德)을 갖추어야 하는 법이거늘, 언론에 보도되는 후보들의 이야기를 들어보면 상대방 후보가 똥이 묻었네, 겨가 묻었네 하는 말이 대부분이다. 투표권을 가진 국민은, 후보가 대통령이 되면 나라를 위해서 어떤 일을 할 수 있을지가 가장 궁금한데, 막상 들리는 얘기는 상대방 험담이 주류라서 불편하기 그지없다. 개그맨이 그러는 것은 채널을 돌려버리면 그만이지만, 제대로 된 대통령을 뽑아야 하는 의무를 지닌 국민들은 그러한 광경을 외면하기도 쉽지 않다. 코미디언은 그러는 것이 그들의 일이라고 생각될 여지라도 있지만, 대통령은 나라 살림을 맡을 사람이지 남을 바보 만들라고 있는 직책은 아니다.

물론 후보자의 도덕성을 검증하는 것은 필요하다. 우리는 이제까지 부도덕한 대통령 때문에 많은 고통을 당했기 때문이다. 하지만 대통령 선거는 누가 더 못된 사람인가를 판단하기 위해 존재하는 것이 아니며 노력성 못지않게 후보자들의 능력을 검증하는 것이 중요하다. 하지만 역대 대통령 선거를 보면, 나라에 대한 비전이나 정책으로 대통령이 결정된 경우보다는 네거티브 전략이 더 효과적인 경우가 있었음을 부정할 수 없다. 그래서 후보들은 다른 후보들의 결점을 찾기에 혈안이 되어 있나 보다.

이번 주말에 대선 후보 등록이 마감되면 곧 언론에서 TV 토론 등을 통하여 후보들 간의 정책을 확인할 기회가 있을 것이다. 아마도 좋은 정책들은 서로 베끼기를 해서 후보들의 차별성을 발견하기 어려울 수도 있다. 그렇다면 토론 과정에서 좋은 정책들에 대한 구체적인 실행 계획이 있는지를 검증하는 것이 최선일 것이다. 남의 정책을 베낀 후보는 실행 계획에 있어서 현실성이 결여될 것이기 때문이다.

특히, 정책 토론을 하는 과정에서도 논점을 변경하여 다른 후보를 끌어내리는 전략으로 일관하는 사람에게는 투표하지 말아야 한다. 남을 끌어내리는 작업만으로는 대통령이라는 무거운 직책을 수행할 수 없기 때문이다. 좀 슬픈 얘기지만 대통령 후보에게 성숙함을 기대하기 어렵다면, 국민들이라도 성숙한 마음으로 투표해야 한다. 이번 대통령 선거에는 진정으로 나라를 위하는 사람을 뽑아서 그가 임기를 마칠 때 "수고하셨다"며 박수를 보낼 수 있었으면 하는 마음이 간절하다. 이런 마음을 가진 사람이 비단 필자 하나는 아닐 것이며, 이를 이루어낼 힘이 결국 우리에게 있음을 잘 인식하고, 우리 모두 5월 9일에 귀중한 한 표를 행사했으면 한다.

『성숙의 불씨』(2017년 4월)

19대 대선에 나타난 유권자의 표심

 2017년 5월 9일, 우리 국민은 19대 대선에서 문재인 후보를 대통령으로 선출하였다. 19대 대통령 선거는 여러모로 새로운 점이 많았다. 이번 대선은, 헌정사상 최초의 대통령 탄핵 이후 5월에 치러진 '장미대선'이었고 다른 대통령 선거와는 달리 5명의 유력 후보가 합종연횡 없이 완주한 선거이기도 했다. 이번 선거는 여론조사에서 1위의 윤곽이 어느 정도 드러났기에 누가 당선되느냐 못지않게 홍준표 후보와 안철수 후보 중 누가 2위를 할 것인가와 유승민 후보 및 심상정 후보가 어느 정도 득표를 할 것인가 등에도 관심이 쏠렸다. 따라서 유권자의 선택은 다른 대선에 비해서 다양한 방식으로 전개될 수밖에 없었다. 이 글에서는 이번 대선에서의 유권자들의 표심(票心)을 살펴보고 어떤 마음으로 투표장을 향했는지에 대한 나름의 분석을 제시해보겠다. 아울러 대선에서 TV 토론이 어떤 영향을 미쳤는지 생각해보고 마지막으로 새로 선출된 대통령에게 바라는 말로 마무리를 지으려 한다.

1. 전체적인 조망

1987년에 직선으로 바뀐 이후의 대통령 선거는 대체로 양자 구도나 삼자 구도여서 유권자의 선택도 비교적 단순했다. 양자 구도인 경우는 자신이 원하는 후보를 찍거나 자신이 싫어하는 후보의 반대편에게 표를 주면 되었다. 삼자 구도에서도 선호하는 후보가 있으면 그 사람을 선택하면 되고, 선호하는 후보는 딱히 없지만 싫어하는 후보가 있으면 그 사람을 빼고 나머지 둘 중에 덜 싫은 사람을 선택하면 되었다. 이번 선거는 유력 후보가 5명이어서 자신이 뚜렷이 선호하는 후보가 있는 유권자도 많았겠지만, 막상 보수층의 경우 누구를 찍을지 쉽게 결정하지 못하고 끝까지 고민한 사람도 상당수 있었다. 그만큼 보수 성향의 국민일수록 선택이 어려웠던 대선이었다.

이번 대선에서는 1번 문재인 후보가 41.1퍼센트를 얻어 당선되었다. 대구, 경북, 경남을 제외한 전국에서 문 후보가 1등을 했다는 사실은 이번 투표에서의 표심이 지역에 의해 크게 나누어지지 않았음을 보여준다. 2번 홍준표 후보는 24.0퍼센트, 3번 안철수 후보가 21.4퍼센트, 4번 유승민 후보가 6.8퍼센트, 5번 심상정 후보가 6.2퍼센트를 득표하였다. 공교롭게도 후보의 순서대로 득표의 순서가 결정된 셈이다. 5명의 유력 후보가 완주한 가운데 40퍼센드 이상을 득표하고 2위와 557만 표 차이라는 역대 최대 득표 차이를 기록한 측면에서 보면 문 후보의 압도적인 승리라고도 볼 수 있다. 하지만 문 후보에게 투표하지 않은 유권자가 60퍼센트 가까이 된다는 것을 고려하면, 그만큼 새로 당선된 대통령이 최선의 선택이 아니라고 인식하는 국민도 상당히 많았다. 다른 각도에서 보면, 문 후보에게 투표한 국민 모두가 새로 선출된 대통령에 대한 열렬한 지지자라고 보기 어려운 측면이 있고, 문 후보를 선택하지 않은 유권자도 그에 대하여 긍정적인 시각을 가질 수 있다. 그만큼 이번 선거는 여러 해석이 가능한 복잡한 선거였다. 선거가 끝난 후, 문재인 후보가 당선이 확실시되는 시각에 광화문에 나와 국민에게 자신을 선택하지 않은 국민들도 섬기는 통합 대통령이 되겠다고 약속을 한 것도 이러한 맥락을 고려한 것으로 보인다.

후보들의 이념적 성향을 보면 보수와 진보가 각각 두 명씩 있고 그 중간에 안철수 후보가 자리 잡고 있었다. 이들의 이념을 순서대로 열거해보면, 심상정 후보가 가장 왼쪽에 있고 문재인 후보, 안철수 후보, 유승민 후보, 홍준표 후보의 순이다. 통상 홍준표 후보와 유승민 후보를 '보수'라고 칭하는 것이 일반적이니 보수 후보를 선택한 국민이 투표자의 약 30퍼센트를 차지한 것이다. 일반적으로 보수층의 고정표가 35퍼센트 전후라고 보면 이번 선거는 지난 보수 정권의 탄핵으로 이탈표가 나왔다고 해석할 수도 있고, 다른 한편으로는 어떠한 경우에도 흔들리지 않는 보수의 지지층이 30퍼센트는 된다고 이해할 수도 있다. 반면에 진보적 후보라고 할 수 있는 문재인 후보와 심상정 후보의 표를 합하면 약 47퍼센트이다. 진보 진영의 고정표는 보수 진영보다 적다고 볼 때, 기존의 선거에서 부동표에 해당하는 유권자들의 많은 수가 문재인 후보를 선택했다고 판단할 수 있다.

2. 다양한 선택의 여지

이번 투표는 무엇을 최우선으로 하느냐에 따라 표심이 달라졌다. 탄핵을 초래한 이전 집권 여당에 대한 심판의 성격으로, 정권교체를 이루는 것이 무엇보다 중요하다고 생각한 사람도 있었고, 문재인 후보에게는 정권을 넘겨줄 수 없다는 보수층도 있었으며, 사표(死票)가 되더라도 소신껏 투표하겠다는 국민도 있었다.

(1) 정권교체가 우선

먼저 이전의 여당에게 탄핵에 대한 책임을 물어야 한다고 생각한 사람은 홍준표 후보와 유승민 후보를 배제하고 나머지 후보를 두고 고민했을 가능성이 크다. 그중 정권교체가 무엇보다 중요하다고 생각한 유권자는 문 후보를 선택한 것으로 보인다. 사실 문 후보를 선택한 사람 중에서는 안철수 후보나 심상정 후보에게 표를 던지고 싶은 국민도 어느 정도 있었으리라 예상한다. 심정적으로는 안 후보나 심 후보를 선호하지만, 혹시라도 정권교체에 실패하면 탄핵으로 이끈 국민의 의지가 헛되이 무산될 것을 우려하여 사표 방지 심리가 작동한 것이다. 문재인 캠프에서도 이러한 점을 강조하여 선거 홍보에 이용한 것 또한 사실이다. 이런 유권자들은 문재인 후보를 대통령으로 만든 데에 일조하였지만, 집권 이후에는 대통령에 대한 비판 세력이 될 여지가 충분하다. 이런 의미에서 문 후보에게 투표한 모든 유권자가 그에 대한 열렬한 지지자라고 보는 것은 적절하지 않을 수 있다.

(2) 반문(反文) 세력

문재인 후보를 선택하지 않은 유권자의 많은 수는 문 후보의 안보관 및 대북 정책 등 그의 진보적인 성향이 부담스럽거나 정권교체가 이루어지지 않는 것이 유리한 국민들이다. 그들은 문 후보보다 더 진보적인 심상정 후보를 제외한 나머지 세 후보를 대상으로 고민했을 것이다. 특히 반문 세력 중, 보수층은 누구를 찍을까에 대한 결정을 하기 어려웠다. 홍준표 후보는 기존 보수 진영의 대선 후보에 비해서 상대적으로 흠이 많았다. 그가 기소된 뇌물죄 사건이 아직 대법원에 계류 중이고, 경남도지사를 마지막 순간에 사퇴하여 보궐선거도 못하게 만들었을 뿐 아니라, 여성 비하 발언이나 돼지 발정제 사건으로 물의를 일으키기도 하였다. 이러한 결함은 이념이나 정책에 대한 이견의 문제가 아니라 도덕성의 문제이기 때문에 국민들에게 심각하게 받아들여졌다.

그럼에도 홍 후보보다 더 나은 선택이 없다고 생각한 유권자가 24퍼센트였다는 사실은 많은 점을 시사한다. 안철수 후보에게 한때 보수표가 상당히 결집하였다가 그가 어정쩡한 중도의 입장을 보이면서 그 표들이 다시 흩어졌다. 유승민 후보는 문재인의 대항마로 약하다는 인상을 주었다. 즉, 유 후보에게 투표하면 문 후보의 당선을 막을 수 있는 것이 아니라 오히려 사표가 되어서 문 후보의 당선을 도와줄 위험이 있다고 여겼다. 게다가 그의 고향인 대구 지역에서는 박근혜 전 대통령에 등을 돌렸다는 사실 때문에 미운털이 박힌 듯했다.

이처럼 문재인 후보의 당선을 막으려는 입장에서는 딜레마에 빠졌으며 그래도 최선의 대안이 홍 후보라고 생각하여 그에게 표를 던진 것으로 보인다. 그의 득표율이 24퍼센트로 2위를 차지한 것을 볼 때 혹시라도 좀 더 강력한 자유한국당 후보가 등장했다면 판세가 달라졌을 수도 있겠다는 생각이 들었다. 만일 반기문 총재가 중도에 포기하지 않고 경선을 거쳐 자유한국당의 후보로 나왔다면 어떠했을까 하는 궁금증이 들 정도였다.

반문 세력 중, 기존 정치인에 실망하여 참신한 대안을 기대하거나 홍준표 후보는 적임자가 아니라고 생각한 유권자는 정치인 출신이 아닌 안철수 후보를 택하였다. 그들은 4차 산업 시대를 맞이하는 이 시점에 안 후보가 나라를 이끌 적합한 인물이라고 보았기 때문이다. 하지만 안 후보가 소속한 국민의당은 중도 진보에 가까운 정체성을 지니고 있는데 외연을 보수층까지 확장하며 한때는 문 후보와 오차범위 내의 접전을 벌이다가, 보수와 진보의 사이에서 어정쩡한 태도를 보이면서 결국 3위로 떨어지게 되었다. 반문 세력이 하나의 후보로 합쳐질 수 있었다면 단순 합산으로는 문 후보를 이길 수 있었겠지만, 자유한 국당과 국민의당은 같은 성향을 지닌 당이 아니기에 결국 문재인 후보를 피하고자 한 유권자의 표는 구조적으로 갈라질 수밖에 없었다. 결국 이번 대선은 여러모로 문재인 후보에게 유리한 구도였던 것이다.

한편, 안철수 후보를 뽑은 사람 중에는 중도 세력을 대변할 강력한 정당이 있어서 양당 구도가 아닌 3당 구도가 되는 것이 우리나라 정치 발전에 도움이 된다고 생각한 사람도 있었다. 이러한 생각을 한 사람들은 설령 안철수 후보가 대통령으로 선출되지 않더라도 기꺼이 안 후보에게 한 표를 행사한 것으로 보인다.

(3) 사표를 각오한 소신 투표

이번 선거의 특징 중 하나는 소신 투표가 다른 대선에 비해 많아졌다는 것이다. 이제까지 3등 후보가 15퍼센트 이상을 득표한 경우는 종종 있었지만 4등과 5등의 득표율이 각각 6퍼센트를 넘은 것은 처음이다. 그만큼 보수와 진보의 대안으로 유승민 후보와 심상정 후보가 존재감을 보였다고 평가할 수 있다. 두 후보는 TV 토론에서도 두각을 나타내고, 자신의 정책에 대해서 가장 잘 이해하는 것으로 유권자들에게 인정받았으며, 그들이 선전했다는 것에는 대부분의 국민이 동의한다. 유 후보의 경우 이전 정권의 집권 여당에서 나왔다는 태생적인 문제가 있었고, 심 후보의 경우 정의당의 진보 성향에 부담을 느끼는 유권자도 꽤 있었다는 점에서 10퍼센트 득표에 미치지는 못하였다. 두 후보에게 하는 투표는 사표가 될 것이 확실하다는 사실도 그들의 득표가 더 늘지 못한 이유 중 하나가 될 것이다.

하지만 유 후보를 진정한 보수라고 생각하거나 심 후보를 진정한 진보라고 생각한 국민은 이번에 당선될 가능성이 거의 없다고 하더라도 이들 세력을 키워주는 것이 우리나라 발전에 도움이 되리라는 소신으로 그들에게 표를 주었다. 게다가 이번 대선의 대세가 이미 문 후보에게 기울어졌다고 판단한 유권자들은 자신의 표가 사표가 되는 것에 대한 부담을 버리고 소신 투표를 할 수 있었다. 따라서 이들을 선택한 국민의 일부는 반문 세력이 아닐 수 있다. 만일 문 후보의 당선이 불확실하다고 판단하면, 그들 중 상당수는 문 후보에게 투표할 마음의 준비가 되어 있었기에, 그들 역시 정권교체가 가장 중요하다고 여기는 사람들에 포함되기 때문이다.

3. TV 토론의 영향력

이번 대선의 특징 중 하나는 TV 토론이 이전 대선보다 많았다는 점이다. 그만큼 유권자의 입장에서는 각 후보자의 면면을 들여다볼 수 있어서 투표에 도움이 되었다. TV 토론에서 좋은 평가를 받은 후보는 유승민 후보와 심상정 후보였다. 이들이 토론에서 잘한 것으로 평가받는 이유는, 자신이 하고 싶은 말을 일관성 있게 했다는 점과 자신의 정책에 대한 구체적인 실행 계획을 갖고 있었다는 점이다. 이번 토론에서 당선 가능성이 높은 후보에 대해서는 정책에 대한 검증보다 표가 떨어질 말을 하도록 강요하는 네거티브 전략이 사용되었다. "북한을 주적이라고 생각하는가?" "햇볕정책은 공(功)인가 과(過)인가?" 등은 어느 쪽으로 답변해도 지지층의 일부가 실망하기 마련인 그런 질문이었다. 그리고 이런 공방 속에서 질문에 대한 답변을 직접 하지 않고 질문자에게 되묻는 방식으로 논점을 변경하여 난관을 피해 가는 경우도 부지기수(不知其數)였다. 게다가 정확하지 않은 정보를 근거로 상대 후보를 몰아붙이는 경우도 종종 눈에 띄었으며 인터넷에서는 무엇이 진실인지에 대한 검증 또한 활발히 이루어졌다. 이런 모든 측면에서 유승민 후보와 심상정 후보가 가장 좋은 평가를 받았음에도 바로 높은 득표율로 이어지지 않은 것을 보면, 토론이 후보를 선택하는 가장 중요한 요소는 아니라는 사실을 알 수 있다.

이처럼 대선 토론을 잘한 후보자에게 표가 많이 몰리지는 않았지만, 재미있게도 토론에 허점을 보인 후보에게는 부정적인 영향을 상당히 주었다. 이번 대선 토론에서 가장 손해를 본 사람은 안철수 후보이다. 그가 중도의 입장에서 보수와 진보에 어정쩡한 양다리를 걸치고 있는 상태가 토론을 통해서 적나라하게 드러났기 때문일 수도 있고, 다른 네 후보와는 달리 그는 전문 정치인이 아니기 때문에 서로 헐뜯는 이 전투구(泥田鬪狗)에 덜 길들어 있어서 그럴 수도 있다. 아무튼 이번 대선에서 토론을 잘하는 것은 크게 득이 되지는 못한 반면, 토론에서 빈틈을 보이는 것은 표를 깎아 먹는 결과를 보여주었다.

4. 대통령에게 바라는 당부

이번 선거에서 국민은 "이게 나라냐?"라는 자괴감에서 벗어나게 해줄 대통령으로 문재인 후보를 선택했다고 생각한다. 그만큼 새 대통령에 대한 기대가 높은 것이 사실이다. 그리고 인수위도 없이 바로 대통령직을 시작하며 국민에게 보여준 초반의 모습은 박근혜 선 내동령과 다른 것이 분명하다. 하지만 만성 적자 속에서 복지 및 양극화 문제, 일자리 창출 및 경제 활성화 문제, 외교 문제, 교육 문제, 검찰 개혁 문제 그리고 개헌 문제 등 풀어야 할 난제가 너무 많다.

무엇보다 대통령은 국민이 기본적으로 먹고살 문제를 해결해주는 것이 급선무라고 생각한다. '헬조선'이라는 자조 섞인 말이 국민의 입에서 나온다는 것은 불행한 일이다. 살기 좋은 나라는 조금 덜 가진 사람도 큰 불편 없이 살 수 있는 곳이다. 하지만 우리나라는 많이 가진 사람들만 떵떵거리며 살 수 있었던 곳이기에 그렇지 못한 국민들에게는 헬조선으로 느껴진 것이다. 이런 의미에서 대통령의 권위도 내려놓으려는 문 대통령의 행보는 국민에게 위로가 될 것이다. 그리고 문 대통령의 최측근들이 자리에 연연해하지 않고 뒤로 물러선 것도 매우 신선하다. 덕분에 대통령의 입장에서 탕평(蕩平)에 해당하는 인사를 진행할 수 있었다.

하지만 국민에게 더 큰 위로가 되기 위해서는 서민들의 생활이 나아져야 한다. 국가의 재정상 마냥 빚을 늘릴 수 없다면 결국 많이 가진 사람들에게 세금을 더 거두어 적게 가진 사람에게 나누는 수밖에 없다. 많이 가진 사람에게 10만 원은 한 끼 회식비 정도에 불과하지만 당장 먹을 것이 없는 사람에게 10만 원은 당분간의 식량을 해결할 돈이기 때문이다. 이는 공리주의를 기반으로 하여 한계효용체감의 법칙을 적용하면 이론적으로 쉽게 설명할 수 있는 내용이다. 덜 가진 사람이 살 만한 세상을 만드는 것은 당위성을 충분히 인정받으면서도 기득권자들의 저항 때문에 달성하기 쉽지는 않다. 하지만 쉽지 않은 일을 할 수 있는 것이 능력이며 새로 선출된 대통령에게 그러한 능력을 기대하는 것이다.

보통 유권자들은, 정치를 잘하는 사람과 정당은 계속 밀어주고 못하면 바꾸자는 태도를 보인다. 그런 의미에서 20대 대선에 어떤 후보가 대통령으로 뽑힐지는 문재인 대통령이 향후 5년 동안 나라를 위해 어떻게 일하는지에 의해 결정될 것이다. 2022년 초에 임기를 마치는 문 대통령에게 진심으로 박수를 치며 수고했다는 말을 할 수 있는 날이 오기를 기대한다.

『철학과 현실』(2017년 6월)

또 한 해를 보내며

작년 연말, 필자는 『성숙의 불씨』에 쓴 '병신년(丙申年)을 보내며' 라는 글에서 박근혜 전 대통령의 탄핵과 관련하여 우울한 심정을 토로했었다. 그 당시 2016년은 역사의 뒤안길로 사라지고 밝은 새해가 다가온다는 희망으로 2017년을 맞이한 기억이 있다. 하지만 1년이 지난 지금, 과연 우리의 삶은 얼마나 달라졌는지 되돌아보게 된다. 새 정권이 들어서면 새로운 세상이 올 것을 기대했지만, 여전히 서민들의 삶은 힘들고 정치권의 다툼은 여야만 바뀌었을 뿐 이전과 크게 달라진 것 같지 않다. 길거리 상가의 간판이 바뀌는 것을 보면 누군가의 한숨이 들리는 듯하고, "카드 대금을 갚아야 하는 날이 왜 이리 빨리 돌아오는지 모르겠다"라는 친구의 넋두리를 들으며 내 마음도 함께 무너진다. 취업에 번번이 고배를 마신 제자를 보면 겉으로는 힘을 내라고 격려하지만, 한편으로는 전혀 도움이 되어주지 못하는 무기력한 내 모습에 좌절하곤 한다. 2017년은 희망으로 가득 찰 것을 기대했건만, 막상 연말이 되고 보니 여전히 무겁게 느껴진 한 해가 아니었나 하는 생각이 든다.

필자의 어린 시절이었던 1970년대에는 희망이라는 것이 있었다. 당시에는 지금 우리가 비록 잘살지는 못하지만 우리의 미래는 나아질 것이라는 꿈을 마음속에 담고 살았다. 그리고 우리나라는 지난 40-50년 동안 세계가 놀랄 만한 정치적 및 경제적 성장을 이룩했다. "우리도 한번 잘살아 보세"라는 구호가 단순한 외침이 아니라 실제로 실현 가능한 목표였다. 하지만 한강의 기적을 이룬 우리 국민에게 지금 이 시점에서 과연 "희망이 있기는 한가?"라는 질문을 던지게 된다.

한동안 '힐링'이라는 화두가 유행이었다. 하지만 힐링이 단순한 위로에 그쳐서는 힘을 발휘하지 못한다. 건강의 회복은 건강한 몸으로 의미 있는 활동을 하는 것을 목표로 해야 하듯이, 힐링도 치유된 마음으로 무언가를 적극적으로 추진하는 용기를 갖게 해야 한다. 하지만 우리 사회가 가지고 있는 '희망의 부재'는 기껏 치유된 마음이 다시 좌절이라는 상처를 반복하여 받게 한다. 과거에는 가난한 집안에서도 의사나 법관이 되어 경제적으로 신분 상승을 할 기회가 있었지만, 요즘은 의대나 법학전문대학원을 들어가는 사람들이 이미 경제적으로 상위권인 경우가 많을 뿐 아니라 그 안에서도 집안의 도움을 받을 수 있는 배경을 가진 사람이 성공하기 쉬운 환경이라고 하니 개천에서 용이 나기는 쉽지 않게 된 것이다.

이처럼 우리 사회는 부익부빈익빈(富益富貧益貧)이 심화되고 있다. 이미 재화를 많이 가지고 있는 사람은 더 많은 수입을 올리는 것이 용이하지만 자본을 갖고 있지 못한 사람은 당장 먹고사는 것도 해결하기 어려운 처지인 것이다. 이런 의미에서 가상화폐에 대한 사람들의 관심은 어쩌면 자연스러운 것일 수도 있다. 주변에 가상화폐에 투자해서 큰돈을 벌었다는 소리가 들리다 보니, 로또에 당첨될 확률보다는 비트코인이나 아직 주목을 많이 받지 못한 알트코인을 통해 목돈을 마련할 수 있는 확률이 훨씬 높아 보여서 너도나도 가상화폐의 열풍에 휩쓸리는 것이다. 서민의 처지에서 적은 돈으로 큰 수익을 올릴 수 있는 희망을 가상화폐가 제공하고 있기 때문이다. 물론 이 열풍이 폭탄 돌리기의 성격을 지니고 있기에 투자에 실패할 위험이 도사리고 있는 것 또한 사실이지만, 합리적인 방법으로는 희망을 찾을 수 없는 사람의 입장에서는 지푸라기를 잡는 심정으로 이런 기회라도 놓치고 싶지 않은 것이다.

밝아오는 새해를 희망차게 맞이하고 싶지만, 뉴스를 통해서 들리는 소식은 음식이나 커피 주문을 받는 단순 아르바이트 자리도 점차 기계로 대체될 것이라는 암울한 얘기뿐이다. 결국 4차 산업혁명이 발달할수록 인간의 노동력은 점점 필요가 없어지고 자본이 풍부한 대기업만이 살아남는 형국이 될 수도 있다. 얼마 전까지만 해도 동네에서 흔히 볼 수 있었던 빵집이나 슈퍼가 모두 대기업의 프랜차이즈 가게에 의해서 사라진 것처럼, 가까운 미래에 우리가 할 수 있는 일이 상당 부분 사라지고 대기업이 만든 기계가 우리의 노동력을 대체하는 시대가 올 것이다. 대기업의 입장에서도 그들의 리그에서 생존경쟁을 해야 하는 것이기에 양보를 할 수 있는 문제가 아니다. 무한경쟁의 시대에서 살아남는 것만이 결실을 독차지하고 나머지는 절망감으로 가득한 삶을 살아야 한다. 이러한 시대에는 '함께 사는 사회'라는 의식이라도 있으면 좋으련만 우리는 오히려 서구의 개인주의적 성향을 채택하고 있는 과정에 있다. 어느 곳에서도 희망을 갖기가 어렵다.

이러한 비관적 상황에서, 오로지 남아 있는 희망은 인간성의 회복이다. 자족하는 인간, 자신이 가진 것을 나눌 줄 아는 인간, 따뜻한 마음을 가진 인간이 늘어나는 것이 우리에게 남아 있는 마지막 희망이 아닌가 생각한다. 인간은 이제까지의 위기를 잘 이겨나간 경력을 가지고 있다. 내년에는 이러한 인간 능력의 발휘가 더욱 절실하게 필요한 한 해가 아닐까 기대해본다.

『성숙의 불씨』(2017년 12월)

전직 대통령의 구속을 보며

박근혜 대통령의 구속에 이어, 지난주에 있었던 이명박 대통령의 구속을 보며 대한민국 국민의 한 사람으로 착잡한 마음을 금할 수 없었다. 비단 두 대통령뿐 아니라, 우리나라 역사상 끝이 좋았던 대통령을 떠올리기 어려웠으므로 더 그런 마음이 들었던 것인지도 모른다. 박정희 대통령은 자신과 함께하던 사람의 총탄에 맞아서 세상을 떠났고, 전두환 대통령과 노태우 대통령 역시 구속이 되어 실형을 선고받았으며, 노무현 대통령은 자살을 택했다. 김영삼 대통령과 김대중 대통령의 경우에는 성격이 좀 다를 수 있지만 그들의 아들이 각각 구속되었다. 과거 대통령들이 책임을 져야 할 일들의 범위와 경중에는 차이가 있겠지만 이제까지 존경할 만한 대통령보다 그렇지 않은 대통령이 많았음을 부인하기는 어렵다. 군부 독재에서 벗어나 민주화를 이루고 가장 빠른 시간 동안 경제성장을 달성한 우리 국민에게 이러한 지도자가 반복해서 등장한다는 것은 우리 국민의 노력에 합당하지 않은 결과인 것처럼 보인다.

하지만 대통령이 비리를 저지르기 위해서는, 먼저 부정한 청탁을 하는 사람과 대통령의 부당한 행위를 적극적으로 공모하거나 아니면 적어도 방관한 사람들이 있기 마련이다. 부정한 청탁을 한 당사자는 자신의 이권을 위해서 다른 사람들의 손해를 무릅쓰고 부당한 편의를 봐 달라고 요청한 나쁜 사람들이다. 이들은 일명 '김영란법'이라고 불리는 부정청탁 및 금품수수 금지법을 넘어서는 죄를 범하는 사람이기 때문이다. 따라서 뇌물을 받은 대통령도 옳지 않은 행위를 한 것은 사실이지만, 뇌물과 부당한 이익을 교환하려 한 사람들 역시 나쁜 사람이기는 마찬가지다. 그러나 뇌물을 받은 대통령에 대한 언론의 보도에 비해서, 뇌물을 준 주체는 그들의 옳지 못한 행위에도 불구하고 상대적으로 언론의 조명을 충분히 받지 못하는 인상이다. 뇌물을 주며 부당한 이익을 취하려는 사람들에 대한 적절한 처벌이 이루어지지 않는 한, 앞으로도 계속 부끄러운 대통령을 가지게 될 위험이 우리에게 남아 있음을 잊지 않아야 한다.

또한 대통령의 측근이 도움을 주지 않았다면 대통령 혼자서 비리를 저지르기는 어려웠을 것이다. 지난번 박근혜 대통령에 이어, 이번 이명박 대통령의 구속 사건을 보면, 그의 주변에 있던 사람들이 앞장서서 대통령의 비리를 도와주었기에 그들이 영어(囹圄)의 몸이 된 것이 아닌가 생각한다. 그렇다면 우리나라 대통령의 비극적인 결말에 대해서 책임을 져야 할 사람은 대통령 한 사람이 아니며, 대통령뿐 아니라 비리에 관련된 모든 사람이 자신의 행위에 대한 법적이고 도덕적인 책임을 져야 할 것이다. 그뿐만 아니라 이러한 비리에 적극적으로 가담하지는 않았더라도, 대통령의 부정에 대해서 제동을 걸 수 있는 위치에 있으면서도 방관했던 사람 역시 이러한 사태에 대한 책임을 느껴야만 한다.

게다가 우리 손으로 직접 선출한 대통령이 저지른 비리에 대한 책임은 그들을 대통령으로 뽑은 우리에게도 전혀 없다고 보기는 어렵다. 인간 됨됨이를 제대로 평가하지 못하고 오류 가능성이 많은 직관이나 감성을 바탕으로 투표한 사람들, 혈연, 지연, 학연 등의 막연한 연결고리로 대통령을 뽑은 사람들이 모두 여기에 해당한다. 필자가 한 표를 준 사람도 대통령에 선출된 적이 있으니 나 또한 이러한 책임에서 자유로울 수 없다.

이렇게 보면, 전직 대통령의 구속은 어찌 보면 국민 모두의 책임일 수도 있다. 이제는 국민들이 투표를 잘해야 할 뿐 아니라, 대통령이 더 이상 감옥에 들어가지 않도록 두 눈 똑바로 뜨고 감시해야 한다. 그래서 지금 사회에서 벌어지고 있는 '미투운동'이 성폭력, 성희롱에만 제한되지 말고, 비리가 발생하는 모든 곳에서도 일어나야 한다. 그것이 앞으로 우리의 대통령을 보호하는 일이고 우리 사회를 발전시키는 길이며 요즘과 같은 참담함을 피하는 방법이다. 국민의 성숙도가 나라의 성숙도를 결정한다는 평범한 진리를 새삼 공감하게 되며, 우리가 한층 더 성숙한 국민이 되어 지난주에 있었던 이 대통령의 구속이 우리 헌정사의 마시막 대통령 구속 사례가 되기를 진심으로 기원해본다.

『성숙의 불씨』(2018년 3월)

사회적 갈등의 화합은 통일을 위한 초석이다

기성세대는 어려서 "우리의 소원은 통일"이라는 노래를 부르며 자랐다. 필자에게는 "꿈에도 소원은 통일"이라는 가사가 북에 이산가족을 둔 사람만큼 마음에 와 닿지는 않았지만, 그래도 통일이 우리 민족의 지향점이라는 데에는 의심의 여지가 없다고 여겨왔다. 이념과 체제는 달라도 우리는 북한 사람들에게 '동포'나 '형제'라는 단어를 쓰는 것에 주저함이 없었다. 형제끼리 같이 사는 것이 자연스럽듯이, 통일을 이루어서 같은 민족이 함께 사는 것 역시 당연한 일이라고 생각했다. 어쩌면 통일의 당위성에 대하여 젊은 세대들은 기성세대와 다른 입장을 가질 수도 있다. 하지만 통일에 대해서 우호적인 현 정권뿐 아니라, 박근혜 전 대통령도 "통일은 대박!"이나는 주장을 한 것을 보면, 우리가 이념과 상관없이 통일에 대한 기대감을 어느 정도 갖고 있는 것은 사실이다.

그렇다고 해서 막연한 낙관만을 가지고 통일을 추진할 수 있는 것은 아니다. 우리보다 서독의 경제력이 훨씬 더 강했고 북한보다 동독의 형편이 많이 나았음에도 불구하고 통일 이후에 겪었던 독일의 혼란이 만만치 않았음을 고려해볼 때, 우리의 상황이 통일을 감당할 수 있는 수준에 있는지에 대한 확신이 들지는 않는다. 게다가 중국과의 월드컵 예선에서 중국을 응원하는 조선족들을 보면서, 민족이라는 개념도 마냥 낭만적으로 이해할 문제는 아니라는 생각이 들기도 한다. 같은 민족인 조선족이 우리나라를 응원하지 않는다는 사실은 통일 이후의 남북한 문제가 '민족'이라는 이름으로 자연스럽게 해결되지는 않을 수 있음을 여실히 보여주기 때문이다.

그럼에도 불구하고, 통일은 우리에게 좋은 기회가 될 여지가 있다. 우리의 경제는 최근 수년 동안 성장의 동력을 찾지 못하고 있는데, 이러한 경제성장의 돌파구를 통일에서 얻을 가능성이 충분히 엿보인다. 우리나라의 기업이 중국이나 베트남에 짓고 있는 공장들을 북한에 자유롭게 지을 수 있다면, 외국에 지사를 두는 것보다 의사소통이 자유로우면서 저렴한 노동력을 활용할 수 있게 된다. 개성공단은 여러 제한 조건으로 인하여 현재는 중단되었지만, 만일 통일이 된다면 이러한 문제는 해소될 가능성이 크기에, 남한의 자본과 기술이 북한의 노동력과 만나서 시너지 효과를 낼 수 있을 것이기 때문이다. 물론 북한이 경제를 개방했을 때, 그 과실(果實)을 주변 강대국인 미국, 중국, 러시아, 일본 등에 빼앗길 위험이 충분히 존재하지만, 그래도 통일은 우리의 입장에서 긁어볼 만한 복권이 아닐 수 없다.

하지만 이러한 장밋빛 예측에 너무 취하기 전에 냉정한 시선으로 통일을 바라볼 필요가 있다. 과연 통일은 우리 민족에게 이익을 가져다줄 것인가? 정치인들은 통일의 각 단계에서 자신의 이름 석 자가 들어가기를 원하겠지만, 국민의 관점에서 중요한 것은 누가 통일의 초석을 제공하고 누가 통일을 완성했는가가 아니라, 통일이 우리에게 실질적인 도움을 줄 수 있는가이다. 게다가 정치인들은 '통일의 완성'을 남한과 북한이 통일을 선언하고 조약(條約)에 서명하는 것이라고 보겠지만, 그러한 정치적 행위는 통일의 완성이라기보다 통일의 시작에 불과하며, 일반인들에게 통일의 완성은 남북한 주민들이 서로 갈등과 반목 없이 평화로운 삶을 사는 것이다. 즉, 이질적인 남북한의 문화와 관습이 서로 융화되어 조화를 이루어야 비로소 통일이 완성되는 것이다.

안타깝게도 작금의 현실을 보면 우리가 통일을 완성할 수 있는 능력이 있는지 의문이다. 현재 함께 살고 있는 남쪽의 우리 민족끼리도 반감과 적대감이 곳곳에서 드러나고 있기 때문이다. 신라가 삼국을 통일한 것이 무려 1,300년 이상 흘렀건만, 우리의 지역감정은 아직도 백제와 신라의 국경을 허물지 못한 것이 아닌가 하는 인상을 줄 때도 있다. 물론 영호남 사람들이 모두 적대감을 느끼고 사는 것은 아니다. 하지만 우리가 일본에 대하여 일반적인 적대감을 지니고 있다고 해서 우리가 일본인들을 대할 때 항상 눈에 쌍심지를 켜고 바라보는 것이 아님을 생각해보면, 우리에게 있는 지역감정이 일본에 대한 민족적인 감정과 근원적으로 다르다고 말하기는 쉽지 않다. 특히 인터넷 댓글에서 지역에 대한 비방 내용을 보면 통일이 된 지 천 년이 훨씬 넘어도 극복되지 못한 지역감정의 한계가 너무나 선명하게 드러나며, 서로에게 사용하는 비속어가 일본인을 비하할 때 사용하는 비속어와 본질적으로 다르지 않다는 생각이 들기 때문이다.

우리 사회가 지니고 있는 긴장은 지역감정만이 아니다. 정치적인 성향에 따른 갈등도 지역감정 못지않다. 진보와 보수로 갈라진 우리 국민의 분열은 상대방을 적으로 느낄 만큼 분노로 가득 찬 경우가 부지기수이다. 이는 언론이 선동하는 측면도 없지는 않지만, 우리 국민들

사이에서 서로의 다름을 인정하고 상대의 의견도 존중하며 조화를 이루려고 하는 화이부동(和而不同)의 정신은 찾아보기 어렵다. 오죽하면 사람들 모인 곳에서 정치와 종교 얘기는 꺼내지 말라는 말이 나올 정도일까? 정치인들이야 자신들의 이익을 위해서 이전투구(泥田鬪狗)를 한다고 하지만, 일반 국민이 자신이 지지하는 정당이나 정치인을 자신과 동일시하여 반대 입장을 가진 사람들에게 공격적인 언사나 행동을 취하는 것을 보면 우리 사회가 아직 충분히 성숙하지는 못하다는 느낌을 갖게 된다.

노사 간의 갈등이나 경제 계층 간의 갈등도 심각하기는 마찬가지다. 상생(相生)이란 단어를 모르는 사람들처럼 상대를 대하는 태도들을 보면, 어느 한쪽 편을 들어주기 어려울 정도로 막상막하인 경우가 한둘이 아니다. 가진 자들의 갑질도 공분을 자아내게 하지만, 회사보다는 자신의 이익만을 고집하는 강성 노조 역시 보는 사람들로 하여금 비슷한 반응을 일으키게 한다. '노블레스 오블리쥬(noblesse oblige)'는 찾아보기 어렵고, 상대방에 대한 손가락질만 난무하는 부끄러운 광경이 늘 신문 지면을 장식하는 것을 보면서 우리가 과연 같은 민족이 맞나 하는 생각이 든다. 외국인에게는 더 심한 언행이 나오는 것을 보며 그래도 자국민끼리는 낫다고 자위하기에는 우리의 현재 모습이 부끄럽기 짝이 없다.

해방 이후 수십 년을 같이 살고 있는 남쪽의 국민 사이에서도 이러한 갈등이 지속된다면, 통일 이후의 남북한 주민들이 겪어야 할 내홍은 지금의 갈등보다 훨씬 더 심할 것이 자명하다. 통일은 백제, 신라에 이어, 고구려 지역을 다시 우리나라에 편입시키는 것으로 업그레이드된 버전의 새로운 지역감정을 가져올 개연성이 높다. 또한 통일은 단순히 이념의 갈등을 넘어서 서로 다른 체제에서 살았던 북한 주민들과의 화합을 요구한다. 민주주의에 익숙한 남한 사람들과 '수령 동지'의 말 한마디면 일사천리로 모든 것이 진행되는 구조에 젖어 있는 북한 사람들이 통일만 되면 아무 문제 없이 함께 잘 살 것이라고 기대하는 것은 어불성설(語不成說)이다. 게다가 현재 남북한의 경제적인 수준 차이는 지금 남한 내의 계층 간 괴리보다 훨씬 더 심할 것이 분명하다. 남한의 빈곤은 상대적인 격차에 의해서 비롯되는 면이 있는 반면 북한의 빈곤은 절대적인 빈곤에 가깝기에, 기본적인 생활조차 어려운 북한 사람들이 남한의 생활상을 보면서 느끼는 상대적 빈곤감은 이루 말할 수 없을 것이다. 그렇다면 통일은 지금 남한에서 벌어지고 있는 지역 감정, 정치, 노사, 경제 계층의 갈등보다 훨씬 심한 수준의 갈등을 불러올 것이 명약관화(明若觀火)하다. 따라서 지금도 풀어내지 못해서 쩔쩔매고 있는 사회적 갈등보다 몇 배 증폭된 통일 이후의 이러한 난제를 과연 우리가 풀어낼 능력이 있는지 의심의 눈으로 바라보지 않을 수 없다.

그렇다고 통일에 대한 노력을 중단하자는 뜻은 아니다. 다만 막연한 기대감만으로 통일을 추진하는 것은 위험하다는 뜻이다. 대부분 동화(童話)가 "그렇게 두 사람은 결혼하여 행복하게 살았답니다"라고 서둘러 글을 마치듯이 "그리하여 남북한은 통일 이후에 행복하게 살았답니다"의 수준으로 통일을 준비해서는 곤란하다. 동화는 결혼과 거리가 있는 어린아이들을 대상으로 하기에 결혼 이후의 실생활을 군이 자세하게 보여줄 필요가 없지만, 통일은 그 이후를 삶으로 감당해야 하는 성인들을 대상으로 하는 이야기이기 때문이다.

어찌 보면 현재 남한에서 겪고 있는 사회적 갈등이 통일 이후의 대비를 위한 연습문제의 역할을 할 수도 있다. 통일 이후에 발생할 문제들이 지금 우리가 경험하고 있는 갈등보다 더욱 심할 것이기에 작금의 문제를 해결하지 못한다면 통일 이후의 갈등을 해결하지 못할 것은 뻔하다. 그렇다면 현 정권은 북한과의 관계 개선에 힘쓰는 것 못지않게 남한 내의 대립이나 반목을 해결하는 것에도 애써야 한다. 남한 내의 사회적 갈등을 조장하거나 방조하면서 통일을 부르짖는 것은 앞뒤가 안 맞는 말이다. 이는 일을 벌여놓고 뒷감당은 나 몰라라 하는 무책임한 행위의 전형적인 사례이기 때문이다. 무언가 좋은 것을 얻기 위해서는 비용을 지불해야 하듯이 통일의 완성이라는 꿈을 이루기 위해서는 우리 국민이 감당해야 할 일이 한둘은 아니다. 상인이 고객에게 물건을 인도할 때, 가격을 정확히 말하지 않으면서 "천천히 내면 되지"라는 식으로 은근슬쩍 넘어가려는 것은 상도덕에 어긋나는 동시에 기만에 가까운 일이다. 마찬가지로 통일을 이야기하면서 통일이 치러야 할 대가에 대한 언급을 피하는 것은 국민을 속이는 일이며, 통일과 관련된 역사에 자신의 이름을 올리는 명예만 차지하고 뒷감당은 국민에게 미루는 행위라고 할 수 있다.

결론은 하나다. 만일 현 정부가 통일의 초석을 마련하고 싶다면, 현재 우리 사회가 가지고 있는 갈등을 봉합하려는 최선의 노력을 해야만 한다. 이러한 노력은 우리 사회가 통일을 감당할 능력이 있는지에 대한 시금석이 되며, 통일 이후에 발생하게 될 사회적 갈등의 예방주사가 될 것이기 때문이다. 만일 현 정부가 이러한 노력에 관심을 기울이지 않고 북한과의 관계 개선에만 매달린다면, 이는 통일의 성과는 자신들이 차지하고 뒷감당은 국민에게 떠넘기는 행위가 될 것이다. 이런 의미에서 우리가 지금 겪고 있는 갈등의 해소는 남한의 발전뿐 아니라 통일을 위한 초석이 될 수 있음을 위정자들은 반드시 알아야 한다.

『철학과 현실』(2019년 6월)

평균대

여자 기계체조에 평균대라는 종목이 있다. 걷기도 쉽지 않은 가느다란 나무 위에서 회전하며 곡예와 같은 연기를 펼치는 선수들을 보면 감탄을 금할 수 없다. 특히 1976년 몬트리올 올림픽에서 신기에 가까운 묘기를 보여준 나디아 코마네치의 모습이 지금도 눈에 선하다. 이러한 묘기를 행하는 체조 선수들에게 가장 필요한 요소 중 하나는 균형 감각이다. 즉 좌우로 치우치지 않고 양쪽의 균형을 잡는 것이 평균대에서 곡예를 가능하게 하는 핵심이다.

좌우의 균형을 필요로 하는 것은 평균대만이 아니다. 성숙한 인간의 사고에도 균형 감각이 필요하다. 예를 들어, 이념도 그렇다. 우리나라는 보수와 진보의 대립이 극단적이라고 말할 수 있을 정도로 심하다. 보수 진영은 그들 나름으로 장점이 있고, 진보 진영 역시 보수가 지니지 못한 장점을 갖고 있다. 하지만 양 진영에서는 상대방의 장점을 인정하는 성숙함이 없다. 상대의 단점만을 지적하는 데 혈안이 되어 있을 뿐이다. 두 진영 모두 상대방의 행동이나 결정에 칭찬하는 모습을 보여준 기억은 없다. 어떻게 자신은 모두 다 옳고 상대는 다 그를 수 있을까? 다양한 사고가 인정되는 사회에 살면서, 어떻게 보수 진영은 보수 진영대로, 진보 진영은 진보 진영대로 한목소리만 낼까? 보수 진영 안에서도 상대적으로 진보적인 사고를 하는 사람이 필요하고, 진보 진영 안에서도 보수적인 발언을 할 수 있는 사람이 필요하다. 표현의 자유가 있음에도 당을 대변하는 하나의 목소리만 낼 것이라면 300명의 국회의원이 왜 필요한지 모르겠다. 여야 국회의원들이 의기투합하는 유일한 안건은 세비를 올리자는 것뿐이니, 코미디 프로그램이 인기가 없을 만도 하다.

국회의원들에게 균형 잡힌 사고를 기대하기 어렵다면, 국민이라도 균형 감각을 갖추었으면 한다. 균형 잡힌 사람이라면 사안에 따라서 보수적인 결정에 동의할 수도 있고, 진보 진영의 편을 들 수도 있어야 한다. 사람마다 평가는 다를 수 있겠지만, 이러한 사례로 기억나는 것은 노무현 대통령의 한미 FTA 추진이다. 당시 진보 진영으로 분류된 노 대통령이 지지 세력의 반대에도 불구하고 미국과의 자유무역협정을 추진한 것은 어떤 진영의 이익이 아닌 국가의 이익을 얻으려 했기 때문이다. 이처럼 국가에 도움이 된다면 진영 논리에서도 벗어날 수 있는 균형 감각이 필요한 것이다.

주관적 존재인 인간이 객관적 사고를 하기가 쉽지 않은 것은 사실이다. 하지만 적어도 본인이 쓰고 있는 색안경이 무슨 색인지, 즉 어떤 프레임으로 세상을 보는지는 점검할 필요가 있다. 그리고 이념을 무작정 따라가기보다는, 사안에 따라서 어떤 것이 합리적이고 어떤 것이 나라 전체를 위하는 일인지 분별하는 힘이 필요하다. 투표에서도 마찬가지다. 고정표가 되는 것보다는 후보자나 정당의 능력에 따라서 때로는 보수를, 때로는 진보를 선택하는 것이 필요하다. 사실 진보나 보수를 나눌 것도 없다. 단순히 국가를 위해서 제대로 봉사할 사람을 뽑으면 되는 것이다. 그래야 정치인들이 국민을 무서워하며 나라를 위해 일을 할 것이기 때문이다.

자전거는 균형을 이루어야 앞으로 갈 수 있다. 좌로 기울면 손잡이를 우로 틀어야 하고, 우로 기울면 좌로 틀어야 한다. 우리가 몸담은 국가도 마찬가지다. 어느 한쪽으로 기울면 나라가 앞으로 나아갈 수가 없다. 이는 나라의 살림을 책임지는 이들에게만 적용되는 것은 아니다. 일반인들도 때로는 좌로, 때로는 우로, 사고의 틀을 조정할 수 있어야 한다. 균형 감각을 지닌 성숙한 국민이 많아질수록 우리 사회는 성숙해질 것이기 때문이다.

『성숙의 불씨』(2019년 3월)

뭣이 중헌디

한국 시각으로 2019년 9월 27일 오전에 필라델피아 이글스 (Philadelphia Eagles)와 그린베이 패커스(Green Bay Packers)의 미식 축구 경기가 있었다. 두 팀 모두 좋은 성적을 기대하는 팀인데, 패커스는 현재 3승 무패인 반면 이글스는 1승 2패여서 이번 경기를 지면 이번 시즌 전체가 망가지기 일보직전이었다. 경기가 채 1분도 남지 않은 상황에서 패커스가 상대방 진영 기의 끝까지 와서 동점 내지는 역전을 바라보고 있었다. 두 팀 모두 절박했지만 특히 이글스는 더욱 심했다. 이번 시즌이 걸려 있었기 때문이다.

그런데 다음 플레이에서 이글스의 수비수 아본테 매덕스(Avonte Maddux)가 자기편 선수와의 충돌로 인해 운동장에서 꽤 오랫동안 일어나지 못하는 상황이 발생하였다. 경기에 몰입해서 열광하던 관중들은 물론, 서로 죽일 듯이 싸우던 두 팀 선수들도 숙연해졌다. 이글스 선수들은 쓰러진 선수들 옆으로 모여서 큰 부상이 아니기를 빌었고,

패커스 선수들도 자기 진영에서 무릎을 꿇고 기도하며 선수의 안녕을 기원했다. 그 순간, 경기의 승패보다는 그 선수의 건강이 훨씬 더 중요하다는 것을 그 자리에 있는 모든 사람들이 알고 있었기 때문이다.

필자가 유학생 때도 비슷한 일이 있었다. 그때는 마이크 어틀리 (Mike Utley)라는 디트로이트 라이언스 선수가 경기 중 충돌로 하반신이 마비되는 사건이 발생했다. 그 선수가 구급차에 실려 가는 장면을 보면서 해설자가 한 말이 기억난다. "우리가 그렇게 몰입하고 중요하다고 여겼던 이 경기의 승부가 어틀리 선수의 부상을 직면하면서 이렇게 하찮은 일이 되는군요." 선수의 부상이라는 사건이 경기에 빠져 있던 우리 모두를 현실로 돌아오게 만든 것이었다.

요즘 여야가 싸우는 것을 보면 위의 사례와 비슷한 요소가 있다는 생각이 든다. 지금 우리나라의 정세는 경제도 어렵고 외교도 힘든 상황이다. 경제성장률은 해마다 떨어지고 있고 먹고살기 어렵다는 볼멘소리를 할 힘도 없어진 사람들이 많다. 일본은 연일 망언을 쏟아붓고 있으며 미국은 우리의 방위비 분담을 늘리라고 종용하고 있다. 중국은 늘 우리에게 위협이었고 북한과도 사이가 진전되는 듯하더니 도루묵이 되는 추세이다. 온 국민이 힘을 합쳐도 헤쳐 나가기 어려운 처지인데 정치인들은 아직도 사리사욕(私利私慾)과 당리당략(黨利黨略)에서 벗어나지 못하는 싸움만을 지속하고 있다.

미식축구는 보는 사람에게 오락거리라도 주고, 선수가 다치면 그들을 돌보는 일을 전문으로 하는 의사들이 따로 있지만, 국가의 명운(命運)은 국민에게 오락거리가 아니며 국가의 안녕이 위태롭게 될 때 그것을 책임져야 하는 사람 역시 현재 국정을 다루는 사람들이다. 미식축구 선수는 경기가 자신들의 직업이기에, 부상 선수가 경기장을 떠나면 다시 경기를 재개하는 것이 맞다. 하지만 국정을 책임지는 사람들은 국가 발전에 기여하라고 선정된 사람들이기에, 복잡한 국가의 현안을 뒤로하고 논쟁만 하는 것은 그들이 마땅히 해야 할 일을 포기하는 일이다. 지금 우리나라의 상황은 여야가 머리를 맞대고 힘을 합하여 위기에서 벗어나려고 애를 써도 시원치 않을 판인데, 정치가들은 위기의 국가를 내팽개치고 정쟁(政爭)만 하는 셈이다.

이런 상황에서 국민이 할 수 있는 것은 하나밖에 없다. 올바른 투표권의 행사이다. 총선이 내년 4월에 있다. 선거 유세 기간이 오면 후보자들은 분명 감언이설(甘言利說)로 표를 얻으려 할 것이다. 지금부터라도 선거에 나올 만한 사람들이 과연 국가를 위해서 어떤 일과 말을 하고 있는지, 국가를 위해서 온몸을 바쳐 희생하고 있는지 아니면 자신의 이익을 위해서 국가는 내동댕이치고 있는지, 눈을 부릅뜨고 지켜보아야 한다. 그리고 비례대표 선거에서도 국가의 안녕을 진정으로 책임질 정당을 골라내야 한다. 그래서 잘하고 있는 사람과 정당은 뽑아주고, 자신의 맡은 바 일을 못하는 사람과 정당은 국회에 들어오지 못하게 해야 한다. 어떤 영화에서 유명해진 대사처럼 "뭣이 중헌디?"를 정치인들이 깨닫지 못하고 있다면 국민들이라도 정신 바짝 차려야 한다. 그래야 우리나라가 현재의 위기에서 벗어날 수 있을 테니 말이다.

『성숙의 불씨』(2019년 10월)

지금은 힘을 모아야 할 때다

코로나바이러스 때문에 나라 전체가 난리다. 확진자의 숫자가 늘어날 때마다 온 국민의 가슴은 철렁거리고, 누군가가 옆에서 기침이라도 하면 주변에 있는 사람들의 긴장감이 더해진다. 전쟁 중이라면 피아식별(彼我識別)이 어느 정도 가능하지만, 눈에 보이지 않는 병균은 어디서 어떻게 내게 침투할지 알 방법이 없다. 사람 모인 곳에 최대한 가지 않고, 부득이하게 가야 하는 상황에는 마스크를 쓰고 가서 꼭 해야 하는 일만 보고 돌아오는 것이 최선이라고 생각하며 대부분 사람들이 조심조심 살고 있다.

사람들의 소비 활동이 급격하게 줄어들었으니, 항공사나 여행사는 물론이고 사업업자들의 나락도 보통 심각한 것이 아니다. 우리나라 사람의 입국을 제한하는 국가의 숫자가 늘어나면서, 여행은 고사하고 공무나 사업 등의 이유로 출국하기도, 또한 이미 출국했던 사람들이 귀국하기도 어려운 세상이 되었다. 상황이 이러하니 내수가 부진한 것은 물론 수출에도 큰 차질이 발생하고 있다. 주식 시장은 폭락했고 환율은 고공 행진을 하고 있기에 그러지 않아도 허약했던 우리나라 경제가 이러다가 회복 불능의 상태가 되는 것은 아닌가 하는 우려도 갖게 한다.

현재의 대한민국은 전시 상황과도 유사하고, 태풍을 만난 배와도 비교될 수 있다. 그런데 정치권에서는 이러한 상황에서도 서로 남 탓을 하며 책임 전가하기에 바쁘다. 옛날에는 이런 꼴불견을 공식적인 신문이나 방송에서만 접할 수 있었다면, 요즘은 팟캐스트나 유튜브와 같은 개인 방송에서까지 더욱 저급한 형태로 편 가르기를 경험하게 된다. 전쟁에 지면 우리 민족은 너나없이 수난을 겪어야 하고 배가 침몰하면 여야 상관없이 모두 죽기 마련인데, 다들 상대방을 헐뜯고 희생양을 찾는 것에만 혈안이 되어 있다. 지금의 상황은 특정 집단이나 특정 지역의 문제가 아니라 우리 국민 모두가 함께 힘을 합하여 이겨내야 하는 국가의 위기이다. 따라서 이런 시국에서조차 정치적으로 편 가르기를 하는 사람은 분명 나라의 운명보다 자신의 정치적 이해관계를 우선하려는 사람이기에 애국자라고 보기 어렵다. 오히려 일선에서 현 상황을 어떻게든 개선하려고 애쓰는 사람들이 진정한 애국자이다.

물론 지금도 선설적인 비판, 즉 현 상황을 개선하게 하는 대안 제시는 바람직하다. 그리고 이러한 혼란이 어느 정도 해결되면 그때는 관련된 사람들의 공과(功過)를 구분하는 것도 필요하다. 하지만 대안이 없는 비판, 비난을 위한 비판이 가장 시급한 시기는 아니다. 지금은 힘을 모아야 하는 때다.

이렇게 이야기하면 사회에 대한 비판적 시선을 적당히 무마하려는 시도로 보일 수 있다. 하지만 그런 의도로 말한 것은 아니다. 전쟁은 이기고 보아야 하며, 배의 침몰은 막아야 한다. 승전고(勝戰鼓)를 울리고 나서, 또는 무사히 육지로 생환한 이후에는 어디까지가 불가항력의 재해이고 어디까지가 정책 실행의 잘못인지를 철저하게 따져야 한다. 특히 이처럼 어지러운 세상을 틈타 마스크 등을 통해 부당한 폭리를 취한 사람은 엄격한 법의 적용을 받아야 할 것이다.

국민의 입장에서 정부의 정책 활동에 대하여 의견을 표출하는 자리가 선거이다. 곧 총선이 다가온다. 어찌 보면 현 정권 전반에 대한 중간 평가일 뿐 아니라, 이번 코로나바이러스 사태에 대한 국민들의 의중을 보여줄 기회이기도 하다. 지금은 온 국민이 전염병 퇴치와 경제 불황의 해소를 위해서 힘을 모아야 할 시기이지만 그렇다고 평가를 포기하라는 뜻은 아니다. 다가오는 총선에서 투표로 현 정부에 대한 본인의 견해를 밝히면 된다. 어떤 선거도 중요하지 않은 적은 없지만, 이번 선거는 이런 면에서 특히 더 중요하다. 이런 환난의 시기일수록 국민의 성숙한 자세가 필요하다.

『성숙의 불씨』(2020년 3월)

다양성을 허용하는 열린사회를 꿈꾸며

대학생 때의 일이다. 학교에 가려고 버스 정류장에 서 있는데 어떤 어른이 다가와서 "대학생이세요?"라고 물었다. 그렇다고 대답했더니 "대학생이 옷을 단정하게 입고 모범을 보여야지요"라고 한마디를 던지고는 돌아갔다. 그분은 내가 살던 동네의 중학교 선생님으로 등굣길 복장 단속을 나온 것으로 보였다. 그때 내 복장은 지극히 대학생다운 차림이었다. 청바지에 티셔츠를 입고 그 위에 점퍼를 걸치고 있다. 요즘 청년들이 즐겨 입는 찢어진 청바지도, 색상이 요란하거나 이상한 모양의 옷들도 아니었다. 그 선생님이 지적한 나의 '단정치 못한' 그래서 '모범적이지 않은' 모습은 점퍼의 지퍼를 올리지 않아서였다. 그 당시만 해도 선생님에게 말대답하면 안 된다는 생각이 있어서 특별한 반응을 보이지는 않았지만, 왜 점퍼의 지퍼를 채워야만 단정하고 모범적인 사람이 되는 건지, 한 걸음 더 나아가서, 왜 단정한 옷차림을 해야하는 건지, 남에게 피해가 가지 않는 범위 내에서 내가 입고 싶은 대로 옷을 입으면 무엇이 잘못된 것인지를 따져 묻고 싶은 마음이 굴뚝같았다.

얼마 전, 이미 아이 엄마가 된 딸이 가족들과 있는 자리에서 "나 머리 노란색으로 염색할 거야!"라는 말을 던졌다. 그 당시에는 다들 "그래, 잘하고 와"라는 식으로 가볍게 넘어갔는데 나중에 딸이 그 말을 건넨 의도가 무엇인지 궁금해졌다. 노랑머리로의 염색을 부모에게 허락받아야 한다고 느낀 것인지, 아니면 한술 더 떠서 "말려도 소용없어! 내 마음은 이미 확고부동해!"라는 선전포고인지, 이도 저도 아니고 단순히 "나 오늘 점심에 비빔밥 먹을 거야!" 정도의 가벼운 말이었는지를 확인하고 싶었다. 다행히 딸은 별생각이 없이 던진 말이라고 대답했다.

하지만 만일 딸의 의도가 허락받아야 한다고 생각했거나 일종의 선전포고였다면 내 마음이 편하지는 않았을 것이다. 그만큼 내가 딸의 선택에 제약을 두는 아빠였음을 드러내는 사건이 될 수 있기 때문이었다. 약 20년 전에 나온 「노랑머리」라는 제목의 영화가 보여주듯이 기성세대에게 노란 염색은 불량한 사람의 이미지를 반영할 수 있으며, 이러한 고정관념이 딸을 불편하게 하는 것은 아닌지 걱정이 되었던 것이다. 마치 대학생 때 동네 중학교 선생님이 등교하는 나를 불편하게 만들었듯이 말이다.

만일 어떤 사람에게 가로, 세로, 높이가 모두 2미터인 좁은 공간에서 평생 살도록 하면 그 사람은 엄청난 불편함을 느낄 것이다. 어쩌면 차라리 죽느니만 못한 삶일 수도 있다. 그 좁은 공간을 조금 넓어서 3-4평짜리 방 안에서만 죽을 때까지 살라고 하면 2미터 공간에서 사는 것보다는 조금 낫겠지만 여전히 좁은 세상에서 답답하게 살아야 할 것이 틀림없다. 우리의 삶이 자유롭다고 느끼는 것은 이동에 제한이 없는 세상에서 살고 있기 때문이다. 가고 싶은 곳에 가고 머물고 싶은 곳에 머무는 자유는, 타인에게 해가 되지 않는 한, 우리가 포기하기 어려운 권한이다.

사회적 관념도 비슷한 역할을 한다. 예를 들어, 기성세대의 사고방식이 세상의 변화를 따라가지 못하고 기존의 틀을 강요한다면, 그 좁은 고정관념의 틀 안에서 살아야 하는 후속 세대들은 불편할 수밖에 없다. 다양한 사고와 행동이 받아들여지는 사회일수록 구성원들이 자유로운 생각을 펼칠 수 있으며, 그러한 자유를 구속하는 사회는 열린사회가 아니다. 가령 기성세대의 입장에서 자신에게 익숙하다는 이유로 젊은 세대에게 자신의 가치관을 강요한다거나, 힘을 가진 세력이 자신과 다른 생각을 하는 사람을 억누르려 하는 것은 일종의 폭력이다. 이는 힘 없는 사람들에게 좁은 공간에서 나오지 말고 그 안에서만 살라고 하는 것과 비슷한 일이기 때문이다.

얼마 전에 바나나의 멸종 가능성에 관한 기사를 본 적이 있는데, 그 이유는 현재 전 세계에서 유통되는 바나나가 한 종류이기 때문이라는 것이다. 만일 이 품종의 바나나에 결정적인 병충해가 발생하면 우리는 머지않아 바나나라는 과일을 먹지 못하는 세상이 올 수도 있다. 마찬 가지로 우리 사회는 다양한 사유를 요구한다. 우리 사회가 획일적이고 고정관념에 사로잡혀 있다면 빠르게 변하는 세상에 대한 적응에 실패하여 도태될 확률이 높다. 결국 우리에게 필요한 사회는 다양성이 공존하는 열린사회이다.

인간의 삶은 수학처럼 정답이 있지 않은 경우가 대부분이다. 그래서 정치에 대해서도, 경제에 대해서도, 윤리에 대해서도 서로 다른 의견들이 공존하는 것이다. 이처럼 다양한 견해에 대해 서로 존중하는 사회가 건강한 사회이다. 이러한 열린사회를 방해하는 집단은 우리의 자유

롭고 풍요로운 삶에 적이 되는 셈이다. 오늘따라 칼 포퍼(Karl Popper)
의 『열린사회와 그 적들』이 다시 읽고 싶어진다.

『성숙의 불씨』(2020년 6월)

코닥과 코로나 그리고 인간관계

20-30년 전에도 사진을 즐겨 찍던 사람은 코닥이라는 필름을 기억할 것이다. 사진으로 남기고 싶은 장면을 'Kodak Moment'라고 할 만큼 전 세계의 필름 업계를 장악하던 커다란 기업이었다. 마침 필자가 유학했던 로체스터라는 도시에 코닥의 본사가 있어서 그 명성을 좀 더 가까이서 경험할 기회가 있었다. 코닥은 로체스터 대학에 기부금을 가장 많이 내는 회사 중 하나였고, 학교 및 도시 곳곳에서 그 흔적을 발견할 수 있었다. 세계 각지에서 코닥 필름이 안 팔리는 곳이 없을 만큼 건실한 회사였기에, 필자가 1994년에 유학을 마치고 귀국하면서 그러한 기업이 망하리라고는 상상조차 하지 않았다.

하지만 디지털카메라의 등장으로 사진 산업에서 필름이 사라지기 시작했다. 요즘 젊은 사람들은 필름 카메라를 만져본 경험이 거의 없을 것이고 코닥이라는 회사의 이름도 들어보지 못했을 가능성이 크다. 결국 코닥은 1990년대 후반부터 사양길을 걷기 시작하다가 2012년에 파산을 신청하게 된다. 필름 업계의 대명사가 불과 10여 년 만에 산산조각이 난 것이다.

재미있는 사실은 코닥을 망하게 한 디지털카메라를 최초로 발명한 곳도 바로 코닥이라는 점이다. 1970년대 중반에 그 회사의 연구자가 필름 없이도 사진을 찍고 인화를 할 수 있는 기술을 개발한 것이다. 하지만 코닥의 임원진은 디지털카메라의 상용화를 제지했다. 코닥 회사의 가장 대표적인 상품인 필름 판매에 역행하는 기술이었기 때문이다. 이렇게 코닥이 머뭇거리는 사이에 소니가 1980년대 초반에 디지털카메라의 상용화에 성공하고 결국 필름은 사양 산업이 되고 만다.

자신의 주력 상품에 방해가 되는 발명품을 만든 것이 코닥 자신이라는 것은 상당한 아이러니이다. 만일 그 당시 임원진이 디지털카메라 쪽으로 과감하게 진로를 바꾸었다면 코닥이라는 회사의 운명은 달라졌을 것이다. 자신의 영업 방향에 방해가 되는 신제품을 만들어내는 것이 부담스러웠겠지만, 결국 누군가는 그러한 기술을 다시 만들어낼 것이라는 점, 그리고 그것이 대세가 될 것이라는 점을 예측하지 못한 것이 코닥의 운명을 가른 것이다.

이러한 변화는 끊임없이 발생한다. 자동차가 마차를 대체했고, 이제는 자율 전기 자동차가 일반 자동차를 대체하기 시작하는 시대이다. 게다가 우리는 지금 코로나 사태라는 무시무시한 변화를 겪고 있다. '언택트(untact)'라는 말이 익숙해지고, '뉴 노멀(new normal)'이라는 새로운 기준이 적용되고 있다. 이러한 대세의 변화를 의도적으로 시작한 것은 아니지만 한 번 시작한 이 흐름을 거스르기는 쉽지 않다. 사람들이 만남을 통해 사회가 돌아가던 시대에서 직접 얼굴을 보지 않고도 일이 돌아가는 시대가 되었다. 컴퓨터와 인터넷의 발달이 가져다준 신세계이다. 언택트가 새 기준이 된 사회에서는 비즈니스도 학교 수업도 사람들이 같은 공간에 있을 것을 요구하지 않는다. 어차피 변화는 시작되었으니 이러한 사회의 변화에는 빨리 적응하는 것이 상책이다.

　하지만 이러한 언택트 사회가 인간관계에도 적절한 것인지는 심각하게 생각해볼 필요가 있다. 마르크스가 말한 소외는 근대화 및 산업화에서만 발생하는 것은 아닐 수 있다. 이미 현대인들 사이에서는 친구를 만나서도 휴대폰을 만지작거리는 것이 자연스러운 풍경이 되었지만, 그럼에도 불구하고 인간은 원래 고독한 존재이기에 누군가가 옆에 있는 것을 선호한다. 코로나 사태는 점점 사람들이 직접 만나는 것을 두렵게 만들고 있지만, 얼굴을 보고 수다를 떠는 것이 우리의 본성에는 더 잘 어울린다. 세상이 빠르게 변화하고 있고 우리도 이에 순응해야 하는 것 역시 사실이지만, 인간관계만은 너무 시류에 흔들리지 않아야 하는 것이 아닌가 생각해본다.

『성숙의 불씨』(2020년 10월)

삼성과 엘리엇

제일모직과 삼성물산의 합병을 결정하는 주주총회가 오는 7월 17일에 열린다. 2014년 12월에 53,000원으로 공모된 제일모직 주식은 증시에서 거래가 시작되자마자 가격이 두 배로 뛰면서 11만 원을 기록했고, 연말에는 종가가 15만 원을 넘어버렸다. 공모주 청약 때의 제일모직 주가를 기준으로 하면, 한 달도 못 되어 세 배가 된 셈이다. 이는 이건희 회장으로부터 이재용 부회장으로 삼성그룹을 승계하는 방법으로 제일모직을 활용한다는 소문이 돌았기 때문이며, 실제로 지난 5월 말에 제일모직과 삼성물산이 1 대 0.35의 비율로 합병하기로 전격 발표했다. 두 회사를 제일모직 중심으로 합병하는 이유는 이재용 부회장을 비롯한 일가가 제일모직 주식을 많이 보유하고 있는 반면, 삼성물산은 삼성그룹을 대표하는 삼성전자 및 다른 계열사의 주식을 상당히 보유하고 있기에 제일모직을 중심으로 삼성물산과 합병을 하면 자연스럽게 삼성그룹에 대한 삼성 일가의 지배력이 늘어나게 되기 때문이다.

문제는 합병 당시 제일모직의 주가가 약 16만 원으로 지나치게 높다는 점이다. 그 당시 삼성전자의 주가가 135만 원 정도였는데, 삼성전자의 액면가는 5,000원이고 제일모직의 액면가는 100원이므로, 제일모직의 액면가를 5,000원으로 환산하면 현 주가가 8백만 원에 해당하며, 이는 삼성전자의 주식보다 약 6배의 가치를 지니고 있다는 뜻이다. 나처럼 기업의 가치에 대해서 문외한인 사람도 제일모직의 기업 가치가 삼성전자보다 6배나 된다는 것은 말도 안 된다고 생각한다.

반면에, 합병을 발표한 시점의 삼성물산 주가는 55,000원 정도로 제일모직 주가의 3분의 1 수준이었다. 필자는 삼성물산의 주가가 적절한지를 분석할 수 있을 만한 전문가가 아니며, 두 회사의 재무제표를 파악하고 있는 것도 아니지만, 자본금이 7,800억인 삼성물산을 자본금 135억인 제일모직이 1 대 0.35의 비율로 합병한다는 것은 무언가 석연치 않은 느낌이 드는 것이 사실이며, 많은 사람이 이 합병을 공정한 절차라고 생각하지 않았다.

이처럼 제일모직의 주식이 삼성물산보다 높게 평가된 상태에서 합병을 결정한 것은 이재용 부회장과 그 일가가 삼성그룹에 대한 지배력을 극대화하려는 것으로, 이병철 회장-이건희 회장-이재용 부회장으로 이어지는 삼성의 삼대 세습을 공식화하는 것이라고 볼 수 있다. 우리가 북한 정권의 삼대 세습을 비난하지만, 이러한 일이 우리나라에서도 버젓이 벌어지고 있음을 눈앞에서 보고 있는 것이다. 게다가 현재의 제일모직은 2014년 삼성 에버랜드에서 회사명이 바뀐 것인데, 에버랜드는 과거에 전환사채를 발행하여 이재용 부회장에게 편법 증여를 한 것으로도 유명하다. 지난번 에버랜드의 전환사채 발행과 이번 합병은 모두 법의 테두리를 벗어나지는 않았을지 모르지만, 대한민국을 대표하며 세계적인 기업으로 알려진 삼성의 품격에 손상을 가져오는 결정이기에 이를 바라보는 국민의 시선이 곱지만은 않았던 것이다.

이러한 약점을 파고들어온 세력이 바로 엘리엇이라는 헤지펀드 (Hedge Fund)였다. '헤지'의 원래 의미는 위험을 최소화하기 위해 사용하는 투자 기법이지만, 요즘 말하는 헤지펀드란 이익을 위해서라면 수단과 방법을 가리지 않는 국제적 투기자본이다. 엘리엇은 삼성물산의 지분을 약 7퍼센트 정도 확보한 후, 합병을 반대한다는 태도를 보였다. 이번 합병은 삼성물산 주주들의 이해관계를 제대로 반영하지 못했다고 그들은 주장한다. 위에서 살펴본 것처럼 이러한 주장은 상당히 설득력이 있다. 한편으로는 국민들의 심정을 대변하는 것 같아서 통쾌함이 느껴지기도 한다.

문제는 엘리엇이 정의 구현을 목적으로 하는 집단이 아니라는 점이다. 오히려 법의 테두리 안에서 남의 약점을 이용하여 돈을 갈취하는 합법적 해적과 같은 집단이다. 엘리엇은 아르헨티나의 국채를 헐값에 사들여 엄청난 이득을 취했고, 덕분에 아르헨티나는 디폴트에 빠지는 결과를 맞게 되었다. 다른 한편으로는, 미국의 '일하기 좋은 10대 기업'인 넷앱(Netapp)의 주식을 사들여 비용 절감과 주주의 이익을 주장하며 3년 동안 2천 명 이상의 직원을 해고해버린 일도 있었다. 이처럼 엘리엇은 자신들의 이익 실현을 위하여 국가를 망하게 하거나 일하기 좋은 회사의 직원을 대량으로 해고하는 등 피눈물도 없는 행위를 서슴지 않고 결행하기에, 삼성보다 더하면 더했지 나을 것은 없다고 보아야 한다. 삼성은 그나마 유용한 제품을 만들기나 하지만 엘리엇과 같은 헤지펀드는 생산자가 아니라 약탈자에 가깝다. 합법적인 것이 모두 바람직한 것은 아님을 고려할 때, 비록 법을 지키고 있다고 하더라도, 사회 전체나 해당 당사자를 배려하지 않고 내 이익만을 탐하는 측면에서 보면, 이번 합병과 관련하여 삼성이나 엘리엇은 요즘 개그 프로그램의 유행어처럼 '도쩐개쩐'이기에 비록 삼성의 선택이 마음에 들지 않아도 엘리엇의 편을 들기는 쉽지 않다.

삼성물산은 주주들의 합병 찬성을 얻어내기 위해서 온 힘을 기울이는 모양이다. 국민연금이나 기관투자가들을 설득하는 것은 물론 1천 주 정도를 보유하고 있는 소액 주주들도 일일이 찾아가서 합병 찬성 위임장을 받아내려고 안간힘을 쓰고 있다. 마치 선거 때만 국민을 위할 것처럼 굽실거리는 정치인의 모습을 보는 것 같아서 씁쓸하기도 하고, 회사의 영업을 위해서 동분서주(東奔西走)해야 할 시간에 엉뚱한 곳에 힘을 쓰는 것 같아서 기가 막히기까지 하다.

우리 국민의 입장에서 삼성이 우리나라 기업이기에 삼성이 원하는 쪽으로 결론이 나기를 응원해야 하는지는 잘 모르겠다. 국민연금이 엘리엇에도 상당 금액을 투자했다고 하니 엘리엇을 '적군'으로만 보기도 어렵다. 다만 우리나라를 대표하는 그룹 중 하나인 삼성의 현주소가 이 정도밖에 안 된다는 사실이 안타까울 따름이다. IMF로 인해 단기적으로는 우리나라의 경제가 휘청거렸지만 그 소용돌이를 거치면서 우리나라 기업들의 체질이 강화되었듯이, 이번 일을 계기로 삼성을 비롯한 우리나라의 기업들이 국민에게도 존경받고 투기꾼들의 먹잇감이 되지 않는 회사로 달바꿈하기를 기대해본다.

『성숙의 불씨』(2015년 7월)

제2부

가벼운 세상 이야기

4. 미디어는 세상을 담고

生 어게인

한동안 화제를 몰고 왔던 오디션 프로그램 「싱어게인」이 설 연휴 즈음에 막을 내렸다. 다른 오디션과는 달리, 「싱어게인」은 이미 앨범을 낸 경험이 있는 '가수'들만이 신청할 자격이 있어서 가창력이 시원치 않은 참가자는 거의 없었다. 누구나 들어보았음 직한 노래나 OST로 널리 알려진 노래를 불렀던 가수들도 등장한다. "이 노래를 부른 사람이 지 가수였어?"라고 말할 성노도 귀에 익숙한 노래의 주인공들이 '무명 가수'라는 이름으로 잔치를 벌인 것이다. 심지어는 대학에서 노래를 가르치는 교수들도 참가자 중에 있었고, 그 교수에게 노래를 배운 학생도 참가하는 등, 다른 오디션에서는 보기 드문 광경이 펼쳐지기도 했다.

평소에 TV를 즐겨 보지 않는 필자도 지난 방송에 대한 구독권을 구매하여 눈물을 흘리며 여러 번 재생해서 볼 만큼, 그 프로그램 안에는 감동이 녹아 있었다. 그들이 부르는 노래, 그들이 하는 말 한마디 한마디가 각자를 주인공으로 하는 영화의 예고편 같았기 때문이다. 그렇다! 나는 어쩌면 오디션 프로그램을 본 것이 아니라, 그들의 삶을 녹여낸 영화의 한 장면을 본 것이었다. 오디션을 보며 눈물을 흘리는 것은 좀 어울리지 않을 수 있으나, 영화를 보면서 눈시울을 적시는 것은 자연스럽게 느껴지니 말이다.

눈물을 흘린 것은 나만이 아니었다. 참가한 가수 중에 눈물을 흘린 이가 여럿 있었고, 심지어는 심사위원들의 대부분도 이들의 노래를 들으며 눈시울을 적셨다. 또 이 프로그램을 본 시청자 중 눈물을 보인 사람도 상당수 있었을 것이다. 왜 노래를 들으며, 그들의 이야기를 들으며 눈물을 흘릴까? 그것은 바로 그들의 노래가 단순한 노래가 아니었기 때문이다. 그들의 노래는 그들의 사연이고 삶의 표현이며, 그들이 쓴 시였다. 참가자들은 그동안 자신이 걸어온 쉽지 않은 삶의 여정을 떠올리며, 지금 주어진 기회가 얼마나 소중한지를 알기에 눈물지었을 것이다. 심지어 어떤 참가자들은 패자부활전에 남겨진 다른 경쟁자의 노래를 들으며 동병상련(同病相憐)의 마음으로 함께 울기도 했다. 마지막 무대가 될지도 모르는 그들의 노래가 곧 자기 삶을 노래하는 것이기도 했기 때문이리라. 한편 참가자들의 절실한 마음을 느낀 심사위원들은 같은 음악인으로 유사한 경험을 했기에 남의 일 같지 않아서 눈물이 났을 것이고, 각자의 삶에서 크고 작은 역경을 겪었던 시청자들은 그 고난을 애쓰며 넘으려는 참가자들을 응원하면서 자신의 삶이 오버랩되어 눈물을 흘린 것이 아닌가 생각해본다.

참가자 중에는 경제적인 고난을 심수하며 노래만 하는 사람들도 있었지만, 생계를 위해서 이런저런 일을 하는 사람들도 있었다. 노래만으로는 생계를 책임지기 힘든 세상이기 때문이다. 누구는 인턴을 하고 있었고, 누구는 단순 아르바이트를 하고 있었으며, 누구는 마트의 수납

원으로 일하고 있었다. 누구는 직장을 다니다가 이 프로그램에 전념하기 위하여 회사를 그만두기도 하였다. 이들처럼 노래에는 일가견이 있는 사람들도 가수로 설 마당이 그만큼 좁다는 뜻이다. 과연 "요즘 TV에 나오는 가수들이 이들보다 노래를 더 잘하는가?"라고 묻는다면, 그렇다고 말할 자신은 없다. 그렇다고 세상은 원래 불공평한 곳이라고 푸념만 하고 넘어가기에는 그들이 지고 있는 삶의 무게가 너무 무겁고, 노래에 대한 그들의 열망이 너무나 절실하게 느껴진다. 그래서 이 프로그램이 등장한 것이다. 그들에게 다시 노래를 부를 기회를 주려고 말이다.

그만큼 참가자들에게는 이 프로그램이 놓칠 수 없는 기회였다. 그들 중에는 한때 자신의 노래가 유명해져서 방송에 여러 번 등장하다가 그런 인기가 허망하게 사라지는 것을 경험한 사람들도 있었고, 언더그라운드에서만 활동하여 그런 기회를 아예 잡아보지도 못한 사람들도 있었다. 그들의 실력이 부족해서 그런 것은 아니었다. 우리가 사는 세상이 이상사회(理想社會)는 아니어서, 능력 있는 사람들이 자신의 재능과 노력에 비례하여 보상받지 못하는 것뿐이었다. 그래서 그들은 절실할 수밖에 없었다.

기득권을 가지고 있는 사람들은 이러한 절실함을 잊고 산다. 그들은 그런 기회를 이미 선점하고 유지할 수 있기에, 가지지 못한 사람들의 처지를 헤아리지 못하기 마련이다. 남 얘기할 것 없이, 필자만 해도 계급장 떼고 번호로만 표기되는 경쟁 구도에서 다른 철학자들보다 더 실력이 있음을 보일 수 있을까? 이 질문에 "그렇다"라고 자신 있게 대답하기는 어렵다. 다만 나는 이미 교수직을 가지고 있기에 이 질문을 애써 외면하고 살아왔는지도 모르겠다.

젊은 심사위원들이 눈물을 보인 이유 중 하나도 비슷한 맥락이 아니었을까 추측해본다. 그들이 현재 지닌 명성이나 자리가 당연한 권한이 아님을, 어쩌면 자신보다 더 가창력 있는 가수들을 '심사'하면서 새삼 깨닫게 되지 않았을까? 건강을 잃고 나서야 그 소중함을 비로소 알게 되듯이, 자신이 가지고 있는 위치나 기회 역시 늘 자신의 것은 아닐 수 있음을, 그 기회가 절실한 참가자들을 보면서 확인한 것이 아닐까 생각한다.

그래서 「싱어게인」이란 프로그램이 소중하게 느껴졌다. 능력은 있지만 기회가 충분히 주어지지 못한 가수들에게 다시 한 번 노래 부를 무대를 마련해주었기 때문이다. 우리 사회에서 능력은 있지만 그에 상응하는 대접을 못 받는 사람이 어디 한둘인가? 이 프로그램이 사회에서 인정받지 못한 일반인들에게 다시 도전할 수 있는, 다시 살아내는 힘이 되었으면 하는 바람으로 열심히 시청했던 것 같다. 「싱어게인」을 보고, 일상에서 좌절과 실패를 경험한 사람들이 "生 어게인!"을 외칠 수 있는 계기가 된다면, 이 프로그램은 이름 없는 가수들에게 다시 무대에 설 기회를 주는 것보다 훨씬 더 큰 사회적 기여를 하게 되는 셈이다. 어차피 한 번도 고난을 겪지 않는 삶은 없을 테니, 심신이 힘든 사람들에게 주어진 고난을 이겨낼 마음가짐을 제공하여 그들의 삶을 다시 새롭게 도전하도록 이끌 수 있다면, 이보다 더 귀한 것은 없으리라.

「싱어게인」의 또 다른 장점은 오디션이라는 경쟁 구도 속에서도 오직 승리만을 위해서 달려가지는 않았다는 점이다. 노래를 거듭하면서 자신의 트라우마에 대한 치유를 경험한 참가자의 모습을 보는 것도 뭉클했으며, 다른 참가자 대신 자신의 지난 무대를 경쟁 대상으로 삼고 그 한계를 넘어서려고 노력하는 가수들의 모습도 보기 좋았다. 남을 이기기 위한, 그래서 상대가 못하기를 기대하는 마음이 아니라, 자신이

하고 싶은 무대, 자신이 후회하지 않는 공연을 하고 내려오려는 마음이 청중들에게도 전해진 것이다. 그러니 참가자들은 자연스럽게 다른 가수의 수준 높은 공연을 경탄하며 함께 즐거워할 수 있었다. 다른 한편으로, 이 프로그램에 자신의 인생이 걸려 있음에도, 다른 참가자와 팀을 이뤄 공연할 때 파트너의 실수를 따뜻하게 위로해주는 장면과 결선에서 참가자의 결정적인 실수에 대해서 심사위원들이 자기 일처럼 함께 안타까워하며 격려의 말을 아끼지 않은 장면은 같은 분야에서 종사하는 사람들끼리의 동료 의식을 보여주었다. 우리 모두 치열한 경쟁 사회에 살고 있음에도, 같은 목표를 향해 뛰어가는 모든 사람을 적(敵)으로 보지 않고, '같은 길을 함께 가는 사람'으로 여기는 모습은 너무나도 보기 좋은 광경이었다.

특히 상위권 입상자 중에는 경쟁 상대에게 그들의 공연이 더 나아질 수 있도록 조언해준 사람도 있었고, 또 다른 입상자는 경쟁자와 자신이 함께 멋진 무대를 보여주어서 "심사위원을 패배자로 만들어버리자"라는 명언을 남기기도 했다. 이들은 훌륭한 가수들일 뿐 아니라, 멋있는 사람들이었다. 그래서 관객들은 그들의 음악 세계뿐 아니라, 「싱어게인」에서 티저(teaser) 영상처럼 보여준 그들의 삶이 궁금해지게 된 것이다. 방탄소년단이 전 세계적인 명성을 얻게 된 이유 중 하나가 SNS를 통하여 자신들의 생각이나 가치관을 팬들과 나누면서 그들의 노래로부터 팬들이 위로와 치유를 느꼈듯이, 「싱어게인」을 보고 있는 시청자들은 참가자들의 노래를 통해서, 그리고 그 안에 살짝 보인 그들의 평탄치 않았던 삶과 그것을 극복하는 과정을 보면서, 자신에게 "生 어게인"을 외칠 수 있는 힘을 얻게 되는 것이다.

재미있게도 「싱어게인」에서는 '톱 텐'에 올라간 거의 대부분이 이 프로그램의 앞선 라운드에서 좌절하는 경험을 했다. 결국, 처음부터 끝까지 승리가도(勝利街道)를 달리는 사람은 별로 없다는 뜻이며, 승자가 갖추어야 할 조건은 패배한 이후에도 실망하지 않고 다시 도전하는 것임을 새삼 깨닫게 해주었다. 이 오디션의 취지가 이미 실패를 경험한 사람들에게 다시 기회를 주는 것이었지만, 그 과정에서도 끝까지 오뚝이 정신을 가진 사람만이 결승선에 도달할 수 있음을 확인시켜 주었던 것이다.

하지만 역설적으로, 이 프로그램조차 그 안에서 참가자들을 승자와 패자로 만들어버렸다. 누구는 1등을 하고, 누구는 71명의 참가자에 포함되었으면서도 TV에 얼굴 한 번 제대로 등장하지 못한 채 사라지기도 했다. 특히 「싱어게인」의 전반적인 취지가 너무 좋았음에도, 문자 투표라는, 언제 사라질지 모르는 인기에 의해서 심사위원 평가의 순위가 바뀐 점이나, 상금 1억 원을 1등에게만 몰아주는 천한 상업성은 반년에 걸쳐서 이 오디션이 만들어낸 긍정적인 분위기를 상당히 반감시키면서 스스로를 패자로 만들었다. 차라리 순위 자체를 없애거나, 상금이 하나도 없는 것이 더 낫겠다는 생각이 들 정도이니 말이다.

우리는 이번에도 스타가 된 가수들에 관심을 집중하며 열광할 것이고, 이번 기회를 자신의 것으로 만들지 못한 수많은 가수는 우리의 주목을 받지 못한 채 잊힌다는 표현을 쓰기도 무색하게 기억 속을 잠시 스치고 지나갈 것이다. 하지만 이번에 주목받은 가수 중에도 세월과 함께 다시 '잊힌 무명 가수'가 되어 또 「싱어게인」에 참가해야 하는 처지에 놓일 수도 있을 것이다. 우리의 삶도 그렇다. 결국 승자는 스포트라이트를 받으며 환호의 대상이 될 것이고, 그 기회를 놓진 사람은 다시 쓸쓸한 마음으로 좌절의 애통함을 경험하게 될 것이다. 입시도 그렇고, 취업도 그러하다. 원하는 것을 얻는 사람보다는 그렇지 못한 사람들이 구조적으로 더 많은 사회에 살고 있어서 그렇다. 하지만 「싱

254

어게인,이 보여주듯이 한두 번 좌절을 경험했다고 그 삶이 실패는 아니며, 또 한두 번 성공했다고 그 인생이 꽃길이 되는 것은 아니다. 우리는 지금까지 희로애락(喜怒哀樂)이 반복되는 삶을 살아왔고, 또 앞으로도 그런 삶을 살아내야 한다. 승자에게도 패자에게도, 결국 내일의 삶을 치열하게 살아야 하는 과제는 동일하게 던져진다. 그런 의미에서 우리는 모두 "生 어게인"을 외쳐야 하는 사람들이다.

「싱어게인」을 보다가, 어느 순간부터 누가 더 잘하고, 누가 1등을 하고는 관심사가 아니게 되었다. 이들의 무대가 승패를 나누는 경연(競演)의 형태를 띠고 있었지만, 보는 사람에게는 그저 즐길 수 있는 공연(公演)의 무대가 된 것이다. 나훈아, 이미자, 패티김, 조용필, 송창식, 양희은 중 누가 더 나은 가수인지를 가려내는 것이 뭐 그리 중요할까? 장미와 백합 그리고 코스모스 중 어느 꽃이 더 예쁜지를 꼭 결정해야 하는 걸까? 아니, 우리가 흔히 볼 수 있는 들풀이나 선인장에도 그 안에 생명의 소중함과 신비로움이 있는데, 우리는 너무 꽃만 바라보고 있는 것은 아닐까?

세상은 우리를 승자와 패자의 이분법으로 바라보려 하지만, 「싱어게인」은 그러한 세상의 흐름을 꼭 따라갈 필요는 없음을 우리에게 가르쳐준다. 누가 1등이고 누가 탈락사인시에 관심을 쏟기보나, 이 사람은 이래서 소중하고, 저 사람은 저래서 대단하다는 평가가 가능함을 「싱어게인」에 참가한 가수들을 보면서 새삼 느낀다. 경쟁을 피할 수 없는 세상에서 너무 낭만적인 소리를 하는 것 아니냐는 핀잔을 주는 사람이 있을지 모른다. 하지만 「싱어게인」은 경쟁 구도 속에서도 참가자들이 동료 의식을 갖고 멋진 무대에는 감탄과 박수를, 아쉬운 무대에는 함께 속상해하는 분위기를 만들 수 있음을 보여주었다. 우리는 누구나 삶의 마지막 날까지 주어진 '오늘'을 살아야 한다. 매일매일 주어지는 삶의 무게를 지탱하기 위해서 우리는 오늘도 "生 어게인"을 외쳐야 하지만, 우리가 속한 사회에서 「싱어게인」이 보여준 따뜻함을 느낀다면 우리는 오늘 하루를 좀 더 힘차게 내딛게 되지 않을까 기대해본다.

『철학과 현실』(2021년 3월)

「K팝 스타」를 통해서 본 취업 뽀개기

　졸업을 앞둔 학생들에게 취업 준비가 잘 되어가고 있는지 물어보는 것은 늘 조심스럽다. 문과 계열 학생의 경우에는 백 장이 넘는 자기소개서를 써도 면접의 기회조차 얻기 어려운 상황이기 때문이다. 586세대인 필자가 대학을 다닐 때는 나라 걱정도 하고 캠퍼스의 낭만을 즐겼음에도, 마음을 먹고 준비하면 취업은 어느 정도 할 수 있는 시대였다. 반면에 요즘의 대학생들은 고등학교 때부터 대학 입시를 위해서 내신, 논술, 수능 그리고 자기소개서 등을 준비하느라 고생하지만, 막상 대학에 들어와서도 마음 편히 놀지 못하고 취업 준비에 매진한다. 학점 관리도 해야 하고, 공인 영어 성적도 마련해야 하며, 각종 자격증도 만들어두어야 한다. 여기저기 다니면서 봉사 활동을 해야 하고, 취업을 위한 인턴 경험도 쌓아야 하며, 이력서에 한 줄을 더하기 위해서 학생회 활동이나 동아리 활동에도 참여해야 한다. 게다가 경제적인 측면을 스스로 해결해야 하는 학생들은 그 귀한 시간을 쪼개서 아르바이트를 하기도 한다. "더 노력해야 한다"는 말을 권하기 미안할 정도로 1학년 때부터 캠퍼스의 낭만도 뒤로하고 놀고 싶은 것도 참으며 온갖 스펙을 쌓기 위해 노력하는 학생들이 부지기수이다. 하지만 그들에게 취업의 문은 여전히 좁다 못해 꽉 막혀 있다고 해도 과언이 아니다.

이처럼 취업이 어렵다면 신입 사원을 뽑는 회사의 인사 담당자는 인재들이 넘쳐나서 행복한 고민을 하고 있어야 마땅하다. 대학 입학 때부터 취업을 위해서 온갖 노력을 했으니 얼마나 준비된 지원자가 많겠는가? 하지만 주변에 있는 인사 담당자의 말을 들어보면 마땅히 뽑을 사람이 없다는 푸념을 한다. 풍요 속의 빈곤이라는 것이다. 왜 이러한 현상이 벌어지는 것일까? 지원자가 보기에는 취업의 문이 바늘구멍보다도 좁은데, 막상 회사의 입장에서 탐나는 사람이 없는 이유는 무엇일까?

이 질문에 대한 대답을 「서바이벌 오디션 K팝 스타」(이후 「K팝 스타」)라는 프로그램을 보면서 찾을 수 있었다. 「K팝 스타」는 국내 주요 기획사의 대표들이 심사위원으로 나와서 신인 가수를 발굴하는 오디션 프로그램이다. 참가자들에 대한 심사위원들의 평가를 들어보면, 그것을 그대로 대학생들의 취업에 적용해도 좋을 듯하다. 심사위원들이 가장 많이 하는 말은 "기성 가수의 노래를 따라 부르지 말고 자신의 목소리로 평소에 이야기하듯이 노래를 불러야 한다"는 것이다. 이 말은 다음과 같은 내용을 함축하고 있다.

먼저 기성 가수의 테크닉을 따라 부르는 노래는 선발되기 어렵다는 점이다. 그 오디션에 참여하는 대부분의 참가자는 기본적인 가창력을 지닌, 노래를 잘하는 사람들이다. 하지만 기획사의 입장에서 보기에, 이미 활동하고 있는 가수와 비슷한 노래를 하는 사람은 '신인 가수'로서의 매력이 떨어진다. 그래서 심사위원들은 잘하는 노래에 '한 끗'이 추가되어야 살아남을 수 있다고 조언한다. 이는 취업 전선에서도 마찬가지다. 많은 것을 갖춘 지원자들이 넘쳐나는데도 막상 뽑는 쪽에서는 왜 마음에 드는 사람이 별로 없을까? 이는 지원자들이 남들이 하는 것을 따라 하기 때문이다. 남들이 공인 영어 시험을 본다니까, 자격증을 준비한다니까, 인턴을 한다니까, 나도 그런 준비를 하는 경우가 많다. 이런 경우에는 나를 돋보이게 하는 '한 끗'을 지니지 않는 한, 인사 담당자의 눈길을 끌기가 어렵다. 뽑는 사람의 시각에서 보기에 나도 다른 사람들과 비슷비슷한 지원자에 불과할 수 있기 때문이다.

내가 인사 담당자의 눈에 띄려면 무엇을 갖추고 있어야 할까? 그것은 '자신의 목소리'이며, 이것이 바로 심사위원들이 가장 강조하는 부분이다. 자신만의 독특한 목소리를 가지고 있을 때 사람들의 시선을 끌 수가 있다는 것이다. 이를 취업 준비생에게 적용하면, 자신만이 가지고 있는 고유함을 잘 찾아서 자기소개서와 면접에서 드러내야 한다는 것이다. 그런데 대학생들에게 '자신만의 고유한 점'이 무엇이라고 생각하느냐고 물으면, 대부분은 고개를 갸우뚱하며 "잘 모르겠다"고 대답한다. 심지어는 자신에게 특별한 장점이 없는 것 같다고 대답하는 경우도 꽤 많다.

이런 대답을 하는 원인은 여러 가지가 있다. 첫째로 우리나라 학생들은 입시 및 취업 준비에는 많은 시간을 할애하면서도, 막상 나는 누구이며 다른 사람들과 구분될 수 있는 나의 고유한 점이 무엇인지에 대해서는 별로 생각해보지 않는다. 세속적으로 말하면, '나'라는 상품을 회사에 홍보하면서 '나'라는 물건이 무엇인지도 스스로 잘 모르는 셈이다. 둘째로 '자신만의 고유한 점'을 말해보라고 하면 굉장히 거창한 것만을 찾는 경우가 많다. 그러나 누가 보더라도 감탄할 만한 능력이나 수상 경력만이 여기에 해당하는 것은 아니며, 이런 거창한 재능을 가지고 있는 사람은 극소수에 불과하다. 다른 사람과 구분할 수 있는 나의 고유성은 때론 소소한 나의 경험일 수도 있고, 남들은 갖지 못한 작은 성품일 수도 있다. 셋째, 많은 학생들이 경력이나 자격증과 같은 '스펙'만이 나를 드러낼 수 있는 점이라고 생각한다. 「K팝 스타」참가자 중에도 다른 경연대회에서 수상을 한 사람들이 있었다. 하지만 그러한 수상 경력이 항상 긍정적으로만 작용하는 것은 아닌 듯했다. 각 대회마다 뽑고자 하는 인재의 성격이 다르기 때문에 수상 경력이 있다는 것만으로는 큰 도움이 안 되는 경우도 있었다. 이런 점에서 오히려 회사의 업무와 무관한 스펙보다는 내가 직접 경험했던 일들이나, 사소한 일상에서의 내 선택들이 나만의 고유함을 보여줄 수 있는 중요한 요소가 될 수도 있다. 넷째로, '자신의 고유한 점'을 대부분의 사람들은 '자신의 장점'이라고 해석하려는 성향이 있다. 내가 감추고 싶은 과거의 일이나 내가 단점이라고 생각하는 부분이 때로는 내게 긍정적으로 작용할 수 있으리라고 여기는 사람은 매우 드물다. 하지만, 스스로 '흑역사'라고 생각하는 경험도, 만일 그 일을 통해서 자신이 한 단계 발전하는 계기가 되었다면 도리어 나를 부각하는 측면이 될 수도 있다. 20여 년을 살면서 항상 좋은 일만 생길 수는 없다는 것을 인사 담당자는 잘 알 것이기에, 설령 감추고 싶은 부분이더라도 그것이 자신을 좀 더 나은 사람으로 만들었다면 이 역시 자신의 고유한 점으로 부각할 수 있을 것이다. 이번 「K팝 스타」를 시청한 사람들은 '이진아'라는 참가자를 기억할 것이다. 어릴 적에 그녀의 특이한 목소리는 친구들의 놀림감이었다. 하지만 그녀는 지금까지 감추고 싶어도 감출 수 없었던 그 독특한 목소리가 심사위원들로부터 개성 있는 목소리라는 호평을 받으리라고는 꿈에도 생각하지 못했을 것이다. 이처럼 때로는 내가 부끄럽게 생각하는 모습이 나의 독특함을 드러내는 요소가 되기도 한다.

자신만의 고유한 점을 스스로 잘 모르는 또 하나의 이유는 우리나라의 교육제도와도 연관이 있다. 우리나라의 입시는 예비고사, 학력고사, 수능과 같이 선다형(選多型)의 시험으로 이루어져 왔다. 게다가 교과목 내신을 결정하는 일선 초·중·고등학교의 시험 문제도 주로 선다형으로 출제가 된다. 선다형 시험이란 "내가 그 문제에 대해서 어떤 생각을 하고 있는가?"를 점검하기보다는 정답이 있다는 것을 전제로 하고 "출제자가 염두에 둔 정답이 무엇인가?"를 맞히는 것이 중요한 출제 유형이다. 그러다 보면, 주어진 문제에 대한 내 생각보다는 문제를 낸 사람의 의중을 파악하는 것에 자연스럽게 초점이 맞추어진다. 이렇게 형성된 습관은 취업을 준비하는 과정에서도 그대로 드러난다. 남들과 차별화될 수 있는 자신의 고유한 점이 무엇인지를 찾기보다 지원하는 회사에서 무엇을 요구하는가에 먼저 관심을 기울이고, 그 요구조건을 충족시키려고 노력한다. 내가 지닌 특성이 무엇인가에 대한 질문을 던질 기회가 없었으니, 자신만이 가지고 있는 독특한 점을 모르는 것은 어쩌면 당연한 일이다.

「K팝 스타」에서 심사위원들이 강조하는 또 하나는 평소에 말하는 방식으로 사신의 이야기를 하듯이 노래를 부르라는 것이다. 흔히 자기소개서의 준말인 '자소서'를 '자소설'이라고 표현한다. 사실과는 먼 이야기를 '자소서'에 쓰고 있다는 뜻이다. 문제는 인사 담당자들이 진실한 '자소서'와 각색이 심한 '자소설'을 구분하는 전문가라는 데에 있다. 나의 평소 모습을 보여주어야 하는데 가면을 쓴 모습으로 임하면 어색한 점이 보이기 마련이다. 일반적으로 '자소설'을 쓰는 이유는 자신이 내세울 것이 없다고 생각하기 때문이다. 그러나 소소해 보이더라도 자신의 특색을 있는 그대로 보여주는 것이 바람직할 것이다. 단, 자신의 특성을 서술할 때는 단순히 병렬적으로 나열하는 방식보다 서로 연결될 수 있는 방식으로 스토리를 전개하는 것이 좋다. "구슬이 서 말이라도 꿰어야 보배"가 되듯이 말이다.

취업과 관련된 얘기를 하다 보니, 영문과를 졸업했음에도 공인영어 성적이 변변치 않았던 제자가 생각난다. 그는 술자리와 친구를 좋아하고 말주변이 좋은 학생이었다. 그가 대기업의 홍보팀에 지원하면서 영어 점수는 기재하지 않았더니 면접관이 "자네는 영문과를 나왔는데 왜 공인영어 점수가 없나?"라고 물었다. 이 질문에 이 학생은 자신 있게 "저는 영어를 못합니다"라고 대답을 해버렸다. 면접관은 약간 어이가 없어 하면서, "그러면 자네는 무엇을 잘하나?"라고 물었고, 이 친구는 "저는 술을 잘 마십니다"라고 대답했다. 이어지는 "술을 얼마나 잘 마시나?"라는 질문에, 자신이 친구들과 밤새 술을 마시고 만취한 친구들을 모두 집에 데려다준 후에 자신도 집에 와서 씻지도 못하고 잠이 들어서 그날 저녁까지 곯아떨어진 이야기를 무용담처럼 대답했다. 일반적인 취업 면접에서는 상상하기 어려운 대화가 오갔음에도 이 학생은 당당히 그 회사의 홍보팀에 합격했다. 아마도 홍보팀에서는 술자리도 잘할 수 있는 사교성 좋은 사람이 필요해서 선발된 것이 아닌지 추측해본다. 하여튼 이 학생은 입사 면접 때 일반적으로 장점이라고 여기지 않는 요소를 자신의 고유한 점으로 부각하면서 '달변'이라는 자신의 장점을 잘 활용하여 원하는 직장에 들어갈 수 있었던 것이다.

어쩌면 취업 준비생이 생각하는 취업의 요건과 회사에서 찾는 인재의 조건이 다를 수도 있다. 회사에서는 무언가 고유한 특성을 가진 사람을 찾고 있는데, 막상 취업 준비생들은 남들이 가지고 있는 요건을 갖추느라 많은 시간을 보낸다. 남들보다 뒤처진 부분을 따라잡느라 노력하는 것보다는 자신의 장점을 더욱 강화하는 것이 경쟁력을 갖추는 방법일 것이다. 그러려면 내가 가진 고유한 점을 찾고 이를 바탕으로 회사에서 요구하는 것들 중 내가 잘할 수 있는 부분을 보충하는 방식으로 전략을 짜는 것이 더 효율적이다. 독특한 목소리에서 출발하여 자신에게 부족한 테크닉을 보완하는 참가자들이 「K팝 스타」에서 좋은 성적을 거두듯이 말이다. 이러한 생각은 성공할 확률이 너무 낮고 위험 부담이 큰 접근법이라고 여기는 사람이 있을지 모른다. 하지만 어차피 백 장 이상의 지원서를 넣고도 면접까지 가는 확률이 그리 높지 않다면, 오히려 발상의 전환을 통하여 새로운 시도를 해보는 것도 좋을 듯하다.

마지막으로 「K팝 스타」에서 "다음 라운드에 진출할 것 같습니까?"라는 질문에 대해서 부정적으로 대답하는 참가자들은 실제로 떨어지는 경우가 많았다. 자신도 믿어주지 못하는 자기 능력에 대하여 심사위원이 믿어주기를 기대하는 것은 무리다. 물론 겸손하게 말하기 위해 그런 대답을 할 수도 있겠지만, 보통 자신감을 가지고 있는 참가자는 "올라가고 못 올라가고의 여부를 떠나서 스스로 만족스럽게 노래하고 싶다"는 식으로 대답하는 것을 보면 "떨어질 것 같다"고 대답하는 것이 단순한 겸손의 표현만은 아닐 것이다. 마찬가지로 취업을 위한 면접에서도 자신이 없는 태도로 대답을 하는 사람보다는 '나를 안 뽑으면 당신 회사가 손해를 보는 것'이라는 배짱을 가진 사람이 면접관에게 호감을 전달할 가능성이 더 높다. 그러한 배짱을 가지려면 자신의 장점에 대해서 충분히 인식하고 있는 것이 필요한 것은 두말할 나위가 없다.

취업에 성공하려면, '나'라는 상품의 매력을 회사의 인사 담당자에게 잘 전달해야 한다. 그리고 나의 매력을 잘 전달하기 위해서는 나 자신의 '목소리'가 무엇인지를 정확히 알고 있어야 하며, "나는 누구인가?"

"다른 사람들과 구분되는 나의 고유한 점은 무엇인가?"라는 질문을 끊임없이 자신에게 던져야 한다. 취업과 같은 현실적인 문제도 결국 철학적 질문에 대한 고민이 선행되어야 해결될 수 있는 것이다.

『철학과 현실』(2015년 3월)

「복면가왕」

어느 주말 오후에 우연히 TV에서 어떤 사람이 복면을 쓰고 노래를 부르는 프로그램을 보게 되었다. 가창력 있는 가수가 1980년대의 노래를 부르는데, 그가 누구인지 궁금해서 끝까지 시청하였다. 하지만 「복면가왕」은 노래 대결에서 지는 사람만이 복면을 벗게 되어 있으며, 그 가수는 그날 승리하는 바람에 정체가 밝혀지지 않은 채 프로그램이 끝나고 말았다.

호기심에 다음 주에도 그 방송을 기다려서 보았는데, 막상 복면을 벗은 그 사람은 내가 전혀 모르는 아이돌 그룹의 가수였다. 그 순간 약간 멍해지는 기분을 느꼈다. 필자에게 아이돌의 대표는 신화나 S.E.S. 정도이고, 내가 아는 '최근에' 활동하는 아이돌은 소녀시대나 슈퍼주니어 정도이다. 이들에 대한 정보도 딸아이들의 입을 통해서 들었지, 내가 관심이 있어서 찾아본 적은 없다. 심지어는 2AM의 「죽어도 못 보내」라는 노래도 어떤 오디션 프로그램에서 허각이라는 참가자가 불러서 알게 되었으며, 2AM이 부른 것을 들은 적은 없을 정도이다. 필자가 구세대인지라 '아이돌' 하면 떠오르는 생각은 노래보다는 춤이고, 내가 그들의 노래를 즐겨 들을 생각은 전혀 없었다. 개인적인 생각으로는 그들의 노래가 내가 즐겨 듣던 조용필, 이문세, 김건모, 신승훈, 김광석 등의 노래만큼 감성적으로 다가오지 않았기 때문이다. 좀 더 솔직하게 말하면 아이돌 그룹이 노래를 잘한다고 생각해본 적은 없었다. 아이돌의 가창력에 대한 나의 편견은 이번에 「복면가왕」을 통해서 완전히 무너졌다. 그들에게는 대단히 미안한 말이지만, 아이돌이 노래를 잘할 수 있음을 처음 알았던 것이다. 그들의 복면이 벗겨지는 순간, 그들의 정체와 더불어 나를 이제까지 덮고 있던 선입견이 함께 드러난 것이다.

편견 덩어리인 내 정체가 발각된 것 같은 불편함을 느끼면서 그 프로그램을 여러 번 보았더니, 음악에 대한 내 편견은 아이돌 가수에만 적용된 것은 아니었다. 군부 독재 시절에 조금은 '어용 노래'라고 여겨질 수 있는 노래를 불러서 내가 그 당시 그리 좋게 생각하지 않았던 내 또래의 어떤 가수도 복면을 쓰고 부르는 노래를 들었을 때, "어, 저 가수 노래 꽤 잘하네!"라는 소리가 절로 날 정도로 가창력이 뛰어났다. 다시 한 번 내 편견이 드러난 것이다. 이뿐만이 아니다. "와! 저 사람 노래 잘한다!"라고 느꼈던 사람 중에는 래퍼들도 있었다. 랩을 하는 사람은 일반적인 가요를 잘할 것 같지 않다는 선입견 또한 무너지는 순간이었다.

「복면가왕」을 보면서, 나의 인식이 얼마나 오류투성이인가를 확인할 수 있었다. 나름 음악에 대한 평가를 객관적으로 하고 있다고 생각한 나의 확신이 아무런 근거 없는 헛된 자신감으로 밝혀진 것이다.

[그림] 비트겐슈타인의 오리-토끼

원래 인식이란 주관적인 요소가 들어가기 마련이다. 내가 보고 싶은 것이 눈에 먼저 띄고, 객관적으로 주어진 자료에 주관적인 평가가 더해져서 왜곡된 결과가 나오기도 한다. [그림]에서 보는 것처럼, 같은 그림이 누구에게는 오리로 보이고 누구에게는 토끼로 보인다. 아무래도 오리에 관심이 있는 사람은 오리로 볼 가능성이 높으며, 토끼에 관심이 있다면 토끼로 보일 것이다. 그림 자체에는 차이가 없기에 결국 인식하는 사람의 주관적인 성향이 이 그림의 인식 차이를 가지고 오게 되는 것이다. 마찬가지로 A팀과 B팀이 시합하는 경우에, 두 팀의 객관적인 전력을 잘 알더라도 A팀을 응원하는 사람과 B팀을 응원하는 사람은 각각 자신이 응원하는 팀이 이기리라는 믿음을 가질 수도 있다. 이 역시 객관적인 자료보다는 개인의 주관적인 희망 사항이 믿음 형성에 영향을 주게 된다. 이런 사례는 끝이 없다. 내가 호의를 가지고 있는 사람은 무엇을 해도 좋게 보이고, 미운털이 박힌 사람은 무얼 해도 밉상이다. 일단 생성된 선입견은 쉽게 사라지지 않는 법이다.

선입견이나 편견이 적용되는 곳이 가수에 대한 평가뿐이겠는가. 일반적으로 사람들을 평가할 때도 그 평가를 철저하게 객관적으로 진행하기는 쉽지 않다. 그래서 인재를 선발하는 과정에서 일종의 '복면'을 씌우는 경우가 꽤 있다. 대표적으로 대학 입시에서 논술 우수자 전형이 그러하다. 채점을 하는 이는 글을 쓴 지원자의 정보를 전혀 알지 못한다. 누가 좋은 글을 썼는지 오로지 답안지에 적힌 글을 가지고만 채점을 하는 것이다. 가수들에게 복면을 씌우는 것과 비슷한 효과이다. 「복면가왕」에서는 맞대결에 패했을 때 복면을 벗게 되지만, 논술 채점의 경우에는 채점자도 어떤 논술 답안이 누구의 것인지를 평생 모른다.

한편, 학자들이 학술지에 논문을 투고할 때도 심사위원들은 투고자가 누구인지를 모르는 상태에서 평가를 한다. 글쓴이가 누구인지는 그 논문이 학술지에 게재될 때만 알게 된다. 이런 측면에서는 탈락해야 얼굴을 드러내게 되는 「복면가왕」과 정반대라고 할 수 있다. 이러한 종류의 심사들은 공정성을 어느 정도 확보할 수 있다. 평가자의 선입견이나 편견이 개입될 여지가 적기 때문이다. 게다가 논술 채점이나 투고된 논문의 평가는 복수의 평가자가 하게 되어 있다. 혹시 있을지 모르는 개인적인 취향에 의해서 평가가 좌우되지 않도록 안전장치를 마련해둔 것이다.

서류나 면접을 통한 평가는 논술 채점이나 투고된 논문의 평가보다 조금 더 세심한 주의를 기울여야 한다. 지원자의 신원이 노출될 확률이 높기 때문이다. 그래서 서류 평가의 경우, 지원자의 인적 사항이 적힌 부분은 평가자가 볼 수 없게 하는 것이다. 또한 면접의 평가에 참여한 면접관에게 자신이 어느 집단을 평가하게 될지 미리 알려주지 않는 것 역시 혹시 있을지 모르는 부정을 미연에 방지하는 방법이다. 게다가 대학 입시의 경우에는 친척이나 아는 사람이 지원하면 평가에 참여할 수 없다. 그리고 서류와 면접에 대한 평가 역시 복수의 인원이 평가에 참여하기에 어느 한 사람 때문에 당락이 결정되지 않는다. 이 모든 제도적인 장치들이 선입견이나 편견에 영향을 받지 않기 위한 노력이라고 볼 수 있다.

물론 복면을 쓰지 않아도 선입견이나 편견 없이 공정성을 유지하는 사례도 없지는 않다. 내가 유학하였던 학교에서 신임 교수를 뽑을 때의 일이다. 그 학교에는 철학과 교수 10여 명 중에 매사추세츠 주립대학을 나온 사람이 당시 학과장을 포함하여 세 명이나 있었다. 그런데 공교롭게도 지원자 중 한 명이 같은 학교에서 학위를 받은 사람이었다. 그와 다른 한 명이 최종 경합을 벌였는데, 나중에 들은 바에 의하면 학과 교수들의 의견이 거의 반반으로 양분되어 학과 회의에서 합격자를 선정하지 못하고 그 결정권을 학과장에게 일임한다는 결론을 내렸다는 것이다. 누가 뽑히더라도 학과에 도움이 될 인물이라는 대전제에는 과 교수들이 모두 동의했으며, 각 교수들의 개인적인 견해를 모두 회의에서 전달했으니 최종적인 결론은 학과장이 내리라는 것이었다. 이와 같은 결정은 내게 놀랄 만한 일이었다. 우리 같으면 학과장이 한 후보자와 같은 학교 출신이기에 당연히 매사추세츠 주립대학 출신의 지원자가 유리할 것을 우려해서 다른 후보자를 추천한 교수들이 그런 결정을 내리지 않을 것으로 생각했기 때문이다. 그런데 그 과정에서 나를 놀라게 한 것은 그것만이 아니었다. 같은 대학을 나온 나머지 두 교수 중 한 명은 동문이 아닌 후보자를 지지했다는 사실이다. 이 역시 그 당시 내게는 생소한 일이었다. 어찌 보면 학연에 얽매이지 않고 객관적인 판단을 해야 하는 것이 당연함에도, 동문이 자기 후배가 아닌 다른 사람을 추천하는 것이 내게는 어색하게 느껴졌다. 마지막으로 놀란 것은 학과장의 태도였다. 그만큼 비슷한 후보자라면 "가재는 게 편"이라고 해서 쉽게 자신의 후배를 선택할 것이라는 내 예상과는 달리, 학과장은 정말로 고심하는 마음을 수업 시간에 우리에게 내비친 적이 있었다. 학과장의 인품으로 보아서 그의 말이 형식적인 빈말은 아니었음을 나는 잘 알고 있다. 결국 최종적으로는 매사추세츠 주립대학 출신의 후보자가 교수로 임용되었으며, 그는 현재 미국의 형이상학 분야에서 상당히 이름을 날리고 있는 럿거스 대학(Rutgers University)의 테드 사이더(Ted Sider) 교수이다. 그가 우리 나이로 27세였던 때의 일로, 그의 스승이었던 게티어(Edmund Gettier) 교수가 "내가 가르친 학생 중 가장 똑똑한 사람"이라고 추천서에 써주었던 인물인 것이다. 당시의 상황이나 현재 사이더 교수의 위상으로 미루어 보면, 학과장의 입장에서 객관적으로 평가해도 그를 택하는 것이 이상하지 않은 장면이었지만, 그럼에도 학과장은 선입견이나 편견 없이 최선의 결정을 하려고 노력했음을 알 수 있다.

이러한 선발 과정이 공정하다고 여겨질 수 있는 이유는 그들이 편견과 선입견의 영향에서 자유로웠기 때문만은 아니다. 서양 사람들은 우리와 달리 개인주의적인 성향이 강해서 동문(同門)이나 동향(同鄕)에 대한 느낌이 약하다. 그들은 전반적으로 인연에 연연하기보다는 객관적인 시각을 유지하기에 공(公)과 사(私)를 철저히 구분하는 연습이 되어 있는 것이다. 반면에 우리 문화는 '나'가 적용되는 영역이 서구의 문화보다 넓다. 그래서 영어로는 'my wife'라고 하면서 우리말로는 '우리 집사람'이라고도 한다. 내 아내를 타인과 공유할 생각이 있는 것은 전혀 아니면서도 은연중에 '나' 대신 '우리'라는 표현을 하고 있는 것이다. 이러한 특성은 양날의 검이다. 개인주의적인 서구 문화에 비해

270

서 우리는 일반적으로 공동체 의식을 강하게 가지고 있기에, 이런 공동체 의식은 타인을 또 다른 '나'로 인식하는 성향으로 작동한다. 가까운 사람에게 불행한 일이 생기면 내 일처럼 도와주려는 마음이 바로 그것이다. 우리는 정에 약한 문화를 지니고 있다는 말을 자주 하는데, 이것이 좋은 방향에서 활용이 되면 남의 일도 흔쾌히 도와주려는 마음이 쉽게 생긴다는 의미이지만, 역으로 보면 공정성을 잃을 여지도 높다는 뜻이 된다. 이런 문화에서는 가까운 사람이 적절하지 않은 부탁을 할 때 거절하기가 쉽지 않다. 그 가까운 사람이 부모나 스승 또는 선배처럼 윗사람이면 더 그렇다. 공동체 의식이 잘못 적용되면 이처럼 공정성의 훼손이라는 결과를 초래하게 되는 것이다.

복면은 사적인 인연으로부터 평가자를 분리할 수 있는 장치가 될 수 있다. 내가 평가를 하는 대상이 누구인지를 모른다면, 나는 객관적이고 공정한 평가를 내리기 쉬울 것이다. 이렇게 보면, 언론에 자주 등장하는 법관들의 전관예우의 문제도 누가 변론을 하는지 모르게 진행한다면 자연스럽게 해결될 수도 있다는 생각이 든다. 이러한 복면 비슷한 것을 언급한 사람이 바로 롤즈(John Rawls)이다. 물론 그가 말한 '무지의 베일'은 평가자인 내가 쓰는 것이기에 평가받는 대상에게 복면을 씌우는 「복면가왕」과는 약간의 차이가 있지만, 그 본질은 유사하다고 볼 수 있다. 궁극적으로 공정한 절차를 확보하기 위한 도구적 장치라는 점에서는 롤즈가 말한 '무지의 베일'이나 「복면가왕」에서의 '복면'이 같은 역할을 하기 때문이다. 만일 우리가 접하는 수많은 주장이나 정보가 누가 말한 것인지 모른 채 내용만으로 정당성을 판단하는 세상이 온다면, 우리가 현재 가지고 있는 편향성에서 조금은 자유로워질 수 있을 것이다. 만일 언론에 등장하는 주장에 복면을 씌운다면 과연 우리는 여당과 야당의 주장, 또는 보수 언론과 진보 언론의 주장을 정

확히 구분할 수 있을까? 이 질문에 자신 있게 대답할 수 없다면, 우리
는 그만큼 '사람에의 오류'나 '권위에의 오류'를 흔히 범한다는 뜻이다.

복면 없이도 공정한 평가를 할 수 있는 사회가 성숙한 사회이다. 하
지만 나도 「복면가왕」을 보면서 스스로 확인했듯이, 그러한 공정성을
확보하기는 쉽지 않은 것이 사실이다. 그렇다면 공정성을 잃지 않는
방법은 가상의 복면을 쓰는 연습을 하는 것이다. 내가 평가하고자 하
는 대상을 편견과 인연에서 떼어내어 객관적인 입장에서 바라보는 것
이 필요한 것이다. 그것이 바로 끊임없는 자기반성을 통한 이성적인
사유와 논리적인 사고의 활용이 아닐까 생각해본다.

『철학과 현실』(2015년 12월)

「슈퍼스타 K」와 입학사정관 제도

　요즘 대한민국은 온통 서바이벌 오디션 열풍이다. 「슈퍼스타 K」를 필두로 「위대한 탄생」, 「Top Band」와 같이 노래뿐 아니라, 연기 부문의 「기적의 오디션」, 모델 부문의 「슈퍼모델 코리아」, 그리고 다양한 재능을 발휘할 수 있는 「코리아 갓 탤런트」까지 정말 다양한 오디션이 우리의 눈과 귀를 사로잡았다. 게다가 오디션은 아니지만, 기성 가수들이 등장하는 「나는 가수다」와 「불후의 명곡」 등노 서바이벌 열풍의 한 장르를 차지하고 있다. 이 중 「나는 가수다」와 「불후의 명곡」은 신인들의 등용문이 아니므로 「슈퍼스타 K」와는 성격이 다르고, 오디션 중에서도 「위대한 탄생」, 「Top Band」 또는 「기적의 오디션」은 멘토가 있다는 점에서 「슈퍼스타 K」와 구분될 수 있다.

　참가자의 순수한 재능을 바탕으로 선발한다는 의미에서 서바이벌 오디션을 대표하는 것은 단연 「슈퍼스타 K」라고 할 수 있다. 작년에 케이블 사상 최고의 시청률을 기록하며 허각이라는 신데렐라를 배출한

「슈퍼스타 K2」는 아이돌의 립싱크에 식상해진 시청자들에게 '가수는 노래를 잘하는 사람'이라는 평범한 진리를 기억하게 해주었다. 내세울 것이 별로 없는 일반인이 가창력 하나로 단숨에 스타가 되는 것을 목격하며 카타르시스를 느낄 수밖에 없었던 시청자들은 허각의 탄생을 자기 일처럼 기뻐하였다. 2AM이 누군지 잘 모르는 필자도 「슈퍼스타 K2」에서 허각이 「죽어도 못 보내」를 불렀을 때의 미성을 잊을 수가 없다. 또한 장재인과 김지수의 「신데렐라」가 원곡과 완전히 다른 느낌으로 전달된 장면을 아직도 생생하게 기억하고 있다. 그 경이로운 감동과 함께!

이러한 신데렐라의 탄생은 가수나 연기자 오디션에서만 발생하는 것이 아니다. 몇 년 전부터 실시된 대학 입시의 입학사정관 전형에서도 신데렐라는 탄생한다. 수능 성적이나 학생부 성적으로는 대학에 합격하기 어렵지만, 자신이 지망하는 전공에 특출한 잠재력을 가지고 있거나 관련된 다양한 재능을 보여줄 수 있는 학생들에게 기회를 주는 전형이 바로 입학사정관제이기 때문이다.

가수가 노래도 잘하고 춤도 잘 추며 악기도 여러 가지를 다룰 줄 알면 더 바랄 것이 없다. 그렇다고 모든 가수가 춤도 잘 추고 악기도 잘 다루어야 하는 것은 아니다. 마찬가지로, 어떤 학생이 고등학교에서 배우는 모든 과목을 잘한다면 금상첨화다. 현재의 수능 제도는 이러한 팔방미인을 원한다. 즉, 언어, 수리, 외국어 그리고 사회탐구 (또는 과학탐구) 모두를 잘하는 학생만이 상위권 대학에 진학할 수 있다. 한 과목이라노 밍친다년 원하는 힉교의 힙격은 포기해야 한나. 하시반 모든 학생이 모든 과목을 골고루 잘할 필요는 없다. 오히려 전 과목을 적당히 잘하는 것보다 한두 과목을 타의 추종을 불허하게 잘하는 것이 더 좋을 수도 있다. 이러한 학생들에게 자신의 장점을 펼칠 수 있도록 제도적 장치를 마련한 것이 입학사정관제도인 것이다.

오디션 열풍이 일어나기 전에는 연예기획사에서 훈련을 받지 않는 한 가수로 데뷔하기가 쉽지 않았다. 어려서부터 기획사에 들어가서 춤과 노래를 배워야 음반을 내고 TV에 나올 수 있었다. 하지만 「슈퍼스타 K2」에서는 환풍기 수리공이었던 허각이 별다른 노래 수업을 받지 않고도 그의 선천적 재능만으로 하루아침에 슈퍼스타가 되었다. 비슷한 현상이 대학 입시에서도 벌어지고 있다. 어려서부터 학원에 다니며 문제를 푸는 요령을 배운 학생들이 수능 시험을 잘 보는 편이다. 내가 대학에 다닐 때만 해도 가정 형편이 어려운 수재들이 좋은 학교에 다니는 경우가 많았는데, 요즘의 수능은 안 틀리는 요령을 가진 학생들에게 가장 유리한 시험이 되어버린 느낌이다. 따라서 상대적으로 사교육의 도움을 받기 어려운 학생들은 대학 합격의 영광을 누리기가 힘들다. 이러한 현상을 극복할 수 있는 제도가 입학사정관 전형이다. 가정 형편이 어렵거나, 주변에 학원이 없어서 사교육에 노출되지 않은 학생들도 입학사정관 전형에서는 불리하지 않다. 충분히 다듬어진 보석도 나쁘지는 않지만, 더 큰 원석, 즉 더 큰 잠재력을 가진 학생이 있다면 서류 전형과 면접을 통해서 합격시킬 수 있기 때문이다.

이번 「슈퍼스타 K3」에는 울랄라세션이 많은 화제를 이끌고 있다. 그들의 가창력도 눈에 띄게 탁월하지만, 그 그룹의 리더가 암 투병 중이라는 사실은 보는 이로 하여금 노래 이외의 감동을 받게 한다. 따라서 노래 실력이 비슷하다면, 울랄라세션에게 좀 더 점수를 주고자 하는 마음이 생기는 것은 인지상정이다. 이러한 현상 역시 입학사정관 전형에서 발견할 수 있다. 학업 성적이나 잠재력이 비슷한 두 학생이 있을 경우, 한 학생이 이제까지 더 어려움을 겪으면서 공부를 해왔다면, 역경을 극복한 그 학생에게 점수를 더 주기 마련이다. 입학사정관 전형은 현재의 학업 결과만을 평가하는 것이 아니라 지금까지 오게 된 삶의 과정도 평가 요소에 포함할 수 있기 때문이다.

이렇게 보면, 「슈퍼스타 K」와 같은 오디션과 입학사정관제도는 유사한 점을 상당히 많이 공유하고 있다. 전 과목에 뛰어나지 않아도, 사교육의 기회를 얻지 않아도, 그동안 겪은 역경이 많았어도, 본인이 내세울 재능과 잠재력이 있다면 허각과 같은 신데렐라가 될 수 있다. 입학사정관제도를 처음 실시한 2008년에 수능으로는 도저히 우리 학교에 올 수 없었던 어떤 학생이 입학사정관 전형으로 합격해서 그 고등학교의 화제가 된 적이 있었다. 물론 인지도에서는 허각에 비할 바가 아니지만, 그 역시 신데렐라임은 틀림없다.

생각이 여기까지 이르면, 입학사정관 전형의 면접관들은 이승철이나 윤종신과 같은 역할을 하고 있음을 발견하게 된다. 놀랍게도 「슈퍼스타 K」 심사위원들의 말들은 면접관들이 생각하는 기준과 상당 부분 일치한다. 그들이 찾는 희소성이 면접관들이 중요하게 생각하는 희소성과 동일하다. 입학사정관 전형으로 합격하는 학생들이 전체의 20퍼센트 내외이기에 수능이나 논술과 같이 일반적인 학업 성적을 통해서 들어올 수 있는 학생들보다는 내신이 조금 낮더라도 독특한 장점이 있는 학생들에게 관심이 먼저 가는 것이 사실이다. 또한 심사위원들이 찾는 스타성과 면접관들이 찾고자 하는 잠재성이 유사하다고 볼 수 있다. 심사위원들이 잘 다듬었을 때 슈퍼스타가 될 수 있는 잠재적 인재를 발굴하려고 하듯이, 면접관들도 이미 잘 훈련된 학생보다는 겉으로 보기에 조아한 측면이 있다고 하니나도 먼 장내에 니 큰 인새가 될 만한 학생들을 선발하고자 하는 것이다.

「슈퍼스타 K」를 보면서 면접관들이 심사위원들보다는 좀 더 편한 위치에 있다는 생각도 하게 된다. 「슈퍼스타 K」는 방송을 통해 시청자들이 같은 내용을 볼 수 있기 때문에 심사위원들의 판단에 대한 왈가 왈부가 많다. 하지만 면접 장면은 학부모나 일반인들에게 노출되지 않기 때문에 면접관들의 부담이 상대적으로 적은 편이다. 역으로, 현실적으로는 쉽지 않겠지만, 「슈퍼스타 K」가 전국에 방송되듯이 면접의 장면이 공개될 수 있다면 입학사정관제도의 공정성 문제는 완벽히 해소될 수 있을 것이다.

또 하나, 「슈퍼스타 K」 심사위원보다 입학사정관 전형의 면접관이 편한 점은 합격과 불합격을 응시자에게 바로 알리지 않아도 된다는 점이다. 내 눈앞에서 극도로 긴장하고 있는 학생에게 "당신은 불합격입니다"라는 말을 하는 것은 매우 잔인한 일이다. 결국 누군가는 합격하고 누군가는 떨어지겠지만, 그 상황을 면접관이 직접 통고하지 않아도 된다는 것은 큰 혜택이다.

반면에, 입학사정관 전형이 「슈퍼스타 K」와 가장 다른 점은 서류 전형이 있다는 것이다. 「슈퍼스타 K」는 예선이고 본선이고 본인이 와서 노래를 불러야 한다. 반면에 입학사정관 전형은 응시자 전원에게 면접의 기회를 주기가 어려워서 서류 전형으로 1차 합격자를 가린다. 이러한 서류 전형은 심사자로 하여금 어려운 결정을 내리도록 강요한다. 무엇보다도 힘든 점은 서류에 드러난 학생의 실체를 찾아내는 것이다. 자기소개서나 학생활동 보고서는 실제보다 부풀려질 개연성이 농후하다. 심지어는 다른 사람이 작성을 도와주거나 대신 써줄 수도 있다. 그런 의미에서 응시자가 쓴 내용을 액면 그대로 믿을 수는 없다. 항상 거짓이나 거품이 있을 것을 염두에 두면서 평가해야 한다.

서류를 읽어내는 노하우는 자기소개서, 학생활동 보고서, 그리고 학생부 전체의 일관성을 점검하는 것이다. 어떤 고등학교 교사의 말에 따르면 원서를 쓰기 전에 학생부의 장래 희망란을 수정해달라는 요청이 많다고 한다. 고1 때 장래 희망이 CEO였는데, 막상 문과대의 철학과를 지원하게 되는 상황이면 앞뒤가 맞지 않음을 지원자도 느끼기 때문이다. 하지만 지원자 본인이 진정으로 인문학을 하고 싶어서 철학을 지원하는 것이라면 걱정하지 않아도 된다. 고등학생의 장래 희망이 3년 내내 변하지 않기를 기대하는 것은 사실 무리한 요구이다. 기성세대인 필자도 올해의 생각과 내년의 생각이 같지 않을 텐데, 미래에 대한 고등학생의 생각이 변하는 것은 지극히 자연스러운 일이다. 단, 그러한 변화에 진정성이 있다면, 서류 어딘가에서 장래 희망에 대한 변화의 계기를 설득력 있게 서술할 수 있을 것이다. 그것이 없다면, 서류에서 좋은 점수를 받기는 어렵다.

「슈퍼스타 K」와 입학사정관 전형의 또 하나 차이점은 전자가 여러 주에 걸쳐서 다양한 능력을 테스트할 수 있는 반면 입학사정관제도의 면접은 단판 승부라는 것이다. 입학사정관 전형에서 「슈퍼스타 K」처럼 매주 다른 미션을 주고 지원자들이 얼마나 주어진 학습에 잘 적응하는지를 검토할 수 있으면 정말로 정확한 선발이 될 수 있을 것이다. 이러한 방법이야말로 지원자의 잠재력을 실질적으로 확인할 수 있는 가장 좋은 방법이다. 하지만 대학 입시에서 여러 주에 걸친 평가를 하기는 어렵다. 건국대학교에서 실시하고 있는 1박 2일 면접은 이미 올해가 4년째임에도 다른 학교들이 따라 할 엄두도 못 내고 있다. 이를 보면 여러 주에 걸친 면접은 현실적인 이유로 불가능하다고 보아야 한다.

사실 이러한 검증을 가장 잘할 수 있는 사람은 가 고등학교의 선생님들이다. 선생님들은 적어도 수개월 이상의 세월 동안 학생들을 관찰할 수 있었기 때문이다. 하지만 아쉽게도 아직 추천서를 액면 그대로 신뢰하기는 어려운 실정이다. 학생부의 내신 성적이 평균 5등급인데 추천서의 평가가 모두 상위 10퍼센트에 들어간다고 표시된 경우도 많기 때문이다. 일선 교사들의 평가가 좀 더 신뢰성을 확보할 수 있다면 입학사정관 전형이 지금보다 더 좋은 제도로 정착하게 될 것이다.

「슈퍼스타 K」에 참가한 사람들과 입학사정관 전형에 응시한 학생들도 공통점을 갖는다. 무엇보다도 두 부류의 응시자 모두 절실함을 갖는다. 가수를 지망하는 사람들도 이 기회가 아니면 언제 다시 가수의 꿈을 이룰 수 있을지 장담하기 어렵고, 입학사정관 전형에 지원하는 학생들도 보통 수능 성적으로 같은 대학에 합격하기는 어렵기에 이번 기회가 마지막이라는 절박함을 가지고 있다. 「슈퍼스타 K」에서는 이러한 절실함을 절대 양보하지 않는 태도로 드러내기를 원한다. 다시 말해서, 엄청난 경쟁을 뚫어야 스타가 될 수 있는 연예계에서 살아남기 위해서는 양보심을 버려야 한다. 예를 들어, "당신과 저 사람 중의 한 사람이 탈락해야 한다면 누가 탈락하는 것이 좋겠습니까?"라는 질문에 대해서 겸손함을 드러내는 "제가 탈락하는 것이 나을 것 같습니다"라는 대답은 곧 그 사람의 탈락을 초래한다. 하지만 입학사정관 전형 면접에서 동일한 질문을 받았을 경우, 학생이 "제가 합격해야만 합니다"라고 대답을 하는 것은 오히려 인성 점수에서 감점당할 수 있다.

한번은 토론 면접을 하던 중, 한 학생이 끈경에 몰려 있는 상황에서 여러 학생 중 한 명이 "제가 이 친구의 편을 들어도 될까요?"라고 물어본 후, 자신의 입장을 버리고 그 학생을 도와준 적이 있었다고 한다. 그 학생은 토론에서의 일관성을 잃었다는 면에서 감점을 당할 수도 있었지만, 어려움에 처해 있는 친구를 도와주었다는 점과 이제까지 자신이 옹호하던 입장과 상반된 견해에 대해서도 나름대로 논리를 제공할 수 있었다는 점이 고려되어 토론 면접에서 좋은 평가를 받은 사례가 되었다. 연예계와는 달리 대학에서의 교육은 더불어 살아가는 방법을 펼치는 것도 아주 중요한 요소라고 생각하기 때문이다. 오히려 나만 잘났다고 생각하는 학생보다는 겸손하고 다른 친구를 도울 줄 아는 학생이 면접관의 눈에는 더 좋은 학생으로 보일 가능성이 많다는 점에서 연예계와 대학의 선발 기준은 다르다고 볼 수 있다.

「슈퍼스타 K3」의 우승자가 울랄라세션으로 결정되었듯이, 이 글이 발표될 즈음이면 입학사정관 전형의 합격자들도 알려지게 될 것이다. 이는 곧 2011년의 마지막을 장식할 신데렐라들이 결정되었음을 의미한다. 「슈퍼스타 K」의 심사위원들도 작년의 허각처럼 올해의 신데렐라인 울랄라세션이 연예계에 잘 정착할 수 있도록 관심을 가질 것이고, 입학사정관 전형의 면접관들도 12학번 신데렐라들이 대학에서 자신의 학업에 열중할 수 있도록 조력자의 역할에 최선을 다할 것이다.

이처럼 신데렐라의 탄생을 가까이서 볼 수 있다는 것은 축복이다. 허각의 탄생은 국민 누구나 함께 관람할 수 있었지만 입학사정관 전형의 열매를 직접 확인할 수 있는 사람은 극소수이기에 이는 면접관들만이 가질 수 있는 특권일 것이다. 그러하기에 입시에 참여하는 사람들은 더욱 사명감을 가지고 좋은 학생들을 뽑도록 노력해야 한다. 그 책임이 막중하기 때문이다.

『철학과 현실』(2011년 12월)

「내부자들」에 비친 암울한 현실

　오랜만에 기분을 전환하려고 영화를 보러 갔다가 오히려 더 무거운 마음으로 영화관을 나오게 되었다. 「내부자들」을 본 것이다. 영화가 끝나면서 이 영화의 내용은 사실과 무관하며 설령 사실과 겹치는 부분이 있다고 하더라도 이는 우연의 일치라는 자막이 흘러갔다. 보통 영화를 보았을 때는 "영화가 다 허구지 뭐!"라는 생각을 하는 것이 일반적인데 이 영화를 보면서는, 정말 허구였으면 좋겠다는 생각이 먼저 들었다. 하지만 최근 몇 년 동안 언론을 시끄럽게 했던 몇몇 사건들이 떠오르면서 이 영화가 우연을 가장한 필연이 아닐까 하는 생각이 내 마음을 어지럽게 했다.

　그동안 검찰이나 경찰의 문제점을 파헤친 영화나 드라마는 종종 있었지만, 언론이 소재로 포함된 영화는 개인적으로 처음 접한다. 플라톤의 『국가』에 등장하는 "정의(正義)는 강자의 이익"이라는 트라시마코스의 주장은 예나 지금이나 현실을 지배하는 원리이다. 정치인과 대기업이 지니는 힘은 익히 알고 있는 것이지만, 대중을 개, 돼지로 보는 일부 언론의 역할이 「내부자들」에서 강하게 부각된다. 언론도 이러한 악의 축을 구성하는 내부자‘들’에 포함될 수 있음을 이 영화가 잘 보여 주는 것이다.

　정치인이 구설수에 오를 때마다 등장하는 ‘표적 수사’임을 항변하는 모습이나 재벌 총수들이 검찰에 불려갈 때마다 산소마스크를 쓰는 모습 등은 우리가 흔히 언론에서 보게 되는 장면들이다. 이러한 모습의 이면에 숨어 있는 진실이 영화에서 묘사된 그대로라면 국민들의 입장은 허탈할 수밖에 없다. 요즘 젊은이들이 자조적으로 말하는 ‘헬조선’이 따로 없기 때문이다. 진실을 보도하는 것이 언론의 책무임에도 불구하고, 언론에 몸담고 있는 백윤식은 깡패인 이병헌의 약점을 이용하여 자신의 곤경에서 벗어난다. 이병헌의 고발을 정치공작이라고 “볼 수 있다”는 아주 중립적인 서술에서 시작하여 “매우 보여진다”로 자연스럽게 넘어가는 것이다. 무슨 일이든 정치공작으로 볼 수도 있고 정치공작이 아니라고도 볼 수 있지만, 이병헌보다 자신이 대중의 신뢰를 더 받는 위치에 있음을 활용하여 ‘사람에의 오류’를 의도적으로 사용하고 있는 것이다. 이 장면은 작년 이맘때에 TV에서 방영했던 「오만과 편견」에서 검사로 등장한 최민수의 “결국 중요한 것은 무엇이 옳으냐가 아니라 누가 더 약점을 많이 가지고 있느냐이다.”라는 대사를 기억하게 한다.

　이 영화를 보면서 암울한 생각이 들었던 이유 중 하나는 철학을 가르치는 내 위치가 가지는 무력함 때문이었다. ‘철학의 이해’ 첫 시간에 철학을 “보이는 현상 이면에 보다 더 근원적인 것을 찾으려는 시도”라고 설명하기도 하고, 윤리 시간에 “각자의 몫을 정당하게 갖는 것이 정의”라고 가르치기도 하지만, 이러한 교실에서의 설명이 과연 힘이 좌우하는 현실에서 어떤 역할을 할 수 있을지에 대해서 회의적일 수밖에 없다. "각자가 윤리적인 삶을 살아야 한다"라는 원론적인 이야기가 과연 영화에서 그려진 세상을 바로잡는 데에 어떤 도움이 될 수 있을까? 자조적인 태도가 정답이 아님을 머리로는 이해하고 있지만, 정의가 권력을 가진 강자의 이익으로 보이는 냉혹한 현실에서 분필이 어떤 힘을 발휘할 수 있을지를 생각하면 우울해진다.

혹자는 허구로 구성된 영화를 보면서 이러한 반응을 보이는 것이 지나친 것 아니냐는 지적을 할 수 있다. 나도 영화의 내용이 허구였으면 좋겠다. 하지만 세상이 돌아가는 꼴을 보면 "절대로 그럴 리는 없어!"라고 확신하기 어려운 것이 사실이다. 혹시 '우연히'라도 사실과 연결되는 본질적인 부분이 있다면, 세세한 부분에서 허구적 요소가 있다는 사실 때문에 지금의 우려가 사라지지는 않기 때문이다.

언론이 대중들의 생각을 좌우할 수 있다는 점에서 엄청난 힘을 발휘하는 집단임은 분명하다. 그리고 힘을 가지고 있는 사람들이 그것을 쉽게 놓을 리도 만무하다. 결국 지성인들이 언론 보도 이면에 숨어 있는 사실들을 정확히 밝히려고 노력하고, '적당히 짖어대다 알아서 조용해지는' 개, 돼지가 아니라 불의에 대해서는 끝까지 항거하는 성숙한 시민이 되는 것이 유일한 해결책이 아닐까 생각해본다.

『성숙의 불씨』(2015년 12월)

「응답하라 1988」이 주는 따뜻함

「응답하라 1988」(응팔)에 대한 얘기가 어디를 가도 끊이지 않는다. 응팔은 공중파 방송에서도 기록하기 힘든 시청률을 자랑하며 온갖 포털 사이트의 연예면을 장식하고 있다. 이전의 응답하라 시리즈를 제대로 보지 않았던 필자도 응팔은 본방을 사수하려고 애쓸 정도이다. 왜 그럴까? 무엇이 응팔에 열광하게 할까?

젊은이들은 덕선이(혜리 분)의 남편이 누구일까 궁금해한다. 단순하게 궁금해하는 정도가 아니라 자신이 좋아하는 정환이(류준열 분)나 택이(박보검 분)가 남편이어야 한다고 목소리를 높인다. '어남류'(어차피 남편은 류준열)나 '어남택'(어차피 남편은 최택)이라는 신조어가 생길 정도이다. 중년이나 장년들은 응팔을 통해서 추억을 떠올린다. 서울올림픽을 작은 TV 모니터로 보았던 기억과 그 당시 유행했던 산울림이나 이문세 등의 노래를 통하여 지나간 시간을 반추해본다. 지금은 흔히 먹을 수 있는 바나나가 그 당시에는 입원해야 먹을 수 있었던 귀한 음식임을 생각하며 세월의 흔적을 느끼기도 한다.

하지만 무엇보다 응팔에 시청자들이 열광하는 것은 바로 훈훈한 정이다. 응팔은 사는 모습이 다른 이웃들끼리 음식도 나누어 먹고 필요할 때 서로 도와가며 때론 가족 이상으로 의지하는 관계를 보여준다.

누가 특별히 주인공이라고 할 것도 없이 각자의 삶을 조금씩 보여주는데 그 모습들이 우리가 주변에서 흔히 볼 수 있는 그런 일반적인 사람들이다. 출생의 비밀도 없고 불륜이나 못된 시어머니 같은 자극적인 요소도 거의 없다. 다만 인간 냄새가 나는 여러 사람이 등장할 뿐이다. 주인공을 띄우기 위해서 굳이 악역을 만들 필요가 없는 드라마인 것이다. 그러다 보니 윤리 교과서에서나 등장하는 권선징악(勸善懲惡)을 시청자들에게 강요하지도 않는다. 그냥 인간이 가지는 따뜻함을 응팔은 잔잔히 서술하고 있다.

그렇다. 응팔의 핵심은 따뜻함이다. 먼저 동네 친구 다섯 명은 경쟁 상대가 아니라 진정한 우정을 나누는 관계이다. 성적도 천차만별이고 가정환경도 다르지만, 그들에게는 친구 이상의 각별함이 있다. 정환이와 택이 둘 다 덕선이를 매우 좋아하면서도, 친구 역시 덕선이를 좋아한다는 사실 때문에 편하게 자신의 감정을 표현하지도 못할 정도이다. 그들에게는 너를 밟고 일어서야 내가 승자가 될 수 있다는 경쟁 심리가 작동하지 않는다. 내가 잘되는 만큼 너도 잘되기를 진심으로 원하는 따뜻한 관계인 것이다.

빚보증을 잘못 서는 바람에 가족들을 고생시키는 덕선이 아빠(성동일 분)도 가족에 대한 따뜻한 마음을 가지고 있다. 그는 아내가 암 진단을 받을까 노심초사(勞心焦思)하면서도 어떻게든 아내의 마음을 편하게 해주려고 노력하는 속 깊은 남편이며, 꿈이 없다는 작은딸의 말을 들으면서도 이를 탓하고 훈계하기보다는 꿈이 없어도 상관없다고 안심시키는 따뜻한 아빠이다. 그 동네에서 경제적으로 가장 여유가 있는 정환이 엄마(라미란 분)도 자신이 어려웠던 시절을 떠올리며 힘든 이웃들에게 넉넉함을 베푸는 후한 맏언니이다. 그녀는 이웃에게 자신의 것을 나눠주면서도 잘난 척을 하지 않고, 그녀에게 덕을 보는 이웃들도 삐뚤어진 마음 없이 감사하게 그녀의 호의를 받아들인다. 정봉이(안재홍 분)는 심장병으로 수술을 하면서도 간호하느라 코피를 흘리는 동생의 모습을 안쓰러워하고, 형이 못 이룬 꿈을 대신 이루려는 동생에게 "형의 꿈을 이루려 하지 말고, 네 꿈을 이루어봐"라며 동생을 격려한다. 응팔에서 가장 까칠한 역으로 나오는 보라(류혜영 분)도 겉보기에는 재수 없는 모습이지만, 가장 중요한 순간에는 따뜻한 마음의 소유자로 기억될 정도이다.

이러한 따뜻함은 지금을 살고 있는 시청자의 심금을 울린다. 이는 우리가 따뜻함을 갈구한다는 뜻이기도 하다. 하지만 요즘 우리는 이웃이 누구인지도 잘 모른다. 같은 아파트에서 엘리베이터를 함께 타도 휴대폰만 만지작거리다가 내리곤 한다. 응팔에서처럼 이웃끼리 음식을 나누거나 서로에게 도움을 준다는 것은 현실적으로 쉽지 않다. 이런 면에서, 2016년을 살아가는 우리가 1988년과 같은 방식으로 따뜻함을 행사할 수 있을지는 잘 모르겠다. 하지만 지금을 살아가는 사람들에게 인간관계가 사라진 것은 아니다. 오늘도 직장이나 일상에서 많은 사람을 만나고 있다. 우리가 그들에게 서로 따뜻한 사람이 된다면 응팔은 단지 추억 속의 모습이 아니라 오늘을 사는 우리가 누릴 수 있는 따뜻한 삶이 되는 것이다. 우리 모두가 그런 훈훈한 삶을 갈망하기에 응팔이 폭발적인 인기를 누리고 있는 것이 아닌가 생각해본다.

『성숙의 불씨』(2016년 1월)

「스카이캐슬」

요즘 「스카이캐슬」이라는 드라마가 선풍적인 인기를 끌고 있다. 이 드라마는 상류층에 속한 소수의 집단이 자녀의 입시 지도를 위한 고액 '코디'를 두며 '서울 의대'에 합격시키려는 모습을 풍자적으로 그리고 있다. 높은 시청률이 보여주듯이 많은 사람들이 이러한 세태에 관심을 기울이고 있지만, 한편으로 시청자의 입장에서는 여기서 보여주는 현실을 마음 편하게 바라볼 수만은 없다. 이 드라마에서 보여주는 '입시 준비'를 통해서 길러진 사람은 우리 사회에서 필요한 인재가 전혀 아니기 때문이다.

첫째로, 우리 사회에서 요구하는 인간의 자질은 자기 주도성을 발휘하여 스스로 선택하고 책임을 지는 것이다. 자신이 무엇을 원하는지 파악하고 이를 위해서 자신의 힘으로 노력하여 결과를 얻어 내는 사람이 우리 사회에서 바람직하게 생각하는 인재상이다. 하지만 「스카이캐슬」에서 그려지는 학생은 부모의 소유물처럼 부모의 조종을 무비판적으로 따르고 과외 선생이 없이는 성적을 올릴 수 없는 학생임에도 서울 의대를 갈 확률이 높은 것으로 나온다. 이 드라마에서 추구하는 교육은, 좀 심하게 말하면, 자율성을 결여한 채 부모의 요구를 잘 따르는 기계와 비슷한 아이를 만드는 것이다. 인공지능을 탑재한 로봇의 상용화를 눈앞에 둔 이 시점에서 또 다른 기계가 필요하지는 않다고 볼 때, 이 드라마에서 성적이 좋은 학생이 우리 사회에 도움이 되는 재원은 아닌 것이 분명하다.

둘째로, 원하는 결과를 위해서 수단과 방법을 가리지 않는 태도가 이 드라마에서 여과 없이 드러난다. 내신 성적을 올리는 것이 절대적인 목표가 되어서 공정하지 않은 방식을 사용하여 목표 달성을 하는 것이다. 심지어는 경쟁자에게 방해가 되는 행동을 하여 상대방에게 손해가 되는 일도 주저하지 않고 시행한다. 최근 한 강남 사립학교의 교무부장이 시험 문제를 빼돌려서 자기 딸을 전교 1등에 오르게 한 사건은 불공정한 방법을 사용한 대표적인 실례(實例)이며 이와 비슷한 일들이 드라마에서도 등장한다. 하지만 공정한 경쟁이란 결과뿐 아니라 과정도 정당해야 한다. 그렇기에 이처럼 부당한 방법을 통해 남을 짓밟고 올라간 학생은 분명 우리 사회가 필요로 하는 사람이 될 수 없음은 명약관화(明若觀火)하다.

셋째, 우리 사회는 개인의 능력을 잘 발휘하는 것 못지않게 협업을 통해 시너지 효과를 내는 것이 필요하다. 어느 직장에 속하더라도 동료들과 힘을 합하여 공동의 목표를 향해 나가야 하는 일들이 발생하기 때문이다. 하지만 이 드라마에서는 경쟁 상대를 이기는 것을 최우선으로 하는 모습을 보여주어 공동체 생활에서 필요한 자질의 중요성을 간과하게 만들고 있다. 이는 상대평가의 폐해라고도 볼 수 있다. 상대평가를 통한 내신의 등급제는 내가 잘하는 것도 중요하지만 내 경쟁자가 못하는 것도 마찬가지로 중요하다. 이러한 교육 아래에서는 타인과 더불어 힘을 합치는 것을 기대하기 어려우며 독불장군(獨不將軍)만 길러질 뿐이다. 나만 잘하면 그만이지 내가 다른 사람과 어떻게 조화롭게 살 것인지에 대한 고민은 전혀 없다. 우리 사회는 타인과 함께 더불어 사는 곳인데, 나만 잘 살겠다는 사람이 과연 우리 사회를 발전시킬 수 있을지 의문이 든다.

「스카이캐슬」의 내용이 풍자적인 면이 있어서 어느 정도의 과장이 들어 있을지 모르지만, 만일 우리나라의 대학이 드라마에서 묘사된 '좋은 성적'의 학생들을 실제로 선발하고 있다면 이는 심각한 문제가 아닐 수 없다. 우리나라는 인적 자원의 힘으로 발전해온 국가이다. 다시 말해서, 교육이 제 역할을 못하면 우리나라가 지금까지 쌓은 금자탑이 사상누각으로 변할 수도 있다. 이 드라마의 소재가 된 내용이 완전 허구가 아니라고 가정한다면, 교육이 지향하는 방향에 대한 재검토가 필요한 시점이 아닌가 생각한다. 적어도 공부만 잘하면 다른 모든 것에 면죄부를 주는 그런 사회적 풍토는 이번 기회에 바로잡았으면 하는 마음이다. 아울러 사회를 살아가는 데에 지적인 능력 못지않게 인성과 사회성도 중요함을 가정과 학교에서 강조해주었으면 한다. 그래야 우리 사회가 성숙한 사회로 나아갈 확률이 높아지기 때문이다.

『성숙의 불씨』(2019년 1월)

김민희의 베를린 영화제 수상

　김민희가 우리나라 최초로 베를린 영화제 여우주연상을 받았음에도, 일반 시민들의 반응은 차갑다. 그는 홍상수 감독과의 불륜으로 한바탕 홍역을 치른 배우이기 때문이다. 게다가 이번에 수상한 「밤의 해변에서 혼자」라는 영화가 유부남과의 관계로 힘들어하는 여배우의 이야기이기에, 그 영화에서의 배역은 연기가 아니라 실상이라는 비아냥도 없지 않다. 게다가 홍상수 감독의 부인과 가족에게는 이번 수상 소식이 또 하나의 상처가 될 가능성이 크기에 그들에 대한 동정론도 다시 언급되고 있다. 만일 우리나라의 다른 배우가 일반적인 영화를 통해서 동일한 상을 받았다면 많은 사람이 진심으로 축하해주었겠지만, 이번 김민희의 수상은 축하하는 마음보다는 부정적으로 바라보는 사람들이 더 많은 듯한 인상이다.

　이 자리에서 김민희와 홍상수 감독의 불륜을 변호할 생각은 전혀 없다. 하지만 김민희가 배우로서 영예로운 상을 받는 순간에도 다른 사람들의 축하는커녕 비난을 받고 있다는 사실은 무언가 어색하다. 물론 그에 대한 사람들의 비난은 수상 자체에 대한 것이기보다는 과거의 그의 선택에 대한 것이다. 가장 영예로운 상을 탔다고 하더라도, 일반인들에게 그의 연기를 좋게 평가하고 싶은 마음이 안 생기는 것이다. 어쩌면 베를린 영화제이기에 수상이 가능했지, 국내에서 거행하는 영화제였으면 그의 사생활 때문에 상을 받지 못했을 가능성이 많았을 것이다.

그렇다면 사생활이 비윤리적인 사람은 어떠한 경우라도 좋은 평가를 받아서는 안 되는 것일까? 우리는 여기서 평가의 대상이 무엇인지를 잘 구분할 필요가 있다. 여우주연상은 연기에 대하여 주는 상이지 배우의 인품에 대해서 주는 상은 아니다. 그리고 여우주연상을 탔다고 해서 과거의 선택에 대한 속죄가 되는 것 또한 아니다. 그렇다면 그의 연기에 대한 평가와 인품에 대한 평가는 별개의 문제이다. 우리가 그의 불륜을 미워한다고 하더라도 여우주연상 수상은 그 자체로 인정해 줄 필요가 있는 것이다.

이러한 사례는 비일비재하다. 분석철학자라면 누구나 다 아는 크립키(Saul Kripke)라는 사람이 있다. 필자가 학부 때부터 그의 책과 논문을 읽었을 정도로 철학에 대한 그의 기어는 누구도 부인하기 어렵다. 하지만 그는 프린스턴 대학에 재직할 때부터 학내에 여러 문제를 일으켰던 사람으로, 그의 실력은 인정하면서도 많은 학생들이 그를 지도교수로 지정하기 꺼릴 정도였다. 한마디로 탁월한 철학자이지만 좋은 사람은 아니었던 것이다. 그의 성품이 훌륭하지 못하다고 해서 그가 쓴 논문의 가치가 줄어드는 것은 아니다. 크립키라는 사람을 총체적으로 평가하라고 하면 무어라 말해야 할지 고민스럽겠지만, 적어도 평가의 대상을 명확하게 한다면 박수를 칠 부분과 비난을 할 부분이 분명하게 나누어질 것이다.

인품과 학문처럼 서로 다른 분야에 대해서만 상반된 평가를 할 수 있는 것은 아니다. 신경숙 작가의 경우 얼마 전에 표절 문제로 부정적인 평가를 받은 적이 있다. 그것이 표절이라면 그 부분에 대해서는 작가 자신이 책임을 져야 할 것이다. 소설가로서의 위상에 흠결이 생긴 것은 사실이지만 그렇다고 해서 그가 쓴, 표절과 무관한 다른 소설의 가치가 한꺼번에 사라지는 것은 아니다. 물론 독자의 입장에서 실망감으로 더 이상 그의 소설을 안 읽기로 결심할 수는 있다. 하지만 이는 그 사람에 대한 평가이지, 표절과 무관한 소설에 대한 평가가 될 수는 없는 것이다. 어떤 학생이 기말고사에서 부정행위로 적발되었다고 해서 부정행위가 없었던 성적마저 부정될 필요는 없는 것이다. 그 사람을 용서할 것이냐의 문제는 개인마다 다를 수 있다. 하지만 한 사람의 잘못된 선택이 그의 모든 업적을 무가치한 것으로 만드는 것은 아님을 분명히 할 필요가 있다.

박정희 대통령에 대한 평가도 마찬가지다. 그가 오랫동안 독재를 한 것에 대한 평가와 우리나라 경제발전에 기여한 것에 대한 평가는 별개로 이루어져야 한다는 것이 일반적인 사람들의 입장이다. 경제발전이 그의 독재를 정당화할 수 없듯이, 그의 독재가 경제발전을 무의미한 것으로 만들지도 않는다. 그의 딸인 박근혜 대통령에 대해서도 마찬가지다. 부모를 모두 총탄에 잃은 사실은 안타까운 일이며 한 인간으로 연민을 느끼게 한다. 그렇다고 해도 대통령으로서의 능력에 대한 평가는 별개의 문제이다. 이 두 가지 평가 대상이 혼재하게 되면 정확한 판단이 어려워진다.

우리는 흔히 죄는 미워해도 사람은 미워하지 말라는 얘기를 한다. 김민희의 수상 소식을 들으며, 설령 사람은 미워해도 그의 업적은 인정하자는 말을 하고 싶다. 인간 김민희에게는 부정적인 평가를 하더라도, 배우 김민희가 받은 여우주연상 수상은 축하받을 만한 일이라고 말이다.

『성숙의 불씨』(2017년 2월)

윤여정

영화 「미나리」에 출연한 윤여정이 아카데미 여우조연상을 받았다는 소식은 지난해 「기생충」의 수상에 이어 축하받을 만한 일이다. 이제 우리 영화계의 수준이 칸이나 베를린 영화제뿐 아니라 할리우드에서도 수상할 수 있을 만큼 높아졌다는 뜻이니 말이다. 하지만 1976년 몬트리올에서 양정모 선수가 우리나라 올림픽 사상 첫 금메달을 땄던 것은 지금도 생생하게 기억하나, 그 이후에 우리나라가 획득한 수많은 금메달에 대해서는 상대적으로 관심이 줄어든 것처럼, 영화계의 잇따른 쾌거도 일반인들에게는 점차 무덤덤해지게 될 가능성이 없지 않다.

그럼에도 불구하고, 이번 수상에서 가장 눈에 띈 것은 윤여정이라는 '사람'이었다. 오랫동안 인지되고 있던 영화배우이자 연예인이었지만 그 사람의 내면을 들여다볼 기회는 이번이 처음이었기 때문이다. 막힘 없는 영어로, 때로는 당황스러운 질문까지도 능숙하게 대답하는 것을 보며 그녀의 내공이 대단하다는 것을 새삼 확인할 수 있었다. 이번 아카데미에서의 수상을 전후로 했던 그녀의 인터뷰는 인간으로서의 성숙함을 더욱 돋보이게 했기 때문이다.

무엇보다 그녀가 자신의 증조할머니에 대해서 언급한 부분은 누구나 가질 수 있는 어린 시절의 미숙함에서 성숙함을 배워가는 과정을 잘 보여주었다. 어렸을 때, 다른 사람이 사용한 물로 자기 몸을 씻는 증조할머니를 보며 더럽다고 느꼈던 그녀는, 어른이 되면서 그런 행동이 자기희생의 발현이라는 것을 깨닫게 되었다고 고백한다. 어쩌면 「미나리」를 찍는 내내 그녀는 자기 증조할머니를 떠올렸을지도 모른다. 어른스러워진다는 것이 나이를 먹는다고 자연스럽게 되는 것은 아닌데, 그녀는 자신의 부끄러웠던 경험을 성숙함으로 바꿀 수 있었기에 「미나리」라는 의미 있는 영화를 부산물로 만들어낸 것이 아닌가 하는 생각이 들었다.

이뿐만이 아니다. 자기네 나라의 야구 결승을 'American Series'라고 부르지 않고 'World Series'라고 부르는, 조금은 오만해 보이는 미국 사람들에게 그녀는 겸손이 지니는 미덕을 알려주었다. 수상을 예상했냐는 미국 기자의 질문에 "글렌 클로스(Glenn Close) 같은 배우를 어떻게 이길 수 있겠습니까?"라고 대답한 점이나, 수상 소감을 말하면서, 작년에 봉준호 감독이 마틴 스코세이지(Martin Scorsese) 감독에 대한 존경을 표시했듯이, 함께 후보에 오른 다른 배우들을 언급하며 서로 경쟁 관계가 아니라고 한 점들은, 자신을 자랑하는 것에 거침이 없는 미국 사람들에게 다른 가치관을 제시해주었다. 특히, 자신의 수상에 대해서 "다른 후보자들보다 조금 더 운이 좋았을 뿐"이라는 말에 청중들이 웃음을 터뜨린 것은 자기중심적인 미국인의 문화와 대비되는 우리의 겸양지덕(謙讓之德)을 보여준 결과라고 생각한다. 우리는 일상에서 좋은 결과를 얻게 되었을 때, "운이 좋아서 그렇다"는 말을 흔히 사용하는 반면, 미국 사람이 보기에 오스카의 수상과 같이 일생의 가장 큰 업적을 운으로 돌리는 것은 농담으로 들렸을 것이기 때문이다. 자신의 가치를 폄하하면서 겸손을 가장하는 것은 바람직하지 않을 수 있지만, 그녀처럼 스스로에 대한 자신감을 유지하면서 겸손을 드러내는 것은 그녀의 성숙함을 잘 반영하는 것으로 보인다.

이처럼 윤여정이라는 사람은 이번 수상을 계기로 탁월한 배우일 뿐 아니라 성숙한 인간임을 전 세계에 알리게 되었다. 그녀가 출중한 배우라는 사실보다 배울 것이 있는 사람이라는 사실이 우리에게 더욱 소중하게 느껴지는 것은 자신의 영역에서 뛰어나지만 인간성이 뒷받침되지 못한 사람을 자주 보았기 때문일 것이다. 그래서 더욱 이번 그녀의 수상에 진심 어린 환호와 찬사를 보내게 되는 모양이다.

『성숙의 불씨』(2021년 5월)

5. 스포츠를 통해서 본 세상

WBC에서 월드컵까지

　2002년 월드컵 4강의 열기가 이번 6월의 독일 월드컵으로 이어지는 시점에서 작년 봄에 열렸던 세계야구선수권대회(WBC)는 예상치 않았던 또 하나의 드라마를 만들어냈다. 불안한 마음으로 지역 예선을 시작했던 우리가 일본을 두 번이나 꺾고 미국과 멕시코를 연파하며 4강에 올라선 것은 답답한 세상을 살아가는 우리 국민에게 시원한 청량제 역할을 했다.

　WBC가 끝난 지 한참이 지난 지금, 이치로의 망언을 새삼 꺼낼 생각도, "공격은 관중을 부르고 수비는 승리를 부른다"는 구기 종목의 평범한 진리를 새삼 확인할 생각도 없다. 또 뉴욕 양키스의 히데키 마쓰이는 참가를 거부한 반면 외국에서 활약하던 우리 선수들이 모두 참여한 것을 '애국심'이란 이름으로 호들갑 떨거나, 연봉을 2,500만 달러를 받으면서도 큰 활약을 못 했던 알렉스 로드리게스보다 이승엽이 더 낫다는 식의 무리한 주장을 할 의향도 없다.

다만 WBC 중계를 보면서 계속해서 내 마음속에 떠올랐던 한 야구 선수에 대해 이야기해볼까 한다. 그는 최초의 흑인 메이저리거 재키 로빈슨이다. 1947년 4월 15일 로빈슨은 브루클린 다저스(현 LA 다저스의 전신)의 유니폼을 입고 꿈의 무대에 데뷔해서 그해에 신설된 최초의 '신인왕' 타이틀을 차지하며 성공적인 메이저리그 선수 생활을 시작한다. 두 해 후인 1949년, 흑인 선수로는 최초로 올스타 경기에 출전하고, 한 해 동안 0.342의 타율과 124타점, 그리고 37도루를 기록하며 내셔널리그 최우수선수상을 수상한다. 그는 10년 동안 통산 타율 0.311을 유지하고 가장 병살 수비를 잘한 2루수로 인정받으며 명예의 전당에 오르게 된다.

이렇게 겉으론 화려해 보이는 그의 야구 인생 이면에 '최초의 흑인'이기에 겪어야 하는 설움은 이루 형용할 수 없었다. 그 당시 미국은 인종차별이 노골적으로 이루어지던 시기였기에 '깜둥이'가 메이저리그에서 뛴다는 것은 일부 백인들에게 모욕으로 여겨졌다. 사실 로빈슨에게 최초로 관심을 가진 구단은 보스턴 레드삭스였다. 하지만 구단이 그를 테스트하는 자리에 보스턴의 감독과 다른 선수들이 나타나기를 거부하여 무산되었다.

그뿐만 아니다. 메이저리그 첫 타석에서 범타로 물러났을 때 로빈슨은 홈 관중으로부터 심한 야유를 받아야 했고, 심지어는 그에게 침을 뱉는 관중도 있었다. 데뷔 첫날 3타수 무안타의 성적을 기록했을 때 다른 선수들은 받지 않는 부당한 비난을 들어야 했다. 그 비난 중에는 살해 위협도 있었다고 한다. 그가 데뷔하던 해, 세인트루이스 카디널스는 흑인 선수가 있는 다저스와 경기를 할 수 없다고 보이콧을 하려 했으나, 내셔널리그 회장이 "우리 리그의 운명은 재키 로빈슨과 함께한다"고 강력히 대응하여 수습된 적도 있었다.

보통 3할 타자라고 하면 아주 우수한 야구 선수라고 할 수 있다. 하지만 이는 10번 타격했을 때 7번은 범타로 물러난다는 것이며, 환호를 받는 경우보다는 그렇지 못한 경우가 두 배 이상 많다는 뜻이 된다. 그리고 매일 야구를 하다 보면 몸이 약간 아프거나 슬럼프에 빠질 때도 있다. 하지만 로빈슨에게는 이를 차근차근 극복할 수 있는 여유가 없었을 것이다. 결정적인 기회를 무산시키거나 조금만 부진해도 언론들이 깜둥이는 메이저리그에서 추방되어야 한다고 난리를 쳤기 때문이다.

그는 버스에서 흑인 칸으로 옮기라는 명령을 듣지 않아서 문제가 된 적도 있었고, 군 복무 중에는 인종차별을 하는 명령을 복종하지 않아 군법 재판에 넘겨진 적도 있었다. 비록 무죄 판결을 받기는 했지만 말이다. 피부색에 의해 가해지는 부당한 대우에 그는 분노했고, 할 수 있는 저항은 하던 로빈슨이었다.

하지만 다저스 감독이 데뷔하기 전에 그를 불러 신신당부를 한 것이 있었다. 억울한 취급을 당하더라도 개인적으로 그들에게 대항하지 말고 경기장에서 실력으로 그들과 대응하라는 것이었다. 왜냐하면 로빈슨의 처신에 따라 그 자신뿐 아니라 다른 동료 흑인 선수들이 메이저리그에 참여할 수 있는가 여부가 달려 있었기 때문이다.

그는 관중이나 언론의 부당한 비난을 실력으로 대응하였고, 그에게 야유를 던지던 사람들도 그의 적시타에는 박수를 보낼 수밖에 없게 되었다. 결국 1955년 그는 다저스에 첫 월드시리즈 우승을 선사하고 이듬해 은퇴를 한다. 그는 흑인 야구 선수들뿐 아니라 모든 메이저리그 선수들의 존경을 받는 인물이 되었으며, 그의 등번호 42번은 다저스 구장뿐 아니라 모든 메이저리그 구장에 영구 결번으로 등록되어 있다.

또 하나의 야구 영웅 미키 맨틀이 신인이었을 때, 로빈슨이 그를 찾아가 "너는 정말 대단한 선수이며 반드시 대성할 것이다"라고 격려했다고 한다. 맨틀은 그 당시를 회상하며 그토록 심한 모욕과 야유를 당한 로빈슨이 시골에서 갓 올라온 풋내기 선수에게 어떻게 그런 따뜻한 격려를 해줄 수 있을까를 생각하면서, 로빈슨을 야구 선수로 뿐만 아니라 인간으로 존경하게 되었다고 고백했다. 이처럼 로빈슨은 자신에게 처한 역경을 실력으로 극복했을 뿐 아니라 이를 통해서 성숙한 인간이 된 것이다.

미국이나 일본에서 선수 생활을 경험한 박찬호, 서재응, 김병현, 이승엽, 이종범, 최희섭, 구대성 등이 재키 로빈슨과 같은 푸대접을 받은 것은 아니었을지도 모른다. 하지만 평균 1,400만 달러의 연봉으로 5년 동안 계약했던 박찬호는 '먹튀'라는 조롱을 미국 언론으로부터 받으며 마음고생을 했다. 서재응은 작년 메츠에서 가장 안정된 선발투수였음에도 연봉이 적은 선수라는 이유로 대접을 제대로 받지 못하다가 결국 다저스로 이적하게 되었다. 김병현은 애리조나 시절에 메이저리거의 꿈인 월드시리즈에서 마무리로 등판해서 홈런을 맞고부터는 계속 제 컨디션을 찾지 못하다가, 보스턴 레드삭스에서 손가락으로 관중들에게 욕을 한 이후에는 관중과 언론의 집중포화를 받고 결국 콜로라도로 자리를 옮겼다. 이승엽도 몇 년 전 메이저리그의 스프링 캠프에 참여했으나 아무도 제값에 계약하려는 구단이 없어서 일본으로 유턴해야 했다. 일본에서도 왼손 투수에 약하다는 이유 때문에 내내 주전으로 뛰지는 못하고 상대 투수가 좌완일 때마다 타석에 서지 못하는 수모를 겪있다. 이종범도 위협구의 대상이 되어 부상으로 시달려야 했고, 최희섭도 시카고 컵스에서부터 플로리다 말린스, LA 다저스, 보스턴 레드삭스로 전전하며 찬밥 신세를 면치 못했다. 구대성 역시 일본과 미국을 넘나들며 정착을 시도했지만 성공하지 못하고 다시 한화로 돌아올 수밖에 없었다.

이들 모두 말도 잘 안 통하는 다른 나라에서 문화적 차이를 맛보고 온갖 설움을 겪으며 눈물 젖은 빵을 먹어본 경험이 있는 선수들이었다. 승리에 기여했을 때는 반짝 관심을 받기도 했지만 그렇지 못했을 때는 외국인이라는 이유로 차별을 받아온 상처 입은 선수들이었다. 이렇게 보면, 지역 예선에서 일본을 상대로 이승엽이 역전 2점 홈런을 친 것이나, 본선에서 미국을 상대로 선제 홈런을 친 것은 이와 같은 한을 푼 것이라고 볼 수 있다. 이는 이승엽뿐만이 아니다. 애너하임에서의 일본 경기에서 2타점 결승 2루타를 치고 두 손을 힘차게 뻗으며 다이아몬드를 뛰어나갔던 이종범도, 내내 부진했음에도 미국과의 경기에서는 쐐기를 박는 3점 홈런을 친 최희섭도, 세 경기에 등판해서 단 1실점만을 허용하며 호투하고 일본전 승리 후 투수의 마운드에 태극기를 꽂았던 서재응도, 선발과 마무리를 넘나들며 1승 3세이브를 기록했던 박찬호도, 일본과의 4강전에 패하기 전까지는 완벽한 계투로 아슬아슬한 승리를 지켜낸 김병현과 구대성도 모두 그들이 받았던 대접에 대한 실력으로의 대응이라고 보인다.

이제 WBC는 기억 속으로 사라지고 우리는 곧 밤잠을 설치며 월드컵의 열기 속에 빠져들 것이나. 축구에서노 야구와 마찬가지로 외국에 가서 활동하고 있거나 활동했던 우리 선수들이 많이 있다. 그중에는 박지성과 이영표처럼 주전 자리를 차지하며 비교적 안정된 지위에 있는 선수도 있는 반면, 설기현, 안정환, 차두리와 같이 아직 눈에 띄는 활약을 할 기회가 주어지지 않은 선수도 있고, 이천수나 송종국처럼 그곳에서 정착하지 못하고 국내 축구로 돌아온 선수도 있다. 이들 선수 모두 이국에서 느낀 설움과 애환이 많을 것이다. 한을 품었던 우리 야구 선수들이 WBC에서 실력으로 세계만방에 그들의 이름을 날렸듯

이, 우리 축구 선수들도 월드컵에서 그들의 한을 마음껏 달래보았으면
하는 희망이 있다. 과연 이번 6월에 그 드라마의 주인공이 누가 될지
기대가 된다.

『철학과 현실』(2006년 6월)

인간 박찬호

내셔널리그 우승자를 결정하는 시리즈에서 LA 다저스가 필라델피아 필리스에 1승 4패로 지면서 박찬호의 2008년도 시즌도 마무리가 되었다. 올 한 해의 활약은 텍사스로 옮기기 전의 다저스 시절과 비교될 수 있을 정도로 성공적이었다. 비록 선발이 아닌 구원투수였다는 점이 본인에게는 아쉬웠겠지만, 생애 두 번째로 플레이오프에서도 등판해보았고 무엇보다 새기의 신호를 확실하게 보여주었다는 년에서 보는 이로 하여금 많은 것을 느끼게 했다.

1973년생인 박찬호는 현재 만으로 35세이다. 함께 고교 시절에 경쟁했던 동갑의 선수들은 거의 은퇴하였고, 국내에서 그보다 고참인 선수는 극히 일부에 불과하다. 메이저리그에는 30대 후반이나 40대의 선수들이 꽤 있지만, 그들은 대부분 꾸준히 좋은 성적을 내는 선수들이지 박찬호처럼 6년 동안 이렇다 할 성적을 내지 못한 선수가 그 나이에 재기하는 것은 그리 흔한 일이 아니다. 게다가 그는 이미 경제적인 걱정을 하지 않아도 될 만큼 많은 돈을 벌어놓았다. 그가 미국에서 연봉으로 받은 돈은 700억이 넘으며 전성기 때 광고 수입도 꽤 있었기에 설령 그중 반 정도를 세금으로 제한다고 하더라도 몇 백 억의 재산을 소유하고 있는 셈이다.

2007년도에 그는 메이저리그에서 뉴욕 메츠 소속으로 단 한 경기를 던졌다. 4회 동안 7실점을 하고 패전투수가 된 후 바로 팀에서 방출되었다. 이후 휴스턴 애스트로스 산하의 마이너리그에서 남은 2007년을 보냈지만, 메이저리그로 다시 올라올 기회는 없었다. 메이저리그하고 마이너리그는 하늘과 땅 차이이다. 연봉뿐 아니라 모든 대접이 다르다. 메이저리그 선수들은 거의 비행기로 이동하는 반면, 마이너리거들은 주로 버스를 이용한다. 농구의 천재 마이클 조던이 야구 선수를 하겠다고 마이너리그에 갔을 때, 이동을 위한 버스가 불편해서 개인 비용으로 최고급 버스를 구매하여 팀에 기증했을 정도이니 버스의 수준도 짐작할 수 있다. 또한 메이저리거들은 품위 유지를 위해서 패스트푸드 음식점을 못 가게 하지만, 마이너리거들은 야구 연봉으로 수입이 충분치 않아서 야구 시즌이 끝나면 따로 직업을 가져야 하는 사람들이 상당수이다. 막말로 몇 백 억의 재산을 가진 사람이 돈 때문에 마이너리그 생활을 계속할 이유는 전혀 없다는 뜻이다.

박찬호는 2008년 다저스와 마이너리그 계약을 맺었다. 쉽게 말하면, 구단의 입장에서 부담 없이 버릴 수 있는 선수라는 의미이다. 그러한 박찬호가 시즌이 끝나고는 투수 중 다저스를 떠날 수 있는 자유계약 선수로 데릭 로우, 브래드 페니, 그렉 매닉스, 소 바이벨과 함께 언급될 정도로 자신의 가치를 올려놓았다. 시즌 전에는 '버릴 수도 있는 선수'에서 시즌 후에는 '떠나는 것이 아쉬운 선수'로 등급이 올라간 것이다.

사실 박찬호는 마이너리그 계약이 아니었다면 시즌 초에 5선발로 낙점을 받았을 것이다. 하지만 연봉 650만 달러의 로아이자를 버린다면 구단이 잘못된 계약을 했음을 스스로 인정하는 꼴이 되기에 로아이자에게 5선발이 돌아갔고 박찬호는 마이너에서 시즌을 시작한다. 그도 텍사스 레인저스 시절에 5년간 6,500만 달러의 연봉을 받기로 계약했기에 텍사스에서 3년 반, 샌디에이고로 이적한 후의 1년 반 등 총 5년 동안 33승 33패의 평범한 기록과 5점대의 방어율에도 메이저리그에 남아 있을 수 있었다. 결국은 2002년부터 2006년까지 누린 혜택에 대한 업보를 2008년에 치른 셈이었다.

마이너로 내려간 그는 거기서 한 경기도 치르지 않은 채 4월 3일 구원투수의 보직으로 메이저에 올라오게 된다. 그가 맡은 역할은 구원투수 중에서도 선발투수가 일찍 강판당하였을 경우나 다른 구원투수들에게 휴식이 필요할 때 여러 회를 던지는 '롱 맨'이었다. 일명 '패전 처리용 투수'로 구원투수 중에서도 중요성이 가장 떨어지는 보직이다. 이기는 경기에서 9회를 책임지는 '마무리 투수'와 8회를 맡는 '셋업 맨', 그리고 좌타자 전문 투수 등이 일반적으로 중요한 구원투수들이기 때문이다.

4월 중에 박찬호에게는 두 번의 결정적인 전환점이 있었다. 하나는 21일 신시내티와의 경기였다. 이날 9 대 1로 이기던 경기의 7회부터 던져서 비록 2실점을 했지만 3회를 던지며 메이저리그 첫 세이브를 기록했다. 어떤 신문에서는 2실점을 지적하며 "부끄러운 세이브"라는 표현을 쓰기도 했지만, 선발에 이어 두 번째 투수로 나와서 3회를 던지며 경기를 마무리한 공로는 생각보다 크다. 불펜에 있는 다른 선수들 전체에게 휴식의 기회를 주었기 때문이다. 두 번째 전환점은 25일 콜로라도와의 경기였다. 7 대 6으로 이기고 있던 경기에서 등판한 마무리 투수 사이토가 1점을 내주는 바람에 경기는 연장에 들어갔고 11회에 나온 박찬호는 3회를 무실점으로 막으며 2006년 샌디에이고 시절 이후에 처음으로 승리를 올린다. 비록 선발승은 아니었지만, 연장에서 3회를 무실점으로 버티며 승리를 가져다준 것은 감독에게 큰 신뢰를 주기에 충분했다. 그 경기 이후 부상이 아닌 한 마이너로 내려가는 일은 없겠다는 확신이 들었다.

　스프링 캠프를 잘했음에도 개막전 25명의 선수 명단에 들어가지 못했을 뿐 아니라 클레이튼 커쇼처럼 다저스 구단에서 마음먹고 키우려 하는 투수들이 마이너에서 대기 중이었기에 시즌 초반만 하더라도 한두 경기에서 부진하면 다시 마이너로 내려갈 수 있는 상황이었다. 그 당시의 솔직한 심정은 보직과 상관이 없이 시즌을 마칠 때까지 메이저리그에 남기만 해도 다행이라는 생각이 들었다. 특히 4월 17일에 가르시아파라가 부상자 명단으로부터 올라오면서 투수 한 명이 마이너로 내려갈 때만 해도 박찬호가 가는 것 아닌가를 걱정할 정도였다. 하지만 4월이 지나고 나서는 메이저리그에 남아 있는 것을 우려해야 하는 수준은 넘어섰다. 어찌 보면 메이저리그에서 10년 이상 있었던 베테랑에게는 별것 아닌 것으로 보일 수 있지만, 2007년에 단 한 경기 만에 메츠로부터 방출되고 남은 시즌 내내 마이너리그에 있어야 했던 작년을 생각하면 대단한 변화이다. 박찬호의 계약은 텍사스 때와는 달리 '여차하면 버릴 수 있는' 마이너리그 계약이었기 때문이다.

　시즌 중반으로 접어들면서 박찬호에게 선발의 기회가 몇 번 주어졌다. 이후에 개막신 선발두수인 브래드 페니의 부상으로 질하면 붙박이 선발이 될 수도 있겠다는 생각이 들었으나, 올스타 경기 직전인 7월 초에 마무리 투수인 사이토가 부상을 당하면서 구원투수진이 약해진 다저스는 박찬호를 셋업 맨으로 활용하기로 결정했고 그 이후로 그는 선발투수의 후보에서 제외가 되었다. 개인적으로는 속상할 수 있으나 팀에서의 중요도는 높아진 셈이다.

구원투수의 보직으로 한 시즌을 보낸 경험이 없는 그는 8월 후반으로 가면서 체력이 떨어졌는지 8월과 9월에는 6점대의 높은 방어율을 기록하면서 셋업 맨 자리를 웨이드에게 넘겨주었다. 그는 플레이오프에서도 브록스톤, 웨이드, 귀홍쯔에 앞서 보통 6회나 7회에 등판하는 위치에 서게 된다. 하지만 2008년 한 해 동안 95.1이닝을 던지면서 3.40의 방어율을 기록했다는 것은 대단한 성과이다. 이러한 기록은 박찬호가 1997년부터 2001년까지 다저스에서 전성기를 보낼 때의 방어율과 비슷한 것이다. 그것도 시즌 내내 2점대의 방어율을 유지하다가 8월 말과 9월 말에 컨디션 유지를 못하면서 아쉽게 3점대로 올라간 것이다. 게다가 올해에 박찬호는 부상자 명단에 한 번도 올라가지 않으면서 텍사스 이적 후 처음으로 건강한 시즌을 보낸 것도 주목할 만하다. 특히 95.1이닝은 다저스 불펜에서 가장 많은 이닝을 소화한 것이다. 다저스의 시즌 초의 투수들 11명 중에서 6명만이 플레이오프에서 활약했다는 사실만 보더라도 한 시즌 내내 꾸준히 자신의 역할을 하는 것이 얼마나 쉽지 않은가를 확인할 수 있다. 이렇게 2008년을 계기로 박찬호는 자신이 메이저리그에 속하는 선수임을 다시 한 번 만천하에 확신시켜주었다.

1994년에 우리 국민으로는 처음으로 메이저리거가 되었던 박찬호. 그것도 마이너리그를 거치지 않고 바로 메이저리그 개막전 명단에 포함되었던 다저스 사상 17번째 선수였던 박찬호. 당시 발을 높이 올리는 투구 자세와 공을 던지기 전에 인사를 하고, 심판에게 공을 받을 때 모자를 벗는 우리 식의 습관 때문에, 내가 있던 로체스터라는 중소 도시에서도 그에 대해 신문에서 대서특필할 정도로 주목을 끌었던 박찬호. 무엇보다도 시속 150킬로미터를 넘는 강속구로 오리엔탈 특급이란 별명을 갖게 된 박찬호.

그의 첫 등판은 1994년 4월 초 애틀랜타와의 경기였다. 구원투수로 마운드에 올라 있는 그의 얼굴에서 근육이 파르르 떨리는 것을 TV 화면으로 볼 수 있을 정도로 그는 긴장했었다. 결국 첫 두 타자를 볼넷으로 내보내고 세 번째 타자에게 2루타를 허용한 그의 메이저리그 첫 경험은 그리 아름다운 기억이 아닐지 모른다. 하지만 1996년 4월, 추운 시카고 리글리 구장에서 예기치 못한 선발투수의 부상으로 등판하여 거둔 첫 승은 지금도 감동이 남아 있다. 그 당시만 하더라도 선발로 나올 때 5회만 넘겼으면 하는 것이 작은 바람이었는데 1997년부터는 선발투수로 매년 15승 가까이 기록하며 특급 투수의 조건을 갖추었다.

2001년 시즌이 끝나고 천하의 알렉스 로드리게스가 그의 입단을 축하하러 올 정도의 대접을 받으며 텍사스와 엄청난 계약을 했지만 텍사스 시절은 시련의 연속이었다. 자유계약 선수로 좋은 조건의 계약을 하려고 2001년 시즌에 무리한 것이 아닐까 할 정도로 몸 상태가 안 좋았고, 텍사스에서는 대표적으로 계약을 잘못한 사례로 박찬호를 들었다.

이미 체결된 계약은 선수가 잘하든 못하든 주어지는 것이므로 금전적으로는 손해가 없었지만, 몸값을 제대로 해내지 못하는 선수의 마음이 편할 리만은 없다. 게다가 현지 언론은 박찬호 같은 선수들을 들들 볶아대는 것이 자신의 일이라고 생각하기 때문에 야구장에서 실력으로 자신의 신사를 발휘하지 못하는 한 그들의 먹이기 될 수밖에 없는 것이다.

그와 관련된 일화 중 재미있는 것이 하나 있다. 바로 양복 사건이다. 메이저리그에서 완전히 자리를 잡기 시작한 1996년 6월, 시카고와의 원정 경기에서 구원승과 승리 타점을 올린 박찬호가 기자들과 신나게 인터뷰를 하고 있는데 누군가가 그의 양복의 팔다리 부분을 잘랐다는 소식을 전했다. 메이저리그 초년생에게 일반적으로 있는 관행이고 그 반소매, 반바지로 망가진 양복을 입고 LA로 돌아오는 비행기를 타면 그들에게 동료로 인정되는 일종의 통과의례였다. 하지만 그는 몹시 화를 냈다. 상황은 어색하게 되었고, 그 사건은 문화적인 차이를 확인하는 선에서 정리가 되었다. 박찬호는 이 사건을 돌이켜 보면 얼굴이 붉어진다고 고백하고 있다.

하지만 그가 화를 낸 것은 지난 2년 동안 무시당하고 있다는 느낌을 받았기 때문이었다. 대놓고 인종차별을 하는 것은 아닐 수 있지만 그럼에도 느껴지는 보이지 않는 차별 때문에 동료들의 장난을 장난으로 받아들이지 못하고 무시당한다는 생각을 했던 것이다. 그는 이를 '자격지심'의 발로라고 평가했지만, 외국 생활을 해본 사람이면 그것이 단순한 자격지심이 아님을 알 것이다. 그만큼 박찬호는 미국으로 건너와서 알게 모르게 차별받으며 마음고생을 했던 것이고, 이를 극복하는 유일한 방법은 실력으로 정면 돌파하는 것임을 20대 중반에 깨달았을 것이다. 그때의 경험이 30대 중반이 되어서 마이너리그로 내려가게 되었을 때 소중한 교훈으로 자리 잡았던 것이 아닌가 여겨신다.

박찬호는 이제 다시 메이저리그로 입성했다. 1994년 마이너를 거치지 않고 다저스에서 박찬호와 함께 메이저리그를 시작했던 대런 드라이포트도 한순간 반짝하다가 야구 인생을 오래전에 그만둔 지금, 박찬호는 2002년 이후에 계속된 부상으로 제 실력을 발휘하지 못하면서도 포기하지 않고 재기에 성공한 것이다. 그라고 포기하고 싶지 않았겠는가? 연봉으로 보나, 위상으로 보나, 이전에 받던 대접의 몇 분의 일, 몇십 분의 일을 받으면서 "이 짓을 내가 왜 하나?" 하는 생각이 안 들었겠는가? 하지만 그는 도전을 선택했고 마침내 결실을 보게 된 것이다.

그의 홈페이지에 보면 청소년에게 전하는 말이 있다.

"우리에게는 살아온 날들보다 앞으로 살아가야 할 날이 많다는 것, 살다가 보면 실패하여 좌절하거나 고통스러울 때가 있다는 것, 그런 실패나 고통은 우리가 어른으로 성숙해가는 데 반드시 거쳐야 한다는 것, 따라서 아무리 고통스런 환경에 처해지더라도 용기를 잃지 말고 그것을 돌파해 나오면 황홀한 기쁨이 온다는 것이다."

이것은 아마도 그가 1994년 마이너리그로 내려갔을 때의 경험을 토대로 쓴 모양이다. 하지만 이 말은 비단 청소년들에게만 하고 싶은 말이 아니라, 자신이 힘들고 어려울 때 스스로를 격려하고 노력을 게을리하지 않도록 다짐했던 말이 아닌가 생각한다. 다가올 '황홀한 기쁨'이 무엇인지 박찬호는 충분히 알기에, 만 35세가 된 지금도 그러한 도전을 할 수 있었던 것이다.

최초의 한인 메이저리거이면서 IMF의 어려운 시절 우리에게 희망을 주던 야구 선수 박찬호에게 매력을 느낀 것은 벌써 10여 년 전이다. 하지만 그의 도전 정신과 자기 관리 그리고 마침내 다시 해내고 만 그의 땀방울을 바라보며 이제는 야구 선수 박찬호가 아닌 인간 박찬호에게 매력을 느끼게 된다.

『철학과 현실』(2008년 12월)

차범근과 차두리

6월부터 한 달에 걸쳐서 국민의 잠을 못 이루게 했던 2010 남아공 월드컵은 원정 첫 16강 진출과 한국인 감독의 첫 승리라는 흐뭇한 추억을 남긴 채 역사 속으로 사라졌다. 그리스 전의 완승에 대한 기억도, 나이지리아와의 경기에서 2 대 2가 된 후 무척이나 길게 느껴졌던 후반전도, 16강에서 우루과이와의 경기를 지고 난 후 느꼈던 허탈감도 이제는 아련하게만 여겨진다. 월드컵은 기억의 서편으로 넘어가고 있지만 여전히 내 마음에 여러 가지 생각을 일으키게 하는 두 사람이 있다. 바로 차범근 해설위원과 차두리 선수이다. 이런 마음이 드는 건 아마도 그들이 살아온 시대적 배경이 우리나라의 발전과 맞물려 있어서이기도 하고, 또 두 부자의 관계와 우리 부자의 관계가 많은 유사점을 지니고 있기 때문일 것이다.

차범근 위원은 한마디로 우리나라 축구 역사상 가장 뛰어난 공격수였다. 1979년 독일 분데스리가로 건너가서 활약한 첫 유럽 진출 선수였으며 프랑크푸르트와 레버쿠젠에서 308경기에 등장하여 98골을 넣었다. 약 3경기당 한 골을 넣은 셈이다. 그의 역할이 골을 주로 넣는 중앙 공격수가 아니라 오른쪽 날개였으며 페널티킥으로 넣은 골이 하나도 없음을 고려하면 이는 엄청난 기록이다. 만일 분데스리가의 활약을 지금의 영국 프리미어리그처럼 중계방송했다면 온 국민이 분데스리가를 보는 재미에 푹 빠졌을지도 모르는 일이다.

1986년 멕시코 월드컵 이후 우리나라는 지금까지 매번 본선에 참가하고 있는데, 1986년 월드컵의 주전 공격수가 바로 차범근이다. 선진축구를 몸에 익힌 상태에서 참가한 월드컵에서 동료들의 패스가 한 박자 늦는 바람에 오프사이드에 여러 번 걸리기도 했다. 그 당시는 지금처럼 16강을 넘보는 것이 아니라 어떻게 하면 세계의 강호들과 주눅들지 않고 경기에 임할 것인가가 더 관건이었던 그런 시기였다.

1953년 전쟁의 끝자락에 태어난 그는 고생스러웠던 대한민국의 역사를 함께한 사람이다. 그가 국내에서 선수로 생활하던 시절인 1970년대에는 지금의 양재역이 '말죽거리'로 불리는 서울의 말단이었고 지금의 사당역 주변이 논이었다. 자가용이 귀했던 것은 말할 것도 없고 집에 TV나 냉장고가 있으면 부잣집에 해당하는 가난했던 시절이다. 컴퓨터는 물론 없었고 휴대전화가 아닌 가정용 전화기도 없는 집이 많았던, 지금 생각해보면 아득하게 느껴지는 내 어릴 적 기억이기도 하다.

경제적인 측면만 어려웠던 것은 아니다. 차범근 위원이 독일로 건너간 1979년은 19년 동안 장기 집권하던 박정희 대통령이 암살당한 해이며, 그가 은퇴하던 무렵인 1987년에야 직선으로 선출된 대통령이 처음으로 등장했을 정도로, 그 당시 우리나라는 정치적으로도 후진국이었다. 정당하지 않은 방법으로 정권을 잡기 위해서 국민들의 목숨을 빼앗는 것에 아무런 죄책감을 느끼지 않던 사람들이 대통령으로 군림

했고, 쿠데타를 통해 권력을 잡은 세력들이 말도 안 되는 내용으로 국민투표를 하면서 "기권은 반대보다 더 나빠"라는 표어를 동네방네 붙여가며, 군부 독재의 입맛에 맞는 헌법 개정을 반대하는 것은 나쁜 짓임을 노골적으로 표현하던 시기였다. 당연히 인권이 보장되기 어려운 사회였으며 대학생들의 시위를 통제하기 위하여 캠퍼스 내에 '짭새'들이 상주하던, 지금 생각하면 어떻게 그런 환경을 버티며 살아왔을까가 신기한 시절이었다.

하지만 1970년대는 다른 한편으로 "우리도 한번 잘살아보자"라는 새마을운동의 구호가 국민에게 호소력을 가지던 시대였다. 일반 학교는 조개탄으로 난방했고, 수세식 화장실이 일반화되기 전이었으며, 여의도와 반포에 아파트가 처음으로 보급되던 시기였다. 중동에 진출한 건설사들이 달러를 벌어들여 GNP 성장에 기여를 하기도 하고, 외국에 나가 선진 문물을 수입하던 때이기도 했다. 그러한 시기에 차범근 위원이 축구의 선진국인 독일로 떠났던 것이다.

반면에 그의 둘째 아들인 차두리 선수는 1980년생이다. 아버지가 선수 생활을 하던 독일에서 출생하고, 이번에 스코틀랜드의 셀틱으로 이적하기 전까지 대학 이후의 선수 생활을 독일에서 계속해왔던 신세대이다. 그에게는 "우리도 한번 잘살아보자"가 더 이상 마음에 와 닿지 않는, 이미 그가 태어났을 때는 먹고사는 것을 상대적으로 덜 걱정하게 된 그런 세대인 것이다. 외국어 하나쯤은 구사할 수 있고, 외국을 오가는 것이 그리 신기할 것도 없으며, 자신에게 주어진 삶을 즐길 줄 아는 세대에 차두리 선수가 속해 있다.

그가 선수 생활을 하던 2000년대의 우리나라는 사무실이나 버스에 냉난방 시설이 작동되지 않는 것을 상상하기 어려웠고, 컴퓨터와 휴대전화가 생활필수품이 되어 있었다. 선진국에 가서 살아도, 문화적인 차

이는 있을지언정, 우리나라보다 특별히 더 잘산다는 생각이 들지 않을
정도로 우리의 경제 수준도 높아졌다. 세계 어디를 가도 우리나라 기
업들의 광고를 볼 수 있었으며, 외국인들도 한국 브랜드 한두 개쯤은
알고 있었다. 그만큼 우리나라는 발전하였다. 우리나라의 교통카드 시
스템을 보고 선진국들도 감탄하지 않을 수 없을 정도로 최첨단의 기술
을 가진 자랑스러운 대한민국이 된 것이다.

두 부자의 시대적 배경을 살펴보면, 우리나라는 짧은 시간에 참으로
빠른 성장을 했음을 확인할 수 있다. 차범근 위원과 차두리 선수는 문
자 그대로 한 세대 차이인데, 그들이 경험한 대한민국은 천지 차이가
난다고 볼 수도 있다. 우리나라가 경제적으로 선진국 근처에 다가가기
시작한 것은 서울 올림픽 전후였다. 차범근 위원의 유년기인 1950-60
년대에 우리를 도와주었던 나라 중 많은 나라들이 지금은 우리보다 낙
후된 것을 보면서 격세지감을 느낀다. 단적인 예로, 아시아의 부자 나
라라고 여겨졌던 태국의 수도 방콕을 오가는 시내버스에 아직도 에어
컨이 설치되어 있지 않은 것을 보면 우리가 지금 당연하게 여기는 것
이 당연한 것만은 아님을 알게 되는 것이다.

정치적으로도, 물론 국민이 기대하는 것만큼 빠른 발전을 이루고 있
지는 못하지만, 이제 대한민국은 군사 쿠데타를 걱정할 필요가 없는
나라가 되었다. 정권을 잡은 정당이 민심을 제대로 읽지 못하면 국민
들은 가차 없이 투표를 통해서 심판하고 집권당을 견제하는 그런 수준
은 되었다. 1980년대까지 "군부 독재 타도!"를 외치던 나의 대학 시절
을 생각해보면 엄청난 변화라고 볼 수 있다. 이제는 '문민정부'라는 단
어가 더 이상 필요 없고 평화적 정권 교체라는 말도 굳이 사용할 필요
가 없을 만큼 자연스럽게 우리나라는 정치적으로 자리를 잡게 되었다.

그러고 보면, 지난 30년 사이에 우리나라는 정말 정치적으로나 경제

적으로 엄청난 발전을 이루었다. 그리고 그에 걸맞게 스포츠에서도 발전을 이루고 있다. 과거 올림픽에서는 금메달을 따는 주요 종목이 하계 올림픽에서는 격투기, 동계 올림픽에서는 쇼트트랙이었으나, 이제는 수영, 역도, 스피드 스케이팅과 피겨 스케이팅에서도 금메달을 따는 것을 보면, 특정 종목에 집중적으로 투자하던 과거와는 달리 이제는 기본 종목들에도 골고루 투자하고 있는 것을 알 수 있다. 이번 월드컵에서 처음으로 원정 16강에 오른 것 역시 우리나라의 경제력이 우리나라 축구팀을 뒷받침할 수 있었기 때문이 아닌가 하는 생각이 들 정도이다. 남아공 월드컵에서 선수들을 실어 나르던 버스가 우리나라에서 만든 것을 확인하면서, 1980년대 후반 필자의 유학생 시절에 "중고차는 국산 사지 말고 일제 차를 사라"고 주변에서 권하던 것이 머리에 떠오르며 참 많이 변했음을 느끼지 않을 수 없었다.

발전한 대한민국에서 태어난 차두리는 어떤 면에서 경제적인 혜택을 누리며 아버지의 후광을 입고 출세했다고 볼 수도 있다. 2002년 한일 월드컵 대표 팀에 선발되었을 때도 아버지 덕을 본 것이 아니냐는 소리가 없지 않았고, 2006년 자신이 활동하던 독일에서 개최된 월드컵에 선수로 출전하지 못하고 아버지와 중계방송 해설을 할 때도 아버지의 덕을 본다는 이야기가 계속해서 나왔다. 농담이기는 하지만, 이번 남아공 월드컵에서도 차두리는 아버지인 차범근이 원격 조정을 하는 '차미네이터'라는 말까지 등장하였다.

차두리 선수가 차범근 위원을 아버지로 선택한 것은 아니었을 터인데, 국내 최고의 축구 스타인 차범근을 아버지로 둔 심적 부담은 고스란히 아들인 차두리 선수의 몫이다. 차두리 선수에게 아버지란 넘을 수 없는 벽이고 끊임없이 비교당할 수밖에 없는 존재이다. 좋든 싫든 '차범근의 아들'로 살아가야 하는 그에게는 차라리 아버지가 불세출의 축구 스타가 아닌 것이 더 편할 수도 있는 상황이다. 그는 어떤 인터뷰에서, "아버지는 평소에는 다른 아버지와 마찬가지로 다정다감하신데, 우리 부자 사이에 축구공만 끼게 되면 아버지보다는 선배 축구인 또는 감독의 입장이 되신다."라고 말한 적이 있다. 그만큼 차범근이라는 존재가 우리나라 축구에서는 절대적이며 아들인 차두리는 이를 벗어날 방법이 없는 것이다.

물론 차두리 선수가 아버지의 덕을 본 것은 한둘이 아닐 것이다. 경제적으로 안정된 가정에서 축구를 최고의 전문가로부터 어렸을 때부터 배울 수 있었던 환경은 누구나 부러워할 만하다. 아직 축구의 기량이 미천한 어린 시절에도 차범근의 아들이기에 많은 축구인으로부터 주목받을 수 있었을 것이며, 축구를 가장 잘 아는 아버지가 아들에게 최선의 길을 제시했을 것이기 때문이다.

하지만 고생을 많이 했던 차범근 위원에 비해서 다양한 혜택을 받고 자란 차두리 선수가 실력으로 자신의 아버지를 넘을 수 없을 때의 부담감은 겪어보지 않은 사람은 모를 것이다. 국가대표로 선발된 이후에도 '국가대표 차두리'이기에 앞서 '차범근의 아들인 차두리'로 살아갈 수밖에 없는 그에게 아버지라는 존재는 너무나 크게 느껴졌을 것이다. 이러한 이중적인 상황, 즉 한편으로는 부러움의 대상이 될 만한 환경에 있으면서도 다른 한편으로는 남들이 갖지 않아도 되는 부담감을 안고 살아가야 하는 차두리 선수의 마음을 알아주는 사람은 흔치 않을 것이다.

어쩌면 필사가 차누리 선수의 심성을 가장 잘 이해해줄 수 있는 사람일지도 모른다. 선친은 이름 석 자를 말하면 학계에서 다 알아주는 학자이고, 아버지의 전공을 내가 이어가고 있기 때문이다. 내가 철학을 선택할 때는 아버지의 위상이 어떠한지를 당연히 몰랐고, 대학을 들어온 이후에 누구의 아들이라는 덕을 크게 보았던 것은 사실이다. 교수가 된 이후에도 "건국대 철학과 김도식입니다"라고 나를 소개할 때는 별 반응이 없던 사람들도, 옆에서 누군가가 "이 사람이 김태길 교수 아들입니다"라고 이야기를 해주면 바로 "아, 그러시군요"라는 반응을 보일 정도였다. 심지어 건국대에 처음 부임했을 때, "김태길 선생의 아들이기 때문에 철학과에서 무리해서 김도식을 뽑았다"는 말을 듣기도 했다. 그만큼 아버지의 후광이 거대하기도 했고 부담스럽기도 했다. 또한 여러모로 아버지보다 좋은 조건에서 공부를 했지만, 이번에 출간된 아버지의 전집을 보고 도저히 따라잡을 수 없는 업적임을 실감하면서 자괴감을 느끼기도 한다.

2002년 월드컵과 이번 남아공 월드컵에서 차두리 선수가 경기하는 모습을 차범근 위원이 해설을 했는데, 그 자체로 아들에게는 큰 부담이었을 것이다. 아버지의 입장에서도 아들의 경기 모습을 칭찬 일색으로 해설하는 것은 팔불출로 보일 수도 있다. 특히 나이지리아와의 경기에서 첫 실점을 했을 때 상대방 선수를 놓친 것이 차두리 선수임을 확인하고 차범근 해설위원은 말을 잇지 못했다. 이런 경우 객관적인 입장에서 경기를 해설하기는 매우 어려웠을 것이다.

하지만 16강에서 패해 탈락한 후, 독일과 아르헨티나의 경기를 함께 중계하는 모습은 보기가 좋았다. 같은 분야에서 부자지간에 서로 알고 있는 것을 공유하는 것은 일반적인 아버지와 아들이 향유하기 어려운 행복이기 때문이다. 그 모습을 보면서 작년에 돌아가신 아버지의 어깨가 그리워진다. 나도 그런 행복을 누리던 시절이 있었는데 이제는 더 이상 그럴 수 없다는 것이 아쉽기만 하다.

『철학과 현실』(2010년 9월)

코리안 시리즈 7차전을 보고

　운동 경기에서의 토너먼트는 참으로 잔인한 제도이다. 우승자를 제외하고는 모든 사람이 패자로 그해의 경기를 마치는 시스템이기 때문이다. 프로야구에서 1년 내내 페넌트 레이스를 거쳐 플레이오프에 진출한 네 팀은 그 자체로 축하의 대상이 되어야 마땅하지만, 최종 승자가 되지 못한 세 팀은 아쉬운 마음으로 다음 시즌을 기다려야 한다. 우승팀은 그동안의 땀과 수고에 대하여 비할 수 없는 짜릿함으로 보상을 받지만, 준우승팀은 2등임에도 불구하고 한 시즌을 마감하는 마지막 경기의 패자라는 명에를 써야 한다.

　이런 의미에서 프로야구의 결승인 코리안 시리즈의 7차전은 야구에 관심이 없는 사람들도 볼 만한 경기이나. 3승 3패의 양 팀이 마시막 한 경기로 그해의 우승을 가리는 7차전의 묘미는 승자와 패자의 명암을 너무나 극명하게 볼 수 있다는 점이다. 우승 팀의 승리가 확정되는 순간 승리한 선수들은 운동장으로 달려 나가 서로 얼싸안고 춤을 추지만,

패자는 더그아웃에서 망연자실하게 상대 팀의 우승을 바라볼 뿐이다. 패자의 입장에서는 7차전을 치르는 동안 후회스러운 장면, 돌이키고 싶은 장면들이 파노라마처럼 스쳐갈 것이고, 그들은 흐린 눈으로 승자의 축제를 애써 외면하며 라커룸으로 들어갈 수밖에 없게 된다. 이 한 경기의 승자와 패자가 겪는 차이가 너무나 크기 때문에, 사람들은 그 광경을 직접 느끼고 싶어서 경기장을 찾는 것 같다.

2009년 10월 24일, 경기 시작 2시간 전. 양 팀이 타격을 연습하는 잠실 경기장에는 7차전 분위기에 걸맞게 아바(ABBA)의 'Winner Takes It All'이 울려 퍼진다. 승자독식이 철저하게 이루어지는 이 경기가 끝나면 퀸(Queen)의 'We Are the Champions'가 나오겠구나. 누가 승자가 되어도 상관없다는 편한 마음으로 경기를 즐길 수 있으면 좋으련만, 두 팀과는 아무런 연고가 없는 내 마음도 이렇게 떨리는데 당사자들은 얼마나 긴장될까? 겨울철부터 준비한 이번 시즌의 결실이 이 한 경기로 결정된다고 생각하면 타격 연습을 하며 자기들끼리 담소를 나누는 모습이 너무 한가로워 보이기까지 한다. 이들의 재잘거림도 긴장을 떨쳐내기 위한 도구이겠지? 어쩌면 경기를 하는 순간보다 이렇게 시합의 시작을 기다리는 시간이 더 견디기 어려운 시간일지도 모르겠다는 생각이 들었다.

이런 경기는 희생양을 만들기보다 영웅을 탄생시키는 것이 좋다. 우승을 가리는 경기에서 한 선수의 실책으로 승패가 좌우되는 것은 당사자에게 너무 가혹하다. 1982년 세계야구선수권대회에서의 김재박의 개구리 스퀴즈 번트에 이은 한대화의 3점 홈런이나, 1984년 코리안 시리즈 7차전에서의 유두열의 3점 홈런처럼 기억에 남을 만한 영웅이 등장해야만 한다. 한대화나 유두열이 누구로부터 홈런을 쳤는지 기억하는 사람은 그리 많지 않으니까 말이다.

7차전 경기 전체를 여기서 치밀하게 분석할 생각은 없다. 다만 경기 초반에 흐름을 하나만 기억해보고자 한다. 3회까지 팽팽한 투수전을 벌이다가 4회 초 박정권의 두 점짜리 홈런으로 SK가 승기를 잡았다. 나는 기아 응원석에 앉아 있었는데, 이 정도면 찬물 정도가 아니라 얼음물을 끼얹은 분위기였다. 기아의 응원단장이 분위기를 돌려보려고 애를 썼지만, 관중들의 반응은 이전 같지 않았다. 한마디로 맥이 풀렸다고나 할까? SK의 선발인 글로버가 그때까지 너무 잘 던지고 있었기에, 그리고 기아의 타선이 그리 잘 맞는 상황이 아니었기에 두 점만 해도 큰 점수 차이로 느껴졌다. 하지만 이어지는 4회의 무사 1, 3루에서 추가점을 내지 못하고, 5회 1사 만루에서도 한 점을 보태기는 했지만, 계속되는 2사 만루에서 더 도망가지 못한 순간 점수는 SK가 세 점을 이기고 있었음에도 전체적인 분위기는 기아에게 나쁘지 않았다. 5회 초가 끝난 시점에서 기아 팬들의 높은 응원 소리가 이를 증명한다.

'킬러 본능'이라고 하던가? 고대 로마의 검투사들은 내가 죽느냐, 네가 죽느냐의 싸움을 하고 있었기에 상대방을 죽일 수 있을 때 죽여야만 한다. 이유를 막론하고 기회가 있을 때 죽이지 못하면, 후에 그가 나를 죽일 수 있기 때문이다. 꼭 이겨야 하는 경기라면, 상대방에게 전환점을 마련해주면 안 되는 법이다. SK는 5회 초까지 한두 점을 더 달아나지 못한 탓에 결국은 역전패의 빌미를 제공하게 된다. 만일 SK가 5회까지 5점 정도를 뽑을 수 있었다면 글로버를 5회에 강판시키지 않을 수 있었을 것이고 그러면 6회를 카도쿠라 대신 이승호가 맡을 수 있었을 테니 말이다. '만일'이라는 가정을 해서 이루지 못할 일은 없겠지만 승부의 세계에서 느껴지는 감(感)은 희한하게 맞아떨어지는 경우가 꽤 있다.

5회 말에 기아가 한 점을 따라가서 3 대 1이 되고, 6회 초에 SK가

2점을 도망간 직후 6회 말 나지완의 두 점 홈런으로 5 대 3, 다시 두 점 차이로 추격했을 때의 분위기는 박정권의 두 점 홈런으로 2 대 0으로 앞서가던 경기의 흐름과는 천지 차이였다. 같은 두 점 차이가 상황마다 이렇게 다르게 느껴질 수 있는 것을 보면 야구는 단순한 숫자 놀음이 아닌 게 분명하다.

기아가 7회 말에 5 대 5의 동점을 만든 후, 나지완이 9회 말에 끝내기 홈런을 친 장면은 야구를 좋아하는 모든 사람이 오랫동안 기억할 명장면이다. 딱 맞는 순간 '넘어갔다'는 느낌을 그 자리에 있는 모든 사람이 가질 수 있었다. 하얀 공이 그리고 있는 포물선을 바라보면서 관중들은 열광하기 시작했다. 하지만 홈런임을 가장 먼저 느낀 사람은 바로 장본인이었을 것이다. 그는 방망이를 놓자마자 바로 더그아웃을 쳐다보았다. 코리안 시리즈에서 6차전까지 16타수 3안타로 2할도 채 안 되는 자신을 믿어주고 3번 타자로 기용해준 감독을 바라본 것일 수도 있고, 자신에게 결승 홈런의 기회를 마련해준 동료들을 바라본 것일 수도 있을 것이다. 타자들은 공이 제대로 맞았을 때 '손맛'을 느낀다고 하는데, 그날 나지완이 느낀 손맛은 그가 야구를 시작해서 흘렸던 땀방울을 모두 보상해주고도 남았을 것이다.

그가 다이아몬드를 도는 동안, 기아의 모든 선수는 운동장으로 날려가 얼싸안고 춤을 추었다. 그 순간 SK 선수들은 쓸쓸히 자신의 더그아웃으로 들어가고 있었다. 홈런을 허용한 투수는 채병용 선수. 원래는 선발 요원이었지만 부상 때문에 구원투수로 보직을 변경한 후 수술도 미루어가며 플레이오프에 참가한 그였다. 6차전에서도 위기를 넘기며 SK의 승리를 지켰던 그가 결국은 패자의 멍에를 쓰게 된 것이다. 승리한 기아의 선수들이나 홈런을 허용한 채병용 선수나 모두 울고 있었다. 한쪽은 승자로, 한쪽은 패자로, 눈물의 농도가 많이 달랐겠지만 말이다.

이처럼 승자와 패자가 같은 공간에서 정반대의 감정을 표출하는 순간이 바로 7차전의 종료 시점이다. 사실 이 장면을 보러 나는 수많은 일들을 뒤로하고 잠실을 찾은 것이다. 게다가 이번 7차전은 내가 바라던 대로 희생양이 아니라 영웅을 탄생시킨 멋진 경기였고, 이 경기의 결말은 마지막 아웃보다 더 감동적인 끝내기 홈런이었다. 펄쩍펄쩍 뛰는 선수들과 처진 어깨를 하고 허탈해하는 선수들의 묘한 조화는 보는 사람에게 많은 것을 생각하게 한다.

세상을 사는 것도 비슷한 이치일 것이다. 스포츠처럼 승부의 호흡이 짧지 않을 뿐, 세상에서도 결국 승자와 패자로 나누어져 기쁨의 눈물을 흘리는 사람과 회한의 눈물을 흘리는 사람으로 갈리게 된다. 승자는 희열과 함께 세상으로부터의 보상을 얻게 되지만 패자는 후회와 상처를 얻기 마련이다. 합격과 불합격의 기로에서, 승진과 탈락의 순간에서, 결혼과 실연의 장면에서 우리가 일상적으로 경험하는 희비의 단면은 야구장에서 느낄 수 있는 승부의 갈림과 너무도 유사하다.

하지만 우리가 잊지 않아야 할 것은 이번 7차전 경기가 단순히 이번 시즌의 우승자를 가리는 것일 뿐이라는 사실이다. 이제 프로야구 8개 팀은 내년의 새로운 시즌을 위하여 같은 조건에서 출발하게 된다. 이런 면에서 야구는 검투와 다르다. 내일에 대한 희망을 가질 수 있기 때문이다.

다행스럽게도 우리의 인생은 검투보다 야구에 더 가깝다. 인생의 고비가 그 사람에게 하나의 중요한 승부처가 될 수는 있을지언정 그것이 그 인생의 최종적인 승리와 패배를 가리는 것은 아니다. 올해의 우승팀이 내년에도 우승한다는 보장이 없는 것처럼, 그래서 내년에는 내년에 가장 강한 팀이 우승하게 되어 있는 것처럼, 인생에서 겪게 되는 오늘의 승패와는 별개인 내일의 승패는 오늘 이후의 노력 여하에 의해서 결정되기 마련이다. 결국 중요한 것은 오늘의 승리 혹은 패배 이후에 내가 어떻게 반응하느냐이다. 오늘의 승리를 다시 한 번 누리기 위해서, 아니면 더 큰 경기에서 승리를 얻기 위해서 최선을 다할 수도 있는 반면, 오늘의 승리에 취해 있다가 내일 패배자의 자리에 가게 되는 경우도 부지기수이다. 오늘의 패배를 교훈으로 와신상담(臥薪嘗膽)하여 내일 승리자의 반열에 오르는 자도 있지만, 패배주의에 사로잡혀서 만년 하위권을 벗어나지 못하는 사람도 있을 것이다.

내가 오늘 기아 응원석에 앉았던 이유 중 하나는 지난 두 해 동안 SK가 우승했기 때문이다. 기아의 전신인 해태가 마지막으로 우승을 한 것은 12년 전인 1997년이다. 작년에 플레이오프에 진출하지도 못했던 기아가 올해 승승장구하여 코리안 시리즈에 진출한 것을 보며 사람들이 박수를 보내는 것은 아마도 많은 어려움을 극복하고 성공한 사람들에게 더 큰 박수를 보내는 심리와 비슷할 것이다. 매번 이기는 사람이 계속 이기는 사회, 이미 가지고 있는 사람이 계속 더 가지게 되는 사회보다는 승자와 패자가 계속해서 뒤바뀌는 사회, 그 당시에 가장 노력한 사람이 승리하는 사회를 우리가 열망하고 있기 때문이 아닌가 생각해본다. 누구나 열심히 하는 사람이 승자가 된다는 평범한 진리가 야구에서뿐 아니라 우리 사회에서도 통용되는 그날이 왔으면 한다. 그래서 어제의 패자가 절치부심(切齒腐心)하고 피나는 노력을 기울여 오늘의 승리자가 되는 것을 보면서, 많은 사람들이 내 일처럼 기뻐하며 그들을 진심으로 축하할 수 있는 그런 사회가 왔으면 한다. 내가 오늘 기아의 선수들에게 박수를 보냈듯이 말이다.

『철학과 현실』(2009년 12월)

메이저리그의 한국 선수들을 보며

올해 미국 메이저리그에 등록된 한국 선수는 무려 8명이다. 박찬호가 최초로 메이저리그에서 활약한 이후 지금까지 메이저리그를 거쳐간 한국 선수가 20명이 채 안 되는 것을 고려하면 2016년은 풍년이라고 말해도 과언이 아니다. 메이저리그의 중계권을 가지고 있는 국내 방송국이 한국 선수들의 경기를 중계하기 위해서 스포츠 채널을 하나 더 만들었을 정도이니 말이다.

하지만 현재 메이저리그에서 활동하는 선수들의 상황을 보면 각자가 다른 처지에 놓여 있다. 강정호, 박병호처럼 주전 자리를 차지하고 있는 선수들이 있고, 추신수, 류현진처럼 부상 때문에 한동안 뛰지는 못했지만 회복되면 바로 주전으로 활약하게 될 선수들도 있다. 오승환은 구원투수이므로 주전이라고 말하기는 어렵지만 중요한 장면에 등장하여 팀에 기여를 하는 반면, 이대호는 상대방의 선발투수가 좌완일 경우에만 경기에 출전하게 되어 있다. 시범경기 때 제 기량을 못 보여준 김현수는 주어진 적은 기회에서 비교적 좋은 성적을 거두고 있음에도 불구하고 선발로 출장하는 횟수가 그리 많지 않은 상황이며, 최지만과 같이 메이저리그에서 시작했다가 다시 마이너리그로 내려간 선수도 있다. 그리고 아직 마이너리그에 있으면서 메이저로의 승격을 기다리는 이학주도 있다.

이들이 처해 있는 상황이 다르듯이, 그들이 각자의 위치에 도달하게 된 경로도 상이하다. 추신수와 최지만은 초창기의 한인 메이저리그 선수들이 그러하듯이, 한국에서 프로 생활을 하지 않고 바로 미국으로 건너가서 마이너리그부터 차근차근 올라간 경우이다. 반면에 이대호, 오승환, 류현진, 강정호, 박병호, 김현수는 일정 기간 한국에서 선수 생활을 한 후, 해외로 나갈 기회가 생겨 미국으로 온 사례이며, 그중 이대호와 오승환은 미국으로 오기 전에 일본 프로야구에서도 활약했다. 또한 류현진, 강정호, 박병호는 포스팅 제도를 거쳐서 한국에 속한 구단에게 일종의 이적료를 지불하고 메이저리그 팀에서 데리고 간 반면, 김현수는 이적료 없이 자유계약 선수로 입단을 했다.

이처럼 다양한 경로를 통해서 메이저리그의 선수가 탄생했지만, 나는 박찬호, 류현진 그리고 강정호가 중요한 초석을 마련한 사람들이라고 생각한다. 박찬호는 명실상부한 한국인 최초의 메이저리그 선수이며, 그의 진출은 많은 한국 선수들에게 메이저리그의 문을 열어주었기에 누구라도 그의 공헌을 인정하지 않을 수 없다. 게다가 프로 선수 생활을 미국에서 시작하면서 마이너리그를 거치지 않고 메이저리그에 먼저 섰던 유일한 한국 선수이며, 아시아 출신 투수로서는 최고의 기록인 124승을 했다는 점 등은 최초의 한인 메이저리그 선수가 아니더라도 충분히 인정받을 만하다.

류현진은 한국에서 일정 기간 프로 생활을 한 후 자격을 얻어 메이저리그로 가게 된 대표적인 사례이다. 그가 미국에 가기 전에 메이저리그에서 활동했던 한국 선수들은 거의 대부분 한국에서 프로 선수로 뛰지 않고 미국으로 건너가서 정착한 사람들이다. 류현진의 성공 사례는 메이저리그의 스카우트들로 하여금 한국 프로야구에서 활동하는 선수들을 더욱 주목하게 하는 계기가 되었다. 게다가 그의 이적료와 연봉이 지금까지 한국 프로 생활을 거쳐서 메이저리그로 간 선수들 중에서는 가장 높다는 점에서도 선구자의 역할을 했다고 볼 수 있다.

또 하나의 초석이 된 선수는 강정호이다. 그 역시 포스팅 제도를 통해서 메이저리그에 진출했다는 점에서는 류현진과 유사하지만, 그는 투수가 아니라 타자였다는 점에서 의미가 있다. 그동안 메이저리그에서 활약한 한국 선수들은 최희섭을 제외하고는 모두 투수들이었으며, 심지어 일본 프로야구에서 메이저리그로 건너간 선수 중 야수로 성공한 사례는 이치로와 히데키 마쓰이 정도로 우리보다 전반적으로 실력이 앞선다는 일본 프로 선수들에게도 쉽지 않은 일이었다. 강정호의 성공은 한국 프로야구 선수 출신의 타자들이 메이저리그에서도 통할수 있음을 보여주었고, 그 덕분에 올해 박병호와 김현수가 혜택을 본셈이다. 특히 박병호의 경우, 스카우터들이 장타자인 강정호가 넥센에 있을 때 주로 5번 타자를 맡았다는 것을 듣고는 그럼 도대체 넥센의 4번 타자는 누구인지 궁금해하는 바람에 그에 대한 관심이 높아졌다는 이야기가 있을 정도였다.

박찬호, 류현진 그리고 강정호는 사례별로 메이저리그의 개척자 역할을 하게 되었으며, 그들의 성공이 다른 한국 신수들에게 새노운 기회를 제공한 점에서 그들만의 성공은 아닌 셈이다. 결국 자신이 땀을 흘린 노력의 결실이 자신뿐만 아니라 다른 선수들에게도 영향을 미쳤다. 이처럼 개척자로서의 성공이 다른 사람에게 대문을 활짝 열어줄 수 있다는 사실은 그들의 어깨를 부담스럽게 하는 요소가 될 수도 있지만, 다른 한편으로는 동료들에게 엄청난 기회가 제공될 수 있음을 새삼 깨닫게 한다.

위에서 언급한 세 선수처럼 개척자의 역할을 하지는 않았지만 유난히 눈길이 가는 선수는 바로 이대호이다. 그는 추신수와 어려서부터 함께 야구를 했던 사이지만, 그가 메이저리그에 도달한 경로와 시점은 매우 달랐다. 추신수는 텍사스 레인저스와 계약하면서 연봉 200억 원이 넘는 초대형 선수가 되었지만, 이대호는 메이저리그의 자리를 보장받지 못한 계약으로 인해 시범경기를 치를 때만 하더라도 올해 4월에 어디에서 야구를 하게 될지가 오리무중인 상황이었다. 롯데 자이언츠 소속으로 수년간 한국 야구 선수를 대표했고, 일본으로 가서는 소프트뱅크에서 두 번의 일본 시리즈 우승과 한 번의 일본 시리즈 MVP를 받은 최고의 선수가 미국에서는 한 치 앞의 장래도 예측하기 어려웠던 유일한 이유는 그가 맺은 계약 때문이었다.

이대호는 일본에서 제시한 거대한 계약을 마다하고 마이너리그로 내려갈 위험을 감수하면서까지 메이저리그에 도전하였다. 연봉으로 따져도 일본에서 제시한 금액과는 비교할 수 없을 만큼 소소한 계약이었지만, 그보다 더한 것은 메이저리그에 도전할 기회만 확보되었을 뿐 류현진이나 김현수처럼 마이너리그로 내려가는 것에 대한 거부권을 갖지 못했던 것이다. 김현수가 시범경기에서 부진했음에도 메이저리그에 남을 수 있었던 것은 마이너리그에 대한 거부권을 행사했기 때문인데, 이대호는 그런 안전장치도 없이 메이저리그에 도전장을 내밀었던 것이다. 보통 사람이면 선택하기 어려운 큰 모험이었다. 그가 이미 4년간의 활동으로 익숙해진 일본 프로야구에서 제공하는 부와 명예를 뿌리치고 새로운 도전에 대한 결단을 내린 것은 세계 최고의 야구 선수들과 겨루어보고 싶다는 마음 하나 때문이었다. 그리고 어쩌면 그러한 도전 정신 때문에 그가 대단한 야구 선수가 될 수 있었던 것이 아닌가 생각해본다.

그런 점에서는 오승환도 공통점을 가진다. 그 역시 삼성 라이온즈에서 활약할 때 한국 최고의 마무리 투수라는 호칭을 받았고, 일본으로 건너가서도 '끝판왕'으로서의 실력을 충분히 보여주었다. 일본에서의 성공적인 2년을 보내고 한신 타이거즈로부터 거액의 새로운 계약을 제시받았지만, 그 역시 메이저리그의 도전을 선택한다. 그의 선택은 약간 불미스러운 일이 벌어진 상태에서 행해진 것이었기에 이대호의 도전에 비해서 평가절하된 면이 있다. 국내에서는 징계를 받아야 할 상태였기에 돌아오기 쉽지 않았고, 일본에서도 문제가 될 수 있는 상황에서 메이저리그에 도전한 것이었다. 미국에서는 그 일이 문제가 안 되는 영역이었던 것도 그의 결정에 영향을 주었을 것이기 때문이다.

하지만 그 역시 주어진 난관을 실력으로 헤쳐 나간 부분에서 배울 점이 있다고 생각한다. 그가 메이저리그에서 처음으로 던진 공은 원바운드 볼이었다. 한국과 일본에서 긴장감이 넘치는 마무리 투수로서 활약했던 그가 미국에서의 개막 첫 경기에 마무리 역할이 아닌 상황에서 등판했음에도 엉뚱한 공을 던졌다는 것은 백전노장이었던 그도 얼마나 긴장했는지를 잘 보여준다. 비록 출발은 그랬지만, 오승환은 구원투수로서 등판 여섯 경기 만에 첫 안타를 내주고, 여덟 경기 만에 첫 실점을 하는 등, 팀에서 필요할 때마다 마운드에 올라 승리에 기여를 하고 있다. 아직 메이저리그의 경력이 충분치 않아서 한국이나 일본에서 맡았던 마무리 투수의 역할을 맡고 있지는 못하지만, 자기 능력을 감독과 팬들에게 인정받고 있다. 설령 자신의 단점이 드러나거나 실수를 한 면이 있어도 그것을 이겨내는 가장 좋은 방법은 자신이 지닌 장점을 발휘하는 것임을 오승환은 잘 보여주고 있다.

김현수는 올해에 메이저리그로 간 선수 중에서 가장 좋은 계약을 한 사람이다. 그를 데리고 간 볼티모어 오리올스는 좌익수 자리가 비어 있는 상태여서 김현수를 선발 요원으로 생각하고 계약했다. 그는 포스팅을 거칠 필요가 없는 자유계약 선수였기에 좀 더 유리한 위치에서 협상을 할 수 있었고, 미네소타에서 넥센에게 지급한 이적료를 제외하면 박병호보다 더 나은 연봉에 마이너리그 거부권을 확보할 수 있었다. 하지만 그는 시범경기에서 극심한 부진을 보였고, 볼티모어는 언론 플레이를 해가며 김현수를 마이너로 내려 보내려 했다. 그는 거부권을 사용하여 메이저리그에 남게 되었고, 제한된 출전 기회 속에서도 무난한 성적을 나타내고 있다.

그가 거부권을 사용해야 하는가에 대한 논란이 있었는데, 볼티모어가 윤석민을 대했던 방식을 상기해보면 마이너로 내려갔을 경우에 어지간해서는 다시 메이저리그로 올라오기가 쉽지 않았을 것임을 예상할 수 있다. 결과적으로 현재 주전 좌익수를 맡고 있는 리카르드가 자신의 역할을 충실히 해주고 있으며, 외야수 후보인 레이몰드 역시 마이너로 내려 보낼 정도의 흠이 있는 상태가 아니기에, 그때 거부권을 사용하지 않았으면 김현수는 계속 마이너에서 보내야 했을 것으로 예상된다. 이대호의 사례와 비교해보면, 김현수는 유리한 계약 조건에서 시작했기 때문에 메이저리그에서 남아 있으면서 반전의 기회를 노릴 수 있게 된 것이라고 볼 수 있다. 만일 그가 이대호와 비슷한 계약을 맺었더라면 지금 마이너에 있을 것이 확실하기에 가능한 한 좋은 조건에서 일을 시작하는 것이 유리하다는 평범한 진리를 깨닫게 한다.

이처럼 이대호, 오승환 그리고 김현수가 처한 상황은 다르지만, 각자의 처지가 주는 공통적인 교훈이 있다. 그것은 자신에게 불리한 상황이 도래했을 때, 이를 실력으로 이겨내야 한다는 점이다. 말도 잘 통하지 않고 문화도 다른 이국땅에서 경쟁에서 살아남는 방법은 실력으로 자신이 속한 집단에 이바지를 하는 것이다. 그러기 위해서는 역경에 처했을 때 위축되지 않고 자신을 믿어주는 자세가 필요하다. 한때 감독과 팬들의 눈 밖에 났던 김현수가 출전 기회를 쉽게 잡지 못했음에도 더그아웃에서 동료들의 득점을 축하하는 모습은 그의 튼튼한 정신력을 보여준다. 류현진이 미국 야구에 쉽게 적응할 수 있었던 이유 중 하나도 지금은 다저스를 떠난 노장 유리베와 장난을 칠 정도로 동료들 사이에서 주눅이 들지 않고 어울릴 수 있는 성격 때문이었다.

또한, 낯선 곳에서의 생존경쟁에서 승리하려면 자신만이 가지고 있는 장점이 있어야 한다. 박찬호는 빠른 공으로 눈에 띄었고, 류현진은 정확한 제구력으로 상대적인 우위를 점할 수 있었다. 추신수는 출루율이 높다는 장점이 있으며, 강정호, 박병호, 이대호는 수비가 강점은 아님에도 불구하고 장타력으로 살아남았다. 오승환은 두둑한 배짱과 묵직한 직구 및 슬라이더로 상대방을 제압할 수 있었다. 이런 점에서 김현수는 추신수처럼 출루율을 높이지 않는 한 그를 대표하는 장점이 뚜렷하지 않기에 시범경기의 부진이 그를 곤경에 처하게 한 것이었고, 롯데의 손아섭과 황재균이 메이저리그의 주목을 끌지 못한 이유도 눈에 띄는 특징이 부족했기 때문이라고 볼 수 있다. 이들처럼 우리가 일상에서 역경에 처했을 때, 자신을 신뢰하면서 스스로 가진 장점을 발휘하며 자신이 속한 집단에 기여한다면 자연스럽게 어려움이 해결될 수 있을 것이다.

메이저리그에서 활약하는 우리 선수들이 모두 다 좋은 성적을 거두면 좋겠지만, 올해의 시즌이 끝났을 때는 만족스러운 결과를 얻은 사람도 있을 것이고 그렇지 못한 사람도 있을 것이다. 좋은 성적을 거둔 사람은 이를 발판으로 더욱 나은 결과를 위해 노력을 해야 할 것이며, 아쉬운 성적을 거둔 사람은 부족한 부분을 연구하여 다음 해에는 성장한 모습을 보여주도록 애써야 할 것이다. 내년 시즌이 남아 있다는 것은 올해 좋은 성적을 거둔 선수에게든 그렇지 않은 선수에게든 희망이 남아 있다는 뜻이며, 이런 희망이 내일을 기약하게 하는 원동력이 되리라고 생각한다.

『철학과 현실』(2016년 6월)

야구 선수 전민수

국내 프로야구를 꽤 좋아하는 사람도 '전민수'라는 이름을 기억하는 경우는 흔치 않다. 야구 마니아라는 소리를 듣는 내가 전민수 선수를 알게 된 것은 그가 올해 LG 트윈스로 온 이후였으니 말이다. 그러면 그가 신인이라서 그런가? 그것도 아니다. 전민수는 2008년 당시 넥센 히어로즈에 지명되어 1군 프로 무대에 등장했던, 올해 31세의 12년 차 선수이다. 이후 군 복무와 팔꿈치 수술 등으로 인하여 제대로 뛰어보지도 못하다가 2016년 4월 KT 위즈 소속의 선수로 첫 안타를 기록한다. 프로 데뷔 9년 만의 일이다. 그가 첫 안타를 만들기까지의 과정이 그리 순조롭지는 않았다. 넥센에서는 2013년에 방출되고 2014년에 KT에 정식 선수도 아닌 육성 선수로 계약을 해서 2년간 2군 선수로 떠다가 2016년에야 1군 선수로 다시 등록하게 되었으니 말이다.

말이 9년이지, 9년이라는 시간은 중학교 3학년 학생이 대학을 졸업할 수 있는 짧지 않은 기간이다. 그 기간 동안 그가 얼마나 많은 좌절을 느꼈을지는 어렵지 않게 상상할 수 있다. 어쩌면 비슷한 상황에 처한 대부분의 선수들이 중도에 포기했음 직한 기간이라고 보아도 과언이 아니다. 그렇다고 9년 만에 그가 슈퍼스타가 되었다는 뜻은 아니다. 그저 첫 안타를 신고하기까지 그만큼의 시간이 걸린 것뿐이다. 2016년 1군에서 빛을 본 그는 성공적인 한 해를 보냈으나, 2017년과 2018년에는 다시 1군과 2군을 오가는 시절을 지낸다. 8년을 절치부심(切齒腐心)하다가 9년째 빛을 잠깐 보았지만, 그것도 오래 지속되지 못하고 다시 기회를 기다려야 하는 신세가 된 것이다. 결국 2018년 KT에서 방출된 그는 2019년 LG 트윈스와 계약을 한다.

 필자가 그를 처음 본 것은 2019년 6월 8일에 있었던 LG 대 한화의 경기에서였다. 6회에 대타로 나와서 역전 2루타를 치고 '오늘의 수훈선수'로 선발되어 방송을 타게 된다. 인터뷰를 준비하고 있는데 3루 측에 있던 트윈스 팬들이 "전민수! 전민수!"를 연호하니까 그가 관중석을 향하여 꾸벅 인사를 했다. 그때 그의 얼굴이 너무도 선명하게 기억난다. 그의 표정에서 감사함과 절실함이 확연히 드러났기 때문이다. 얼굴에 웃음기가 살짝 보였지만 매일매일 선발로 출전하는 선수들이 갖고 있는 여유 있는 웃음은 아니었다. 오늘 영웅이 되었다고 해서 내일도 활약을 할 수 있는 기회가 보장된 것은 아니며 팬들의 환호도 영원하지 않다는 것을 그는 너무 잘 알고 있었다. 이러한 그의 표정은 여러 마음을 드러냈다. 그동안 고생했던 12년의 세월에 대한 생각, 그날 팀에 기여하며 느낀 뿌듯한 마음, 드디어 해냈다는 자신감, 그리고 이번에는 해낼 수 있어서 다행이라는 안도감 등등 그의 얼굴에는 만감이 교차했다. '오늘의 선수'임을 마음껏 즐기기에는 지난날이 쉽지 않았고 그로부터 배운 성숙함이 오늘은 오늘이고 내일은 또 새로운 도전임을 잊지 않게 해주었을 것이다.

인터뷰 도중 가족들에게 감사의 마음을 전하는데, 보는 사람들도 가슴이 뭉클할 만큼 진심이 느껴지며 그가 따뜻하고 멋있는 사람이라는 생각이 들었다. 아직 스포트라이트가 익숙하지 않은 작은 영웅, 그리고 그를 뒤에서 지켜보는 가족의 관계는 야구장이 아닌 우리 주변에서도 흔히 볼 수 있는 광경이었다. 매일 주전으로 라인업에 이름을 올리는 선수와는 달리, 그는 언제 올지 모르는 소중한 기회를 위해서 오늘도 성실하게 준비하고 있을 것이다. 지난 12년 동안 그랬듯이 말이다. 자주 인터뷰를 하고 매스컴에 이름을 올리는 유명 선수들과 달리 전민수 선수를 생각하면 마음에 잔잔한 파장이 일며 그가 잘되었으면 좋겠다는 생각이 든다. 수많은 좌절을 겪으면서도 포기하지 않고 노력을 기울이는 사람에게 그 성실함에 대한 보상이 마련되었으면 하는 마음 때문일 것이다.

사실 그와 같이 치열한 노력을 하면서 기회를 기다리는 야구 선수가 한둘은 아니다. 아니, 와신상담(臥薪嘗膽)하며 기회가 오기를 기다리는 사람은 다른 운동선수 중에도 비일비재할 것이며, 시험을 준비하는 수험생, 취업을 앞둔 취준생, 사업을 구상하는 자영업자 등등 수도 없이 많은 사람들이 내일을 위해서 지금 땀을 흘리고 있을 것이다. 내게는 우리 사회에서 노력한 사람이 모두 열매를 맺는 것을 보고픈 마음이 있다. 그래야 내가 사는 사회가 건강한 사회임을 입증하는 것일 테니 말이다. 그런 맥락에서 나는 전민수 선수를 응원한다. 한편으로는 그의 노력이 헛되지 않았음을 보고 싶기 때문이며 다른 한편으로는 우리 주변에 있는 수많은 '전민수'를 응원하기 때문일 것이다. 다음에 야구장을 가서 유니폼을 사게 되면 15번 전민수 선수의 등번호를 새겨야겠다.

『성숙의 불씨』(2019년 6월)

용서

야신(野神) 김성근 감독이 올해 한화에 부임한 후, 이글스는 많은 이야깃거리를 세상에 던져주고 있다. 그중 하나가 약물복용으로 인한 최진행 선수의 출장 정지와 그의 복귀이다. 최진행 선수는 금지 약물인 스타노졸롤을 복용하여 지난 6월에 30경기 출장 정지를 받고 약 50일 만인 8월 12일에 경기장으로 돌아왔다. 복귀 후 첫 타석에 들어가기선, 그는 관중들과 상대 팀 선수들에게 성중하게 인사를 하며 사죄하는 마음을 표현했다. 복귀 후 첫 타석에서 2점 홈런을 날리고도 묵묵하게 그라운드를 돌며, 환영하는 동료들의 하이파이브에도 기쁨을 표현하지 못하다가, 선배인 김태균 선수의 품에 안기면서 안도의 한숨을 쉬는 그의 모습이 지금도 눈에 선하다.

그날 최진행 선수의 홈런을 언론에서는 '속죄포'라는 표현을 쓰며 대서특필했고 이에 대한 인터넷 댓글들은 양분되었다. 그의 복귀를 환영하며 실력으로 팀에 공헌하여 과거의 잘못을 만회하라는 긍정적인 반응도 있었지만, '더러운 홈런', '약진행' 등의 표현을 쓰며 부정적인 반응을 보인 사람들도 상당수 있었다. 부정적인 반응에는 미국 메이저 리그에 비해서 KBO(한국야구위원회)의 징계가 너무 가벼웠다는 주장도 있었고, 징계가 풀린 후 바로 1군으로 등록하여 경기에 참여시킨 구단이나 감독에 대한 비난도 있었다. 하지만 이 부분은 최진행 선수의 잘못은 아니다. 징계를 결정한 것도, 선수 명단에 포함한 것도 그의 선택은 아니었기 때문이다. 이런 면에서 최 선수가 가장 미안하게 생각해야 할 부분은 약 기운이 있을 때 그의 안타에 희생된 투수들과 그의 경쟁 상대였던 타자들, 그리고 그를 응원했던 관중들일 것이다. 약물 복용으로 인해 그가 그동안 쌓아온 야구 선수로서의 업적은 제대로 인정받기 어려워졌으며, 이 부분 역시 최 선수가 감당해야 할 몫이다.

공리주의에서는 행위에 대한 평가와 행위자에 대한 평가를 엄격히 구분한다. 행위의 옳고 그름에 대한 평가나, 행위자를 칭찬할 것인가 비난할 것인가에 대한 평가 모두 그러한 평가가 사회 전체의 이익이 될 경우에만 정당화된다. 예를 들어, 어떤 행위가 최선의 결과를 가지고 왔다면 그것은 옳은 행위가 되지만, 그 행위자가 원래 나쁜 의도를 가지고 그 행위를 한 것이라면 설령 좋은 결과가 나왔다고 하더라도 그 사람은 비난받아 마땅하다. 반면에, 죄는 미워해도 사람은 미워하지 말라는 말처럼, 옳지 않은 행위를 한 사람이라도 그 일에 대하여 충분히 반성하고 다시는 그와 같은 일을 저지르지 않도록 노력한다면 그의 재기에 대한 노력에 격려의 박수를 보내는 것이 마땅하다. 우리가 이러한 용서에 인색한 것은 사리사욕만 취하는 나쁜 짓을 하고도 아무런 반성 없이 뻔뻔하게 대중 앞에 나서는 사람들과 진정한 회개 없이 표면적인 사과만을 앞세워 재기를 노리는 사람들을 너무 많이 보았기 때문이 아닌가 생각한다.

인간은 살면서 잘못된 선택을 하는 경우가 있다. 의도적인 비행도 있고 본의 아니게 실수하는 경우도 있다. 과거는 돌릴 수 없다. 인생의 과정에서 생기는 공과(功過)는 당사자가 평생 안고 가야 할 몫이다. 중요한 것은 현재의 선택이다. 과거에 혁혁한 공을 세운 사람도 교만함과 안이함에 빠져서 인생을 망치는 경우도 있는 반면, 엄청난 잘못을 저지르고도 개과천선(改過遷善)하여 훌륭한 업적을 이루며 살아가는 사람도 부지기수이다. 과거에 잘못을 한 사람이 진정한 뉘우침을 바탕으로 새로운 삶을 살아보겠다고 하면 우리는 박수를 치며 환영해야 한다. 하지만 눈 가리고 아웅 하는 식으로 현재의 난국을 피해 가려는 사람에게는 단호하게 대처해야 한다. 이러한 판단을 정확하게 할 수 있는 사회가 바로 성숙한 사회인 것이다.

섣부른 판단일 수 있으나 최진행 선수의 타석 복귀 전 인사를 하는 모습과 홈런 이후의 무거운 얼굴을 보면서 내게는 그의 마음이 가식적으로 보이지는 않았다. 그러면서 그가 이 어려움을 잘 극복하기를 바라는 마음이 생겼다. 비록 과거에 그는 잘못된 선택을 했지만, 이 과정을 잘 이겨나간다면 약물 복용으로 인한 결점을 넘어서서 인격의 성장도 이룰 수 있으리라 기대하기 때문이다. 혹자는 너무 쉽게 용서하는 것이 아니냐고 되물을 수 있겠지만, 진정으로 반성하고 새로운 출발을 하는 사람이라면 다시 한 번 믿어주고 싶은 것이 솔직한 심정이다. 어쩌면 내가 남을 정죄할 만한 주제가 되는지에 대한 생각이 이러한 결정을 하게 하는 이유 중 하나가 아닌가 생각해본다.

『성숙의 불씨』(2015년 8월)

무산된 박용택 선수의 은퇴 투어에 대한 단상

국내 야구에 관심이 있는 사람치고 박용택 선수를 모르는 이는 없을 것이다. 설령 LG 트윈스의 팬이 아니라 하더라도 한 팀을 대표하는 선수를 모르기는 어렵기 때문이다. 야구팬이라면 누구나 롯데의 이대호 선수와 기아의 양현종 선수를 알듯이 말이다.

박용택 선수는 2002년에 프로야구에 데뷔하여 19년 동안 한 팀에서 활약하며 많은 업적을 이루었다. 그의 가장 위대한 성과는 1982년에 시작한 프로야구의 최다 안타 기록이다. 다시 말해서 40년 가까운 우리나라 프로야구 역사에서 현재 안타를 그보다 더 많이 친 선수는 없다는 뜻이다. 이 기록만으로도 그는 한국 야구의 상징적인 인물이라고 볼 수 있다. 그는 현재 2,189경기에 출장하고 있어서, 부상 없이 이번 시즌을 마무리할 수 있다면 정성훈 선수의 최다 출장 기록인 2,223경기도 넘어설 수 있을 것으로 기대한다. 이는 그가 얼마나 성실한 선수인가를 보여준다. 더불어 그는 2009년부터 18년까지 10년 연속 3할 타율을 유지했고 2012년부터 2018년까지 7년 연속 150안타 이상을 기록했다. 다른 선수들은 평생 한 번도 경험하기 쉽지 않은 숫자이다. 미국 메이저리그의 최다안타 기록을 보유하고 있는 피트 로즈(Pete Rose)는 감독 시절에 도박과 관련된 스캔들로 명예의 전당 헌액이 무산되었지만, 박용택 선수는 아무런 스캔들 없이 선수 생활을 한 것으로도 잘 알려져 있다.

박용택 선수는 2019년 시즌을 앞두고 LG와 2년 계약을 하면서 2020년을 마지막으로 은퇴를 하겠다고 선언했다. 이번 시즌이 고별 무대가 되는 것이다. 2017년 이승엽 선수가 은퇴할 때 각 팀과의 마지막 원정 경기에 '은퇴 투어'를 마련해준 선례가 있어서, 프로야구선수협회에서 제안하여 LG 구단에서도 박용택 선수의 은퇴 투어를 추진했던 모양이다. 그런데 이 사실이 기자들에게 흘러나가 기사화되면서 박용택 선수에 대한 엄청난 부정적 댓글이 포털 사이트를 장식했다. 박용택 선수가 그런 대접을 받을만한 선수인가부터 시작해서 국가대표 경력이 부족하다느니, 2009년의 타격왕이 정당한 경쟁의 결과가 아니니 하면서 많은 이들이 그를 깎아내리는 데 혈안이 되었다. 클릭 수에 민감한, 수준 이하의 기자들은 너도나도 박용택 선수의 은퇴 투어 기사를 재탕했고 그때마다 수많은 댓글이 인신공격처럼 박용택 선수를 잡아먹을 듯이 던져졌다. 막상 이 문제를 중재해야 할 한국야구위원회(KBO)는 방관자처럼 손 놓고 있었고 결국 당사자인 박용택 선수가 기자회견을 열어서 은퇴 투어를 사양한다고 발표하여 마무리되었다.

이 사태를 지켜보면서 쓸쓸함을 금할 수가 없었다. 먼저 사람들의 심보가 고약하다는 생각이 들었다. 은퇴 투어란 우리나라 프로야구를 위해서 수고한 선수에게 박수를 쳐주는 일종의 잔치이다. 입시처럼 누가 합격하면 누군가는 떨어져야 하는 경쟁 관계에 있는 것이 아니라 많은 선수들이 축하와 격려를 받아도 크게 무리가 없는 행사인 것이다. 그런데 은퇴 투어의 첫 주자였던 이승엽 선수를 기준으로 그보다 잘했느니 못했느니 하면서 비교하는 것은 적절하지 않다. 우리 프로야구에서 최다안타 기록을 가진 선수도 자격이 부족하다고 하면 도대체 몇 명이나 그 기준을 만족시킬 수 있을지 의문이다. 그리고 은퇴 투어의 숫자를 엄정하게 제한해야 하는 이유 또한 궁금하다. 게다가 부정적 댓글을 다는 사람들은 막상 은퇴 투어가 열렸을 때 야구장에 안 올 사람들이다. 결국은 사촌이 땅을 사면 배가 아픈 심리 이상의 아무것도 아닌 것이다. 필자는 이승엽 선수의 은퇴 투어에서 잠실 경기뿐 아니라 고척돔에서 열린 경기도 직접 관람했다. 내가 이승엽 선수의 열혈 팬이라고 여긴 적은 한 번도 없지만 그래도 역사의 한순간을 현장에서 보고 싶었기 때문에 경기 자체에는 별 관심이 없었던 넥센과 삼성 경기까지 직관했던 것이다. 하지만 부정적인 댓글을 쓴 사람들은 필자와 같은 야구팬들이 추억으로 가질 만한 기회를 빼앗아버렸다. 정말 고약한 사람이라는 말을 하지 않을 수 없다.

둘째로는 기자들의 행태이다. 박용택 선수의 은퇴 투어를 지지한 일부 기자들도 있었지만, 논란을 확대하는 기사를 쓴 기자들이 훨씬 더 많았다. 그러면 그들은 앞에서 열거한 박용택 선수의 업적이 진정으로 은퇴 투어를 할 만한 가치가 없다는 신념으로 그런 기사를 쓴 것일까? 박용택 선수의 은퇴 투어가 우리나라 프로야구에 진정으로 도움이 되지 않는다는 소신이 있는 것일까? 아마 아닐 것이다. 단순히 대중들에 영합하려는 기지가 더 많았을 것으로 추정된다. 댓글들이 부정적이니까 그런 여론에 편승하려는 심리가 작동한 것으로 보인다. 생각이 여기까지 들면 소름이 끼친다. 기자들이 부정적인 여론을 조성하면 훌륭한 업적을 가진 사람도 우스운 사람으로 만들 수 있음을 확인했기 때문이다. 적어도 기자라고 하면 무엇이 우리 사회를 위해서 바람직한가에 대한 올바른 가치관을 가지고 기사를 써야 하는 것 아닌가 묻고 싶다.

결국 이 소동은 박용택 선수의 기자회견으로 정리되었다. 이것 또한 웃기는 일이다. 박용택 선수가 은퇴 투어를 요청한 것도 아니며 본인의 의사와 상관없이 주변에서 북 치고 장구 치고 난리를 떤 것인데 일의 수습은 가장 큰 피해자인 당사자의 몫이 된 것이다. 이 일에 연관성을 가진 선수협이나 LG 구단 그리고 KBO에서 일이 이렇게 확산되기전에 입장 정리를 해야 했다. 당사자의 의향을 물어본 후 은퇴 투어를 진행할 것인지 여부를 결정하면 될 일을 여론의 비난이 두려워서 수수방관하는 바람에, 이 일에 책임이 하나도 없는 박용택 선수가 온갖 욕을 먹으며 기자회견까지 해야 하는 상황이 된 것이다. 결국 프로야구에 큰 이바지를 한 박용택 선수는 자신이 책임지지 않아도 될 일로 인하여 최대의 피해자가 되었다.

남이 잘되는 꼴을 못 보는 마음, 어떻게든 헐뜯고 끌어내리려는 심보는 우리나라 프로야구에 큰 업적을 남긴 사람에게도 상처를 줄 뿐아니라 우리 사회의 다른 영역에서도 영웅의 탄생을 방해할 것이다. 건전한 비판은 필요한 것이지만 때로는 훌륭한 행보를 남긴 사람들에게 여유로운 마음으로 박수를 칠 수 있는 것이 건강하고 성숙한 사회의 징표이다. 이번 사건을 보며, 우리 사회는 아직 그 수준에 도달한것 같지는 않아서 많이 씁쓸하다.

『성숙의 불씨』(2020년 8월)

손흥민, 조현우, 황의조 그리고 오지환, 박해민

손흥민, 조현우 그리고 황의조는 축구 선수이고 오지환, 박해민은 야구 선수로, 이들은 2018년 8월에 열린 자카르타-팔렘방 아시안게임에서 금메달을 획득하여 군 복무를 면제받은 선수들 중 언론에서 많이 언급된 사람들이다. 손흥민은 본인도 아시안게임의 참가를 적극적으로 원했고 국민도 대체로 이에 동조한 사례이다. 그는 4년 전 인천 아시안게임에도 참가하고 싶어 했으나 그 당시 소속 팀이 허락하지 않아서 무산되었고, 지난 2016년 올림픽에는 대표 선수로 출전하였지만 메달에 실패하여 군 면제를 받지 못했다. 이처럼 손흥민은 군 면제와 관련하여 지속적인 관심을 가진 편이었으나 이에 대하여 여론이 그리 부정적이시는 않았다. 그가 우리나라를 대표하는 축구 선수라는 여론이 청성되었기에 그랬으리라 생각한다. 조현우는 올해 열린 러시아 월드컵에서 선전하여 여론이 아시안게임의 승선을 도와준 사례이다. 이번 아시안게임 축구팀의 와일드카드로 가장 필요한 자원이 골키퍼는 아니었으나, 조현우는 월드컵에서의 눈부신 활약으로 김학범 감독의 낙점을 받았다. 한편, 황의조의 경우에는 아시안게임 축구 선수 선발 당시 많은 비난이 있었다. 황의조가 김 감독과의 인연으로 특채되었다는 기사가 연일 등장하였으나, 막상 경기 개막 이후 그가 팀 내에서 가장 많은 득점을 기록하면서 그에 대한 비난은 찬사로 바뀌었다.

반면에 오지환과 박해민은 국가대표 선발부터 금메달 획득 이후까지 지속해서 비난의 포화를 받은 선수들이다. 이 두 선수는 올해 28세로 상무에 복무할 수 있는 마지막 기회를 가졌으나, 그 기회를 포기하고 대표 팀 선발에 모든 것을 걸었던 사람들로, 이들의 기량이 각자의 수비 위치에서 주전급이 아니었기에 문제가 되었다. 우여곡절 끝에 이들은 후보 선수로 선발되었는데, 그 과정에서 말도 많았을 뿐 아니라 심지어는 야구 대표 팀의 선동열 감독이 이번 일 때문에 국정감사의 대상이 되는 초유의 사건이 발생하기도 하였다. 더 나은 후보 선수들이 있음에도 불구하고 이들 선수에게 특혜를 준 것이 아니냐는 의혹 때문이었다. 스포츠 기자들은 연일 이 선수들을 비난하는 것에 지면을 할애했고, 이 기사들에 대한 댓글의 일부는 비난의 수위를 넘어 언어폭력에 가까웠다. 여론 역시 이 선수들에는 등을 돌려서 "야구팀의 은메달을 기원합니다"라는 댓글이 가장 많은 호응을 얻을 정도였다. 실제 경기에서도 두 선수는 대표 팀의 우승에 큰 기여를 하지 못하여, 금메달을 획득하고도 놀림감으로 한동안 고생해야만 했다.

왜 그랬을까? 다섯 선수 모두가 부정한 방법을 사용한 것은 아니었고, 이들 모두 대표 팀의 합류를 군 면제의 도구로 생각했다. 그런데 왜 어떤 선수의 군 면제에 대해서는 사람들의 시선이 관대한 반면, 다른 선수의 동일한 혜택에 대해서는 사람들의 시선이 곱지 않았을까? 먼저 국방의 의무를 지닌 남성들이 이를 수행하지 않으면 이를 특혜나 비리로 보는 관점이 있기 때문이다. 특히 고위 관리직에 있는 사람들이나 그들의 자녀에게는 이러한 시선이 강하다. 하지만 축구 선수 3명에게는 비난의 화살이 향하지 않은 것으로 보아서 이들의 군 면제는 '특혜'라고 여기지 않는 분위기였다. 반면에 두 야구 선수에게는 특혜라는 시선이 적용되고 있었는데, 이는 바로 팀에 대한 기여도 때문으로 보인다. 결국 두 사람이 비난의 집중포화를 받은 이유는 이들이 군 면제 혜택에 무임승차를 한 듯한 느낌을 국민들이 갖기 때문이다.

결국 주어진 기회에서 본인의 역할을 충분히 다했는가의 여부로 국민은 그 사람을 판단한다. 그렇기에 황의조처럼 처음에는 비난의 대상이 되었다가도 자기 능력을 발휘하여 국민이 원하는 결과를 제공하는 순간 비난에서 벗어나게 되는 것이다. 반면에 오지환과 박해민은 대표팀 내에서도 그 역할을 다하지 못했기에 논란을 벗어날 수 없었다. 이처럼 어떤 책임이 주어졌을 때 국민이 기대하는 것은 그에 상응하는 결과이다. 자신의 역할을 다하는 사람에게는 비난도 환호로 바뀔 수 있지만, 그렇지 못한 사람은 국민의 싸늘한 시선을 피할 수 없다는 사실을 위정자들이나 나라의 살림을 맡은 사람들이 꼭 기억했으면 한다.

『성숙의 불씨』(2018년 10월)

리우 올림픽을 감상하며

요즘 우리의 수면을 방해하는 것이 두 가지 있다. 하나는 열대야이고 다른 하나는 브라질에서 열리고 있는 리우 올림픽이다. 전자는 우리 입장에서 불청객인 반면, 후자는 승부 세계의 짜릿함뿐 아니라 삶의 여러 단면을 볼 수 있어서 기다려지기도 한다. 올림픽 폐막이 채 일주일도 남지 않은 시점에서 국민의 기대에 부응한 선수도 있고 기대에 미치지 못한 선수도 있다. 양궁처럼 효자 종목도 있고, 유도처럼 기대를 충족시키지 못한 종목도 있으며, 축구처럼 온 국민의 탄식을 자아내게 한 종목도 있다. 한편 역도처럼 동메달 획득 순간을 중계방송조차 해주지 않은 종목이 있는가 하면, 조정처럼 아예 관심의 대상이 되지 못하는 종목도 있다. 하지만 양궁이나 유도 같은 종목도 올림픽이나 아시안게임처럼 큰 대회에서만 반짝 관심을 끌고 평소에는 국민의 관심에서 벗어나는 운명이라는 점에서 안쓰러운 마음이 들기도 한다.

경기를 중계로 보면, 승패가 정말 종이 한 장 정도의 기량 차이에서 결정되는 경우가 많음을 확인한다. 당일의 컨디션은 물론이고 그날의 운에 의해서 승자와 패자가 가려지는 일도 흔히 발생한다. 한 번의 실수로 메달의 색이 바뀌기도 하고, 메달에서 멀어지기도 한다. 예를 들어, 양궁의 강국인 우리나라는 네 종목 모두 금메달을 석권했지만, 막상 생중계를 보면 가슴 졸이는 순간이 여러 번 있었다. 반면에 축구는 온두라스에게 내내 우위를 점하다가 결정적인 역습 한 번에 무릎을 꿇기도 했다. 이길 만한 상대에게 의외의 패배를 당할 수 있는 것이 스포츠 세계의 특성이기 때문이다.

양궁의 장혜진 선수는 런던 올림픽 때 대표 선발전에서 4위로 아깝게 탈락했고 작년 프레올림픽에도 후보 선수로 포함되어 경기에 나설 수 없었다. 런던 올림픽 예선에서 탈락한 직후, SNS에 "지금 이 순간만큼은 나의 라이벌이었던 현주 언니를 진심으로 축하하는 대인배가 되어본다. 끝으로 혜진아, 정말 수고 많이 했다. 마음아 이제는 좀 쉬어도 돼."라고 올렸다는 후일담을 들으며, 이번 시상식 때 보여준 그녀의 눈물이 어떤 의미인지를 짐작할 수 있었다.

하지만 메달을 획득한 선수들 못지않게 땀을 흘리며 연습했던 참가자 중에는 장혜진 선수처럼 기쁨의 눈물이 아닌 다른 종류의 눈물을 흘려야 했던 선수들도 많다. 진종오 선수처럼 세 번의 올림픽에서 금메달을 따고 영웅이 되어 귀국길에 오를 수 있는 선수도 있지만, 언론에 이름조차 제대로 언급되지 못하고, 있는지 없는지도 모르게 사라질 선수도 있다. 비록 결과에서는 큰 차이가 있었을지 모르지만 그들의 훈련 과정과 흘린 땀의 양은 큰 차이가 없을 것이다. 아니면 박태환 선수처럼 과거의 올림픽에서는 금의환향(錦衣還鄕)했지만, 이번 올림픽에는 쓸쓸히 귀국해야 하는 경우도 있다. 금지 약물을 사용한 경력 때문에 국민이 다른 모든 올림픽 참가자들에게 기꺼이 박수를 치면서 그에게는 부정적인 반응을 보이는 사람도 있었다.

이 모든 것이 우리가 살고 있는 사회와 유사한 점이 많음을 발견한다. 우리 사회에서도 국민의 기대를 받으며 승승장구를 하는 사람들이 있고, 산업 전선에서 있는지 없는지 모르게 국가 발전을 위해 애쓰는 사람들도 있다. 기대에 못 미쳐 욕을 먹는 사람들도 있고, 과거에는 인기를 온몸으로 누리다가 한순간의 실수로 나락에 빠지는 사람들도 있다. 열심히 일한 만큼 이에 상응하는 지위나 명예를 얻는 사람도 있는 반면, 땀과 노력이 세상의 결실로 이어지지 않는 수많은 사람들도 있다. 결과를 가지고 평가하면 천지 차이가 나더라도, 그들이 애쓴 과정은 승리한 사람과 큰 차이가 나지 않는 경우가 대부분이다. 스포츠에서도 그리고 우리 사회에서도, 결국은 종이 한 장 정도의 실력 차이와 운의 조합에 의해서 누군가는 승자가 되고 누군가는 패자가 된다.

스포츠가 좋은 이유는 이번 올림픽에서 원하는 결과를 얻지 못한 선수들도 다음 올림픽에서 남들과 같은 조건으로 재도전을 할 수 있다는 사실 때문이다. 하지만 세상은 경쟁에서 승리한 사람들이 기득권을 가지고 있기에 다음번 경쟁을 동등한 조건에서 시작하지 못하는 경우가 대부분이다. 그래서 세상에서는 한 번 승리자가 영원한 승리자가 되고 한 번의 패배자가 영원한 패배자가 될 가능성이 스포츠보다 더 많게 된다. 세상도 올림픽처럼 지난번 승리가 지속적인 기득권이 되지 않도록 바뀌었으면 한다. 그래야 한두 번 패배를 경험한 사람도 다시 힘을 내어 도전할 마음이 생기게 될 것이기 때문이다. 승자가 독식하는 사회가 아닌, 패자도 오뚝이처럼 일어나고자 하는 마음이 들 수 있는 사회가 건강한 사회가 아닌가 생각해본다.

『성숙의 불씨』(2016년 8월)

독특한 방식의 스포츠 팬

　아이돌에게 열광하는 팬들이 있듯이, 스포츠에도 열성 팬들이 상당수 있다. 그들은 자신이 응원하는 팀의 거의 모든 경기를 챙겨 보는 것은 물론이고, 홈경기뿐 아니라 원정 경기도 직접 경기장을 찾아가서 응원하며, 팬클럽에 가입하여 자신이 좋아하는 선수들의 일거수일투족에 관심을 보인다. 팀의 승패가 그들의 삶과는 아무 관계가 없음에도 이기고 지는 것에 목숨을 건 사람들처럼 반응을 보이며, 심지어는 경쟁 팀의 팬들과 온라인에서 설전(舌戰)을 벌이기도 한다. 스포츠에 흥미가 없는 사람에게는 도저히 이해할 수 없는 장면들이다.

　야구 경기장에 직접 가보면 재미있는 광경들을 종종 볼 수 있다. 야구 경기장의 관중석은 1루 측과 3루 측에 응원반이 지리 갑고 있다. 그곳은 열성 팬들이 모여 응원가를 합창하고 응원 동작까지 일사불란(一絲不亂)하게 따라 하는 곳이다. 응원석은 야구 관람의 측면에서 가장 좋은 자리는 아님에도 응원단과 호흡을 같이하고자 하는 열망 때문에 가장 먼저 표가 팔리는 곳이다. 반면에 홈 플레이트 뒤쪽이나 외야석에는 다양한 관객들이 자리한다. 서로 다른 팀을 응원하는 연인이나 친구들이 함께 자리하기 좋은 곳이며, 응원보다는 야구 자체를 즐기러 온 관중들이 선호하는 곳이기도 하다.

홈 플레이트 뒤쪽의 관중석에 자리를 잡고 있으면, 응원석에서는 볼 수 없는 관객을 만나게 된다. 바로 양 팀을 모두 응원하는 사람들이다. 보통 응원은 공격하는 팀 쪽에서 하고 수비하는 쪽 응원단은 쉬는데, 일부의 관객은 쉬지 않고 두 팀의 응원을 번갈아 가면서 한다. 열성 팬은 자신이 응원하는 팀이 점수를 낼 때 열렬히 환호하고 상대방이 점수를 내면 탄식하는데, 양쪽을 번갈아 가면서 응원하는 관객은 좋은 장면이 나올 때마다 팀을 구분하지 않고 박수를 보낸다. 열성 팬들의 입장에서는 이해하기 어려운 장면이다. "얼마나 팀에 대한 충성도가 낮으면 양 팀을 모두 응원할까?" 하는 생각을 하며, 지조(志操)가 없는 팬이기에 진정한 팬으로 보기 어렵다는 판단을 할 수도 있다.

하지만 다른 측면에서 보면, 두 팀 모두를 응원하는 것 역시 스포츠 관람을 즐기는 하나의 좋은 방법이다. 선수의 입장에서는 자기 팀이 이기는 것이 중요하기에 상대 팀을 응원하는 것이 어불성설(語不成說)이지만, 관중으로서는 사실 어느 쪽이 이기느냐 못지않게 그 경기 자체를 즐기는 것이 중요하다. 둘 중 한 팀을 응원하는 것이 경기를 즐기는 일반적인 방법이지만, 그것이 경기를 즐기는 유일한 방법은 아니다. 관객들이 박수를 보내는 선수들은 국내 경기에서 서로 승부를 겨루어야 하는 처지이지만, 올림픽이나 아시안게임과 같은 국제대회에서는 우리나라를 대표하여 함께 힘을 합쳐야 하는 선수들이기 때문이다.

우리나라는 국민들 사이에 대립이 심한 편이다. 보수와 진보처럼 이념적인 갈등도 있고, 경제적인 양극화는 심화하고 있으며, 지역적인 대립도 심한 편이다. 다 같은 대한민국의 국민임에도 불구하고 서로에 대한 반목이 깊어서 원수지간처럼 대하는 경우도 적지 않고, 이를 악용하는 정치 세력도 있는 것이 사실이다. 한 팀을 응원한다고 상대 팀을 꼭 저주해야 할 필요는 없듯이, 내가 한쪽 진영에 서 있다고 하더라도 다른 쪽 진영에 대해서 험담으로 일관할 필요는 없다. 서로 응원하는 팀이 달라도 그들이 국제경기에서는 우리나라를 대표할 선수들인 것처럼, 우리는 모두 같은 대한민국 사람들인 것이다. 생각이 다르다고 원수처럼 싸울 일이 아니며, 각자의 처지에서 나라가 더 발전된 방향으로 나아가는 데 이바지하면 된다. 이런 의미에서 양 팀을 모두 응원하는 독특한 방식의 스포츠 팬처럼 내가 응원하는 팀만 응원하기보다 상대 팀의 묘기에도 박수를 보낼 수 있는 마음의 여유가 우리나라 사람들에게 필요한 것이 아닌가 생각해본다.

『성숙의 불씨』(2017년 8월)

6. 때론 다른 세상에서

미국이란 나라

지금부터 약 50년 전만 해도 미국은 선망의 나라였다. 지금은 '美國'이라고 쓰지만, 예전에는 쌀이 많은 나라라는 의미로 '米國'이라 쓴 적도 있었다. 그만큼 물자가 풍족한 나라였고, 선진국을 대표하는 국가이기도 했다. 우리나라에서 사는 것에 한계를 느낀 사람들이 미국으로 이민을 가서 '아메리칸 드림'을 이루고자 하는 경우도 많았다. 필자가 어렸을 때만 해도 미국산 물건은 흔하게 구할 수 있는 것이 아니었나. 가끔 큰 봇짐에 미제 물건을 팔러 오는 분이 있었는데, 그 안에는 아이들의 천국이 한가득 들어 있었다. 사탕, 초콜릿, 과자, 이름 모를 통조림 등등 군침을 흘리게 만드는 음식들이 내 시선을 유혹했다. 하지만 그런 것들은 늘 눈요기로 그치고 말았다. 서민들이 마음 놓고 살 수 있는 저렴한 상품들은 아니었기 때문이었다. 그분이 집을 떠나는 모습을 늘 허전한 마음으로 물끄러미 바라보던 기억이 지금도 생생하다. 가끔 그분으로부터 내가 좋아하는 물건을 살 때가 있었는데, 그중 하나가

'탱(Tang)'이라는 오렌지주스 분말 가루였다. 우리가 요즘 흔히 마시는 오렌지주스는커녕 콜라나 사이다조차 귀했던 그 당시에 탱 가루는 여름을 시원하게 해주는 청량제였다. 요즘은 오렌지주스를 가루로 타 먹는 사람이 거의 없는데 말이다.

1988년 서울 올림픽을 앞두고 뉴욕 주의 로체스터(Rochester)로 유학길에 오른 필자는 그곳에서 문화충격을 경험했다. 일단 한국이라는 나라를 미국 사람들이 생각보다 잘 몰랐다. 아시아 어딘가에 있는 나라 정도로만 알고 있었고, 우리나라에 대해서 조금이나마 알고 있는 사람들도 대부분 한국전쟁과 관련된 정보를 가지고 있는 정도였다. 그들이 기억하는 한국은 전쟁의 폐허 속에 있는 가난한 나라였다. 그 당시에는 현대의 자동차나 삼성의 전자제품도 지금처럼 잘 팔리는 상품들이 아니었다. 단지 그곳의 서민들이 싼 맛에 사는 물건에 불과했다.

또 하나 놀랐던 경험은 슈퍼마켓에서 발생했다. 우리나라의 '슈퍼마켓'을 구멍가게처럼 초라하게 만들 만큼 엄청 큰 초대형 마트에는 어렸을 때 부러워했던 미국 물건들이 가득했다. 지금은 우리나라에도 대형 할인점이 들어섰지만, 그 당시에 문자 그대로의 슈퍼마켓을 처음 본 촌놈에게 그곳은 놀이터에 가까웠다. 비록 어렸을 때보다 조금은 사정이 나아졌지만, 그래도 사고 싶은 것을 다 살 수 없다는 점에서 슈퍼마켓을 나서는 유학생의 마음은 봇짐장수의 뒷모습을 물끄러미 바라보던 어린 나의 감정과 흡사했다. 더욱더 놀랐던 것은 내가 어렸을 때 동경 어린 시선으로 어깨너머 봤던 물건들, 예를 들어 다이얼(Dial) 비누, 레블론(Revlon) 샴푸, 맥스웰(Maxwell) 커피 등이 현지에서는 가장 저렴한 제품들이라는 사실이었다. 듣도 보도 못한 물건들이 나를 유혹했지만, 넉넉지 않은 유학생의 처지에서는 어려서 써보고 싶었던 다이얼 비누와 레블론 샴푸를 구매하는 것만으로도 충분히 사치라고 느꼈다. 또한 1970-80년대에 바나나는 병원에 입원해야 먹을 수 있는 과일로 알고 있었는데, 정말 싸게 널려 있는 바나나를 보면서 "이렇게 귀한 과일을 평소에 먹어도 되는 건가?" 하는 생각을 했던 기억도 있다.

유학 생활을 하면서 미국 사회가 가진 어두운 면을 조금씩 접할 기회가 있었다. 무엇보다 총기 사고가 많은 나라였고, 마약을 경험한 친구들이 다수였으며, 인종차별도 있었다. 하지만 캠퍼스에서 주로 활동하는 유학생의 측면에서 보면, 그것들이 심각한 사안으로 느껴지지는 않았다. 총기 사고는 신문이나 뉴스에서 볼 수 있는 사건이었고, 마약도 미국 친구들이 학부 때 해본 경험이 있다는 얘기를 들은 정도이지, 내 주변에서 마약하는 것을 직접 본 것은 아니었다. 인종차별도 대학 내에서는 상대적으로 심하지 않았으며, 고차원적인 차별도 없지 않았던 것으로 보이나, 다행인지 불행인지 내 영어 실력이 그걸 이해할 만큼 훌륭하지는 못해서 직접적인 내 문제로 다가오지는 않았다. 전체적으로 그 당시 생각을 떠올려보면, 미국은 풍요로운 나라, 부러운 나라였던 것이 틀림없었다.

미국에 대한 생각이 조금 달라진 것은 2004년에 중부에 있는 오하이오 주의 볼링 그린(Bowling Green)이라는 작은 도시로 첫 연구년을 갔을 때였나. 방문학사로 간 것이기에 대학에 소속되어 있다는 면은 유학 시절과 다를 것이 없었으나, 학생의 신분이 아닌 일반인으로 미국 사회에서 살아가는 것은 그들의 세상을 좀 더 깊게 들여다볼 수 있는 기회를 제공해주었다. 무엇보다도 학생 때는 같은 유학생들과 어울려 다녔던 반면, 방문학자로 가서는 주로 그 대학의 교수들과 교류하게 된 것이 가장 큰 차이였다. 제일 기억에 남는 일은 그 당시 재선에 출마했던 아들 부시 대통령에 대한 현지 교수들의 조롱이었다. 그들에게 아들 부시를 지칭하는 'George W.'는 거의 얼간이라는 뜻으로 사용되었다. 대통령에 대한 험담은 어느 나라에서나 있기 마련이지만, 그리고 최고 지도자에 대한 험담이 없다는 것은 그 사회가 억압적이고 언론의 자유가 없음을 보여주는 것이지만, 그래도 내 주변의 사람들이 하나같이 그 당시 대통령을 그렇게 바보 취급하는 장면은 내게 미국의 대통령이 별거 아닌 사람일 수도 있겠다는 생각을 처음으로 갖게 하였다. 그런데 더욱 놀라운 사실은 완전히 바보 취급을 당하던 부시 후보가 재선에 성공했다는 점이었다. 물론 내가 미국 사회를 제대로 이해할 식견을 가지고 있는 것은 아니었으나, 내 주변에서 그렇게 조롱했던 사람을 다수의 미국 국민이 대통령으로 뽑았다는 사실은 내게 충격으로 다가왔다. 그 당시에 내가 만난 미국 교수들이 죄다 이상했거나, 아니면 부시를 대통령으로 뽑은 사람들이 이상했거나, 하여튼 누군가는 이상해야만 했다. 공화당의 대통령 후보 선출 과정을 거쳐서 미국 국민의 선택을 받은 아들 부시는 절차적 정의를 충족시킨 사람이기에 분명 괜찮은 사람이었을 것이다. 하지만 그를 조롱하던 교수들 역시, 내가 수업을 청강하기도 하고, 그들의 토론 자리에 참관하기도 하였으며, 개인적으로 다양한 얘기를 나누어본 바에 따르면 지극히 합리적인 사람들이었다. 그렇게 해결되지 않은 딜레마를 마음속에 담아 둔 채로 첫 연구년을 마치고 돌아왔다.

그다음 연구년은 2013년에 샌프란시스코 근처에 있는 버클리 (Berkeley)로 갔다. 그곳은 미국에서 가장 자유롭다는 동네이지만 인심은 볼링 그린보다 못했다. 노숙자들이 여기저기에 자리 잡고 있었고, 길거리에서 통행인들에 대한 비아냥거림을 심심치 않게 들을 수 있었으며, 밤이 되면 밖을 나다니기가 겁날 정도로 사건 사고가 많은 동네였다. 무엇보다 월세가 꽤 비쌌음에도 불구하고 아파트 시설은 서울의 집만 못했다. 그렇다고 버클리에서 살던 집이 로체스터나 볼링 그린보다 못했던 것은 아니었다. 오히려 25년 동안 우리나라의 생활수준이 그만큼 높아졌다고 보는 것이 맞을 것이다. 샌프란시스코 지역의 전철인 BART도 서울의 전철에 비해서 여러모로 불편했고, 게다가 깨끗한 느낌도 아니었다. 1988년에 '올림픽을 개최하는 나라'라는 자부심을 느끼며 비행기를 탔다가 미국의 슈퍼마켓에서 그 자부심이 다 무너졌는데, 2013년에 다시 찾아오니 미국에서 내가 살아본 곳 중 가장 큰 도시 주변이었음에도 불구하고 하나도 신기할 것이 없었다. 오히려 불편한 점들만 계속 눈에 띄었다. 예컨대, 인건비는 비싸지만 막상 서비스는 느려 터져서 사람의 인내심을 시험하는 경우가 많았다. 구입한 가전제품이 집에까지 배달되는 시간이나, 유선방송 또는 인터넷을 주문했을 때 기사가 집으로 와서 설치하는 데 걸리는 시간이 보통 일주일 이상 걸렸다. 우리나라 같으면 기다리다 지쳐서 주문을 취소하고 다른 곳에서 구매해도 일주일이 걸리지는 않았을 텐데 말이다. 어렸을 때 위대한 나라의 대명사였던 미국이 이제 내게는 더 이상 부러움의 대상이 아니게 된 것이다.

이처럼 세 번째 미국 생활은 미국이란 나라에 대한 평가를 근원적으로 바꾸어놓았다. 그 당시 미국에 있는 것 중 자연경관을 제외하고는 부러운 것이 그리 많지 않았다. 우리보다 못한 부분들이 차츰 눈에 띄기 시작했기 때문이다. 휴대전화가 안 터지는 곳이 꽤 있었으며, 인터넷도 忍터넷이라고 할 정도로 속도가 느렸다. 대중교통은 너무 불편해서 차가 없으면 돌아다니기가 쉽지 않았으며, 그나마 대중교통을 탈 때도 잔돈을 준비하지 않으면 거스름돈을 포기해야 하는 경우가 심심치 않게 있었다. 교통카드만 찍으면 환승까지 자동으로 할인해서 계산해주는 우리의 선진 시스템은 아예 기대하기 어려운 곳이었다. 그나마 고기, 채소 그리고 과일 가격이 우리보다 저렴하고, 동네마다 좋은 공원이 있어서 주민들에게 쉴 곳을 제공한다는 점이 땅덩어리 넓은 미국의 장점으로 부각될 정도였다. 미식축구(NFL), 농구(NBA), 야구(MLB) 등을 마음 놓고 볼 수 있다는 점이 좋기는 했지만, 그건 운동을 워낙 좋아하는 필자 같은 부류의 사람에게만 적용되는 영역이었다. 객관적으로 우리나라가 미국보다 더 살기 좋은 곳이라고 주장하는 것은 아니지만, 적어도 우리나라 사람들에게 미국이 한국보다 특별히 더 나은 곳이라는 생각이 들지는 않았다. 가슴에 손을 얹고 생각해봐도 내가 특별히 애국심이 높아서 드는 생각은 아니었다고 자신할 수 있다.

미국 사회에 대해서 지속적으로 의문을 가진 부분은 총기 사고에 관한 정치인들의 입장이었다. 총기 사고로 인한 사망자가 끊임없이 발생함에도 불구하고, 총기 구매를 강력하게 제한하는 입법은 번번이 무산되었다. 그러한 입법을 반대하는 사람들은 외부의 침입으로부터 자신을 보호할 권리를 내세우는 헌법 정신을 근거로 들지만, 제삼자의 관점에서 보기에는 총기 사업자와 정치인들의 이해관계가 핵심인 것으로 보였다. 이런 의혹은 총기 문제에만 한정된 것은 아니다. 미국에는 기차가 그리 발달되어 있지 않다. 특히 우리나라에도 오래전에 도입된 고속철도가 미국에는 아예 없다. 워낙 땅덩어리가 넓어서 기차보다 비행기를 선호하는 것은 이해가 가지만, 비슷한 규모의 땅을 지닌 중국에도 곳곳에 고속철이 연결된 것을 보면 미국의 상황은 이상하기까지 했다. 무엇보다 동부의 보스턴-뉴욕-필라델피아-워싱턴 DC를 연결하는 라인이나, 서부의 샌프란시스코-LA-샌디에이고를 잇는 고속철은 충분히 수익성이 있어 보였기 때문이나. 미국인들에게 이러한 사항에 대해 질문하면 석유 재벌들의 힘 때문에 그렇다는 답이 돌아오곤 했다. 결국 이러한 미국의 비합리적 상황은 총기 판매상이나 석유 재벌들의 로비 때문에 발생한 것이라는 생각을 하게 된 것이다. 그렇다면 미국의 정치인들도 명분은 그럴듯하게 내세우면서 실제로 나라를 위하기보다 자신의 이익을 챙기는 것에 급급하다는 면에서 우리 정치인들보다 크게 나을 것이 없다는 결론이 나온다.

미국 정치의 정점은 지난 대선에서 트럼프가 당선된 것이라고 볼 수 있다. 부동산 재벌에 카지노 사업으로 이름을 날리던 사람이 대선 후보로 나와서 국민의 지지를 받은 것을 보면 미국 국민 역시 대의명분이나 국가의 미래를 염려하며 투표를 하는 것만은 아닌 듯했다. 그런 면에서 아들 부시의 대통령 재선도 같은 맥락에 있는 것이 아닌가 하고 느꼈다. 트럼프가 대통령으로 행한 언행을 보면 품위와는 거리가 있어 보이는 면이 한두 군데는 아니다. 세계를 이끈다는 나라의 최고 책임자가 장사꾼 같은 면모를 보이는 점 자체가 이미 격조 있는 그림은 아니기 때문이다. 물론 미국 정치인들의 수준이 생각보다 높지 않다고 해서 우리나라 정치인들에게 면죄부가 주어지는 것은 아니지만, 미국의 정치인들은 좀 다르지 않을까 하는 기대감이 사라지는 경험을 하면서, 씁쓸한 현실에 허탈한 웃음을 짓기도 했다.

어쩌면 지금까지의 서술이 미국의 부정적인 측면만을 지나치게 강조한 것일 수 있다. 여전히 많은 이들이 미국으로 이민을 가고자 하고 미국에서 아이들을 교육시키고 싶어 하는 것을 보면, 미국의 장점이 분명 존재하는 것은 사실이다. 반면에 우리나라가 미국보다 문제를 덜 가진 나라도 아니다. '헬조선'이라는 단어가 만연할 정도로 우리나라에도 빈부격차의 문제, 교육 문제, 그리고 요즘 들어 더욱 불거진 부동산 문제 및 일자리 문제 등의 난관들이 도처에 산적해 있다. 반도체 산업처럼 우리나라를 이끌어 갈 신산업은 눈에 띄지 않는 반면, 중국은 많은 부분에서 우리를 바짝 뒤쫓고 있으며, 일부 영역에서는 앞서기 시작했다. 우리나라는 이전에 남들을 따라가면 되었던 입장에서 다른 나라의 추격을 의식하며 더 앞으로 치고 나가야만 경쟁에서 살아남을 수 있는 처지가 된 것이다.

그렇지만 우리나라의 수준이 이제는 미국과 견줄 수 있을 정도로 발달한 것도 사실이며, 그중 일부는 미국보다 앞선 분야도 있다. 과거 멕시코 월드컵이나 이탈리아 월드컵에서 대표 선수들이 힘 한 번 제대로 못 쓰고 고개를 숙이며 운동장을 나오던 시절에서 이젠 조별 예선을 통과하여 16강에 올라가기도 하고 독일, 스페인, 이탈리아와 같은 축구의 강호들을 이길 때도 있는 실력이 된 것처럼, 우리의 저력이 미국을 능가하는 점들을 하나둘 발견할 수 있다. BTS가 전 세계에 팬들을 몰고 다니고, 코로나 사태에 대한 우리나라의 방역 시스템을 전 세계 사람들이 주목할 정도의 수준이 되었다. 봉준호 감독이 아카데미상을 '로컬'이라고 부를 만큼 우리가 가지고 있는 것에 대한 자부심도 대단해졌다.

이제 우리는 그동안의 눈부신 발전을 넘어서는 또 한 번의 도약이 있어야 하는 시기에 직면해 있다. 대한민국은 이미 개발도상국의 수준은 넘어선 듯하다. 하지만 아직 선진국이라고 당당히 자부하기에는 부족한 면이 보이기도 한다. 50년 전에 미국이라는 나라는 우리가 넘어설 수 없는 저만치 앞서가는 나라였다면, 이제는 어깨를 나란히 할 수준에 가까이 와 있다. 이번 코로나 사태는 미국을 비롯한 선진국들이 생각보다는 허점이 많음을 전 세계에 보여주었다. 이는 역으로 우리나라가 그들보다 강한 면이 무엇인가를 찾게 해준 계기이기도 하다. 다가오는 가까운 미래에, 우리가 지난 50년 동안 이룬 획기적인 발신을 다시 한 번 이루었으면 한다. 그래서 10년, 20년 후에는 '미국이란 나라'라는 제목으로 이제는 우리가 미국보다 분명히 더 나은 나라라는 글을 쓸 수 있으면 좋겠다. 필자의 유학 시절만 해도 이런 생각이 헛된

꿈에 가까웠다면, 지금은 우리의 노력 여하에 따라서 충분히 실현할
수 있는 꿈이기 때문이다. 그런 날이 하루빨리 오기를 기대해본다.

『철학과 현실』(2020년 9월)

용서

미국에서 발생한 두 사례를 소개하고자 한다. 두 이야기 모두 용서와 관련하여 우리에게 생각할 거리를 던져준다. 첫 사례는 2018년 9월 텍사스 주에서 발생한 살인 사건이다. 백인 경찰관인 앰버 가이거 (Amber Guyger)는 3층인 자기 집으로 들어가는 길에 착각을 하여 바로 위층의 다른 사람 집으로 잘못 들어간다. 4층 집에는 현관이 열려 있었는데 가이거가 문을 여는 순간 집 안에 흑인인 보텀 진(Botham Jean)이 있는 것을 발견하고 자기 집에 침입한 괴한으로 오인하여 총으로 그를 죽인다. 피해자는 자신의 집에 있다가 변을 당한 것이다. 가이거는 살인 혐의로 피소되어 2019년 가을에 10년 형을 선고받는다. 선고 공판에서 희생자의 동생인 브랜트 긴(Brandt Jean)은 증인석에서 가이거를 용서한다고 말하며 재판관의 허락을 받은 후 가이거를 안아준다. 그 당시 브랜트의 나이는 만으로 18세였다.

두 번째 사례는 모리스 알렉산더(Maurice Alexander)라는 미식축구 선수의 이야기이다. 그는 2012년 유타 주립대학(Utah State University)에서 선수 생활을 하는 중 동료 선수를 폭행하는 사건을 저지른다. 상대 선수는 의식을 잃고 눈과 얼굴에 수술을 받아야 할 정도로 큰 부상을 입었다. 이 사건으로 알렉산더는 학교 미식축구팀에서 쫓겨났을 뿐 아니라 실형을 선고받고 약 한 달 반 동안 감옥에 수감되기도 하였다. 수감을 마치고 고향으로 돌아온 그는 프로 미식축구팀인 세인트루이스 램스(St. Louis Rams: 현재의 LA Rams)의 전용 돔 구장에서 관중들이 버린 컵이나 음식을 청소하는 잡역부로 일하게 된다. 그는 그렇게 등록금을 모은 후, 2013년에 복학하여 유타 주립대학의 선수로 복귀한다. 당시 그 대학의 미식축구 감독은 법적 측면과 교칙 그리고 팀에서 요구하는 규율 등을 모두 검토한 후 알렉산더의 복귀를 확정했다고 밝힌 바 있다. 유타 주립대학에서 다시 미식축구 선수로 1년 동안 활약하고 졸업을 한 그는 2014년에 공교롭게도 세인트루이스 램스에 의해서 선발되어 자신이 청소하던 구장에서 프로 선수로 뛰게 된다. 알렉산더는 돔 구장을 청소하면서 언젠가는 다시 선수가 되어 그라운드를 누비리라는 각오를 했지만, 자신이 청소하던 돔 구장을 홈으로 하는 팀의 선수가 되리라고는 생각지 못했을 것이다.

가이거에 내한 브랜트 신의 행위는 미국 사회에 잔잔한 반향을 일으켰다. 당시 그 사건은 경찰관의 단순 실수 차원에 다루어지지 않고 인종차별 논란으로 확산되었다. 만일 희생자가 백인이었어도 경찰관이 총을 쏘았겠느냐는 의혹과 함께 그동안 미국 곳곳에서 벌어진 흑인에 대한 경찰의 과잉 진압 사례들과 연결되어 사회적인 이슈가 되기도 했다. 하지만 브랜트는 담담하게 형의 살인자를 용서했다. 법정에서 피해자의 동생에게 안긴 가해자는 물론, 재판정에 방청객으로 온 사람들도 눈물을 흘리며 흐느꼈다. 이들이 흘린 눈물의 의미는 어쩌면 제각각

다를 수도 있다. 왜냐하면 브랜트는 개인 차원에서 용서한다는 말을 전했지만, 피해자의 가족이 모두 같은 마음으로 범인을 용서한 것은 아니었기 때문이다.

가이거의 입장에서는 브랜트의 용서가 참으로 위로가 되었을 것이다. 설령 피해자 가족 전체로부터 받은 용서는 아니었더라도, 돌이킬 수 없는 자기 잘못에 대해서 느끼던 엄청난 죄책감을 조금이라도 덜어낼 수 있는 계기가 되었을 것이기 때문이다. 법정에서 브랜트가 말하는 장면을 볼 기회가 있었는데 어린 나이의 청년이 전한 진심 어린 발언은 그 사건과 아무런 관련이 없는 시청자에게도 뭉클한 마음이 들게 하였다.

이 장면에서 어린 브랜트의 용서를 기준으로, 다른 가족들의 용서하지 못함을 탓할 생각은 전혀 없다. 한 사람의 선행이 다른 사람의 일반적인 선택을 악행으로 만들어서는 안 되기 때문이다. 하지만 브랜트의 따뜻한 위로는 가이거에게 과거를 반성하고 새로운 삶을 살 수 있게 하는 힘을 제공했을 것이다. 브랜트가 직접적인 피해 당사자는 아닐지라도 그의 용서는 가이거에게 더 나은 사람이 되고자 하는 마음을 먹게 했을 것이기 때문이다.

반면에 알렉산더의 이야기에서 피해자가 용서했는지 여부는 알려지지 않았다. 그런 면에서 가이거의 사례와는 여러 관점에서 다른 면을 보여준다. 먼저 알렉산더가 엄청나게 재능이 있는 선수여서 그가 저지른 과거의 잘못을 덮은 것인가 하는 추측을 해보았다. 하지만 그건 아니었다. 알렉산더는 인론의 주목을 받는 1-2라운드 선발이 아닌 4라운드 선발이었으며, 프로 선수가 된 이후에도 4년 동안 램스에 있으면서 주로 후보 선수였지 주전 자리를 꿰차지는 못했다. 램스와 4년 계약이 종료되고 그는 시애틀 시호크스(Seattle Seahawks)에서 1년, 버펄로 빌스(Buffalo Bills)에서 1년을 떠돌이 선수처럼 보냈으며, 이 글을 쓰고 있는 현재 그는 어떠한 팀과도 계약을 맺지 못해서 2020년 시즌에 선수 생활을 할 수 있을지 여부도 불확실한 상태이다. 이런 측면에서 보면, 알렉산더에 대한 미식축구계의 평가는 폭행 사건이 없었던 비슷한 실력의 선수들에 대한 평가와 크게 다르지 않았다. 다시 말해 그에 대한 미식축구계의 대접은 그의 폭행 사건에 의해서 영향을 받지 않은 것으로 보인다는 뜻이다.

그러면 알렉산더에 대한 미국 사회의 반응은 어떠했을까? 언론은 그를 비난하는 분위기의 기사를 쓰지는 않았고 오히려 미담에 가깝게 소개하는 인상이었다. 사실 미담이라는 것도 필자의 느낌이고 어쩌면 있는 그대로의 사실을 가감 없이 보도하는 정도라고 표현하는 것이 맞을 것이다. 다만 '미담'이라는 단어를 쓴 것은 기사에 알렉산더가 돔 구장을 청소하며 느꼈던 심정과 대학 팀으로 복귀하면서 다짐한 각오를 포함했다는 점 때문이었다. 자신이 저지른 과거의 잘못에 대해서 반성하고 이러한 반성을 도약의 발판으로 삼는 과정을 언론에서는 있는 그대로 소개하고 있었던 것이다.

그렇다고 언론 보도에 대한 댓글들이 엄청 부정적인 내용으로 도배된 것도 아니었다. 물론 그가 행한 과거의 범죄 사실에 내해서 지적하는 댓글도 없지는 않았지만, 전체적으로 그의 새로운 도전에 응원을 보내는 쪽이 더 많았다. 즉 알렉산더라는 사람의 과거를 들추며 비방이나 조롱을 하는 사람보다는 그의 앞날에 대해서 긍정적인 시선으로 바라보는 사람들이 훨씬 다수였다.

만일 이러한 일이 우리나라에서 발생했다면 어떻게 되었을까? 실제로 우리나라의 운동선수 중에는 폭행, 금지 약물 복용, 음주운전 혹은 도박 등으로 문제가 된 경우가 심심치 않게 있으며, 이들이 징계를 마치고 그라운드로 돌아올 때 '비행을 저지른 선수'라는 낙인이 늘 따라다닌다. 일부 선수들은 싸늘한 여론을 이겨내며 성공적인 복귀를 하지만, 다른 선수들은 여론의 뭇매를 맞으며 경기장으로 돌아오는 것에 실패하기도 한다. 물론 때로는 징계 수위가 사람들의 기대에 미치지 못해서 해당 선수들에게 비난이 폭주하는 예도 없지는 않지만, 한편으로는 자신의 비행에 대한 충분한 대가를 치렀음에도 불구하고 여전히 주홍글씨에서 벗어나지 못하는 경우도 비일비재하다. 아마 알렉산더가 우리나라의 운동선수였으면 재기(再起)하기 어렵지 않았을까 하는 생각이 들 정도이니까 말이다.

가이거와 알렉산더의 사례에서 서로 비교가 되는 두 측면이 있다. 하나는 피해자의 용서이고 다른 하나는 사회의 용서이다. 두 사람 다 피해 당사자 모두에게 용서받았는지는 분명치 않다. 가이거의 경우, 사망한 보텀 진에게 용서받을 기회는 없을 것이고 그의 가족 중 동생의 브랜트에게만 용서를 받았다. 반면에 알렉산더의 사례에서 피해자의 용서 여부는 언론에 등장하지 않았다. 사회적 용서의 경우, 사회로부터 가이거의 살인이 용서될지는 잘 드러나지 않는다. 다시 말해, 가이거가 형을 마치고 사회에 돌아왔을 때 사회가 그녀를 알렉산더처럼 편견 없이 받아줄 것인가는 그리 분명하지 않다는 것이다. 반면에 알렉산더의 경우는 과거의 잘못에 대해서 더 이상 사회의 시선이 그의 발목을 잡지는 않은 듯했다.

만에 하나 알렉산더가 피해자로부터 용서받지 못한 상황에서 사회가 그를 용서한다는 것은 피해자의 상처를 더 크게 하는 것이기에, 피해자가 알렉산더에 관한 기사를 보는 것만으로도 과거의 악몽을 떠올리게 할 것이다. 이는 피해자를 두 번 죽이는 일일 수도 있다. 여기에 어려움이 등장한다. 가해자가 법적인 처벌을 모두 치렀다고 가정할 때,

그럼에도 피해자가 용서하지 못하는 상황이라면 가해자가 피해자에게 도덕적인 부담을 느껴야 하는가의 문제이다. 가이거처럼 출소 후의 생활이 일반인들에게 드러나지 않는 사람의 경우는 큰 상관이 없겠지만, 알렉산더처럼 매스컴의 주목을 받을 수 있는 운동선수나 연예인 또는 정치인의 경우 그의 사회 활동이 피해자에게 2차 피해를 줄 수 있다. 이처럼 피해자가 용서하지 않았을 경우, 법적 책임을 다한 후라도 사회가 과거의 잘못에 대해서 가해자에게 도덕적 부담을 느끼게 하는 것이 정당한가의 문제는 판단하기 쉽지 않다. 어쩌면 사안의 경중에 따라서 답이 달라질 수도 있고 가해자의 반성 정도에 의해 다른 결론이 나올지도 모르겠다.

이러한 상황에 관한 판단은 사회에 따라 달라지기도 한다. 미국 사회는 우리보다 이러한 사회적 용서에 좀 더 관대하다. 예를 들어, 클린턴 대통령의 '부적절한 관계' 사건의 경우, 우리나라에서는 사회적 용서가 어려운 사안이었음에도 미국에서는 부인인 힐러리가 용서했고 그 일 자체가 직무와는 무관한 분야였다는 이유로 비교적 쉽게 넘어갔다. 알렉산더의 경우도 우리나라에서 그 일이 발생했다면 미국처럼 자연스럽게 넘어가지는 않았으리라는 생각이 든다.

이는 어쩌면 우리 사회가 '두 번째 기회(second chance)'를 잘 부여하지 않는 분위기여서 그런지도 모르겠다. 우리나라에 재수생이 많은 이유 중 하나는 대학 간판이 그 사람의 삶을 많이 좌우할 뿐 아니라 이를 넘어설 두 번째 기회가 잘 오지 않기 때문이다. 만일 대학을 졸업한 후라도, 아니면 대학을 가지 않더라도, 사회에서 능력을 발휘하여 새롭게 평가받을 기회가 지속해서 있다면, 굳이 1년이라는 시간을 들여서 자신의 실력 향상에 별로 도움이 되지도 않는 공부를 다시 할 필요는 없을 테니 말이다.

마찬가지로 우리 사회에서 한 번 낙인이 찍힌 사람에게는 이를 만회하기 위한 두 번째 기회가 잘 오지 않는 것도 사실이다. 이 역시 양날의 검이다. 어찌 보면 우리 사회가 용서에 박하다는 느낌을 주기도 하지만 그 원인을 들여다보면 가해자 쪽에서 반성하지 않고도 너무나 잘 사는 것으로 보이는 사례가 비일비재하기 때문일 수도 있다. 대표적으로 반성 없는 학교 폭력의 가해자들이 대중들의 관심을 받게 되는 경우에 사회적 분노가 상승한다. 서민의 입장에서는 자연스럽게 약자의 편을 들게 되기 마련이기에 그럴 것이다. 하지만 많은 경우에 가해자가 어느 정도 반성했는지를 일반 대중들이 알기는 어렵기도 하다.

"죄 없는 사람만 돌을 던지라"는 가르침이나 "죄는 미워해도 사람은 미워하지 말라"는 조언도 결국 죄를 범한 사람이 충분한 반성을 했을 때 적용될 수 있는 얘기일 것이다. 자신이 잘못을 뉘우치지 않는 사람에 대한 용서가 과연 그 사람을 새로운 사람으로 만들 것인가에 대해서는 부정적이기 때문이다. 하지만 자신의 행위에 대한 반성을 한 사람들에게는 새로운 기회가 주어졌으면 하는 마음이 있다. 누구나 잘못을 저지를 수 있고, 사회적 용서가 그 사람 자신과 그가 속한 사회를 더 발전시키는 계기로 작동할 수 있기 때문이다.

용서에는 또 하나의 측면이 있다. 잘못을 범한 사람이 자신을 용서하는 것이다. 이 역시 피해자에 대한 속죄를 전제로 해야 하는 문제이다. 영화 「밀양」에서처럼 남의 자식을 죽인 납치범이 종교에 귀의해서 용서를 받았다고 피해자 어머니에게 떳떳하게 말하는 것은 말도 안 되는 일이다. 낭연히 피해자에 대한 쇠책감은 평생 가서가야 한다. 하지만 그 회개의 토대가 마련되면 자신은 스스로를 용서할 필요가 있다. 과거의 잘못 때문에 남은 생을 스스로 학대하며 사는 것은 바람직하지 않기 때문이다. 오히려 자신이 이 사회에 끼친 부정적인 결과를 넘어서는 긍정적인 산물을 사회에 제공해야 할 의무가 있다고 생각하는 것이 맞다. 그러려면 자신을 죄인 취급하거나 원수로 삼아서는 곤란하다. 이미 흘러간 과거를 돌이킬 수 없다면 그 속죄의 일부는 미래의 남은 삶을 통해서 하는 수밖에 없다. 누구나 잘못을 범하고 살지만 더 중요한 것은 그 잘못 이후에 어떤 삶을 사느냐 하는 것이다. 심지어는 큰 잘못을 저지른 것도 아닌, 단지 자신이 목표한 것을 달성하지 못했다는 이유만으로 자신은 살 가치가 없다고 생각하는 사람들도 있는데, 이는 과거의 잘못보다 더 큰 잘못을 하는 셈이다.

용서는 어려운 일이다. 가해자는 피해자에게 사죄하여 용서를 구해야 하고, 과거의 잘못에 대해서 반성하며 자신도 용서해야 한다. 이러한 반성이 전제되어 있다면 사회도 그 사람에게 새로운 삶을 살 수 있도록 기회를 주는 것이 좋다고 생각한다. 한 번의 잘못으로 평생 낙인이 찍힌 사람으로 살게 하는 것은 그 사람의 미래를 너무 어둡게 만드는 일이라고 여겨지기 때문이다. 그래서 필자는 주변의 사람들에게 농담 반 진담 반으로 너무 심각하지 않은 나쁜 짓을 해보라고 권한다. 그래야 내가 남을 탓할 자격이 없다는 것을 깨달으며 남을 용서할 마음이 커질 것이기 때문이다. 어쩌면 대부분의 완벽한 사람들 사이에서 소수의 죄인이 용서받지 못하고 사는 사회보다는, 대부분이 크고 작은 잘못을 저지르는 사회에서 서로서로 용서하며 사는 사회가 오히려 더 따뜻할 것 같다는 생각이 들기도 한다. 그리고 대부분 사람이 크고 작은 잘못을 범하면서 자신도 용서 못하고 남도 용서하지 못하는 사회는 훨씬 더 각박하게 느껴질 것이다. 우리 사회가 마지막 선택지에 속하는 것 같아서 지금 이 글을 쓰고 있는지도 모르겠다.

『철학과 현실』(2020년 6월)

냉정함과 따뜻함

데본 스틸(Devon Still)은 2012년도에 미식축구팀인 신시내티 벵골스(Cincinnati Bengals)의 2라운드로 지명된 수비수였다. 미식축구에서는 보통 한 해에 7명 정도의 신인 선수를 선발하기에 2라운드에서 뽑힌 선수라면 팀에서도 상당한 기대를 하는 유망주이다. 하지만 2014년의 시즌이 시작하기 직전인 8월에 그는 팀으로부터 방출되었다는 소식을 듣는다.

스틸에게는 그 소식이 설상가상(雪上加霜)이었다. 더 충격적인 소식이 이미 그의 마음을 흔들어놓았기 때문이다. 그 충격적인 소식은 네 살짜리 딸 리아가 소아암에 걸렸다는 것이었다. 하나밖에 없는 딸의 발병 소식을 듣고 데본 스틸은 아이글 구하디 병원에 다니느라 훈련에 집중할 수 없었고 연습량이 부족했던 그는 결국 방출을 통고받게 되었다. 그에게 직장을 잃는 것이란 단순히 월급을 못 받는 것에 그치는 것이 아니라 딸을 위한 의료보험의 혜택도 사라짐을 의미한다.

벵골스는 그를 해고하면서 냉정했지만 잔인하지는 않았다. 운동량이 부족한 그의 실력은 당장 팀에게 도움이 될 정도가 못 되었기에 경기를 뛸 수 있는 선수 명단에서 그를 제외했지만, 그에게 보험 혜택을 받을 수 있도록 하기 위해서 연습생 신분을 부여하였다. 보통 연습생은 프로 1년 차 선수들에게 1년 동안 부족한 부분을 보충하여 다음 해에 팀에 기여할 수 있는 기회를 주는 자리이기에 3년 차 선수인 스틸에게 그런 자리를 제공한 것은 큰 배려라고 볼 수 있다.

하지만 벵골스의 배려는 여기서 그치지 않았다. 그의 번호가 달린 75번 유니폼을 판매한 모든 금액을 리아가 입원해 있는 신시내티 소아암 병동에 기부하겠다고 약속한 것이다. 이 소식이 알려지자 그의 유니폼을 사려는 주문이 쇄도했다. 그의 유니폼은 만 24시간 동안 역대 최대로 판매된 유니폼이 되었고, 약 석 달 동안 총 1만 5천 장이 판매되었다. 후보 선수의 유니폼이 이렇게 대량으로 판매된 것은 사상 처음이었다. 판매금 전액을 기부하기로 약속했기에 벵골스가 부담한 유니폼 제조 원가만 50만 달러가 넘었다. 이 소식을 들은 뉴올리언스 세인츠(New Orleans Saints)의 감독 션 페이튼(Sean Payton)은 100장을 주문하여 그가 지정한 보육원에 기부하였고, 뉴잉글랜드 패트리어츠(New England Patriots)도 홈에서 벵골스와 경기할 때 자기 팀의 치어리더들에게 상대 팀인 벵골스 75번 유니폼을 입게 하였다. 이렇게 모금된 130만 달러를 리아를 초청한 벵골스 홈경기에서 신시내티 소아암 병동에 기부하였다. 이러한 팀의 배려에 감동한 데본 스틸은 다시 연습에 몰두하여 같은 해 9월에 다시 선수 명단에 오를 수 있었고 결국 팀이 플레이오프에 진출할 수 있도록 기여를 한다.

데본 스틸의 이야기가 감동을 주는 점은 냉정함과 따뜻함을 잘 버무리고 있기 때문이다. 벵골스의 입장에서는 팀이 이기는 것에 최우선을 두는 원칙을 잘 지켜냈다. 스틸의 연습량이 부족한 상태에서 그에 대한 연민 때문에 팀이 손해를 보는 선택을 하지 않았던 것이다. 하지만 그들은 냉정한 선택을 하는 과정에서도 따뜻함을 잃지는 않았다. 스틸에게 해고란 그의 딸을 살릴 기회의 박탈이나 다름없었기에 그에게 연습생 신분으로 보험 혜택과 더불어 다시 한 번 선수 생활을 지속할 수 있는 기회를 준 것이다. 게다가 스틸의 유니폼 판매금 전액을 기부함으로써 같은 병에 시달리는 아이들에게 희망을 주었을 뿐 아니라 그 소식을 들은 대중들에게 함께 사회에 이바지할 수 있는 자리를 마련해 준 것이다. 덕분에 벵골스는 50만 달러의 지출이 생겼지만, 그들의 전체 예산을 생각하면 충분히 감당할 수 있는 금액이었고 사회 전체에 따뜻함을 제공하는 선행의 주도자가 된 것이다. 이처럼 아름다운 이야기에 하늘도 감동하였는지 리아의 병세가 호전되어 큰 고비는 넘겼다고 한다.

세상을 살다 보면 냉정한 판단을 해야 하는 경우가 생긴다. 자신이 속한 조직에 손해가 되는 결정을 해서는 안 되는 경우가 있기 때문이다. 하지만 그러한 상황 속에서도 따뜻함을 유지하는 것이 가능함을 데본 스틸의 사례가 잘 보여준다. 냉정한 사회 현실에서도 따뜻함이 발휘되는 경우가 늘어날수록 우리 사회는 살맛 나는 세상이 될 것이기에 스틸의 이야기가 더 훈훈하게 느껴진다.

『성숙의 불씨』(2015년 5월)

살맛 나는 세상

  지난 9월, 미국 플로리다의 한 초등학교에서는 '대학의 날'이란 행사가 열렸다. 대학의 날이란 자신이 가고 싶은 대학을 알아본 후 그 학교의 로고가 붙은 옷을 입고 등교하는 날을 말한다. 테네시 주립대학에 가고 싶어 한 어떤 소년은 그 학교의 옷을 입고자 했지만, 동네에서는 원하는 옷을 구할 수가 없었다. 그는 할 수 없이 테네시 주립대학을 상징하는 오렌지색 티셔츠에 손으로 'UT(University of Tennessee)'라고 쓴 종이를 붙이고 학교에 갔다. 한껏 들떠서 등장한 그 학생에게 선생님은 격려를 아끼지 않았다. 하지만 같은 반 학생들의 반응은 달랐다. 아직 성숙하지 못한 아이들은 삐뚤빼뚤 쓴 글씨의 종이가 붙은 옷을 입은 그를 놀리기 시작했고, 소년은 끝내 눈물을 흘리고 말았다.

  상처받은 학생의 자존감을 높여주고 싶었던 선생님은 주변 지인들에게 도움을 청했고 그 요청이 테네시 대학의 담당자에게 전달되었다. 그 학교에서는 소년에게 테네시 대학을 상징하는 공식 상품을 한가득 보내주었으며, 그는 전달받은 물품을 기쁜 마음으로 같은 반 학생들과 나누었다. 그뿐 아니라, 대학 측은 소년이 종이에 쓴 글씨를 디자인으로 하는 티셔츠를 제작 판매하여 그 수익을 '따돌림 방지 재단'에 기부하겠다고 발표하였다. 아울러 테네시 대학은 그를 홍보 대사로 초청하기도 하였다.

이번 일은 한 소년에게 깊은 상처로 남을 뻔한 상황이었는데 선생님과 테네시 주립대학이 합심하여 그 소년에게 잊지 못할 기억을 선물로 남겨주었다. 미성숙한 급우들의 반응에 대하여, 주변 사람들이 힘을 합해서 따뜻한 결과로 만들어낸 것이다. 기억은 영어로 'remember', 즉 '다시 구성한다(re-member)'는 의미를 지니고 있다. 어떤 사건이 기억 속에 저장되는 과정에는 재구성 작업이 작동한다. 따라서 같은 사건이라도 그 일을 겪은 사람들에게 어떻게 저장되는가는 사람들의 노력으로 달라질 수 있다는 뜻이다.

우리에게 늘 좋은 일만 벌어지기를 기대하는 것은 어려운 일이다. 하지만 이번 소식은 설령 어떤 부정적인 상황이 발생하더라도 "합력하여 선을 이룬다"라는 말이 실현 가능하다는 것을 보여준다. 이런 따뜻한 일들이 자주 일어날수록 우리 사회는 '살맛 나는 세상'에 더 가까워질 것이다. 추운 겨울이 다가오고 있다. 연말연시에 우리 모두가 따뜻함을 느끼는, 살맛 나는 세상을 기원해본다.

『성숙의 불씨』(2019년 12월)

어느 유학생의 이야기

우리나라가 지금보다 훨씬 가난했던 시절에 있었던 이야기이다. 어느 유학생이 미국 대학의 박사과정에 입학하였다. 학교에서 주는 장학금으로는 월세와 책값을 제하면 하루 세 끼를 먹을 수 없는 상황이었다. 아르바이트를 하면 식사 문제는 해결할 수 있었지만, 그 유학생은 그렇게 쓰는 시간이 아까워서 점심을 굶고 학업에 집중하는 쪽으로 선택했다. 빨리 학위를 마치고 싶은 마음이 컸기 때문이다.

그가 속했던 학과의 교수 중에는 샌드위치를 점심으로 가져와서 휴게실에서 먹는 경우가 빈번했다. 어느 날 점심시간에 그가 학과 휴게실에 놓아둔 물건을 가지러 갔는데, 점심을 먹던 학과장이 그에게 말을 걸었다. 자신은 이제 나이가 들어서 체중조절을 해야 하기에 음식을 많이 먹는 것이 부담스러운데 부인이 샌드위치를 너무 많이 담아준다는 것이었다. 다 먹기는 양이 많고, 그렇다고 버리자니 부인의 성의를 무시하는 것 같아서 고민이라는 넋두리였다. 그러면서 혹시 샌드위치 한 쪽을 먹을 생각이 있느냐고 유학생에게 물어봤다. 얼떨결에 학과장의 샌드위치를 나누어 먹게 된 그는 그 이후로도 종종 샌드위치를 같이 먹으며 학과장의 '고민'을 덜어주었다.

세월이 흘러 유학생이 박사논문을 마치고 학위를 받게 되었다. 그는 학위 과정에서 도움을 받은 교수들을 부부 동반으로 초청하여 저녁을 대접하기로 했다. 그는 학과장 부부도 초대했다. 학과장 부인에게 그동안 샌드위치를 잘 먹었다고 감사의 인사를 꼭 하고 싶었기 때문이었다. 하지만 학과장은 그 자리에 혼자 왔다. 부인이 함께 오지 못한 것이 못내 아쉬워서 유학생은 학과장에게 "사모님께 오늘 인사를 드리려 했는데 못 오셔서 섭섭하네요."라고 말했다. 그러자 학과장은, "오늘은 내가 자네에게 이 얘기를 해야 할 것 같네. 사실 내 아내는 오래전에 세상을 떠났다네. 자네에게 사실대로 말하지 못한 점 미안하게 생각하네."라고 대답했다. 점심도 제대로 못 먹는 가난한 유학생의 사정을 알게 된 학과장이 샌드위치를 넉넉하게 준비해서 그의 점심을 상당 기간 해결해 준 것이었다.

그 이야기를 들은 유학생은 학과장에게 진심으로 감사한 마음을 전했다. 학과장에게 얻어먹은 샌드위치도 물론 감사했지만, 자신의 마음이 상처받을 것을 걱정하여 자연스러운 자리에서 마치 학과장이 도움을 청하는 형식을 취하며 자신을 배려한 그 마음이 너무도 감동스러웠기 때문이다. 그 유학생은 귀국하여 강단에 서게 되었을 때 제자들에게 "어쩌면 학위 과정에서 배운 그 어떤 것보다 학과장에게 배운 배려의 마음이 더 컸다"라고 고백하였으며, 그도 주변의 어려운 사람들을 도우며 유학생 시절에 학과장에게 배운 점을 실천하는 삶을 살았다고 한다.

이 이야기는 진정한 선행이 무엇인가를 보여준다. 남들을 도와주는 것도 중요하지만, 그것이 도움을 받는 사람의 자존심을 건드리지 않는 것도 중요한 배려이다. 이왕 좋은 일을 하는 김에, 받는 사람의 마음도 헤아려주는 것이 더 따뜻한 사회를 만드는 방법이 아닌가 생각해본다.

『성숙의 불씨』(2016년 3월)

표현의 자유와 책임

2014년 8월, 미국 미주리 주에 있는 퍼거슨 시에서 마이클 브라운이라는 흑인 청년이 경찰의 총에 맞아 사망하는 사건이 발생하였다. 그 청년은 아무런 무기를 가지고 있지 않았으며 전과도 없었다. 어떤 상황에서 경찰이 총을 사용하게 되었는지에 대해서는 설(說)이 많다. 그가 담배를 훔쳤다는 이야기도 있고, 도로 한가운데를 걷고 있었다는 말도 있다. 경찰과 몸싸움을 했다고 증언하는 사람도 있었다. 하지만 어떠한 정황도 경찰의 총기 사용을 정당화하기에는 부족했다는 것이 일반적인 견해이다. 이 사건은 흑인에 대한 경찰의 과잉 진압으로 여겨져, 미주리에 있는 흑인들의 공분(公憤)을 일으켰다. 많은 시위자가 거리로 나와서 'Hands-Up 운동'(손을 들고 항복하는 자세를 취하며 총을 쏘지 말라는 시늉을 하는 것)을 벌이며 항의의 메시지를 보냈다.

같은 해 11월, 미주리 법원에서 총을 쏜 경찰을 불기소 처분하면서 퍼거슨 시뿐 아니라 미국 전역으로 이에 항의하는 시위가 확산되었다.

그러던 중 뉴욕에서 불법으로 담배를 판매한 혐의를 가진 흑인 용의자를 체포하는 과정에서 경찰이 용의자의 목을 졸라 사망에 이르게 하는 사건이 발생했다. 용의자가 "숨을 쉴 수 없다(I can't breathe)"라고 말하며 고통스러워하는 장면이 공개되면서 다시 한 번 거센 시위로 미국 사회의 긴장이 고조되었다. 물론 시위 도중에 경찰과 충돌이 있었을 뿐 아니라 무고한 상점들이 약탈당하는 사건도 벌어지게 된다.

이러한 과정에서 스포츠 스타들이 경기장에서 자신의 목소리를 내는 일들이 발생했다. 퍼거슨 시에서 얼마 떨어지지 않은 세인트루이스의 미식축구 선수들은 경기 전 자신이 소개될 때 두 손을 들고 경기장에 입장하면서 'Hands-Up 운동'에 동참하였고, 르브론 제임스, 코비 브라이언트, 데릭 로즈 등의 NBA 스타들은 "I can't breathe"라고 인쇄된 셔츠를 입고 몸을 풀기도 하였다. 이 장면들은 미국 전역에 중계되었으며 많은 토크쇼에서 논란이 대상이 되었다. 스포츠 스타들이 경기장에서 사회적인 문제에 대하여 자기 의사를 표현하는 것이 적절하냐는 것이었다.

다양한 견해들이 표출되었지만, 가장 많은 공감을 받은 것은 운동선수들도 경기장에서 사회문제에 대한 표현의 자유를 갖는다는 입장이었다. 단, 그러한 자유를 갖는 만큼 그 선택에 대한 책임을 지는 것도 당사자의 몫이라는 것이었다. 이를 뒷받침이라도 하듯 미식축구협회인 NFL과 미국농구연맹인 NBA에서는 이들 선수에 대하여 공식적인 제재를 가하지는 않았다. 자신의 소신을 밝힌 운동선수들은 뜻을 같이하는 사람들에게 지지와 박수를 받았지만, 다른 한편으로는 의선을 날리하는 기존의 팬들에게 쓴소리도 들어야 했다. 이 모든 것이 표현의 자유를 선택한 것에 대한 책임에 속할 것이다.

반면에, 길거리 시위에 나섰던 사람 중에는 주변 상점의 유리창을 부수고 약탈을 일삼은 사람들이 있었다. 이러한 사람들은 대부분 흑인이었으며 개인적으로도 구속이 되어서 본인의 행위에 대한 책임을 져야 했다. 하지만 훨씬 더 아쉬웠던 부분은 그러한 무분별한 행동이 "저러니까 흑인들이 총에 맞지!"라고 반응하게 한다는 점이었다. 퍼거슨 시와 뉴욕에서의 사건은 흑인 희생자들이 피해자였음에도 불구하고, 표현의 자유를 잘못 이해한 소수의 흑인 때문에 평화적으로 시위를 벌였던 다른 사람들뿐 아니라 대다수의 흑인들에게 피해를 주는 결과를 가지고 왔다.

물론 소수 흑인의 잘못을 토대로 "저러니까 흑인들이 총에 맞지!"라는 결론을 내리는 것은 정당한 추론이 아닐 수 있다. 하지만 일반 시민들은 논리적인 사유보다 감성적인 판단에 더 익숙한 것이 사실이다. 이런 측면에서 표현의 자유에 대한 책임은 그 표현을 선택한 당사자에게만 한정되는 것이 아니라, 때로는 당사자가 속한 집단까지 확장될 수 있음을 간과해서는 안 된다.

우리는 누구나 표현의 자유를 원한다. 하지만 그에 대한 책임이 본인의 차원을 넘어서서 자신이 속한 집단으로 확장되는 경우가 있다. 따라서 표현의 자유를 선택하는 용기도 필요하지만 이에 대한 책임을 깊이 숙고해보는 것 역시 필요함을 강조하고 싶다.

『성숙의 불씨』(2015년 3월)

미국에서의 운전

　미국에서의 운전 문화는 우리나라와 상당한 차이가 있다. 한국에서의 운전은 자동차 중심이지만, 미국에서는 보행자에 대한 권한이 더많이 보장된 느낌을 받는다. 미국의 소도시에서는 신호가 없는 건널목에서 보행자가 길을 건너려고 하면 주행하던 자동차가 서는 경우가 많다. 반면에 한국에서는 보행자가 알아서 차를 피해야 하기에 이와 같은 풍경을 보기가 어렵다. 필자는 미국에 있을 때 한국에서의 버릇대로 운전하다가 보행자가 심히 째려보는 경우를 여러 번 겪었다. 왜 약자를 왜 배려하지 않느냐고 보행자가 무언의 의사 표현을 한 것이다. 심지어는 미국에서 태어난 교포 2세가 한국에 와서 자동차가 서겠거니 생각하고 무심코 횡단보도를 건너다가 사고를 당힌 시례도 있디고 힌다.

　이러한 차이는 어디서 오는 것일까? 짐작건대 자동차가 지니는 위상과 관련될 것이다. 과거에 우리나라에서 자동차는 부의 상징이었고 차를 타고 다니는 사람은 대부분 힘을 가지고 있는 사람들이었기에 자동차 문화가 차를 타는 사람 중심으로 형성된 것이 아닐까 하는 생각이 든다. 반면에 미국에서 자동차는 거의 모든 사람이 다 가지고 있는 것이기에 특권층의 상징이 아니어서 운전자 위주의 문화가 생기지 않았을 뿐 아니라, 자동차와 보행자를 비교하면 보행자가 약자이기에 약자를 보호한다는 측면이 부각된 것이라 여겨진다. 사실 제도는 약자 위주로 정해지는 것이 타당하다. 힘을 가진 사람들이 우대받는 사회는 기득권층과 사회적 약자의 괴리감이 더욱 커질 수밖에 없기 때문이다. 이런 측면에서 미국의 자동차 문화는 바람직하게 형성되었다고 볼 수 있다.

이러한 문화는 자동차에만 해당하는 것은 아니다. 통치자의 권위는 군림을 통해서 나오는 것이 아니라 백성들의 존경으로부터 나온다. 국민이 모아준 힘은 개인의 사리사욕을 위해서 쓰라는 것이 아니고 국민 모두에게, 특히 사회적 약자에게 유리하도록 행사하라는 뜻이며, 이러한 통치자의 노력이 잘 진행될수록 그에 대한 신망이 두터워진다.

이런 점에서, 현 대통령이 청와대의 일반 직원들과 함께 식판을 들고 식사하는 광경이나 경호의 수준을 낮추며 일반 시민들과 소통하려는 자세, 그리고 자기 가방을 손수 들고 가는 모습은 적어도 이전의 많은 대통령과 차이를 느끼게 한다. 한때 대통령을 '각하(閣下)'라고 부르던 시절이 있었던 것을 기억하면 격세지감(隔世之感)을 느낄 정도이며, 현 대통령의 겸손한 모습에 대해서 많은 국민들이 박수를 치고 있다.

하지만 국민이 대통령에게 바라는 것은 그 이상으로, 덜 가진 사람들도 사회에서 대접받기를 바라고 국가에 이바지할 기회를 원한다. 따라서 국민은 겉으로 드러나는 대통령의 겸손한 모습 못지않게, 실질적으로 사회적 약자에게 도움이 되는 정책이 실현되기를 기대한다. 약자를 위한 정책은, 대기업이 납품가를 형편없이 낮게 요구하는 횡포를 부리거나 미스터 피자와 같이 자신의 입맛에 맞지 않는 가맹점에 보복하는 것처럼, 힘을 가진 사람들의 '갑질'이 만연한 우리 사회에서 더더욱 필요한 부분이기 때문이다. 하지만 모든 사람을 만족시키는 정책은 찾기 어려운 면이 있다. 왜냐하면 정책적인 결정은 누군가에게는 이익이 되지만 누군가에게는 손해가 될 수도 있기 때문이다. 예를 들어 최저임금을 올리는 경우에, 분명 사회적 약자를 위한 제도임에도 불구하고 선의의 피해자가 생길 수 있다. 결국 사회 전체의 이익을 고려하여 정책을 결정해야 하며, 가능한 한 덜 가진 사람 쪽에 유리하도록 방향을 잡아야 할 것이다. 말처럼 쉬운 일은 아니겠지만, 그것이 바로 우리 국민들이 대통령에게 바라는 일이다. 위정자(爲政者)들의 지혜로운 정책 결정을 통하여 덜 가진 사람들도 살 만하다고 말하는 사회가 만들어지기를 기대해본다.

『성숙의 불씨』(2017년 7월)

택시 체험기

마카오에 갔을 때의 일이다. 입국 절차를 밟고 나와 택시를 탔다. 행선지를 말하자 기사가 툴툴거리며, 걸어서 10분이면 가는 거리를 왜 택시를 타냐고 면박을 주고는 가속 페달을 세게 밟으며 화가 났음을 표현하였다. 자기는 손님을 태우려고 한 시간이나 기다렸는데 기본요금밖에 안 나오는 거리를 가는 내가 미웠나 보다. 하지만 마카오가 처음인 내 입장에서는 목적지가 얼마나 먼 곳인지 모를뿐더러, 실령 내 목적지가 가까운 곳임을 안다고 하더라도 더운 날씨에 무거운 여행 가방을 끌고 10분을 걸어가는 것이 내게 현명한 선택은 아니었을 것이다. 오래 기다렸는데 수입이 안 되는 손님이 걸린 것은 불운이라고 할 수 있지만, 승객으로서는 규정에 어긋나는 부탁을 한 것이 아니기에 미안해야만 하는 일은 아니었다. 그 일을 경험하고는 마카오에 대한 인상이 부정적으로 될 수밖에 없었다.

미국으로 유학을 갔을 때 공항에서 내리면 택시를 타고 기숙사를 간

적이 종종 있었다. 내가 다니던 대학은 공항에서 택시 값이 10달러도 안 나오는 가까운 곳에 있었다. 일반적인 도시에서는 공항에서 시내나 대학이 있는 곳까지 택시비가 100달러 전후로 나오는 것을 고려하면, 주머니 사정이 넉넉지 않은 유학생의 처지에서는 좋은 일이었다. 하지만 로체스터라는 중소도시에서 택시를 영업하는 기사의 입장에서는 내가 반가운 승객이 아니었을 것이다. 한번은 기사에게 나를 태우기 위해서 얼마나 기다렸냐고 물은 적이 있었다. 한 시간을 기다렸다는 대답에 내가 좀 미안한 느낌이 들어서, 그럼 나 같은 손님은 달갑지 않겠다고 말을 건넸다. 기사의 대답은, 영업을 하다 보면 운이 좋은 때도 있고 그렇지 않은 때도 있는데 그것은 자신이 결정할 수 없는 문제이니 승객이 가자는 곳으로 부지런히 간다고 했다. 그러고 보면 6년간의 유학 시절 동안 공항에서 기숙사까지 택시를 꽤 여러 번 탔지만 불평하는 기사를 만난 적은 없었다. 영업하는 입장에서는 장거리 손님을 원했겠지만 어떤 승객이 타느냐에 대해서는 기사에게 선택권이 없음을 잘 이해하는 듯했다.

우리나라의 택시는 어떤가? 많은 경우에 큰 불편 없이 택시를 탈 수 있지만 늦은 밤에는 지역에 따라 승차 거부가 심심치 않게 일어나는 것도 사실이다. 1980년대에는 택시를 잡기가 어려워서 합승이 성행하던 시기도 있었지만, 이제는 택시 승강장에 빈 택시가 줄을 서고 기다리고 있어서 기본요금 거리를 타기는 미안하게 느껴질 때도 있다. 회사 택시의 경우 하루에 12시간 일해도 사납금을 채우기 급급한 정도여서 영업용 기사들의 애환도 이해가 간다. 시간당 1만 5천 원 이상은 벌어야 사납금을 채우고 약간의 추가 수입을 올릴 수 있는데, 손님은 없고 길은 막히니 기사의 입장에서도 답답할 것이다. 다른 나라와 비교하면 우리나라의 택시 값은 상대적으로 싸서 택시 기사들이 더 고생하는 느낌이 든다. 막상 택시 요금이 올라도 회사 택시는 사납금도 함께 오를 것이기에 기사에게 돌아가는 혜택은 많지 않을 것이고, 개인택시도 기름 값과 자동차 유지비 및 감가상각 등을 계산하면 어렵기는 매한가지다. 그렇다고 승객이 탈 때마다 일희일비하는 것은 택시 기사들의 정신 건강에도 그리 좋은 일은 아닐 것이다. 어차피 노력해서 안 되는 부분은 그러려니 하고 넘기는 것이 최선이다. 운이 좋은 날도 있고 그렇지 않은 날도 있겠지만 길게 보면 평균에 수렴할 테니 말이다.

곧 평창 올림픽이 열리면 우리나라에 많은 관광객이 몰려올 것이다. 이들 역시 택시를 이용할 텐데 외국인들에게 친절한 이미지를 심어줄 수 있는 기회가 되었으면 한다. 택시에 대한 나쁜 경험 때문에 우리나라에 대한 외국인의 인상이 나빠지지 않기를 소망해본다.

『성숙의 불씨』(2018년 2월)

충성심

버펄로 빌스(Buffalo Bills)라는 미식축구팀에 맷 밀라노(Matt Milano)와 존 펠리시아노(Jon Feliciano)라는 선수가 있다. 그들은 버펄로 팀과의 계약이 종료된 자유계약 선수로, 본인이 원하면 어느 팀과도 계약을 맺을 자격을 가지고 있었다. 버펄로는 그들과 재계약을 원했지만, 팀의 재정상 두 선수가 다른 팀에서 받을 수 있는 많은 금액을 주기는 어려운 상황이었다. 연봉 협상을 담당하는 버펄로의 단장도 "그들은 그동안 자기 능력을 발휘하였기에, 자유계약 시장에서 자신의 가치를 평가받을 권한이 있다"라고 말하면서 재계약이 쉽지 않음을 넌지시 표명했다.

예상과는 달리, 그들은 다른 팀과 협상을 시작하기도 않고, 전문가든의 예측보다 1년에 2백만 달러에서 3백만 달러(약 22억에서 33억 원 정도)가 적은 연봉으로 버펄로와 재계약을 했다. 밀라노는 4년 계약을 했으니 약 100억 원, 펠리시아노는 3년 계약으로 적어도 65억 원 이상

390

을 포기한 셈이다. 버펄로의 팬들은 환호했고, 전문가들은 의외라는 반응을 보였다. 정(情)보다 합리적인 계산이 우선하는 미국 사회에서 이와 같은 결정은 흔치 않다. 평생 한 번 있을까 말까 한 기회에서 자신의 가치를 충분히 인정받으며 경제적인 보상을 받고 싶은 마음을 갖는 것은 인지상정(人之常情)이기 때문이다.

하지만 밀라노와 펠리시아노는 기자들과의 인터뷰에서 금전적인 부분을 조금 양보하면서까지 버펄로에 남게 된 이유를 밝혔다. 그것은 한마디로 팀에 대한 충성심이었다. 여기서 말하는 충성심이란 버펄로라는 팀이 가지고 있는 분위기에 대한 애정으로부터 나온 것이었다. 밀라노의 경우, 대학 졸업 직후 버펄로가 그를 선발하여 키워준 부분에 대한 감사의 마음이 작용한 것도 사실이지만, 그것보다는 버펄로 빌스라는 직장을 떠나고 싶지 않았던 것이 더 컸다. 구단주 이하 단장과 감독 그리고 동료들 사이의 관계가 너무 좋았고 팀의 장래가 밝았다는 뜻이다. 펠리시아노는 연봉 협상에 불리한 발언임에도 불구하고, 자신은 버펄로에 남을 것이라고 트위터에 공공연하게 알리기도 하였다. 연봉은 손해를 보더라도 마음에 맞는 사람들과 밝은 미래를 함께 꿈꾸고 싶은 심정이 이 계약을 성사시킨 것이다.

이러한 사례는 일상에서뿐 아니라 역사나 소설 속에서도 종종 찾아볼 수 있다. 일반적으로 부하들의 충성심을 얻는 사람은 덕과 지혜를 겸비한 실력 있는 지도자였다. 자신의 이익을 위해서 신하를 부속품처럼 사용하는 지도자가 아닌, 신하를 위해서 자신의 손해도 감수할 수 있는 그런 사람이 궁극적으로 신하로부터 진정한 마음을 얻기 마련이다. 지도자가 어떤 분위기를 만드느냐에 따라 그 집단에 속한 사람들의 충성심이 달라지며, 훌륭한 지도자 밑에는 기꺼이 자신의 목숨까지 바치는 신하가 나오기도 한다. 이러한 현상은 다양한 집단에서 확인될 수 있다. 애국심은 국가의 지도자가 나라를 어떻게 운영하는가로 인해 좌우되고, 직장에 대한 충성심은 회사의 리더가 직원들을 어떻게 대하는가에 의해서 결정된다. 학교에 대한 자부심은 학교를 이끌어가는 선생들의 애정에 비례하고, 가정에 대한 가족 구성원의 애정은 집안의 가장이 어떤 가정을 꾸려 가는가에 의해 반영된다. 어떤 공동체라도 결국은 그 집단을 이끄는 리더가 분위기를 어떻게 만드는가에 의해서 구성원들의 충성심이 결정되는 것이다.

이렇게 보면 밀라노와 펠리시아노는 참으로 행복한 사람이다. 자신이 원하는 집단을 선택하기 위해서 기꺼이 금전적인 희생을 감수할 용의가 있을 만큼 자신이 속한 곳을 사랑하기 때문이다. 이는 버펄로 빌스라는 팀의 분위기를 긍정적으로 만들려고 노력한 리더들 덕분이다. 우리는 모두 한편으로는 어떤 집단의 구성원이기도 하면서 때론 어떤 집단을 이끌어가야 하는 위치에 있기도 하다. 지도자의 역할을 하는 사람들은 구성원들이 충성심을 느낄 수 있도록 자신이 이끄는 집단의 안녕을 위해서 애써야 함은 너무도 당연하다. 하지만 우리가 속한 모든 집단의 구성원들이 그러한 복을 누리지는 못하는 것 같아서 마음 한편이 쓸쓸하다. 기득권자들은 대체로 아랫사람들의 도리에 대해서만 강조하지만, 우리 사회가 돌아가는 것을 보면, 지금은 위에 있는 리더들이 좀 더 분발할 필요가 있는 시기인 것 같다.

『성숙의 불씨』(2021년 3월)

7. 급변하는 세상을 따뜻한 사회로

로봇 시대와 마르크스 그리고 도덕성

4차 산업혁명의 시대는 인간을 완전히 다른 세계로 이끌고 있다. 인간의 노동을 로봇이 대신 해줄 수 있는 세상이 도래하고 있는 것이다. 빨래를 손으로 하지 않은 지는 꽤 오래되었고 스스로 돌아다니는 청소기가 집 안 구석구석을 깨끗하게 해주는 시대가 되었다. 이제는 음식이나 커피를 주문할 때도 사람의 도움이 필요하지 않으며, 곧 운전이나 택배를 하는 것도 사람의 손을 거치지 않고 가능해질 것이다.

공장이든 농장이든 집이든, 자동화 시스템을 통해 명령만 내리면 기계와 로봇이 인간의 노동을 대신 해주게 될 세상이 바로 코앞에 있다. 다시 말해서 생산성을 높이는 일이 인간의 성실성이나 도덕성에 의존하지 않고도 가능해졌다는 뜻이다. 그렇다면 21세기는 공산주의를 주장한 마르크스의 이론에 대한 재평가가 필요한 시기이다. 어차피 생산은 로봇이 맡아줄 것이기에 그가 그렸던 유토피아를 현실로 만들 수도 있을 것이기 때문이다. 과연 마르크스가 주장한 낙원이 4차 산업혁명과 더불어 실현될 수 있을까? 안타깝게도 생산성 향상만으로는 유토피아가 이루어지지 않을 것이라고 필자는 생각하며, 그 이유를 지금부터 설명해보도록 하겠다.

생산과 분배에 대한 마르크스의 주장을 한마디로 표현하면, '능력에 따른 생산과 필요에 따른 분배'이다. 생산에 대한 의무를 모든 사람에게 동일한 양으로 부과하면 능력이 부족한 사람은 더 많은 시간 동안 일해야 하기에 약자를 보호하기 위해서 능력에 따른 생산을 주장한 것이다. 또한 그는 '능력에 따른 생산'이 능력이 많은 사람에게만 유리한 결과가 나오지 않도록 '필요에 따른 분배'를 내세운다. 자신이 생산한 것을 자신이 모두 갖는 것이 아니라, 각자 필요한 만큼 갖도록 하여 생산과 분배의 기준을 분리한 것이다.

하지만 능력에 따른 생산과 필요에 따른 분배는 현실성이 결여되어 있다. 우리는 자기 능력을 어떻게 해야 극대화할 수 있는지를 스스로 잘 알지 못할뿐더러, 설령 그것을 안다고 하더라도 뼈 빠지게 일을 할 때와 설렁설렁 일할 때 본인에게 돌아오는 몫이 같다면 사람들은 애써서 열심히 일하려고 하지 않을 것이다. 이렇게 되면 생산성이 떨어지게 되므로 필요에 따른 분배를 할 재화가 부족해질 수밖에 없다. 인간은 일반적으로 자신에게 돌아오지 않는 결실을 위해서 최선을 다할 만큼 도덕적이지 않음에도, 인간성을 너무 낙관적으로 보았다는 것이 마르크스 이론에 대한 가장 대표적인 비판이었다. 하지만 인간성과 무관하게 생산성을 증진할 수 있다면 마르크스의 이상 국가는 실현 가능한 것이 아닐까?

여기서 우리는 사유재산을 인정하지 않고 국가가 재화를 통제해야 한다는 마르크스의 혜안(慧眼)을 확인할 필요가 있다. 현대의 자본주의 체제에서는 설령 로봇이 생산을 전적으로 맡아서 전 세계 사람들이 쓸 수 있는 충분한 물자를 확보한다고 하더라도, 로봇을 소유하고 있는 자본가들이 '필요에 따른 분배'에 동의하지 않는 한 가난한 사람들에게는 풍부한 물자도 그림의 떡에 불과할 것이다. 그러면 로봇에 의해 생산성이 충분히 증가한다 하더라도 지금 우리가 겪고 있는 자본주의와 크게 달라지는 것은 없다. 아니, 오히려 '부익부 빈익빈' 현상이 더 극심해질 가능성이 크다. 따라서 마르크스가 주장한 대로 사유재산을 부인하고 국가가 모든 재화를 통제하며 진정한 복지국가를 만들지 않는 한 생산성의 향상만으로 우리가 기대하는 유토피아가 실현되지는 않을 것이다.

문제는 우리가 살고 있는 현재의 사회가 이미 자본주의의 지배 아래에 있다는 점이다. 완전한 백지 상태에서 새로운 국가 체제를 만들 수 있다면 생산성의 증대가 국민 모두의 이익으로 돌아갈 수도 있겠지만, 그러한 생산성을 증대할 수 있게 한 요소가 사유재산을 가진 자의 자본이라면 로봇에 의한 노동의 대체는 자본가의 이익으로만 환원되고 일반 서민에게는 별 도움이 되지 않을 가능성이 많다.

결국 생산성의 문제가 해결되어도 '도덕적인 인간성'이 여전히 이슈가 된다. 왜냐하면 생산성의 향상으로 인해 자본가들이 평생 자신이 충분히 먹고살 재화가 마련된다고 하더라도, 자신들이 생각하는 '필요'를 필요 이상으로 상정하고 자신의 소유를 다른 사람들과 나눌 용의가 없다면, 모든 사람이 골고루 잘사는 사회의 실현은 요원하기 때문이다. 따라서 아무리 생산성이 증대해도 인간이 필요 이상의 것에 대해서 욕심을 내는 한, 마르크스가 그린 지상 낙원은 이루어지기 쉽지 않다.

이 지점에서 마르크스의 혜안이 한 번 더 발휘된다. 그는 이러한 자본가들의 욕심을 미리 예상하고 프롤레타리아 혁명이 필요하다고 주장한다. 자본가가 자신의 재화를 스스로 포기할 가능성은 없기에 혁명을 통해서 그들의 권한을 빼앗아야 한다고 역설한 것이다. 그렇다면 로봇이 생산을 대체하는 가까운 장래에도 경제적 기득권을 가진 사람들의 자발적인 양보를 기대하기는 어려우므로, 경제적인 약자에 속한 계급의 사람들이 혁명을 통해서 자본가의 기득권을 쟁취해야 한다는 것으로 이해할 수 있다.

그런데 프롤레타리아 혁명이 성공하면 과연 마르크스가 생각한 유토피아가 마련될까? 적어도 현재 공산주의 체제의 나라들은 그 안에서 자본주의 사회보다 상대적인 빈곤감을 덜 느낄지는 모르지만, 마르크스가 염두에 둔 이상 사회가 아닌 것은 분명하다. 우선 공산주의를 대표할 수 있는 러시아, 중국, 북한 등은 모두 집권자가 절대 권력을 누리면서 국가 구성원에게 공평한 재화의 분배를 실행하고 있지 못하기 때문이다. 물론 마르크스의 입장에서는 현재 이 세상에서 실현되고 있는 공산주의 국가들의 체제가 자신의 이념을 제대로 반영하지 못했다고 말할 수 있을 것이다. 하지만 진정한 프롤레타리아 혁명이 진행된다고 하더라도, 다음과 같은 이유로 그가 꿈꾸던 낙원이 쉽게 도래하지는 않을 것이다.

만일 프롤레타리아 혁명이 단순히 기존의 기득권자를 무너뜨리고 사회적 약자 계급이 분배에 대한 권한을 갖는다는 의미라면, 기존의 기득권층보다 프롤레타리아 혁명을 통해서 그 권한을 잡게 된 세력이 더 도덕적이라고 판단할 수 있는 근거는 별로 없다. 프롤레타리아 계급은 경제적인 계층으로 구분되는 것이지 도덕적인 기준으로 나누어지는 것이 아니기 때문이다. 따라서 혁명이 성공하더라도 모든 사람이 공평하게 자신의 몫을 배분받는 그런 정의로운 사회가 '자연스럽게' 도래할 가능성은 거의 없어 보인다. 게다가 '공평한 분배'라는 개념 자체가 명확히 정의되기도 쉽지 않고, 모든 사람에게 만족스럽게 적용되기는 더

더욱 어렵기 때문에, 분배권이 다른 계층으로 넘어가더라도 지금처럼 각자 자기의 몫을 더 갖기 위한 이전투구(泥田鬪狗)가 벌어질 확률이 다분하다. 이런 측면에서 혁명을 통해 분배를 책임지는 계층이 바뀐다고 하더라도 부의 분배가 근본적으로 달라지는 것은 아니며, 단순히 이득을 보는 계층이 바뀌는 것에 불과하다. 따라서 프롤레타리아 혁명이 '필요에 따른 분배'가 실현되는 사회를 바로 만들 수 있을 것 같지는 않다. 이런 맥락에서 프롤레타리아 혁명이 마르크스가 말하는 공정한 국가 주도의 분배 형태로 이어지려면 혁명 세력들이 기득권 세력을 대체하여 권한을 잡는 방식이 아니라, 혁명을 통해서 기득권 세력을 몰아낸 후 공정하게 분배를 할 수 있는 제3세력에 권한을 이양해야 할 텐데, 이러한 시나리오는 현실성이 없어 보인다. 앞서 말한 것처럼 인간이 그렇게 착하지는 않기 때문이다.

논의를 위해서, 혁명 세력이 자신의 이해관계를 버리고 공정한 분배를 할 수 있는 체제에 자신의 권한을 이양한다면 어떤 시스템이 가장 합리적일까? 두 가지 경우의 수를 고려해볼 수 있다. 첫째는 플라톤이 주장했던 철인정치(哲人政治)이고, 다른 하나는 집단 지성이 통치하는 것이다. 플라톤이 말하는 철인정치의 경우, 통치자 후보가 태어나면 생부모와 떨어져서 통치자가 되기 위한 특수한 교육을 받은 후, 적설한 나이에 나라를 이끄는 자리에 올라서 딱 1년만 자신의 임무를 다하고 내려오게 하는 것이다. 일반적인 사회에서 발생하는 혈연 간의 비리를 미연(未然)에 방지하기 위해서 생부모와 인위적으로 이별시킨다는 발상은 도덕과 관련된 인간의 아킬레스건이 어디인지를 알기에 나온 애기이겠지만, 우리의 관습으로는 실행되기 쉽지 않은 제안이다. 철인정치의 기본 아이디어는 정의(正義)를 실현할 능력이 있는 통치자가 이해관계로부터 자유로운 환경에서 정치를 해야 한다는 것인데, 어릴 때

부모와 이별을 시킨다는 발상 자체가 비도덕적으로 보일 수 있는 요소이다. 이런 측면에서 철인정치가 유토피아를 실현할 수 있는 이상적인 방법이 될 수 있을지는 모르나, 현실적인 선택지는 아닌 듯하다.

집단 지성이 통치자의 역할을 한다는 아이디어는 대통령이나 국왕이 권력을 독점할 때 발생하는 권력의 집중이나 독재의 위험을 견제하기 위해서, 국가를 대표하는 사람이 통치자의 역할보다는 사회자 및 의견 수렴자의 역할을 하는 것이다. 이화여대의 '미래라이프대학 사건'이 바로 여기에 해당한다. 이대에서 정유라 사건이 발생하기 직전, 미래라이프대학 신설에 반대하는 학생들의 강력한 반발이 있었을 때 집단 지성의 형태라고 할 수 있는 새로운 민주주의 방식이 등장하였다. 그 당시 학생을 대표하여 협상 테이블에 나올 수 있는 사람이 따로 없었기 때문에 안건이 발의되면 의견 수렴자가 이를 학생들이 속한 인터넷 공간에 올려서 투표로 결정하는 형식이었다.

이처럼 국가가 금리 인상이나 최저임금 조정과 같은 정책적인 결정을 내려야 할 때, 안건을 행정부 홈페이지에 올려서 국민의 의견을 모으는 것이 집단 지성을 통한 민주주의의 실현의 한 방법이다. 하지만 다수결에 의한 결정은 객관적인 입장보다 개인의 이해관계가 투표를 좌우하게 될 위험이 많아서 다수의 횡포에 의해서 소수가 피해를 볼 위험이 크다. 게다가 이러한 집단 지성은 소규모 사회에서는 가능할지 모르나 우리나라같이 크고 작은 일이 끊임없이 발생하는 큰 규모의 집단에서는 시행이 어렵다. 국민이 매일 투표만 하면서 살 수도 없는 노릇이고, 외세의 침입과 같은 급박한 사안은 투표 결과를 여유 있게 기다릴 수도 없기 때문이다.

결국 철인정치나 집단 지성 체제는 가장 합리적인 독재와 대중민주주의의 양극단을 대표하는 입장이다. 하지만 어떠한 체제를 선택하더라도 나름의 장단점은 있으며, 각 체제의 단점을 넘어설 수 있는 것은 도덕적인 지도자의 합리적인 판단에 의해서이다. 다시 한 번 '도덕적인 인간'이 핵심적인 내용으로 등장하게 되는 것이다. 즉, 마르크스의 유토피아가 실현되기 위해서는 생산성 문제만 해결되어서는 안 되고, 지도자의 도덕성이 자신의 몫 이상의 재화에 대해서 욕심을 내지 않는 수준까지 이르러야 하는 것이다.

이렇게 보면, 공정한 세상은 체제나 이론 또는 규정만으로 만들어지는 것이 아니고, 그것을 집행하는 사람의 도덕성에 많이 좌우됨을 새삼 확인하게 된다. 아무리 어떤 게임의 규칙이 공정하다고 하더라도 심판이 편파적으로 어느 한쪽에게 유리한 결정을 내린다면 공정한 게임이 될 수 없기 때문이다. 궁극적으로 마르크스가 그리던 유토피아를 이룩하기 위해서는 인간의, 특히 지도층의 도덕성이 필수적으로 요구된다. 그런 의미에서 마르크스의 혁명이 진정으로 성공하기 위해서는 인간의 도덕성 회복이 선결문제가 되는 것이다.

결론적으로, 아무리 이상적인 체제라 하더라도 그것을 집행하는 사람의 도덕성이 높은 수준에 있지 못하면 그 이상을 현실에서 실현하는 것은 불가능하다. 그래서 훌륭한 지도자의 중요성이 새삼 강조될 수밖에 없다. 세계의 지도자 중 이러한 높은 도덕성을 지닌 사람은 거의 없었음을 상기하면서, 마르크스가 생각한 유토피아는 어쩌면 실현이 요원한 것이 아닐까 하는 생각이 든다. 결국 인간의 도덕성 함양이 유토피아를 이룩하는 마지막 조각인 것이다.

『철학과 현실』(2019년 9월)

인공지능 로봇 '소피아'와 함께하는 시대

2001년에 스티븐 스필버그 감독의 「A.I.」라는 영화가 화제를 몰고 온 적이 있다. 그 영화에서는 인간과 비슷한 반응을 할 수 있는 로봇 소년이 어느 부부에게 입양되었다가 버려지는 과정이 그려진다. 영화 속에서 기계로 만들어진 로봇은 능숙하게 인간과 대화도 하고, 엄마에게 사랑받고 싶어 하며, 인간이 되기를 소망한다. 로봇의 행동은 인간과 크게 다르지 않으며, 겉으로 봐서는 인간과 구분하기도 쉽지 않아 보였다. 영화를 보는 관객으로서는 자연스럽게 로봇이 인간과 거의 동일시되는 경험을 한다. 하지만 그 당시 영화를 보며 "영화니까 가능하지"라는 생각이 들었고, 그 영화의 분류 역시 SF영화, 즉 공상과학영화였다.

그로부터 15년이 채 지나지 않은 2015년에 영화 「A.I.」에 등장한 것과 비슷한 로봇 '소피아'가 실제로 만들어졌다. '지혜'라는 의미의 소피아는 미국의 유명한 토크쇼에도 등장하여 화제가 되었으며, 바로 그

로봇이 올해 초 우리나라에 방문하여 뉴스의 한 면을 장식하기도 했다. 소피아는 알파고와 비슷한 '머신 러닝(machine learning)' 기술이 내장되어 있어서 어지간한 질문에는 인간과 유사한 대답을 할 수 있으며, 약 2주 전에 논의 주제와 예상 질문을 주기만 하면 깊은 수준의 토론도 가능하다는 것이다. 예를 들어, 재난 현장에서 아이와 노인 중 한 명만 구할 수 있다면 누구를 구하겠느냐는 질문에 대해서 소피아는 "엄마가 좋으냐, 아빠가 좋으냐를 묻는 것처럼 어려운 문제네요. 저에겐 윤리적인 결정을 내리는 프로그램이 없으니 가까이 있는 사람을 구하겠습니다."라고 상당히 그럴듯한 대답을 내놓았다. 알파고가 바둑 대국에서 이세돌에 이어 커제까지 꺾는 장면을 경험한 우리는 인공지능의 발전에 경외감과 동시에 두려움을 가지고 있다. 체스에 이어 바둑까지 로봇에게 최고의 자리를 넘겨준 인간은, 우리의 편의를 위해서 만든 로봇이 언젠가는 우리를 지배할 수도 있다고 생각하기 때문이다.

인공지능 로봇이 도대체 어떤 존재이기에 우리가 창조한 그들에게 지배권을 잃을 걱정까지 하는 것일까? 인공지능은 인간과 어떤 면에서 유사하고 어떤 점에서 다를까? 인공지능을 연구하는 사람들은 인간을 기능적(functional)으로 본다. 즉 인간의 행동이나 사유는 기본적으로 일정한 입력에 대해서 일정한 반응을 하는 함수(function)라는 것이다. 우리는 사우나에 들어가면 덥다고 느끼고, 엄동설한(嚴冬雪寒)에 물속에 들어가면 추워서 물 밖으로 나오려는 성향이 있다. 물론 사우나에 들어가서 시원하다고 느끼는 사람도 있고, 한겨울에 냉수마찰을 즐기는 사람도 있지만, 이 역시 그 개별적 사람이 가지고 있는 고유한 함수라고 이해하면 된다. 같은 영화를 봐도 누구는 재미있다고 하고 누구는 시간만 아깝다고 하는 현상과 비슷하다. 함수로 예를 들면, 함수 1

을 $y = x + 1$라 하고, 함수 2를 $y = 2x + 3$이라고 할 때, 함수 1과 2의 x값에 1을 대입하면 2와 5라는 서로 다른 답이 나오는 것과 같은 맥락이다.

소피아 같은 인공지능은 인간의 기능적 요소를 모델로 하여 만든 것으로, 인간이 일반적으로 반응하는 방식을 학습하고 일정한 자극에 대하여 인간과 유사한 반응을 제공하는 기계이다. 사실 소피아와 같이 고차원적 수준은 아니지만 이와 비슷한 기능을 하는 것이 이미 우리의 집 안에도 있다. 시중에서 구할 수 있는 AI 스피커이다. 클래식을 틀어 달라고 요구하면 저장된 클래식 음악이 나오고, 오늘 날씨가 어떠냐고 물으면 간단한 일기예보처럼 날씨를 설명해준다. 슬픈 영화를 추천해 달라고 하면 내 취향에 맞는 영화를 골라주고, 보고 싶은 영화의 제목이 기억나지 않을 때 단서가 될 만한 단어를 불러주면 영화의 제목을 찾아주기도 한다. 우리가 포털 사이트에서 하는 검색을 음성으로 대체할 수 있는 것이다. 게다가 우리말 대신 영어 모드로 전환하면 영어 회화도 가능하며, 심지어는 택시를 부르거나 음식 배달도 주문할 수 있다니, 능력 있는 비서를 둔 것과 같은 효과를 얻을 수 있다. 장난을 쳐도 투정을 부리지 않고, 이상한 부탁을 해도 "무슨 말인지 모르겠어요"로만 답할 뿐 화를 내거나 반발하는 것도 없으니, 어떤 면에서는 감정을 가진 비서보다 나을지도 모른다. 내가 부탁한 일을 잘 수행해서 "수고했어!"라고 했더니, "그런 말을 들으니 힘이 납니다"라고 대답하기도 했다. 잘 모르는 사람이 지나가다가 들으면 우리 집에 사람 한 명이 더 사는 곳으로 오해할 수도 있을 정도이다. 아직은 대화에서 어색한 이 드러나는 부분이 있지만, 조금만 더 발전하면 마음에 안 맞는 친구보다 더 친하게 느끼며 마음을 의지하는 대상이 될 수도 있겠다는 생각이 든다. 요즘 많은 사람들이 휴대전화기와 상당한 시간을 보내는 것처럼 말이다. 반려동물에 대한 우리의 시선이 최근에 많이 바뀌었듯이, 시간이 어느 정도 지나면 단순한 기계가 아닌 반려자의 기능을 하는 인공지능이 우리 사회에서 새로운 역할을 하는 시대가 올 것 같다.

'딥러닝(deep learning)'이 가능한 인공지능은 인간과 달리 같은 실수를 반복하지 않을 가능성이 크다. 인간들끼리는 상대방이 기분 나빠하는 일을 계속 반복하여 다툼으로 번지는 일이 종종 발생하지만, 인공지능은 상대방의 부정적인 반응을 한두 번 경험하면 다시는 동일한 방식으로 대응하지 않을 것이다. 인간의 성품을 한두 번의 지적으로 바꾸기는 어렵지만, 인공지능은 그러한 터득이 쉽도록 프로그램을 구성하는 것이 용이하다. 물론 이러한 인공지능의 특성은 역으로 발현될 수도 있다. 상대방을 지속해서 화나게 하도록 프로그램을 짤 수도 있기에 인간의 입장에서 이러한 로봇은 상당히 곤혹스러운 존재가 될 것이다.

이러한 인공지능이 로봇으로 만들어진다면, 신체의 한계를 지닌 인간보다 훨씬 유용하게 쓰일 수 있다. 화재 현장에서 건물 안에 있는 사람을 구조할 때, 불에 내구성을 가진 로봇은 소방관보다 효율적으로 인명을 살릴 것이다. 하지만 이 또한 양날의 검이다. 인간보다 외적으로 강한 로봇은 전쟁에 나가서 인간을 대량으로 학살하는 전사(戰士)가 될 수도 있다. 결국 인간이 로봇을 어떤 식으로 만드느냐에 따라서 인간에게 도움이 되기도 하고 인간의 원수가 되기도 한다.

그렇다면 영화 「A.I.」에 나오는 로봇 소년이나 소피아는 감정을 느낄 수 있을까? 지금 내 직관적인 대답은 부정적이다. 인공지능은 일정한 입력에 대해서 일정한 행동을 하도록 프로그램이 되어 있을 뿐, 우리가 느끼는 슬픔이나 고통을 느낄 것 같지는 않다. 인공지능은 기본적으로 함수처럼 입력과 출력을 기계적으로 연결하는 것이지, 인간처럼 연민이나 고통을 느끼는 기관을 갖고 있지는 못하기 때문이다. 물론 소피아도 "슬퍼요", "아파요" 등의 말은 할 수 있다. 하지만 슬픈 감정, 아픈 느낌을 가지지는 못한다. 소피아는 "슬퍼요"라는 말을 하거나 슬픈 표정을 짓도록 고안되어 있기는 하지만, 그 슬픔이란 느낌을 원인으로 하여 말이나 행동이 발생하지는 않는다. 이런 면에서 내 전화를 받고 내가 원하는 질문에 대답해주는 자동 응답 시스템도 내 말을 '이해'하는 것은 아니다. 그런 시스템은 사람의 언어를 인식할 수 있고, 인식한 내용에 따라 적절한 반응을 보일 수 있는 능력은 있지만, 그 말이 무슨 뜻인지, 그 말이 지니는 내용이 무엇인지를 파악하지는 못한다는 것이다. 게다가 '희로애락(喜怒哀樂)'이라는 감정도 없으니, 그 말이 가지는 뜻에 대한 감정적인 반응을 할 수도 없다. 예를 들어, 자동 응답 시스템에 전화한 고객이 다짜고짜 욕을 했다고 가정했을 때, "그렇게 말씀하시니 기분이 나쁘네요"라는 대답은 할 수 있겠지만, 그 과정에서 실제로 기계가 기분이 상하는 일은 없을 것이라는 뜻이다. 결국 인공지능은 의식의 소유자가 아니라는 점에서 인간과 가장 큰 차이가 있다.

인공지능이 감정을 느낄 수 없다면, 영화 「A.I.」의 로봇 소년이 보여주었던 것처럼 인공지능은 인간에게 사랑받기를 '원하며' 인간이 되고자 하는 '소망'을 가지기도 어려울 것이다. 좀 더 일반화해서 말하자면, 인공지능이 의지나 욕망과 같은 '내적 상태(internal state)'를 보유하지는 못한다는 의미이다. 비록 인공지능이 의지나 욕망을 스스로 만들어 낼 수는 없지만, 인간들이 행태를 배우면서 의지나 욕망에 해당하는 행위를 하도록 학습하는 것은 가능하다. 인공지능의 학습 모델이 되는 대상을 인간으로 놓게 되면, 스스로 의지를 가지지는 않더라도 의지에 해당하는 행동을 선택하는 것은 어렵지 않을 것이다. 어쩌면, 알파고가 바둑 최고의 고수도 발견하지 못했던 묘수를 발견하듯이, 소피아는 인간이 이제까지 생각하지 못한 방식으로 반응을 보일 수도 있다. 인간은 그런 생각을 할 엄두도 못 내던 그런 일을 인공지능은 찾아낼 수도 있는 것이다. 그러면 인공지능은 스스로 아무런 느낌이나 이해를 갖고 있지 못하면서도 인간보다 나은 방안을 제시하게 되는 셈이다.

그렇다면 인공지능은 우리의 삶을 편하게만 할 것인가? 우리의 편의를 위해서 만들어진 인공지능 로봇 때문에 우리의 삶이 방해받을 가능성은 없을까? 우리가 주목해야 할 점은 인공지능에게 '자의식(自意識)'이 없다는 점이다. 인간은 스스로 행동을 돌아보고 반성할 능력을 갖추고 있지만, 인공지능은 주어진 프로그램에 따라서만 작동할 뿐, 자신의 행위에 대해서 '잘했다', '잘못했다'는 식의 사유를 할 수 없다. 따라서 인공지능에는 윤리 의식 또한 없다. 인간은 윤리 의식을 통해 이성의 힘으로 자신을 스스로 통제하는 능력이 있다. 하지만 인공지능은 '스스로 통제할 힘이 없이, 내장된 프로그램에 의해서만 작동되는 일종의 좀비' 같은 것으로 이해될 수도 있다. 이는 소름 돋는 일이다. 이 세상에 악한 사람이 존재하듯이, 인공지능도 윤리적 기준에서 선한 기계만 만들어진다는 보장은 없다. 게다가 인간에게 유용한 기계만 창조된다고 하더라도, 비윤리적 인간에 의해서 해킹이 될 위험은 항상 남아 있다. 내 컴퓨터가 해킹에 의해서 내가 원하지 않는 방식으로 조종될 수 있는 것처럼, 인공지능도 지구를 파멸하고픈 미치광이에 의해서 해킹이 된다면, 인간은 인공지능에 의해서 멸망할지도 모른다. 우리에게 유용하게 사용되기 위해서 이루어진 핵 개발이 폭탄이 되어 인류를 위협하고 있는 현재 상황과 유사하다고 볼 수 있다.

이미 컴퓨터의 발달로 인공지능이 정보 저장 및 연산의 측면뿐 아니라, 주어진 정보의 분석과 미래에 대한 예측에 대해서 인간보다 훨씬 탁월함을 충분히 증명하였다. 즐겨 가는 온라인 사이트에 들어가면 내가 선호하는 목록들이 먼저 등장하고, 타인에 의한 신용카드의 도용(盜用)도 고객의 소비 성향에 따라 발견해낸다. 지금도 CCTV나 블랙박스에 녹화된 장면, 내 휴대폰의 위치, 신용카드의 사용 등을 통하여 누군가가 나도 모르게 동선(動線)을 파악하고, 내 취미나 성향에 대해서 분석하고 있을지도 모르는 세상에 우리는 살고 있다.

더 무서운 것은 기술의 발전 속도이다. 우리는 30년 전만 하더라도 컴퓨터를 손바닥 안에 들고 다닐 수 있다거나 내가 거는 전화를 기계가 받아서 내 요구를 처리해줄 것이라고는 상상하지 못했다. 이런 의미에서 인간은 우리가 꿈꾸는 모든 것을 현실화할 수 있는 능력을 가지고 있다고 해도 과언이 아니다. 그래서 두려운 것이다. 기술이란 가치중립적이라서 누가 어떤 목적으로 사용하느냐에 따라 인류에 도움이 될 수도 있고 해가 될 수도 있다. 더 무서운 것은 우리가 창조한 기계가 원래 의도된 통제를 벗어나는 행동을 할지도 모른다는 점이다. 그것은 인공지능 자체의 문제일 수도 있고, 인공지능을 조종하는 인간의 문제일 수도 있다. 소피아가 토크쇼에서 가위바위보로 진행자를 이긴 뒤, "인류를 지배하기 위한 내 계획의 위대한 시작"이라는 농담을 던져서 화제가 되었지만, 가까운 미래에는 '인류를 지배하는 인공지능'이라는 표현이 단순한 농담이 아닌 때가 올 수도 있다.

이미 판도라의 상자는 열렸고, 우리는 어디로 가고 있는지 모르는 길을 가고 있는 중이다. 그동안 인류는 다양한 난관을 잘 극복해왔으니, 이번에도 지혜롭게 잘 이겨내리라는 낙관적인 입장을 가지고 싶다. 하지만 인공지능의 능력이 상당 부분 인간보다 뛰어나다는 점에서 인류는 스스로 만든 도구에 의해서 화를 자초하는 것이 아닌가 하는가 하는 우려를 버릴 수 없는 것 또한 사실이다. 어쩌면 소피아와 조화롭게 살기 위해서 인류 전체의 지혜가 필요한 시점이 아닌가 생각한다.

『철학과 현실』(2018년 3월)

언택트 시대의 대학

강의실에서 학생들을 마지막으로 만난 것이 2019년 12월 20일경이 었으니, 그로부터 벌써 1년 반이라는 세월이 흘렀다. 기쁜 마음으로 2019년 2학기 종강을 하면서, 학생들과 강의실이 몹시 그리워질 것이 라고는 꿈에도 생각하지 못했었다. 당시에 그 누가 코로나라는 전염병 이 이렇게 긴 기간 동안 전 세계를 휩쓸고 다닐 것이라고 예상했겠는 가? 갑작스럽게 도래한 언택트 시대의 캠퍼스는 조용하다 못해 황량하 기까지 하다. 보통 학기 중에는 학생들이 북적이고 여기저기서 웃음꽃 이 피어야 하건만, 방학과 다름없이 한산한 교정의 풍경은, 맥락이 전 혀 다르기는 하지만, "산천(山川)은 의구(依舊)하되, 인걸(人傑)은 간 데없다"라는 길재(吉再)의 시구를 연상케 한다.

학교가 고요해지면서 가장 타격을 입은 사람은 주변에서 학생들을 상대로 장사를 하는 분들이다. 점심시간이면 줄을 서서 기다려야 했던 식당이나 커피 전문점의 주인들은 코로나 이후로 손님이 없어서 이만

410

저만 걱정이 아니다. 요즘 자영업자들이 거의 비슷한 처지이겠지만, 학생들이 시험을 보러 학교에 오기는 하는지, 대면 강의는 언제 다시 시작하는지 등을 물어보는 그분들의 질문에 긍정적인 대답을 드릴 수가 없어서 미안할 지경이다. 이들은 학생들이 학교에 와야 정상적인 매출을 기대할 수 있을 텐데, 야속한 역병(疫病)은 수그러들 기미조차 보이지 않는다.

한편, 학생들에게는 이제 학교가 공간적인 의미를 거의 갖지 않는 시대가 열렸다. 특히 20학번이나 21학번들에게는 희망에 찬 대학 생활의 기대가 물거품이 되어버렸다. 캠퍼스의 낭만은 캠퍼스에 가야 누릴 수 있는데, 거의 모든 수업이 비대면으로 진행되다 보니 스스로가 대학생인지를 자각할 수단조차 마땅치 않다. 자신의 동기나 선배를 만날 기회도 별로 없고, 무엇보다 자신이 등록된 학교에 한 번도 가보지 않은 학생들이 있을 정도다. 그들은 입학 지원 서류도 온라인으로 제출했고, 합격증도 컴퓨터로 내려받았으며, 입학과 관련된 오리엔테이션이나 모든 수업도 휴대폰을 통해서 해결할 수 있었기 때문이다. 지난달에 내 수업을 듣는 새내기를 만날 기회가 있었는데, 그 학생이 나를 보자마자 "연예인을 보는 것 같다"라는 말을 건넸다. 화면으로만 보던 사람을 실제로 보게 된 상황을 그렇게 표현한 모양이다. 코로나 시대는 나처럼 평범한 사람도 연예인으로 만들어주는 좋은 세상이라는 생각이 들면서도, 다른 한편으로는 씁쓸한 마음을 금할 수 없다. 인간관계는 가까울수록 긍정적인 영향을 주기가 쉬운데, 언택트 시대는 사람들의 관계를 연예인과의 관계처럼 멀게 하는 것 같기 때문이다.

코로나 이후에 달라진 것은 교정의 풍경이나 학생들의 처지만이 아니다. 교수들도 이제는 카메라를 보며 수업을 하는 것에 조금씩 익숙해지고 있다. 강의실의 생기가 느껴지지 않아서 수업으로 인한 피로감은 증가하고, 수업을 듣는 학생들의 반응을 제대로 볼 수 없으니 잘 가르치고 있는지를 확인하기도 어렵다. 평소 같으면 무언가 이해할 수 없다는 학생들의 얼굴 표정이나, 손을 들어 물어보는 학생들의 질문에서 설명의 부족한 점을 알아낼 수 있었는데, 일사천리로 진행되는 비대면 수업은 그러한 기회조차 주지 않는다. 실시간 수업에서 질문하는 학생들도 가끔 있지만, 대부분의 학생들은 대면 수업에 비해서 집중도가 떨어지는 인상이다.

그나마 내 수업은 칠판을 많이 사용하기에 강의실에 가서 녹화하지만, 실시간으로 동영상 수업을 하거나 파워포인트를 사용하여 강의를 진행하는 교수들은 강의실에 들어갈 일조차 없어진 상황이다. "대학 교육에서 학교라는 건물이 과연 필요한가?"라는, 이전에는 한 번도 생각하지 못한 질문을 던지게 된다. 어렸을 때 부모님께 "학교 다녀오겠습니다"라는 인사를 드리고 대문을 나선 기억이 있는데, 이제는 학교에 가지 않아도 수업을 들을 수 있는 시대가 된 것이다.

학생들의 입장에서도 '대학을 다닌다'는 개념에 대한 이해가 달라지고 있다. 일단 학교에 가지 않아도 되기에, 이전에는 기숙사에서 생활하거나 하숙 또는 자취를 하던 학생들이 이제는 자기 집에서 대학 생활을 할 수 있게 되었다. 학생들에게는 경제적인 비용이 절감되는 효과가 있지만, 기숙사를 운영하는 학교나 주변에서 하숙 또는 임대를 통해 수입을 올리는 사람들에게는 경제 위기가 다가온 셈이다. 또한 지방에 살지는 않더라도 집이 먼 학생들은 하루에 2-3시간이 넘는 통학 시간을 절약할 수 있기에 온라인 수업을 선호하기도 한다. 게다가 녹화 수업은 자신이 편한 시간에 들을 수 있어 시간 활용의 효율성을 극대화할 수 있다. 낮에 자신에게 필요한 외부 활동이나 아르바이트를 하고, 저녁에 수업을 몰아 듣는 것이 가능하기 때문이다. 이러한 상황의 최대 수혜자는 졸업을 앞두고 취업하게 된 학생들이다. 내가 아는 학생 중에는 꼭 들어야 하는 전공 3학점을 남기고 취업이 되어 휴학을 계속하며 졸업을 미루다가 이번 언택트 상황을 이용하여 복학해서 졸업에 성공한 사람도 있었다. 학교를 오지 않아도 수업을 들을 수 있는 코로나 시대의 장점을 극대화한 사례라고 볼 수 있다. 이런 점을 고려해보면, 코로나가 종식되더라도 다시 강의실에 모여서 수업을 하는 것보다 지금처럼 온라인으로 수업하는 것을 선호하는 학생들이 분명 있을 것 같다. 어쩌면 코로나는 잠시 스치고 지나가는 이벤트가 아니라 대학의 풍경을 바꾸는 촉진제의 역할을 이미 하고 있는지도 모르겠다.

학기는 진행되고 있지만, 누가 내 수업을 듣는지 실제 존재를 확인하지도 못한 채 한 학기가 또 종착역을 향해 달려가고 있다. 보통은 3월이 지나기 전에 우리 과의 새내기들을 만날 기회가 있었고, 내 수업을 듣는 학생들의 이름과 얼굴도 중간고사를 치를 즈음이면 어느 정도 파악하고는 했는데, 언택트 시대의 대학은 이런 소소한 재미마저 빼앗아버렸다. 학교에서 마련한 e-캠퍼스에 들어가면 누군가가 내 수업을 들었다는 흔적이 남기는 하지만, 그 누군가가 출석부에 등록된 그 사람인지는 확인할 방법이 없다. 아무나 그 학생의 아이디로 로그인만 하면 그 학생이 수업을 들은 것으로 처리되기 때문이다.

그런 의미에서 우리는 마치 버클리(George Berkeley)가 주장한 세계에 살고 있는 느낌이다. 버클리는 이 세상이 관념들로만 이루어져 있고, 공간을 차지하고 있는 대상은 없다고 주장한다. 그의 주장을 처음 접했을 때 너무나 비현실적인 입장이라고 생각했지만, 막상 언택트 시대를 맞이하고 보니 우리가 경험하고 있는 대상들의 실재성이 상대적으로 덜 중요한 시대가 되어가는 것은 분명한 것 같다. 어쩌면 버클리가 생각한 세상보다는 영화 「매트릭스(Matrix)」에 나오는 장면이 요즘 우리가 살아가는 세상과 닮아 있다고 볼 수도 있다. 실재하는 세계가 있기는 하지만, 인간관계도 온라인을 통해서 관념적으로 만나는 것이 주를 이루는 세상이 되면, 무엇이 사실이고 무엇이 관념인지 혼란스러울 수 있기 때문이다.

하지만 무엇이 현실이고 무엇이 관념인지를 고민하는 것은 사치스러운 걱정일 수 있다. 좋든 싫든 우리는 이미 언택트 시대에 진입했고, 강의실이 없어도 수업을 들을 수 있음을 경험했다. 각 대학에서는 온라인 수업을 핑계로 수업의 수강 인원을 늘리면서 개설 과목을 줄이려는 움직임이 조금씩 보인다. 강의실에서 수업할 때는 수강 인원을 제한할 필요가 있지만, 온라인에서 이루어지는 수업은 수강 인원을 확대하기가 쉽기 때문이다. 채점에 대한 부담만 감당할 수 있다면 수백 명이 듣는 강의도 e-캠퍼스에서는 충분히 가능하다.

생각이 여기까지 이르면서 다음 단계로 한 걸음 더 나아가는 상상을 하게 되면 마음이 갑자기 혼란스러워진다. 지금도 학점교류라는 제도가 있어서 우리 학교 학생이 다른 학교에 가서 수업을 들어도 학점을 인정해주는데, 언택트 시대에는 이러한 학점교류가 훨씬 더 용이할 수 있다는 생각이 들기 때문이다. 이제까지 학점교류제도를 이용한 학생들은 그 학기에 자신이 꼭 들어야 하는 과목이 자신이 다니는 학교에 개설되지 않을 경우, 그 과목이 개설되는 다른 학교에 가서 수강하여 졸업 요건을 맞추곤 했다. 하지만 온라인 수업이 강의실에서 진행되는 수업을 대체하게 되면 학점교류는 더욱 활성화될 가능성이 크다. 예를 들이, 이제까지 '철학의 이해'라는 과목을 수강하려는 학생들은 자신이 다니는 학교에 개설된 수업을 우선으로 신청했지만, 앞으로는 학점교류가 가능한 다른 대학에 개설된 수업도 충분히 수강의 고려 대상이 될 수 있다. 강의실에서 수업을 듣는 경우는 학교 간의 이동 거리 때문에 학점교류에 제한이 있었지만, 온라인 수업은 집에서 컴퓨터를 켜거나 카페에서 휴대폰이나 태블릿만 작동시키면 되기에 다른 학교 수업을 듣는 것에 부담을 느낄 필요가 없다. 그렇다면 가르치는 사람의 처지에서는 이제 다른 학교에서 개설되는 유사한 과목과도 경쟁해야 하는 시대가 오고 있는 것이다.

조금 더 먼 미래로 가면, 유사한 수업의 경쟁이 우리나라에 있는 다른 대학에서 개설된 과목으로 한정되지 않을 수도 있다. 현재 외국 대학과의 학점교류는 교환학생이라는 형태로 이루어지지만, 언택트 시대가 다가오면 굳이 외국을 가지 않더라도 학점교류가 가능할 것이기 때문이다. 게다가 지금의 번역 프로그램은 아직 대학의 수업을 동시에 통역해 줄 만큼 발달하지는 못했지만, 기술 발전의 속도를 감안하면 외국어가 더 이상 장벽이 되지 않는 시대가 조만간 올 것이다. 그러면 내가 개설하는 과목은 다른 나라에서 개설되는 비슷한 과목과도 경쟁해야 한다. 다시 말하면, 그리 머지않은 미래에 내 강의의 경쟁자가 마이클 샌델(Michael Sandel)이 될 수도 있다는 뜻이다.

이런 시대가 오면 대학에서 교수를 고용하는 형태도 많이 달라지지 않을까 생각한다. 지금은 교수가 특정 대학 소속으로 있는 것이 보통이지만, 앞으로는 프리랜서처럼 자신의 강의를 이 대학 서 대학과 계약을 맺는 형식이 될 수도 있다. 대학에서도 지금처럼 여러 명의 교수들을 고용하는 대신, 과목별로 계약을 맺어서 학기를 운영하는 형태가 될 수도 있다. 그렇게 되면 대학은 연구소의 형태에 가까워지면서 강의는 각 학과의 행정을 책임지는 소수의 교수에 의해 운영될지도 모른다.

방학이 아님에도 한산한 교정을 연구실에서 바라보며 상념에 젖다 보니 생각이 엉뚱한 방향으로 흘러갔다. 하지만 불과 2년 전만 해도 상상할 수 없었던 현실이 코로나로 인해 곳곳에서 진행되는 것을 보면, 이미 시작된 언택트 시대는 대학에도 어떤 방식으로든 영향을 미칠 것이 분명하다. 지금의 공상이 곧바로 현실이 되지는 않겠지만, 적어도 이전에는 생각하지 못했던 새로운 대학의 풍경이 그리 머지않은 미래에 다가올 수도 있음을 예견할 수 있다. 이제 정년이 가까워지는 나로서는 지금 그려본 대학을 직접 경험하지는 못할 가능성이 크겠지만, 후배 교수들이나 지금 공부를 시작하고 있는 학문 세대는 분명 지금과 다른 대학의 모습을 접하게 될 것이다. 세상이 바뀌면 그것에 맞추어서 다들 적응하겠지만, 변화를 무서워하는 기성세대에게는 새로운 세상에 대한 기대보다 두려움이 앞서는 것 같다.

세상의 변화를 막을 수는 없다. 다만 변화에 맞추어서 적응할 뿐이다. 이러한 변화의 흐름에는 대학도 예외는 아닐 것이다. 그리 머지않은 미래의 대학의 모습을 그리다 보면, 지금 내가 누리고 있는 것에 새삼 감사한 마음이 든다. 이런 생각이 들자, 한산하고 황량하게까지 보였던 캠퍼스가 조금은 따뜻하게 느껴진다. 너무 늦지 않게 태어난 것을 다행으로 생각하면서 말이다.

『철학과 현실』(2021년 6월)

You Needed Me

필자와 비슷한 연배인 586세대들은 1970년대 후반에 히트했던 앤 머레이(Anne Murray)의 'You Needed Me'라는 감미로운 노래를 알 것이다. 그 당시에는 하드 록(Hard Rock)을 들어야 제대로 된 음악 애호가라는 선입견이 있어서, 이처럼 달콤한 발라드곡을 제일 좋아하는 노래 중 하나라고 드러내놓고 말하지는 못했던 기억이 있다. 누군가로부터 "어떤 가수를 좋아하느냐?"라는 질문을 받으면 레드 제플린(Led Zepplin)이나 블랙 사바스(Black Sabbath) 또는 레너드 스키너드(Lynyrd Skynyrd)라고 대답했고, 실제로 그들을 좋아했던 것 역시 사실이기는 하다. 하지만 유학생 시절에 'You Needed Me'가 담긴 CD를 사서 아직도 가지고 있는 것을 보면, 분명 앤 머레이의 그 노래는 내가 좋아했던 곡임이 틀림없다. 처음에는 그녀의 곱고 아름다운 목소리에 매료되어서 콧노래로 흥얼거리며 이 곡을 들었다. 듣기 편했고 가락도 부드러웠으며 천상에서 들을 수 있는 소리라는 생각까지 했었다. 남들에게는 록 음악 애호가인 척하면서, 혼자 있을 때는 조용한 발라드를 듣곤 하는 자신의 이율배반에 조금은 민망함을 느끼면서 말이다.

그렇게 이 노래를 즐기던 어느 날에 가사가 어렴풋이 들리기 시작했고, 그때부터 이 노래의 제목에 대한 궁금증이 시작되었다. 가사의 내용은 내가 일방적으로 도움을 받는 상황인데, 제목은 '당신은 나를 필요로 했다'였기 때문이다. 지금은 노래 가사를 검색하는 것이 어렵지 않은 시대이지만, 그 당시에는 검색 기능이 당연히 없었다. 영어 가사를 모두 알아들을 실력은 안 되는 처지였기에 그 가사를 정확히 알아내는 것에 꽤 수고를 들여야 했다. 어렵게 알아낸 이 노래의 시작은 이러했다.

I cried a tear, you wiped it dry
(내가 눈물을 흘렸을 때, 당신은 그 눈물을 닦아주었죠)
I was confused, you cleared my mind
(내가 혼란스러웠을 때, 당신은 내 마음을 맑게 해주었고요)
I sold my soul, you bought it back for me
(내가 내 영혼을 팔았을 때, 당신은 나를 위해 그것을 사서 돌려주었어요)
And held me up and gave me dignity
(그리고 나를 붙들어주었고, 내게 존엄함을 주었죠)
Somehow you needed me
(어쨌든, 당신은 나를 필요로 했어요)

가사를 확인하고 나서, 제목에 대한 의아한 마음이 더욱 커졌다. 가사를 어설프게 들었을 때는 내가 혹시 잘못 들었나 하는 생각도 있었지만, 가사를 제대로 보니 내가 잘못 들은 것이 아니었기 때문이다. 이 노래의 내용은 분명 내가 당신을 필요로 했는데, 제목은 반대로 'You Needed Me'였다. 대중들의 뇌리에 남게 하려고 작사자가 반어법을 쓴 것인가 하는 생각도 해보았지만, 나중에 등장하는 다음의 가사로 봐서는 반어법에 대한 내 가설도 틀린 듯했다.

And I can't believe it's you, I can't believe it's true
(그리고 나는 그것이 당신이라는 것을, 그것이 사실이라는 것을 믿을 수가 없어요)
I needed you and you were there
(나는 당신을 필요로 했고, 당신이 거기 있었으니까요)
And I'll never leave, why should I leave, I'd be a fool
(이제 나는 당신을 떠날 수 없어요. 왜 떠나겠어요, 떠나면 내가 바보인걸요)
Cause I've finally found someone who really cares
(왜냐하면 난 마침내 진정으로 돌보는 사람을 찾았기 때문이죠)

여기에는 분명히 '내가 당신을 필요로 했다(I needed you)'라는 내용이 있다. 그런데도 다음에 등장하는 가사에는 노래 제목과 마찬가지로 'You needed me'가 반복되고 있다. 내가 당신을 그렇게 필요로 했고 당신이 나를 그렇게 도와주었음에도, 여전히 이 노래의 마지막은 다음과 같이 'You needed me'로 끝나고 있었다.

You held my hand when it was cold
(내 손이 차가웠을 때, 당신은 내 손을 잡아주었고)

When I was lost, you took me home
(내가 길을 잃었을 때, 당신은 나를 집으로 데려다주었죠)
You gave me hope, when I was at the end
(내가 절망 속에 있을 때, 당신은 내게 희망을 주었고)
And turned my lies back into truth again
(내 헛된 말을 다시 진실로 바꾸어주었어요)
You even called me friend
(당신은 나를 친구라고 불러주기까지 했지요)

You gave me strength to stand alone again
(당신은 내게 다시 홀로 설 힘을 주었죠)
To face the world out on my own again
(나 혼자 세상을 마주할 수 있게 말이에요)
You put me high upon a pedestal
(당신은 나를 주춧돌 위에 놓았지요)
So high that I could almost see eternity
(거의 영원까지 볼 수 있도록 높은 곳으로요)
You needed me. You needed me
(당신은 나를 필요로 했어요. 당신은 나를 필요로 했어요)

이 노래 제목에 대해서 들었던 궁금증은 머릿속에서 해소되지 않은
게 꽤 오랜 시간이 흘렀다. 학창 시절과 대학생 시절이 지나고 어른이
된 후에야 그 노래의 제목을 이해하게 한 일이 발생하였다. 어찌어찌
하여 발을 다친 것이다. 심한 부상은 아니었지만 목발을 사용해야 했
다. 난생처음 사용하는 목발은 불편하기 짝이 없었다. 신기한 것은, 다

친 곳은 발인데 고생은 막상 아픈 발보다 멀쩡한 팔과 겨드랑이가 했다는 사실이다. 그런데도 두 팔의 수고가 발 하나의 능력만 못했다. 멀쩡한 두 다리로 걷는 것보다 목발을 사용해서 걷는 것이 불편한 것은 어쩌면 당연한 일이었다.

이 상황에서, 제 기능을 못하는 것은 발인데 그 부담을 발이 아닌 몸의 다른 부분이 감당해야 하는 것에 주목하게 되었다. 발이 잘못해서 다쳤는데 그 책임을 발이 지지는 않음을 발견하며 'You needed me'의 의미가 조금 이해되었다. 팔의 입장에서는 발이 제 기능을 하는 것이 자신의 수고를 덜 수 있다는 측면에서 도움이 된다는 것을 새삼 깨달은 것이다. 이 상황에서 팔이 발을 도와주고는 있지만 팔에게도 발이 필요하다. 즉 팔의 입장에서도 발이 제 기능을 하는 것이 필요하다는 뜻이다. 그러고 보니 다쳐서 아픈 곳이 발이기는 하지만 결국 불편한 것은 유기체로서의 나였다. 발의 부상이 발을 아프게 하는 것에 그치지 않고 몸의 다른 부분을 힘들게 만들었기 때문이다. 그렇기에 발이 나을 때까지 팔이 그 몫을 담당하게 되는 것이다. 생각이 여기까지 이르자 노래 제목이 왜 'You Needed Me'인지 조금씩 이해할 수 있었다.

그러면 이러한 생각이 인간 사회로 확장될 수 있을까? 그래서 내가 힘든 상황에 있을 때 나를 도와주는 것이 당신에게도 도움이 되는 경우가 있을까? 이 질문에 가장 쉽게 "그렇다"고 대답할 수 있는 곳이 가정일 것이다. 집안에 한 사람이 아프면 그 아픈 사람만 힘든 것이 아니라 온 가족이 모두 힘들어진다. 아픈 사람의 몫을 다른 사람이 나누어서 감당해야 하기 때문이다. 아픈 상황이 아니더라도, 식구 중 한 명이 말썽을 부리면 가족 전체가 마음고생을 하는 것은 마찬가지다. 가족 중 한 사람만 자신의 역할을 제대로 못해도 그 피해는 온 가족에게 돌아가기 때문이다.

가족이 아닌 사회에서도 짐을 나누어 지는 것이 가능할까? 연대감은 가족보다 조금 떨어지더라도 이런 유기체적 사고가 친척으로 확장되는 경우는 심심치 않게 볼 수 있다. 예를 들어, 이모 댁에서 머무르며 신세를 진다든지, 큰아버지가 조카의 등록금을 부담한다든지, 사촌의 병원비 일부를 보탠다든지 등의 일들은 주변에서 얼마든지 볼 수 있다. 이런 사람들에게는 '나'의 범위가 나 자신으로 한정되지 않고 내 주변에 있는 사람들에게까지 넓어진다.

우리나라에서는 이러한 현상을 언어 사용에서도 찾아볼 수 있다. '우리 집'이나 '우리 부모님'이라는 말은 다른 나라의 언어에서는 잘 쓰지 않는 용법이다. 집이나 부모는 다른 가족들과도 공유할 수 있으니 그렇다 하더라도 '우리 남편'이나 '우리 집사람'이라는 표현은 독특하다고 할 수밖에 없다. 어떤 사람도 남편이나 아내를 배우자로서 타인과 함께 나누려는 사람은 없을 것이기 때문이다. 그럼에도 우리나라 사람들은 내 남편이나 내 아내의 경우에 '우리'라는 단어를 적용하는 문화에 익숙해져 있다. 이는 나보다 '우리'라는 공동체를 더 우선으로 하는 정신이 우리의 언어 사용에 내재해 있음을 보여준다.

공동체의 외연은 가족과 친척으로부터 자신이 속한 사회나 국가, 심지어는 전 세계로 확장되는 경우도 있다. 일면식도 없는 사람의 힘든 처지를 신문에서 읽고 성금을 보내주는 사람도 있고, 자신의 소중한 시간을 할애하여 봉사하는 사람도 있다. 가보지도 못한 나라의 아이들을 돕기 위해 정기적으로 기부금을 내는 사람들도 상당히 많으며, 심지어는 도움의 손길이 필요한 곳에 직접 가서 자신의 일생을 바치는 것이 본인의 소명이라고 여기는 사람도 꽤 있다.

그렇다고 모든 사람이 '나'의 범위를 넓게 확장하는 것은 아니다. 가족 간의 일에도 나 몰라라 하는 사람도 흔히 있다. 그러면 그 사람들이 반드시 잘못하고 있다고 말할 수 있을까? 그렇게까지 단정하고 싶지는 않다. 가정사도 다르고 국가관이나 가치관이 다른 사람들이 모두 같은 선택을 할 수는 없기 때문이다. 발을 다쳤을 때 목발을 사용하는 팔은 평소보다 부담을 더 지지만, 코나 귀가 발의 부상 때문에 특별히 일을 더 하지는 않는다. 우리 사회에서 누가 도움이 필요할 때, 그 일을 내 일처럼 여기고 애쓰는 사람이 있는가 하면 별 관심 없이 평소처럼 살아가는 사람도 있다. 결국은 각자 자신의 짐을 지고 살아가는 것인데, 사람마다 '내 일'이라고 생각하는 범위가 다른 것이다.

생각이 여기까지 이르자 노래 제목이 'You Need Me'가 아니라 과거형인 'You Needed Me'로 쓴 것에 어떤 의미가 있을지도 모른다는 생각이 들었다. 당신이 나를 필요로 했다는 것은, 어쩌면 내가 내 역할을 다할 필요가 있었다는 뜻일 수도 있다. 그런 맥락에서 (나를 도와준) 당신은 우리 사회에서 (내 능력을 다 발휘하는) 나를 필요로 했었다. 하지만 내가 제구실을 못했기에 당신이 그 역할을 나 대신 한 것이라는 해석이 가능하다. 마치 발을 다쳤을 때 팔과 겨드랑이가 발의 역할을 감당하듯이 말이다. 이런 해석은 크고 작은 사회를 하나의 유기체로 보고 각자 자기 일에 충실하되, 혹 주변에서 자신의 일을 감당하기 어려운 상황이 생기면 여력이 있는 '당신'이 그 일을 함께 돕는 역할을 하도록 권하고 있다고 이해해도 좋을 듯하다.

이처럼 'You Needed Me'의 제목에 대한 궁금증을 이리저리 고민해 보니, 노래 제목 하나로부터 우리 사회에 적용할 수 있는 내용이 생각보다 많았다. 이 모든 해석이 작사자의 의도와 맞아떨어지는 것인지는 잘 모르겠지만, 이 노래로부터 각자가 자신의 역할을 잘하고, 또한 여유가 있는 사람들은 타인의 짐까지도 함께 들어주는 사회를 우리가 기대하고 있다는 결론에 도달하게 되었다.

물론 모든 사람이 주변의 사람들을 항상 돕고 살아야 하는 것은 아니다. 자신에게 부여된 일을 잘하는 것이 훨씬 더 중요하다. 하지만 누군가가 자신이 해야 할 일을 제대로 못하고 있을 때, 부족한 부분을 감당할 수 있는 '당신'은 그 일을 통하여 자신의 존재 가치와 보람을 한층 더 느끼게 될 것이다. 내가 내 역할을 못한 것이 어떤 의미에서는 내가 '당신'을 빛나게 하는 자리를 마련해준 것일 수도 있다. 그런 의미에서 당신은 나를 필요로 했다고 볼 수도 있는 것이다. 그리고 우리 주변에 그런 '당신'들이 많을수록 우리 사회는 더욱 따뜻한 곳이 될 것이다.

『철학과 현실』(2020년 3월)

[후기]

사실 이 글을 처음 쓰기로 마음먹었을 때, 'You Needed Me'의 가사를 들으며 가장 먼저 떠오른 내용은 성경 신약 에베소서 1장 23절, "교회는 그의 몸이니 만물 안에서 만물을 충만하게 하시는 이의 충만함이니라."라는 구절이었다. 하지만 『철학과 현실』이라는 계간지에 종교적인 해석을 곁들인 글을 쓰는 것이 적절한가에 대한 고민을 하다가 결국 위에 있는 내용으로 방향을 변경했다. 그래서 특정 종교를 배경으로 하는 또 하나의 해석이 있는데 그것은 기회가 생기면 이야기하겠다는 식으로 각주를 달고 마무리하였다. 그 기회가 지금이 아닌가 생각하여 그때 생각했던 내용을 간단하게 끄적여보고자 한다.

위의 성경 구절에서 '교회'는 우리가 일반적으로 말하는 예배를 드리는 장소라기보다는 예수를 믿는 사람 일반을 말한다. 교회가 예수의 몸이라는 것은 비유적으로 예수가 머리에 해당하고 교회에 해당하는 우리가 몸을 이룬다는 의미이다. 즉 예수와 우리를 하나의 유기체로 보는 것이다. 기독교 교리에서는 인간을 예수의 신부라고 비유하기도 한다. 이 역시 예수와 우리가 떨어질 수 없는 관계임을 말하고 있다.

그렇다면 '만물 안에서 만물을 충만하게 하시는 이'는 바로 예수이기에, 예수는 교회, 즉 우리가 있어야 충만하게 된다는 뜻이다. 역으로 말하면, 우리 없이는 예수도 충만하지 않다고 볼 수 있는 것이다. 하지만 예수는 무언가가 부족해서 그것이 채워져야 완전해지는 존재가 아니다. 그 자체로 완전한 대상이 우리를 몸으로 또는 신부로 삼았다는 것은, 결혼을 예로 들면 어마어마한 손해를 보는 혼인인데 이를 예수가 선택했다는 말이다. 예수는 그 자체로 완전하지만, 그의 선택으로 이제는 우리 없이 완전하지 않게 된 것이다. 그 의지로 인하여 예수에게는 우리가 필요하다. 'You Needed Me'의 가사처럼, 우리가 일방적으로 예수에게 도움을 받고 의존함에도 불구하고, 몸이 없는 머리는 완전하지 못하기에 '당신이 나를 필요로 한다'는 말이 통할 수 있는 이유가 여기에 있는 것이다.

이렇게 이해하고 'You Needed Me'의 가사를 들어보면, 한 구절 한 구절이 나의 신앙고백이라고 생각해도 딱 맞아떨어진다. 내가 통한의 눈물을 흘리고 있을 때, 내가 혼란스러워서 어찌해야 할지 모를 때, 내가 내 영혼을 팔았을 때조차, 나는 그 이유를 다 알 수 없지만, 당신의 의지로 인해 당신이 나를 필요로 했다는 사실에 나는 감사를 드릴 수밖에 없는 것이다. 분명 나는 당신이 필요하지만, 역으로 당신이 나 없이는 완전하지 않기로 선택하고 나를 필요로 한다는 것은 세상의 기준으로 말도 안 되는 이야기이기 때문이다. 이런 생각이 들고 난 후부터는, 'You Needed Me'라는 노래가 일반 가요임에도 불구하고 그 노래를 CCM(Contemporary Christian Music)처럼 듣게 되었다. 나를 택해주신 예수님께 감사하면서 말이다. 여러분들께도 이런 해석을 배경으로 'You Needed Me'를 한번 들어보시기를 조심스럽게 권해본다.

(2022년 1월)

빈민가에서 사역하는 내 친구

미국 필라델피아에 있는 템플 대학(Temple University) 근처에 '노스 센트럴(North Central)'이라는 시내 빈민가가 있다. 미국 내에서 총기 사고가 가장 많은 곳으로 주민의 거의 대부분이 흑인인 동네이다. 템플 대학 당국에서도 학생들에게 절대로 들어가지 말라고 경고하는 곳이고 심지어 그곳에서 목회하는 미국인 목사도 거주지는 그 동네에 두시 않는 위험한 마을이다. 마약이 민연한 곳이며, 이이들은 고등학교를 마치지 못하는 경우가 부지기수인, 희망을 찾기 어려운 험한 지역이다. 그곳에서 필자의 대학 동기가 예배당도 없이 혼자 목회를 한다.

그 느낌의 일부를 전하기 위해서 경험담을 하나 소개하겠다. 가족과 함께 미국으로 연구년을 갔을 때, 오하이오의 작은 동네에 있는 햄버거집으로 점심을 먹으러 들어간 적이 있었다. 문을 열고 들어가는데 모든 시선이 우리 가족에게 쏠리는 것을 느꼈다. "왜 그러지?" 하고 주위를 둘러보니 동양인은 우리밖에 없었다. 마치 우리나라 시골 설렁탕

집에 흑인 가족 4명이 식사하러 들어온 장면과 비슷할 것 같다. 우리를 바라본 사람들이 꼭 적대감을 느끼거나 해코지할 생각이 있었던 것은 아닐 것이다. 다만 신기해서 쳐다본 것일 뿐…. 하지만 필라델피아의 그 동네는 갱단이 총질을 하고 그로 인해 사람이 빈번하게 죽어 나가는 곳이다. 그런 척박한 동네에 조그만 동양인 하나가 들어온다면 이는 눈에 띄는 정도가 아니라 경계심을 불러일으키는 상황이다.

그곳에 거처를 마련한 내 친구는 동네 마당을 쓸고 지나가는 주민들에게 인사를 하며 사람들과 소통을 시작한다. 도움이 필요한 사람이 있으면 제일 먼저 달려가고, 장례식이 열리면 가서 위로해주며 점차 그 동네 사람이 되어간다. 그가 그 동네에서 가장 하고 싶었던 일 중 하나는 거기에 사는 아이들에게 꿈을 제공하는 것이다. 그곳 아이들에게 커서 뭐가 되고 싶으냐고 물어보면 '연예인'이나 '운동선수'와 같이 달성하기 쉽지 않은 답이 나온다. 그리고 실질적으로는 갱단에 들어가거나 마약 거래상이 되곤 한다. 그는 아이들에게 지나치게 높은 이상과 암울한 현실 사이에 실현 가능한 꿈을 제시한다. 여름 캠프를 통해서 그 동네 아이들은 선생을 꿈꾸기도 하고 기술자를 희망하기도 한다. 심지어는 그처럼 남들을 돕는 일을 하겠다는 아이들도 있다. 놀랍게도 아이들은 연예인이나 운동선수 또는 갱단 멤버나 마약 거래상이 아닌 다른 직업도 있다는 것을 내 친구를 통해서 처음으로 알게 된다. 그곳의 어두운 현실을 스스로 밝힐 수 있는 초기 작업이 조금씩 이루어지고 있는 것이다.

언젠가 그가 한국에 왔을 때, 총 맞는 게 두렵지는 않느냐고 물어본 적이 있다. 그는 실제로 총을 들이대고 돈을 빼앗아 간 강도를 만나기도 했고, 그가 사는 집 바로 인근에서 총알이 날아다니는 것을 경험하기도 했다. 하지만 그의 대답은 의외로 담담했다. "어차피 한 번 살다가 가는 인생인데 뭘." 난 그 대답이 너무 멋있게 들렸다. 목숨을 걸고 할 수 있는 무언가가 있다는 것이 한편 부럽기도 했다. 현지인들도 들어가기를 꺼리는 곳에서 어둠을 빛으로 밝히려는 그 용기가 대단하다고 느껴졌다.

우리나라에도 어려운 사람들이 많은데 굳이 우리보다 잘사는 미국에 가서 그럴 필요가 있느냐는 말이 나올 수도 있다. 하지만 누구에게나 '내 일'이라고 느껴지는 것이 있다고 생각한다. 그 친구에게는 그 '내 일'이 필라델피아 시내의 험한 동네에 희망을 주는 것이었던 모양이다. 나는 이런 문제를 단순하게 생각하는 편이다. 우리가 지금보다 훨씬 가난했을 때 미국의 선교사들이 자신의 목숨을 걸고 우리나라에 와서 이런저런 좋은 일을 한 것에 대해서 그가 지금 조금이나마 갚고 있는 것이라고.

그의 이름은 이태후이다. 그가 시작한 일이 어떤 결실로 매듭지어질 것인지에 대해 나는 꽤 큰 기대감을 가지고 있다. 이 글을 읽는 여러분들도 내 친구의 사역을 응원해주셨으면 한다. 오늘은 조금 촌스러운 말로 이 글을 맺으려 한다. 나는 그가 내 친구인 것이 참 자랑스럽다. 그를 떠올리며, 나도 그의 수준에 조금이라도 닮아갈 수 있도록 노력하겠다는 나짐을 해본다.

『성숙의 불씨』(2020년 12월)

수력발전의 원리

우리 사회의 구성원들은 경쟁에서 이기고 올라가는 것을 선호한다. 우리는 일반적으로 합격점이 높은 대학에 가는 것을 목표로 하고 월급이 많은 기업에 취업하는 것을 권하며 가능한 한 높은 지위에 오를 것을 강조한다.

물론 정당한 경쟁을 통해서 높이 올라가는 것은 그 자체로 권장할 만한 일이다. 하지만 올라가는 것만이 인생의 유일한 목표는 아니다. 정당하게 올라간 위치를 어떻게 활용할 것인가 역시 올라가는 것 못지않게 중요한 일이기 때문이다. 하지만 우리나라의 교육은 높이 올라간 후에 그 권한을 어떻게 사용해야 하는지를 가르쳐주는 경우가 별로 없다. 어려서부터 경쟁하여 올라가는 법만을 배운 대부분의 사람은 이기적인 본성과 결합하여 자신이 가진 힘으로 사리사욕을 채우기에 급급하다. 그래서 우리는 높이 올라간 사람 중에 존경할 만한 사람을 만나기가 쉽지 않다.

뉴스를 보면, 힘을 가진 사람들이 선행을 해서 따뜻한 기사를 제공하는 경우보다는 비리를 저지르거나 정당하지 못한 방식으로 자신의 욕심을 채우는 일들이 훨씬 더 많이 소개된다. 예를 들어, 국민이 부여한 힘을 당리당략에만 사용하는 정치인들이 대표적인 예이다. 나라와 국민을 위해서 일하라고 힘을 부여받았음에도 불구하고 그것이 마치 자신의 개인적 권한인 양 오해를 하는 높은 사람들이 부지기수이다. 또한 수천억 원의 재산을 가지고 있으면서도 세금을 안 내려 하거나, 자신이 소유한 주식이 손해 보는 것을 방지하기 위해서 불법을 저지르는 경우도 마찬가지다. 그만한 재산이 있으면 세금도 낼 만큼 내고 좋은 일에 돈을 쓸 궁리를 할 만도 한데, 그들은 평생 먹고살 걱정을 안 해도 될 위치에 있으면서 이기적인 마음을 다스릴 생각은 전혀 없어 보인다. 여유를 가진 사람의 행태가 그러하니 여유를 덜 가진 사람들의 삶이 각박해질 수밖에 없다.

수력발전의 원리는 간단히 말해서 물이 위에서 아래로 떨어질 때 발생하는 힘을 이용하여 전기를 만들어내는 것이다. 우리는 일반적으로 '떨어진다'는 단어를 부정적으로 생각하는 경우가 많지만, 물이 떨어질 때 생기는 위치에너지는 전기라는 유용한 결과물을 생산한다. 중요한 것은 올라가는 것만이 아니다. 올라가서 그 위치에너지를 잘 활용하는 것이 더 중요하다. 권력을 가진 사람은 그 권력을, 재산을 가진 사람은 그 재산을, 명예를 가진 사람은 그 명예를 제대로 사용하는 것이 우리 사회에 엄청난 힘을 가져다준다. 높은 곳에 있는 사람이 자신이 지닌 위치에너지를 주변의 사람들을 위해서 발휘할 때 선한 영향력이 생기기 때문이다.

우리는 모두 높이 올라가기 위해서 노력할 필요가 있다. 하지만 올라가는 것은 위치에너지를 활용하기 위함임을 잊지 않아야 한다. 그것이 노블레스 오블리주이며, 우리 사회를 살 만한 사회, 성숙한 사회로 만드는 지름길이다.

『성숙의 불씨』(2016년 6월)

모자이크

필자가 학창 시절에 가장 못했던 과목이 미술이었다. 성적표를 받을 때마다 미술 성적이 '아름다울 미(美)'면 됐지 무얼 더 바라느냐고 스스로 위로하곤 했다. 이렇게 미술에 재주가 없었던 필자가 딱 한 번 미술 선생님께 칭찬을 들은 작품이 있었는데 그것은 모자이크였다. 사람의 얼굴을 물감으로 그렸으면 피부는 살구색으로, 눈썹은 검은색으로, 입술은 붉은 계통의 색으로 일정하게 칠했을 것이고 결국 또 '미'를 받았을 것이다. 하지만 월간 잡지나 색종이를 잘게 쪼개서 붙인 모자이크는 다양한 색의 점들이 피부와 눈썹 그리고 입술을 조화롭게 표현했다. 도화지에 풀을 칠하고 갖가지 색의 종이를 샤프로 눌러서 붙이는 작업은 미술에 흥미가 없었던 필자에게도 재미를 느끼게 했다. 피부가 꼭 살구색이 아니어도 되고, 눈썹이 꼭 검은색이 아니어도 된다는 사실이 신기하게 느껴졌다. 점 하나를 붙일 때는 그 색이 어색하게 느껴지다가도 전체를 완성하고 보면 묘하게 어우러지는 그림을 경험했던 것이 오랜 시간이 지난 지금에도 생생하게 기억이 난다. 아쉽게도 그 때의 흥미가 미술에 관한 관심으로 계속 이어지지는 않았지만 다양한 점들이 조화로운 하나의 그림을 이룬다는 사실은 머릿속에 잘 저장되었던 것 같다.

얼마 전에 결혼식장에 갔다가 같은 식탁에서 식사를 함께한 사람들과 우리나라의 정치에 대해 이야기를 하게 되었다. 필자를 포함해서 6명이 의견을 나누었는데 어떻게 같은 사안에 대해서 이렇게 다른 입장을 가질 수 있을까 할 정도로 상반된 얘기들이 나왔다. 현 정부의 정책이나 남북관계 등등의 현안에 대하여 긍정적인 시각으로 보는 사람, 중립적인 사람, 부정적으로 보는 사람, 잘 모르겠다는 사람이 골고루 섞여 있었다. 재미있는 사실은 그 6명 중 극단적인 편향성을 가진 사람들은 없었음에도 다양한 스펙트럼의 의견이 등장했다는 점이다. 우리 사회를 구성하는 평범한 시민들이 서로 다른 가치관을 가지고 세상을 바라보고 있음을 새삼 깨닫게 해주는 경험이었다.

이러한 논의 속에서 가장 좋았던 점은 다른 사람의 견해를 서로 들어주려고 노력했다는 것이다. 처음에는 나와 다른 생각이 개진되었을 때 "어떻게 저런 생각을 하지?"라는 마음이 들기도 했지만, 현실을 바라보는 시각이 다르다는 것을 확인한 후에는 설령 그 입장에 동의가 되지는 않더라도 "그렇게 생각할 수도 있겠다"는 마음이 들었다. 우리는 흔히 정치 얘기와 종교 얘기는 함부로 하지 말라고 권하지만, 이런 분위기라면 서로의 다름을 확인하는 과정에서 상처받지 않고 논의를 진행하는 것이 가능해 보였다.

결국 각 개인은 우리 사회를 구성하는 하나의 점들이며 다양한 점들이 모여서 사회라는 모자이크를 만들어내는 것이다. 모든 사람이 천편일률적으로 같은 사고방식을 갖고 있는 것은 좋은 그림이 아니다. 오히려 서로 다른 색의 점들이 그 자체로는 어색하게 보일 수 있어도 전체적인 그림으로 보면 더 나은 작품을 구성할 수 있다. 그렇다면 중요한 것은 서로 다른 입장을 가진 구성원들이 서로를 미워하지 않고 함께 공존하는 방법을 터득하는 것이다. 그렇게 된다면 우리 사회가 더욱 성숙하고 건강한 사회가 될 것이다.

『성숙의 불씨』(2018년 7월)

버스에서 있었던 이야기

　신년 초에 사연으로 들은 이야기를 함께 나누고자 한다. 30대 초반의 직장인이 직접 경험한 일을 보낸 사연이다. 그는 여느 때와 같이 버스를 타고 어디론가 가고 있었다. 한 정거장에서 어떤 할아버지가 양손에 보따리를 잔뜩 들고 탑승하였다. 시골에서 막 올라오신 듯한 할아버지가 자식에게 줄 농산물을 한가득 갖고 탄 것이다. 그런데 버스가 곧 출발하는 듯하다가 다시 멈춰 섰다. 운전기사는 할아버지에게 차비를 내라고 말했고, 할아버지는 버스비가 없는 것인지 아니면 교통카드나 잔돈이 없는 것인지 잘 파악이 안 되었지만, 하여튼 차비를 못 내서 쩔쩔매고 있었다. 나이로 보아서는 경로우대 교통카드의 발급 대상이 될 수도 있을 텐데 그것도 안 가지고 있는 것 같았다. 기사는 차비가 없으면 내리라는 식으로 할아버지를 난처하게 하고 있었다. 물론 일차적인 책임은 차비를 준비하지 못한 할아버지에게 있지만, 서울 물정에 익숙하지 않은 할아버지가 어쩔 줄 몰라 하는 상황을 바라보는 버스 안의 승객들은 불편한 마음에 몸이 얼어붙을 수밖에 없었다.

그때였다. 어떤 초등학생이 부스럭거리며 가방에서 무언가를 꺼내더니 앞쪽으로 걸어갔다. 그 학생은 만 원짜리 하나를 버스 요금함에 넣으며 "기사님, 다음에도 혹시 이런 분이 또 생기면 그냥 타시게 해주세요"라고 말하고는 자신의 자리로 가는 것이었다. 그 광경을 보던 승객들은 망치로 머리를 맞은 듯 조용히 있었다. 얼어붙은 상황을 종료시킨 장본인이 초등학생이었다는 사실은 그곳에 있는 모든 사람에게 충격을 주었던 모양이다. 이 사연을 쓴 직장인은 버스에서 내리면서 그 초등학생의 주머니에 만 원짜리를 찔러 넣어주고 내렸다. 그렇게라도 해야 할 것 같다는 생각이 들었다는 것이다.

이 사연을 통해서 초등학생을 영웅으로 만들 생각은 없다. 어린 학생의 선택이 그 상황에서 최선인지 여부도 섣불리 판단할 문제는 아니다. 할아버지를 억울한 희생자로 만들 생각도, 운전기사를 냉정한 사람으로 몰아갈 마음도 없다. 원인 제공은 할아버지가 했고, 기사는 자신이 맡은 바 책임을 다했다고 볼 수도 있다. 하지만 초등학생의 행동에는 어른들도 선뜻 실천하지 못하는 용기와 할아버지에 대한 따뜻함이 있었다. 그리고 자신이 미처 행하지 못한 선택을 실행한 초등학생을 바라보며 미안함을 느낀 직장인의 마음에도 잔잔한 따뜻함이 느껴진다.

「겨울왕국」의 속편이 얼마 전에 개봉되었다. 원제는 'Frozen'으로 얼어붙어 있다는 뜻이다. 버스에서의 이번 일은 얼어붙은 현장을 한 초등학생의 따뜻한 마음이 녹여버린 사건이다. 이처럼 우리 사회에서 따뜻한 마음을 가진 사람들이 늘어난다면 추운 겨울에도 우리 사회가 얼어붙어 있지만은 않으리라고 기대해본다.

『성숙의 불씨』(2020년 1월)

7. 급변하는 세상을 따뜻한 사회로 437

각박한 세상에서 일어난 따뜻한 이야기

코로나바이러스의 창궐이 1년 가까이 되면서 사람들은 여유를 잃기 시작했다. 택시기사들은 아무리 열심히 일해도 사납금을 입금하기 어려운 상황이며, 자영업자들의 시름은 언급할 수도 없을 정도로 심각하다. 일반 직장에서도 인력 감축의 회오리바람이 불고 있고, 청년들은 취업 걱정에 한숨만 나온다. 그래서인지 운전을 하다 보면 이전보다 신경질적으로 경적을 울리는 운전자들이 많아졌고, 예전 같으면 좋은 말로 해결할 일들을 눈을 부라리며 싸울 기세로 덤비는 경우도 비일비재(非一非再)하다. 경제적인 걱정만 있는 것은 아니다. 병마와 싸워야 하는 사람들의 수도 증가했고, 사회적 거리두기 때문에 활동적인 사람들이 집 안에 주로 있다 보니 '코로나 블루'를 느끼는 이들도 늘어났다. 세상 살기가 아주 힘들어진 것이다.

보통 부부싸움은 두 사람 모두 신경이 예민할 때 발생한다. 부부 중 기분 상한 사람이 퉁명스럽게 말을 던져도 배우자가 이를 받아치지 않고 가볍게 넘기면 싸움으로까지 이어지지는 않기 때문이다. 고장난명(孤掌難鳴), 즉 손바닥 하나로는 손뼉 소리가 나지 않는다는 말이 여기에 해당할 것이다. 하지만 요즘은 마음의 여유를 갖기 어려운 세상이다.

정치권 돌아가는 것을 보면 한숨이 나오고, 국민의 주택 문제도 심각하며, 사회면을 장식하는 사건 사고들은 '끔찍하다'라는 말로는 표현이 충분치 않을 정도로 암울하다. 기분 전환이 될 만한 일을 기대하는 것조차 사치라고 여겨질 정도로 세상은 고단하게 돌아간다. 구체적인 수치를 갖고 있지는 않지만, 짐작건대 크고 작은 시비의 발생이나 부부싸움의 빈도가 작년 이맘때보다 훨씬 더 늘어났을 것 같다.

이런 각박한 시기에 우리의 마음을 따뜻하게 하는 기사를 접하게 되어 함께 나누고자 한다. 2021년 1월 18일 오전, 거센 눈발이 날리던 서울역 앞 광장에서 어떤 노숙자가 지나가는 행인에게 너무 추워서 그러니 따뜻한 커피 한잔만 사달라고 부탁했다. 부탁을 받은 그 행인은 노숙자에게 커피 한잔이 아닌, 자기 외투와 장갑 그리고 5만 원짜리 지폐 한 장을 건네주고 어디론가 사라졌다. 그 장면을 목격한 기자는 짧은 단편영화를 본 기분이었다고 회고한다. 그 행인의 행동은 보는 사람으로 하여금 전율과 함께 눈시울이 촉촉해짐을 느끼게 한다. 누군지도 모르는 그 사람이 아름답다고 느껴지는 것은 그가 가지고 있는 따뜻하고 여유 있는 마음 때문일 것이다.

세상이 각박해질수록 여유를 가진 사람들이 더 베풀고 살아야 한다. 그래야 추운 겨울을 어렵게 버티는 사람들이 사회의 온기를 느끼며 힘을 낼 수 있는 것이다. 지금과 같이 어려운 시기에는 많이 가진 자들의 역할이 더 중요해지는 법이다. 자신이 가진 것들을 기꺼이 나누는 사람들이 많을수록 우리 사회가 밝아지기 때문이다. 역경은 우리를 시험하기 마련인데, 이런 시련을 통하여 우리 사회가 어려움을 잘 대처할 역량이 있는 따뜻한 사회임을 확인하는 계기가 되었으면 한다.

『성숙의 불씨』(2021년 1월)

선한 마음의 전파력

지난 2월 말에 홍대 근처의 '착한 치킨집'에 대한 기사를 본 적이 있다. 어느 고등학생이 프랜차이즈 본사에 손 편지를 써서 세상에 알려진 내용이다. 그 학생은 치킨을 먹고 싶다는 동생과 거리로 나왔으나, 가지고 있는 5천 원으로는 치킨을 먹을 수 있는 곳이 없었다. 가게 앞에서 쭈뼛거리는 형제를 본 주인은 흔쾌히 들어오라고 해서 돈을 받지 않고 세트 메뉴를 시켜주었다. 심지어는 이후에 다시 찾아온 동생에게 치킨을 또 대접했음은 물론이고, 그의 머리를 자르기 위해서 미용실에 함께 가기도 했다. 그 시기가 코로나로 인해 매출이 급감했던 때인지라 영업에 대한 고민이 없지 않았음에도 불구하고 그 가게의 주인은 착한 마음으로 선행을 베풀었던 것이다. 이 소식이 전해지자 많은 사람이 주인을 도와주자는 취지로 그 가게에 치킨을 주문하거나 크고 작은 선물을 보냈다. 주문의 폭주로 준비한 재료가 모두 소진되어 영업을 조기 종료해야 하는 상황이 연출되기도 하였으며, 유명 TV 프로그

램의 제작진이 찾아가서 방송을 통해 그 가게의 이모저모를 우리에게
보여주기도 하였다. 여러모로 훈훈한 모습이었다.

비슷한 종류의 미담이 3월 초에 다시 등장하였다. 하남으로 이사한
어떤 어머니가 SNS에 올린 사연이었다. 초등학생인 자기 아들이 동네
편의점에 가서 컵밥과 참치 통조림 등 먹을 것을 여러 개 샀는데, 가진
돈이 부족해서 물건을 빼려는 순간, 어떤 학생이 다가와서 대신 계산
해주고 간 것이다. 이 학생은 아이가 먹고 싶어 하는 다른 물건까지 추
가로 사주었다고 한다. 아들에게 이야기를 들은 어머니는 너무 감사한
마음에 그 학생을 찾고 싶다고 SNS에 글을 올렸고, 그 글을 본 많은
사람들이 선행을 한 학생을 칭찬하며 자신도 함께 돕고 싶다는 마음을
댓글로 표현하였다.

이 두 사연이 우리에게 전달하는 내용은 분명하다. 먼저 우리 주변
에는 이웃에게 도움을 주는 사람들이 상당히 있다는 점이다. 우리가
몰라서 그렇지, 지금 이 순간에도 누군가가 선한 마음을 실천하는 따
뜻한 일들이 벌어지고 있을 것이다. 이런 선행이 우리에게 전해진 계
기는 받은 쪽에서 자신에게 일어난 일에 감사한 마음을 적극적으로 표
현했기 때문이다. 위의 두 사례 모두 수혜자 쪽에서 고마운 마음을 세
상에 밝히지 않았다면 그러한 선행이 우리에게 알려지지 않았을 것이
다. 한편 이러한 선행이 매스컴을 통해 전파되면서 얻어지는 또 하나
의 긍정적인 요소는 그 기사를 읽는 사람들에게 함께 선행에 참여하고
싶다는 마음이 들게 한다는 점이다. 사실 많은 사람들이 좋은 일을 하
고자 하는 마음을 잊고 있으면서도 우물쭈물 실천에 옮기지 못하는 성
우가 꽤 있다. 언론에 소개되는 미담들을 통해서 남들이 좋은 일을 하
는 것을 알게 되면, 나도 사회에 긍정적인 영향을 주고 싶다는 마음이
들면서 주변을 돕는 사례가 늘어나기 마련이다. 이것이 우리 사회에

442

선행을 늘려가는 선순환의 요소가 된다. 게다가 선행에 직접 참여하지 않더라도 이 글을 읽는 사람 역시 훈훈한 마음을 갖게 되니, 결국은 주는 사람과 받는 사람 그리고 지켜보는 사람 모두가 수혜자가 되는 셈이다.

전염성은 코로나처럼 나쁜 것에만 적용되는 것이 아니다. 긍정적인 일들이 발생하는 것을 옆에서 보게 되면 이러한 선행을 하고자 하는 마음이 증가한다. 선한 마음 역시 주위로 전파되는 힘을 가지고 있으며, 그 이유는 우리에게 누군가를 돕고자 하는 마음이 이미 내재해 있기 때문이다. 그런 의미에서, 이러한 미담이 자주 들리는 세상이 우리가 바라는 따뜻하고 성숙한 사회가 아닐까 생각한다. 위의 두 일이 일어난 것이 4개월 정도 지났다. 선행을 베푼 가게 주인과 학생, 그리고 그 일을 우리에게 알려준 형제와 모자(母子) 모두, 지금 이 순간에도 행복한 삶을 누리고 있기를 기도해본다.

『성숙의 불씨』(2021년 6월)

인터넷 댓글에 대한 단상

평가를 받는다는 것은 누구에게나 부담스러운 일이다. 학생들에게는 시험이 그렇고, 직장인들에게는 인사고과가 그러하며, 교수들에게는 강의평가가 비슷한 맥락에 있다. 교수들은 학생들에게 자신의 강의를 평가받는다는 사실이 떨릴 수밖에 없다. 일부의 학생들은 강의평가를 교수에 대한 '복수'라고 부르기도 한다. 실질적으로 강의에 대한 불만족을 표시할 수 있는 유일한 통로가 강의평가이기 때문이다. 일반적인 과목의 강의평가 평균이 5점 만점에 4점 전후로 나타나는 것을 보면, 대체로 학생들은 후하게 평가하는 셈이다. 하지만 가끔은 작심한 듯이 1점을 주는 학생들도 있고 총평을 쓰는 칸에 '낙하산', '학생들의 분위기를 모르는 사람', '지나치게 권위적인 교수'라고 적는 학생들도 있다. 대부분의 평가가 긍정적이라도 이처럼 부정적인 글을 접하게 되면 가슴이 덜컹한다. 비록 이를 계기로 원인을 반성하기 마련이며 이러한 과정이 강의평가가 지니는 건설적인 요소인 것은 부인할 수 없음에도 말이다. 하지만 심하게 부정적인 평가는 가슴에 큰 상처로 남기도 한다.

인터넷에 등장하는 댓글은 강의평가에 비교할 수준이 아니다. 포털 사이트에서 심한 욕설을 자동으로 제거하지만, 비난의 수위는 강의평가보다 훨씬 강하다. 특히 어떤 일로 주홍글씨가 낙인으로 찍힌 대상은 늘 욕먹을 마음의 준비를 해야 한다. 교수의 강의평가는 자신의 직무에 대한 평가이지만, 정치인, 연예인, 운동선수 등에 관한 기사의 댓글은 당사자가 직접 작성한 글도 아니고, 자신의 나쁜 행실에 대한 기사가 아님에도 과거에 찍힌 비난의 주홍글씨가 사라지지 않는다. 심지어 좋은 일에 얼굴을 비추는 기사가 나와도 댓글에는 "그런다고 과거의 네 잘못이 없어지느냐"는 식의 힐난이 따라다닌다. 좋은 일을 해도 나쁜 일을 해도 욕먹기는 마찬가지다. 유명인들은 그래도 악플이 무관심보다는 낫다고 말하지만 이러한 악플 때문에 상당수의 연예인이 극단적인 선택을 했다. 무심코 장난삼아 던진 돌이 개구리에게는 생명의 위협으로 다가오듯이 말이다.

과격한 댓글은 유명인들에게만 향하는 것이 아니다. 댓글을 단 사람에 대한 댓글도 지역에 대한 비방, 이념에 대한 비방 등의 언어로 구성되는 경우가 비일비재하다. 과연 상대방이 눈앞에 있더라도 그와 같이 심한 언어를 구사할 사람이 얼마나 많을지 궁금할 정도로 댓글은 매우 폭력적이다. 교수들의 강의평가에 인터넷 댓글과 같은 표현들이 난무한다면 많은 교수들이 가르치는 일에 대해 회의(懷疑)하게 될 수도 있을 것이다. 이처럼 자신의 입장을 표현하는 댓글이 '표현의 자유'와 결합하여 사람들에게 심한 상처를 주는 것은 실로 우려스러운 일이 아닐 수 없다.

옛이야기 중, 상대방을 비방하기로 한 상황에서, 온갖 욕설을 퍼붓는 상대에게 "당신이 부처님으로 보인다"라고 말한 스님의 일화는 유명하다. 결국 상대에 대한 나의 표현이 내 마음 상태에 대한 투영이기에, 부처의 마음을 가진 사람에게는 상대가 부처로 보인다는 말은 의미심장하다. 그렇다면 인터넷에 그렇게 험한 말을 쏟아 내는 사람들의 마음은 도대체 어떠할지 걱정스러울 따름이다. 익명성이 주는 혜택이 언어폭력의 범람 수준에서 머문다면 이러한 사회는 성숙한 곳일 수 없다.

필자는 이제까지 과제를 읽고 평가하는 과정에서 주로 부족한 부분에 대해 언급을 했던 것이 사실이다. '비판적 사고'를 가르치는 사람이기에 평가에 있어서도 비판적인 부분에 강조를 두어야 한다고 판단한 것이다. 하지만 오늘부터는 잘한 부분에 대한 칭찬을 아끼지 않아야겠다는 생각이 든다. 과제를 내느라 수고했다는 말도 꼭 해주어야겠다고 다짐해본다. 칭찬은 고래도 춤추게 한다고 하니 말이다.

『성숙의 불씨』(2020년 5월)

김도식

서울대학교 철학과를 졸업하고 미국 로체스터 대학교에서 석사 및 박사 학위를 받았다. 현재 건국대학교 철학과 교수이며, 『철학과 현실』 편집위원, 심경문화재단 이사로 활동 중이다.

주요 저서 및 논문으로 『현대 영미 인식론의 흐름』, 「인지적 가치, 믿음 그리고 인식론」, 「경험을 근거로 한 믿음이 어떻게 인식적으로 정당화되는가?」, 「무어의 열린 질문 논증에 대한 의미론적 접근」, 「인식론과 윤리학에서의 '정당성'에 대한 비교 연구」, 「자연화된 인식론의 의의와 새로운 '앎'의 분석」, 「'통일인문학'의 개념 분석」, 「증거론 옹호: 가능세계를 통한 반론에 대한 답변」, 「철학상담에서 철학의 역할」 등이 있다.

**무거운 철학 교수의
가벼운 세상 이야기**

1판 1쇄 인쇄	2022년 5월 5일
1판 1쇄 발행	2022년 5월 10일
지은이	김 도 식
발행인	전 춘 호
발행처	철학과현실사
출판등록	1987년 12월 15일 제300-1987-36호

서울시 종로구 대학로 12길 31
전화번호 579-5908
팩시밀리 572-2830

ISBN 978-89-7775-859-9   03810
값 18,000원